LA TERRE BRÛLÉE

L'ÉPREUVE – Livre 2

L'auteur

James Dashner est né aux États-Unis en 1972. Après avoir écrit des histoires inspirées du *Seigneur des anneaux* sur la vieille machine à écrire de ses parents, il a suivi des études de finance. Mais, très vite, James Dashner est revenu à sa passion de l'écriture. Aujourd'hui, dans les montagnes où il habite avec sa femme et ses quatre enfants, il ne cesse d'inventer des histoires inspirées de ses livres et de ses films préférés.

Du même auteur chez Pocket Jeunesse

L'épreuve

1. *Le labyrinthe*
2. *La terre brûlée*
3. *Le remède mortel*

Prequel - *L'ordre de tuer*

Le jeu du maître

1. *La partie infinie*
2. (parution octobre 2016)

JAMES DASHNER

LA TERRE BRÛLÉE

L'ÉPREUVE – Livre 2

Traduit de l'anglais (États-Unis)
par Guillaume Fournier

POCKET JEUNESSE
PKJ·

Directeur de collection :
Xavier d'Almeida

Titre original :
The Scorch Trials

Publié pour la première fois en 2010
par Delacorte Press, an imprint
of Random House Children's Books, New York

ISBN 978-2-266-27086-1

*Pour Wesley, Bryson, Kayla et Dallin,
les meilleurs enfants au monde.*

CHAPITRE 1

Elle s'adressa à lui juste avant que leur petit monde ne vole en éclats.

— *Hé ! Tu dors encore ?*

Thomas s'agita dans son lit et sentit les ténèbres l'envelopper, lourdes et oppressantes. Pris d'un sentiment de panique, il ouvrit brusquement les yeux en s'imaginant de retour dans la Boîte, cet horrible cube de métal froid qui l'avait amené au Bloc et dans le Labyrinthe. Mais une lueur diffuse baignait la pièce immense, et des formes grises en émergeaient peu à peu. Des lits superposés. Des placards. La respiration paisible et les ronflements discrets de ses compagnons endormis.

Le soulagement l'envahit. Il était désormais en sécurité, à l'abri dans ce dortoir. Plus besoin de s'inquiéter. Plus de Griffeurs. Plus de morts.

— *Tom ?*

Une voix dans sa tête. Une voix de fille. Invisible et inaudible, mais qu'il entendait malgré tout.

Avec un grand soupir, il s'enfonça dans son oreiller, laissant ses nerfs à vif se calmer après ce bref instant de pure terreur. Il répondit en formant les mots dans sa tête.

— *Teresa ? Quelle heure est-il ?*

— *Aucune idée*, répondit-elle. *Je n'arrive pas à dormir. J'ai dû m'assoupir une heure, peut-être un peu plus. J'espérais que tu serais réveillé pour me tenir compagnie.*

Thomas se retint de sourire. Même si elle ne pouvait pas le voir, ç'aurait été gênant.

— *Tu ne me laisses pas trop le choix, non ? C'est plutôt difficile de dormir quand on s'adresse à vous directement dans votre tête.*

— *C'est bon, rendors-toi. D'accord.*

— *Non, ça va.*

Il fixa, juste au-dessus de lui, la couchette informe et floue dans la pénombre sur laquelle Minho, la gorge salement encombrée, ronflait comme une chaudière.

— *À quoi est-ce que tu pensais ?*

— *À ton avis ?*

Elle était parvenue à mettre une pointe de cynisme dans sa question.

— *Je n'arrête pas de revoir les Griffeurs. Avec leur peau visqueuse, leurs corps boursouflés et tous ces bras métalliques et ces piquants. Il s'en est vraiment fallu d'un cheveu, Tom. Tu crois qu'on arrivera un jour à se sortir ces images de la tête ?*

Thomas avait son opinion là-dessus. Ces images ne s'effaceraient jamais : les blocards resteraient marqués à tout jamais par les événements abominables qu'ils avaient vécus dans le Labyrinthe. La plupart d'entre eux, sinon tous, en conserveraient sans doute de profondes séquelles psychologiques. S'ils ne devenaient pas complètement cinglés.

Par-dessus tout, un souvenir s'imposait à lui comme gravé au fer rouge : celui de son ami Chuck, le torse lacéré, baignant dans son sang, à l'agonie dans ses bras.

Thomas savait qu'il ne pourrait jamais oublier ça. Mais il répondit simplement :

— *On finira par ne plus y penser. Il faudra juste un peu de temps, c'est tout.*

— *On dirait un homme politique*, railla-t-elle.

— *Je sais.*

Il adorait l'entendre parler comme ça. C'était ridicule, mais ses sarcasmes le remplissaient d'optimisme.

— *Ça me rend folle qu'ils m'aient séparée de vous*, avoua-t-elle.

Thomas comprenait pourquoi ils l'avaient fait. Elle aurait été la seule fille au milieu d'une bande d'adolescents auxquels ils ne faisaient pas confiance.

— *J'imagine qu'ils voulaient te protéger.*

— *Ouais. Peut-être.*

Sa mélancolie se diffusa en lui, poisseuse comme un sirop.

— *Mais ça craint de me retrouver seule après tout ce qu'on a traversé.*

— *Où est-ce qu'ils t'ont mise ?*

Elle avait l'air si triste qu'il était presque tenté de partir à sa recherche.

— *Derrière le réfectoire où on a mangé hier soir. Dans une petite chambre avec quelques couchettes. Je suis sûre qu'ils ont fermé la porte à clé.*

— *Tu vois, je t'avais dit que c'était pour ta protection.*

Il s'empressa d'ajouter :

— *Même si je sais que tu n'en as pas besoin. Je parie que tu pourrais battre la moitié de ces tocards.*

— *La moitié seulement ?*

— *D'accord, disons les trois quarts. Y compris moi.*

Un long silence s'ensuivit. Thomas percevait toujours sa présence. Il la *ressentait*. Tout comme il savait, sans le voir, que Minho dormait à un mètre au-dessus de lui. Et pas uniquement à cause de ses ronflements.

Malgré tous les souvenirs de ces dernières semaines, Thomas restait étonnamment calme, et le sommeil le reprit. Mais elle était encore là, toute proche ; il aurait presque pu la toucher.

Le temps s'écoula sans qu'il en ait conscience. Il somnolait, savourant sa présence et l'idée qu'ils avaient enfin échappé à ce terrible endroit. Qu'ils étaient en sécurité. Que Teresa et lui allaient pouvoir réapprendre à se connaître. Que la vie était belle.

Un sommeil heureux ; de la chaleur ; une lueur physique. Il avait l'impression de flotter.

La réalité parut s'estomper autour de lui. Tout devint vague et indistinct. Les ténèbres l'enveloppèrent, rassurantes. Il fit un rêve.

*

Il est très jeune. Quatre ans, peut-être ? Cinq ? Allongé dans un lit avec les couvertures sous le menton.

Une femme se tient assise à côté de lui, les mains croisées sur les genoux. Elle a de longs cheveux châtains, des traits qui commencent tout juste à accuser l'âge. Et un regard triste, même si elle fait de son mieux pour le cacher par un sourire.

Il voudrait dire quelque chose, lui poser une question. Mais c'est impossible. Il n'est pas vraiment là. Il ne fait qu'assister à la scène, d'une manière qu'il ne comprend pas très bien. Elle lui adresse la parole, d'une voix si douce et si pleine de colère à la fois qu'il ne sait que penser.

— J'ignore pourquoi ils t'ont sélectionné, mais je sais une chose : tu es quelqu'un de spécial. Ne l'oublie jamais. Et surtout, n'oublie jamais (sa voix se brise, et des larmes coulent sur son visage), n'oublie jamais à quel point je t'aime.

Le garçon répond, sauf que ce n'est pas vraiment Thomas qui parle. Même si c'est lui. Tout ça n'a aucun sens.

— Est-ce que tu vas devenir cinglée comme tous ces gens à la télé, maman ? Comme… papa ?

La femme se penche et lui ébouriffe les cheveux. La femme ? Non, il ne peut pas l'appeler comme ça. Il s'agit de sa mère. De sa… maman.

— Ne t'en fais pas pour ça, mon cœur, lui dit-elle. Tu ne seras plus là pour le voir.

Elle a perdu le sourire.

*

Le rêve s'estompa trop vite dans le noir, laissant Thomas perdu, seul avec ses pensées. Était-ce un autre souvenir venu des profondeurs de son amnésie ? Avait-il vraiment revu sa mère ? Il avait également été question de son père, qui serait devenu fou. Une douleur sourde le rongeait ; Thomas tenta de s'enfoncer encore plus loin dans le néant.

Plus tard, Teresa le contacta de nouveau.

— *Tom, il y a un problème.*

CHAPITRE 2

C'est ainsi que tout commença. Il entendit la voix de Teresa, lointaine, comme s'il se trouvait au fond d'un tunnel obscur. Son sommeil était devenu un liquide épais, visqueux, qui l'enserrait de toute part. Il avait l'impression d'être coupé du monde, paralysé par la fatigue. Il n'arrivait pas à se réveiller.

— *Thomas !*

Elle avait hurlé. Son cri résonna dans sa tête. Un premier frisson de peur lui remonta le long du dos, mais cela ressemblait encore à un rêve. Il devait dormir. Ils étaient en sécurité et n'avaient plus rien à craindre. Oui, c'était forcément un rêve. Teresa allait bien, ils allaient tous bien. Il se détendit et repartit dans le sommeil.

D'autres bruits parvenaient à la lisière de sa conscience. Des piétinements. Des tintements métalliques. Un bris de verre. Des cris, ou plutôt l'écho de cris lointains, étouffés. Qui se changèrent soudain en hurlements, toujours perdus dans le lointain. Comme s'il était enveloppé dans un épais cocon de velours noir.

Quelque chose finit enfin par le gêner. Il ne pouvait pas continuer à dormir. Teresa l'avait appelé pour le prévenir qu'il y avait un problème ! Il lutta contre le sommeil qui l'accablait, contre l'inertie qui le clouait sur place.

« Debout ! s'encouragea-t-il. Debout ! »

Et puis, quelque chose disparut en lui. D'un coup. Comme si on venait de lui arracher un organe.

C'était elle. Il ne la sentait plus.

— *Teresa !* cria-t-il. *Teresa, tu es là ?*

Mais il ne reçut aucune réponse. Il cria son nom encore et encore, tout en continuant à se débattre dans son sommeil.

La réalité l'envahit enfin, balayant les ténèbres. Frappé de terreur, Thomas ouvrit les yeux, bondit de son lit et regarda autour de lui.

Le monde était devenu fou.

Les blocards couraient en tous sens dans le dortoir. Des gémissements terribles, abominables, déchiraient l'air, comme des cris d'animaux torturés. Poêle-à-frire, livide, indiquait une fenêtre. Newt et Minho se précipitaient vers la porte. Winston tenait dans ses mains son visage déformé par la terreur, comme s'il venait de voir un zombie. Les autres se bousculaient devant les fenêtres. Avec une grimace, Thomas se rendit compte qu'il ne connaissait pas les noms de la plupart des vingt garçons qui avaient survécu au Labyrinthe – étrange idée, au milieu de cette confusion.

Un mouvement aperçu du coin de l'œil le fit se retourner vers le mur. Ce qu'il vit balaya définitivement les sentiments de paix ou de sécurité qu'il avait pu éprouver dans la nuit à discuter avec Teresa.

À un mètre au-dessus de son lit, encadrée par des rideaux de couleur, une petite fenêtre donnait sur une lumière aveuglante. Les carreaux brisés étaient retenus par les barreaux. Un homme se tenait de l'autre côté, ses mains rougies agrippées aux barreaux. Il roulait des yeux fous injectés de sang. Son visage brûlé par le soleil était strié de plaies et de cicatrices. Quelques plaques de ce qui ressemblait à une mousse d'un vert malsain maculaient son crâne chauve. Une vilaine entaille lui barrait la joue droite ; Thomas put même entrevoir ses dents à travers les chairs à vif.

— Je suis un fondu ! s'égosilla le malheureux. Une saloperie de fondu !

Puis il se mit à hurler toujours les mêmes mots, en postillonnant à travers les barreaux :

— Tuez-moi ! Tuez-moi ! Tuez-moi !...

CHAPITRE 3

Une main s'abattit sur l'épaule de Thomas ; il poussa un cri et se retourna. Il se retrouva nez à nez avec Minho, l'œil rivé sur le dingue en train de hurler à la fenêtre.

— Il y en a partout, annonça Minho d'un ton lugubre.

Son découragement reflétait celui de Thomas. À croire que tout l'espoir qu'ils avaient osé nourrir la veille s'était évaporé dans la nuit.

— Et aucun signe des types qui nous ont délivrés, ajouta Minho.

Thomas avait vécu dans la terreur pendant des semaines, mais là, c'en était trop. S'être enfin senti en sécurité pour replonger aussi vite dans l'horreur… À sa propre stupéfaction, pourtant, il refoula rapidement cette petite part de lui-même qui aurait bien voulu se remettre au lit et fermer les yeux. Il mit de côté la douleur du souvenir de sa mère, de la folie de son père et des autres. Quelqu'un allait devoir prendre des décisions : il leur fallait un plan s'ils voulaient survivre à cette nouvelle situation.

— Aucun n'a réussi à entrer, au moins ? demanda-t-il, étrangement calme. Est-ce que toutes les fenêtres ont des barreaux ?

Minho hocha la tête.

— Oui. Il faisait trop noir pour qu'on les remarque hier soir, surtout avec ces foutus rideaux.

Thomas jeta un coup d'œil à leurs compagnons. Certains couraient d'une fenêtre à l'autre pour regarder à l'extérieur, d'autres se serraient en petits groupes. Tous affichaient la même expression de terreur et d'incrédulité.

— Où est Newt ?

— Ici.

Thomas se retourna vers le garçon.

— Que se passe-t-il ?

— Qu'est-ce que j'en sais ? Je dirais qu'une bande de cinglés a l'intention de nous bouffer au petit déjeuner. Il faut sortir d'ici et convoquer un rassemblement. Tous ces cris me donnent la migraine.

Thomas acquiesça ; il était d'accord avec cette idée, tout en espérant que Newt et Minho s'en chargeraient. Il avait hâte de reprendre contact avec Teresa : avec un peu de chance elle lui apprendrait que son avertissement n'avait été qu'un rêve, une hallucination née de l'épuisement et du sommeil profond. Quant à la vision de sa mère...

Ses deux amis s'éloignèrent en agitant les bras pour rassembler les blocards. Thomas jeta un dernier regard craintif au pauvre fou à la fenêtre. Il regretta aussitôt de s'être remis en mémoire l'image de ces chairs sanguinolentes, ces yeux déments, ces hurlements hystériques.

« Tuez-moi ! Tuez-moi ! Tuez-moi ! »

Thomas se dirigea d'un pas chancelant vers le mur le plus proche et s'y appuya de tout son poids.

— *Teresa*, lança-t-il mentalement. *Teresa, tu m'entends ?*

Il attendit, les yeux fermés pour se concentrer. Tendit des mains invisibles pour tâtonner à sa recherche. Sans résultat. Pas même une ombre fugitive ou un soupçon de sensation, et encore moins de réponse.

— *Teresa !* insista-t-il, les dents serrées par l'effort. *Où es-tu ? Que s'est-il passé ?*

Rien. Son cœur lui parut ralentir, s'arrêter presque, et il eut l'impression d'avoir avalé une grosse boule de coton. Il était arrivé quelque chose à Teresa.

Il rouvrit les yeux et vit les blocards se regrouper devant la porte verte du réfectoire dans lequel ils avaient mangé de la pizza la veille au soir. Minho s'acharnait sur la poignée ronde en laiton. C'était fermé à clé.

L'autre porte menait aux douches et aux casiers. C'étaient les seules ouvertures, avec les fenêtres — toutes munies de barreaux, Dieu merci ! car des fous furieux vociféraient derrière chacune d'entre elles.

Malgré l'inquiétude qui le rongeait comme un venin, Thomas renonça à contacter Teresa et rejoignit ses compagnons. Newt secouait la porte à son tour, sans plus de résultat.

— On est bouclés ici, grommela-t-il en lâchant la poignée, les bras ballants.

— Pas possible ? ironisa Minho.

Il se tenait les bras croisés, les muscles saillants, avec les veines qui ressortaient. Pendant une fraction de seconde, Thomas crut même voir son sang pulser.

— Pas étonnant qu'on t'ait donné le nom d'Isaac Newton : tu es vraiment le cerveau de la bande.

Newt n'était pas d'humeur. Ou peut-être avait-il tout simplement appris à ignorer les sarcasmes de Minho.

— Il n'y a qu'à foutre en l'air cette fichue poignée !

Il regarda autour de lui, comme s'il s'attendait à ce qu'on lui passe un marteau.

— Si seulement ces satanés... fondus voulaient bien la fermer ! cria Minho en tournant un regard noir vers une pauvre folle encore plus horrible que l'homme à la fenêtre de Thomas, au visage barré d'une plaie sanguinolente.

— Ces fondus ? répéta Poêle-à-frire.

Le cuistot chevelu n'avait pas prononcé un mot jusquelà. Il s'était quasiment fait oublier. Thomas songea qu'il avait l'air encore plus effrayé qu'au moment d'affronter les Griffeurs quand ils avaient fui le Labyrinthe. Il n'avait peut-être pas tort. Au moment du coucher, la nuit précédente, ils s'étaient crus en sécurité. Oui, peut-être était-ce pire de se trouver tout à coup précipité dans cette situation.

Minho pointa du doigt la folle en sang qui hurlait derrière les barreaux.

— C'est comme ça qu'ils s'appellent eux-mêmes. Tu ne les entends pas ?

— Tu peux les appeler comme tu veux, je m'en fiche ! gronda Newt. Trouvez-moi quelque chose pour défoncer cette foutue porte !

— Tiens, lui dit un garçon de petite taille en lui tendant un extincteur qu'il avait décroché du mur.

Thomas se souvint d'avoir remarqué le gamin plus tôt. Une fois encore, il se sentit coupable de ne pas connaître son nom.

Newt attrapa le cylindre rouge. Thomas se rapprocha, impatient de voir ce qui les attendait derrière, même s'il avait la sensation que ça n'allait pas leur plaire.

Newt brandit l'extincteur, puis l'abattit d'un coup sec sur le bouton en laiton. Le craquement sourd fut suivi d'un grincement de bois. Trois coups plus tard, la poignée tombait sur le sol dans un fracas métallique. La porte s'entrouvrit, juste assez pour dévoiler la pièce obscure de l'autre côté.

Newt resta planté là, à fixer la pénombre comme s'il s'attendait à en voir jaillir une horde de démons tout droit sortis de l'enfer. Il rendit machinalement l'extincteur au garçon qui le lui avait passé.

— Allons-y, décida-t-il.

Thomas crut entendre un léger frémissement dans sa voix.

— Une seconde ! intervint Poêle-à-frire. Vous êtes sûrs de vouloir sortir ? On ne nous avait peut-être pas enfermés sans raison.

Thomas ne put s'empêcher d'acquiescer ; il avait un mauvais pressentiment.

Minho s'approcha de Newt ; il toisa Poêle-à-frire, croisa le regard de Thomas.

— Et qu'est-ce que tu veux qu'on fasse d'autre ? Rester ici en attendant que ces cinglés réussissent à entrer ?

— Ils ne vont pas arracher ces barreaux tout de suite, rétorqua Poêle-à-frire. Et si on prenait cinq minutes pour réfléchir ?

— Ce n'est plus le moment de réfléchir, dit Minho. (Il ouvrit la porte d'un grand coup de pied.) En plus, tu aurais dû le dire avant qu'on arrache la poignée, petite tête. C'est trop tard, maintenant.

— Je déteste quand tu as raison, marmonna Poêle-à-frire.

Thomas n'arrivait pas à détacher les yeux de la pénombre au-delà de la porte ouverte. Il éprouvait une appréhension trop familière, hélas. Quelque chose avait dû mal tourner, sans quoi leurs sauveurs se seraient manifestés depuis longtemps. Mais Minho et Newt avaient raison : ils n'avaient pas d'autre choix que de sortir pour essayer de comprendre.

— Allez ! déclara Minho. J'y vais le premier.

Sans plus attendre, il franchit le seuil et disparut presque aussitôt dans le noir. Newt adressa un regard hésitant à Thomas puis l'imita. Thomas songea que c'était son tour et leur emboîta le pas à contrecœur.

Il s'enfonça dans le réfectoire en tâtonnant devant lui.

Le peu de jour qui s'infiltrait par la porte n'éclairait pas grand-chose ; il aurait aussi bien pu avancer les yeux fermés. L'endroit empestait. Une puanteur horrible.

Devant eux, Minho poussa un petit cri puis lança :

— Holà, faites gaffe. Il y a… des trucs bizarres pendus au plafond.

Thomas entendit un léger gémissement, une sorte de grincement. Comme si Minho s'était cogné dans un plafonnier bas et que, sous le choc, celui-ci se balançait. Plus loin sur la droite, Newt grogna, et on entendit un crissement de métal sur le sol.

— Une table, prévint Newt. Attention aux tables.

Poêle-à-frire parla dans le dos de Thomas.

— Quelqu'un se rappelle où sont les interrupteurs ?

— J'y vais, répondit Newt. Je crois qu'il y en avait quelques-uns là-devant.

Thomas continua à progresser à l'aveuglette. Ses yeux s'habituaient à la pénombre ; il commençait à distinguer des formes. Quelque chose le dérangeait. Il avait beau être désorienté, certains détails ne semblaient pas à leur place. À croire que…

— Bah… ! gémit Minho avec dégoût, comme s'il venait d'enfoncer le pied dans un tas d'ordures.

Un autre grincement se fit entendre dans le noir.

Avant que Thomas ne puisse demander ce qui s'était passé, il se cogna à son tour dans une masse indistincte. Dure. À la forme étrange. Drapée dans du tissu.

— J'ai trouvé ! s'écria Newt.

On entendit un déclic ; la pièce s'illumina sous les néons. Thomas, un moment ébloui, s'écarta de la chose dans laquelle il s'était cogné, se frotta les yeux et heurta une autre masse raide suspendue dans son dos.

— Beurk ! s'exclama Minho.

Thomas plissa les paupières ; sa vision s'éclaircit. Il s'obligea à contempler le spectacle d'horreur qui l'entourait.

Partout dans le réfectoire, des corps pendaient au plafond – une douzaine au moins. On les avait accrochés par le cou, et les cordes rentraient dans leur chair gonflée et violacée. Tous avaient les yeux ouverts, vitreux, éteints. On devinait qu'ils étaient là depuis des heures. Thomas trouva un air familier à leurs vêtements et au visage de certains.

Il se laissa tomber à genoux.

Il les connaissait.

C'étaient ceux qui avaient délivré les blocards, moins de vingt-quatre heures plus tôt.

CHAPITRE 4

Thomas s'appliqua à ne pas regarder les corps en se relevant. Il marcha, ou plutôt tituba jusqu'à Newt, lequel se tenait près des interrupteurs en jetant des regards terrifiés aux cadavres pendus.

Minho les rejoignit en lâchant des jurons. D'autres blocards arrivaient du dortoir avec des cris d'horreur devant le spectacle. Thomas en entendit deux vomir et hoqueter dans un coin. Lui-même fut pris de nausée mais parvint à se contenir. Que s'était-il donc passé ? Comment avaient-ils pu tout perdre aussi vite ? Son estomac se contracta. Le désespoir menaçait de le submerger.

Il se souvint alors de Teresa.

— *Teresa !* lança-t-il. *Teresa !*

Encore et encore, il hurla en lui-même, les yeux clos et la mâchoire serrée.

— *Où es-tu ?*

— Hé, Tommy ! dit Newt en lui pressant l'épaule. Qu'est-ce qui te prend ?

Thomas ouvrit les yeux et se rendit compte qu'il était plié en deux, les mains sur le ventre. Il se redressa lentement et s'efforça de réprimer le sentiment de panique qui le gagnait.

— À... à ton avis ? Regarde un peu autour de nous.

— Oui, mais tu avais l'air d'avoir mal…

— Je vais bien. J'essaie simplement d'entrer en contact avec elle. Et je n'y arrive pas.

Il détestait rappeler aux autres que Teresa et lui pouvaient communiquer par télépathie. Et si tous ces gens étaient morts…

— Il faut qu'on découvre où ils l'ont mise, bredouilla-t-il pour penser à autre chose.

Il parcourut la salle du regard en passant rapidement sur les cadavres, à la recherche d'une porte. Elle avait dit que sa chambre se trouvait de l'autre côté du réfectoire.

Là. Une porte jaune avec une poignée en laiton.

— Il a raison, déclara Minho au reste du groupe. Il faut qu'on la retrouve !

— C'est peut-être déjà fait.

Thomas s'élança, surpris de constater à quelle vitesse il reprenait ses esprits. Il courut jusqu'à la porte en zig-zaguant entre les tables et les cadavres. Elle était forcément là-dedans, en sécurité, comme ils l'avaient été. La porte était fermée : c'était plutôt bon signe. Sans doute verrouillée. Elle s'était peut-être endormie aussi profondément que lui. Voilà pourquoi elle ne répondait pas à ses appels.

Il avait presque atteint la porte quand il se souvint qu'ils auraient peut-être besoin de l'enfoncer.

— Ramenez-moi l'extincteur par ici ! cria-t-il.

La puanteur qui flottait dans le réfectoire était suffocante ; il toussa et reprit son souffle.

— Winston, va le chercher, ordonna Minho derrière lui.

Thomas secoua la poignée, en vain. La porte était fermée à clé. Il remarqua alors une petite pochette en plastique transparent sur le mur, juste à côté de la porte. On y avait glissé une feuille de papier sur laquelle se détachaient ces simples mots :

Teresa Agnes, groupe A, sujet A1
La Traîtresse

Curieusement, le détail qui le frappa le plus fut le nom de famille de Teresa. Du moins ce qui paraissait être son nom de famille. Agnes. Il le trouvait surprenant. Teresa Agnes. Cela ne lui évoquait rien parmi les maigres connaissances historiques qui lui restaient en mémoire. Lui-même avait été baptisé en référence à Thomas Edison, le grand inventeur. Mais Teresa Agnes ? Il n'en avait jamais entendu parler.

Bien sûr, leurs noms à tous tenaient plus ou moins de la mauvaise blague ; un moyen douteux pour les Créateurs – le WICKED, ou quels que soient ceux qui leur avaient infligé ça – de prendre leurs distances avec les vraies personnes qu'ils avaient arrachées à leur famille. Thomas espérait vivement découvrir un jour son nom de naissance, celui que lui avaient donné ses parents. Où qu'ils soient désormais.

Les bribes de souvenirs qu'il avait récupérées à la suite de sa Transformation l'avaient amené à croire que ses parents ne l'aimaient pas. Qu'ils ne voulaient pas de lui. Qu'on l'avait arraché à un sort horrible. Mais, à présent, il refusait de le croire, surtout après son rêve de la nuit précédente.

Minho claqua des doigts sous son nez.

— Hé ho ! Il y a quelqu'un, là-dedans ? Ce n'est pas le moment de s'endormir, Thomas. Il y a plein de corps partout, ça schlingue encore pire que quand Poêle-à-frire lève les bras. Secoue-toi un peu.

Thomas se tourna vers lui.

— Désolé. J'ai du mal à me faire à l'idée que le nom de famille de Teresa soit Agnes.

Minho fit claquer sa langue.

— On s'en fout ! Demande-toi plutôt pourquoi ça dit qu'elle est la Traîtresse.

— Et ce que « Groupe A, sujet A1 » peut bien signifier, renchérit Newt en passant l'extincteur à Thomas. Allez, à ton tour de casser la porte.

Thomas saisit la grosse bonbonne rouge, furieux contre lui-même pour avoir perdu ne serait-ce que quelques secondes à s'interroger sur cette étiquette stupide. Teresa était là-dedans, et elle avait besoin de leur aide. Ignorant le mot « traîtresse », il leva l'extincteur et l'abattit sur la poignée. Le choc lui remonta dans les bras tandis qu'un fracas métallique résonnait dans la salle. Il sentit la poignée céder ; deux coups plus tard, elle se décrochait entièrement et la porte s'entrouvrait.

Thomas balança l'extincteur sur le côté et ouvrit le battant en grand. Des frissons le parcoururent à l'idée de ce qu'il allait trouver. Il entra le premier dans la pièce éclairée.

C'était une version plus modeste du dortoir des garçons, avec quatre lits superposés, deux placards et une porte close qui menait sans doute à une salle de bains. Les lits étaient faits au carré à l'exception d'un seul, dont les couvertures étaient défaites, l'oreiller de travers et les draps froissés. Mais aucun signe de Teresa.

— Teresa ! appela Thomas, la gorge nouée.

Un bruit de chasse d'eau leur parvint de l'autre côté de la porte, et un profond soulagement l'envahit. Il fut presque obligé de s'asseoir. Elle était là, saine et sauve. Il se redressa et fit mine de se diriger vers la porte. Newt le retint par le bras.

— Tu as trop l'habitude de vivre avec des garçons. Je ne crois pas qu'il soit très poli de débarquer dans les toilettes des filles. Attends plutôt qu'elle sorte.

— Je propose qu'on fasse venir tout le monde ici pour un rassemblement, intervint Minho. Ça ne pue pas, et il n'y a pas de fenêtres avec des fondus pour nous hurler dans les oreilles.

Thomas n'avait pas remarqué l'absence de fenêtres jusqu'à cet instant. Ç'aurait pourtant dû lui paraître évident, vu le chaos qui régnait dans leur propre dortoir. Les fondus. Il les avait presque oubliés.

— Si seulement elle voulait bien se dépêcher…, grommela-t-il.

— Je vais chercher les autres, annonça Minho.

Thomas fixa la porte de la salle de bains. Newt, Poêle-à-frire et plusieurs autres blocards s'avancèrent dans la chambre et s'assirent sur les lits, les coudes sur les genoux, se frottant les mains d'un geste machinal. Tout dans leur attitude trahissait la nervosité et l'inquiétude.

— *Teresa ?* fit Thomas. *Tu m'entends ? On attend que tu sortes.*

Aucune réponse. Et il éprouvait toujours cette sensation de vide, comme si sa présence lui avait été retirée de manière permanente.

Il y eut un déclic. La poignée de la porte de la salle de bains tourna, puis le battant s'ouvrit vers Thomas. Il s'avança, prêt à serrer la jeune fille dans ses bras sans se soucier des autres. Sauf que la personne qui pénétra dans la chambre n'était pas Teresa. Thomas se figea net. Tout parut s'effondrer en lui.

C'était un garçon.

Il portait le même genre de vêtements qu'on leur avait remis la veille au soir : un pyjama bleu ciel avec une veste à boutons et un pantalon de flanelle. Il avait le teint basané et des cheveux noirs, étonnamment courts. Son expression de stupéfaction fut la seule chose qui retint Thomas de l'empoigner par le col et de le secouer pour lui arracher des réponses.

— Tu es qui, toi ? demanda Thomas sans prendre de gants.

— Qui je suis ? rétorqua le garçon sur un ton sarcastique. Dis-moi plutôt qui vous êtes, vous.

Newt, qui s'était levé, se trouvait encore plus près que Thomas du nouveau venu.

— Ne commence pas à jouer les caïds. On est plein et tu es tout seul. Crache le morceau !

L'autre croisa les bras dans une posture de défi.

— D'accord. Je m'appelle Aris. C'est tout ce que vous vouliez savoir ?

Thomas se retint de le cogner. Le voir les prendre de haut comme ça, alors que Teresa restait introuvable...

— Comment es-tu arrivé là ? Où est passée la fille qui a dormi là cette nuit ?

— Une fille ? Quelle fille ? Il n'y a que moi, ici. Je n'ai vu personne d'autre.

Thomas se tourna vers le réfectoire.

— Il y a un écriteau juste là qui indique que c'est sa chambre. Teresa… Agnes. Rien à voir avec un tocard du nom d'Aris.

Le ton de sa voix dut faire sentir au dénommé Aris qu'il ne s'agissait pas d'une plaisanterie. Le garçon leva les mains en un geste apaisant.

— Écoute, mec, je ne sais pas de quoi tu parles. On m'a amené ici la nuit dernière, j'ai dormi dans ce lit (il indiqua celui qui était défait) et je me suis réveillé il y a cinq minutes pour aller pisser. Je ne connais aucune Teresa Agnes. Désolé.

Le soulagement qu'avait éprouvé Thomas quand il avait entendu la chasse d'eau vola en éclats. Désemparé, il se tourna vers Newt.

Ce dernier haussa les épaules avant de s'adresser à Aris.

— Qui t'a amené ici ?

Le garçon leva les bras en l'air, puis les laissa retomber contre ses flancs.

— Aucune idée. Des types avec des flingues qui nous ont délivrés et nous ont dit que tout irait bien.

— Délivrés de quoi ? s'enquit Thomas.

Cette histoire devenait vraiment bizarre. Très, très bizarre.

Aris baissa la tête, ses épaules s'affaissèrent. On aurait dit qu'un souvenir horrible lui revenait en mémoire. Il soupira, puis releva les yeux vers Thomas et lui répondit :

— Du Labyrinthe, mec. Du Labyrinthe.

CHAPITRE 5

Thomas se radoucit. L'autre ne mentait pas, ça se voyait. Son expression d'horreur n'était pas feinte. Thomas avait eu la même, et l'avait vue sur bon nombre de ses compagnons. Il savait exactement quel genre de souvenirs l'avait inspirée. Il était sûr maintenant qu'Aris n'avait aucune idée de ce qui avait pu arriver à Teresa.

— Tu ferais bien de t'asseoir, suggéra Thomas. Je crois qu'on a pas mal de choses à se dire.

— Comment ça ? demanda Aris. Et d'abord, qui êtes-vous, les gars ? D'où est-ce que vous sortez ?

Thomas lâcha un petit rire amer.

— Le Labyrinthe. Les Griffeurs. Le WICKED. On a connu tout ça.

Il leur était arrivé tellement de choses. Par où commencer ? Sans parler de Teresa, dont la disparition rendait Thomas malade d'inquiétude et lui donnait envie de quitter la pièce en courant pour partir à sa recherche.

— Vous rigolez, souffla Aris, tout pâle.

— Non, pas du tout, lui assura Newt. Tommy a raison. Il faut qu'on parle. J'ai l'impression qu'on était tous enfermés dans le même genre d'endroit.

— Qui c'est, ce guignol ?

Thomas se retourna et vit Minho sur le seuil de la chambre, à la tête d'un groupe de blocards. La puanteur du réfectoire les faisait grimacer, et ils avaient encore les yeux remplis d'épouvante après avoir vu tous ces cadavres.

— Minho, je te présente Aris, dit Thomas avec un geste vague en direction de leur nouveau compagnon.

Minho grommela quelques mots inintelligibles.

— Écoutez, proposa Newt. Il n'y a qu'à descendre les couchettes du haut et installer les lits en rond dans la pièce. Comme ça, tout le monde pourra s'asseoir et discuter tranquillement.

Thomas secoua la tête.

— Non. D'abord, il faut retrouver Teresa. Elle doit être dans une autre pièce.

— Il n'y en a pas d'autre, dit Minho.

— Comment ça ?

— Je viens de regarder partout. Il y a le réfectoire, cette pièce, notre dortoir et une grosse porte blindée qui conduit à l'extérieur – celle par laquelle on est arrivés du bus hier soir. Fermée à clé et barricadée de l'intérieur. Je sais que ça a l'air dingue, mais je n'ai trouvé aucune autre issue.

Thomas se frotta la tête, en proie à la plus grande confusion. Il avait l'impression d'avoir la cervelle encombrée de toiles d'araignées.

— Mais… et hier soir ? Les pizzas sont bien arrivées de quelque part. Personne n'a remarqué s'il y avait une autre pièce, une cuisine, n'importe quoi ?

Il interrogea ses compagnons du regard, mais personne n'ouvrit la bouche.

— Il y a peut-être une porte dérobée, finit par suggérer Newt. Écoutez, une chose à la fois, d'accord ? Je crois qu'on devrait…

— Non ! cria Thomas. On aura toute la journée pour discuter avec Aris. L'écriteau à côté de la porte indique que Teresa est dans le coin. Il faut la retrouver !

Sans plus attendre, il retourna dans le réfectoire en bousculant les garçons qui lui barraient le passage. La puanteur le frappa de plein fouet, comme s'il avait pris un seau d'eaux usées sur la tête. Les corps gonflés et violacés pendaient devant lui comme des carcasses mises à faisander par des chasseurs. Leurs yeux vitreux le fixaient.

Un frisson de répulsion familier faillit lui déclencher une nausée. Il ferma les yeux un instant, le temps de reprendre ses esprits. Après quoi, il se mit à la recherche de Teresa, en s'appliquant à ne pas regarder les cadavres.

Une idée atroce lui vint alors. Et si elle se trouvait parmi… ?

Il traversa la salle en scrutant chaque visage. Aucun n'était le sien. Son inquiétude céda la place au soulagement, et il put se consacrer à l'examen des lieux.

Le mur du réfectoire était aussi sobre que possible, en plâtre badigeonné de blanc, sans aucune décoration. Pas de fenêtre. Thomas fit rapidement le tour de la salle, en laissant traîner sa main gauche contre le mur. Parvenu à la porte du dortoir des garçons, il passa devant puis continua jusqu'à la grande porte par laquelle ils étaient arrivés la veille. Il pleuvait à verse à ce moment-là, ce qui paraissait impossible maintenant, avec le soleil éclatant qu'il avait vu briller derrière le visage du dément.

La porte comportait deux épais battants en acier aux reflets argentés. Comme Minho l'avait dit, une chaîne impressionnante – dont les maillons faisaient deux bons centimètres d'épaisseur – passait à travers les poignées. Elle était verrouillée par deux énormes cadenas. Thomas tira dessus pour en éprouver la solidité. Le métal froid ne céda pas d'un pouce.

Il s'attendait à entendre tambouriner de l'autre côté – à ce qu'il y ait des fondus qui essaient d'entrer, comme aux fenêtres du dortoir. Mais la pièce demeurait silencieuse. Les seuls bruits qu'on entendait provenaient des dortoirs : les cris des fondus et la conversation à voix basse des blocards.

Frustré, Thomas longea le mur jusqu'à la chambre supposée de Teresa. Sans rien trouver, pas même une fente ou une fissure qui trahisse la présence d'une porte dérobée. La salle n'était même pas rectangulaire – c'était une sorte d'ovale allongé, sans aucun angle.

Thomas était en proie à une confusion profonde. Il repensa à la soirée de la veille : ils s'étaient tous assis là et s'étaient empiffrés de pizzas. Ils avaient forcément aperçu une autre porte, une cuisine, quelque chose ! Mais plus il réfléchissait, plus il essayait de se représenter la scène, plus les images s'embrouillaient. Une alarme se déclencha dans sa tête : ce ne serait pas la première fois qu'on leur manipulait le cerveau. Était-ce là l'explication ? Avait-on effacé ou modifié leurs souvenirs ?

Et qu'était-il arrivé à Teresa ?

En désespoir de cause, il envisagea de se mettre à quatre pattes pour chercher une trappe dans le sol, ou un indice de ce qui avait pu se passer. Mais il ne supportait pas l'idée de passer une minute de plus au milieu de tous ces cadavres. Il ne lui restait qu'une seule piste : le nouveau. Avec un soupir, il retourna dans la chambre où ils l'avaient trouvé. Aris savait peut-être quelque chose qui pourrait l'aider.

Comme l'avait demandé Newt, on avait décroché les couchettes du haut et déplacé tous les lits contre les murs, en dégageant suffisamment de place pour qu'Aris et les dix-neuf blocards puissent s'asseoir en cercle.

En voyant Thomas, Minho tapota une place libre à côté de lui.

— Je t'avais prévenu, mec. Viens t'asseoir. On t'attendait. Mais commence par fermer cette foutue porte, tu veux ? Ça empeste encore pire que les pieds pourris de Gally.

Sans un mot, Thomas tira le battant derrière lui et alla s'asseoir. Il avait envie d'enfouir sa tête entre ses mains mais il s'abstint. Rien n'indiquait que Teresa soit menacée dans l'immédiat. La situation n'était pas claire, mais il pouvait y avoir de nombreuses explications qui n'impliquaient pas toutes un danger.

Newt avait pris place sur le lit voisin, penché en avant, les fesses au bord du matelas.

— Bon, je propose qu'on se raconte notre vie avant d'en arriver au vrai problème : trouver quelque chose à manger.

Comme en réponse à un signal, Thomas sentit son ventre gronder. Il n'avait pas encore pensé à ce problème. L'eau ne serait pas un souci – il y avait les salles de bains – mais on ne voyait aucune trace de nourriture nulle part.

— D'accord, approuva Minho. Vas-y, Aris. On t'écoute.

Le nouveau se trouvait juste en face de Thomas. Les blocards qui partageaient son lit s'étaient assis le plus loin possible de part et d'autre. Il fit non de la tête.

— Pas question. Vous d'abord.

— Ah oui ? rétorqua Minho. Qu'est-ce que tu dirais de te prendre la dérouillée de ta vie pour commencer ? Et après, on verrait si tu te décides à causer.

— Minho, fit Newt d'un ton sévère, pas la peine de…

Minho pointa un doigt accusateur sur Aris.

— Arrête, mec. Ce tocard pourrait faire partie des Créateurs. Ou alors c'est un espion du WICKED. Il a peut-être tué tous ces pauvres gars dans la pièce, là. C'est le seul qu'on ne connaisse pas, et les portes et les fenêtres sont verrouillées de l'intérieur ! J'en ai plein le dos de le voir nous prendre de haut alors qu'on est à vingt contre un. À lui de parler le premier.

Thomas geignit en silence. Une chose était certaine, ce n'était pas en terrorisant le garçon qu'ils le persuaderaient de parler.

Newt soupira et se tourna vers Aris.

— Il n'a pas tort. Explique un peu ce que tu voulais dire en parlant du Labyrinthe. C'est de là qu'on vient, et on ne t'a jamais vu là-bas.

Aris se frotta les yeux, puis affronta le regard de Newt bien en face.

— D'accord, écoutez. On m'a jeté dans un immense labyrinthe entouré de murs de pierre géants, après m'avoir rendu amnésique. Je ne me rappelais rien de ma vie d'avant. Je savais seulement mon nom. Je me suis retrouvé seul au milieu d'une bande de filles, une cinquantaine peut-être. On a réussi à s'échapper il y a quelques jours. Ceux qui nous ont aidés nous ont gardés plusieurs nuits dans un grand gymnase, avant de me conduire ici, hier soir. Mais personne ne m'a rien expliqué. Vous étiez dans un labyrinthe, vous aussi ?

Thomas entendit à peine ces derniers mots au milieu des exclamations de surprise des blocards. Il avait la cervelle en ébullition. Aris leur avait raconté ce qui lui était arrivé avec autant de simplicité et de naturel que s'il décrivait une partie de plage. Mais ça paraissait dingue. Monumental ! Heureusement, quelqu'un formula à voix haute ce qu'il essayait de démêler dans sa tête.

— Laisse-moi deviner, lança Newt. Vous viviez au milieu d'un grand labyrinthe, dans une ferme, à un endroit où les murs se refermaient tous les soirs ? Juste toi et quelques dizaines de filles ? Est-ce que vous aviez aussi des Griffeurs ? Je parie que tu es arrivé le dernier, et que tout est parti en vrille ensuite, c'est ça ? Et que tu es arrivé dans le coma, avec un message indiquant qu'il n'y en aurait plus d'autres ?

— Holà, holà, holà, s'exclama Aris avant même que Newt ait fini. Comment sais-tu tout ça ? Comment est-ce que… ?

— C'est la même saloperie d'expérience, dit Minho d'une voix dénuée de toute animosité. Ou le même… Enfin, peu importe. Sauf que c'était des filles avec un seul garçon, alors que nous, on était des garçons avec une seule fille. Le WICKED a dû concevoir deux labyrinthes différents, pour y faire deux expériences parallèles !

Thomas en était parvenu aux mêmes conclusions. Il finit par se calmer et se tourna vers Aris.

— Est-ce qu'on t'a dit que tu étais l'élément déclencheur ?

Aris hocha la tête, aussi perplexe que tous les autres occupants de la pièce.

— Et est-ce que tu peux… ? commença Thomas avant de s'interrompre. (Chaque fois qu'il ramenait la question sur le tapis, il avait l'impression de passer pour un cinglé.) Est-ce que tu pouvais parler à l'une des filles par télépathie ?

Aris écarquilla les yeux et dévisagea Thomas durant un long moment, comme s'ils partageaient un secret qu'ils étaient les seuls à pouvoir comprendre.

— *Tu m'entends ?*

La phrase se détacha si clairement dans l'esprit de Thomas qu'il crut d'abord qu'Aris l'avait prononcée à voix haute. Mais non, ses lèvres n'avaient pas bougé.

— *Est-ce que tu m'entends ?* insista le garçon.

Thomas hésita, avala sa salive.

— *Oui.*

— *Ils l'ont tuée*, lui dit Aris. *Ma meilleure amie, ils l'ont tuée.*

CHAPITRE 6

— Qu'est-ce qui vous prend ? demanda Newt en regardant tour à tour Thomas et Aris. On peut savoir pourquoi vous vous regardez tous les deux comme si vous aviez le coup de foudre ?

— Il peut le faire, lui aussi, expliqua Thomas sans quitter des yeux le nouveau.

La dernière déclaration d'Aris le terrifiait ; et s'ils avaient tué Teresa... ?

— Faire quoi ? demanda Poêle-à-frire.

— À ton avis ? rétorqua Minho. C'est un phénomène de foire, comme Thomas. Ils peuvent se parler en silence.

Newt regarda Thomas d'un œil noir.

— C'est vrai ?

Thomas acquiesça. Il faillit s'adresser mentalement à Aris mais se souvint au dernier moment de parler à voix haute.

— Qui l'a tuée ? Que s'est-il passé ?

— Qui a tué qui ? voulut savoir Minho. Arrêtez vos conneries magiques quand on est là, s'il vous plaît !

Thomas, les yeux humides, se détourna enfin d'Aris pour s'adresser à Minho.

— Il avait une partenaire à qui parler de cette manière, comme Teresa avec moi. Sauf qu'on l'a tuée, apparemment. Et j'aimerais bien savoir qui.

Aris, la tête baissée, avait le regard posé sur un point près de Thomas.

— Je ne sais pas qui ils sont. Tout se mélange dans ma tête. Je ne saurais même pas distinguer les bons des méchants. Mais je crois qu'ils ont poussé une fille, Beth, à… poignarder… mon amie. Elle s'appelait Rachel. Elle est morte, mec. Elle est morte…

Il s'enfouit le visage dans les mains.

Thomas ressentit une confusion presque douloureuse. Tout semblait indiquer qu'Aris venait d'un deuxième labyrinthe, conçu selon les mêmes critères que le leur, mais avec une proportion inverse de filles et de garçons. Sauf que cela faisait d'Aris une autre version de Teresa. Et de cette Beth une autre de Gally, qui avait tué Chuck avec un couteau. Fallait-il en déduire que Gally était censé tuer Thomas ?

Et que faisait donc Aris dans cette chambre, à la place de Teresa ? Voilà que les éléments qui commençaient presque à s'emboîter se mélangeaient à nouveau.

— D'accord, alors comment es-tu arrivé ici ? demanda Newt. Où sont ces filles dont tu nous parles ? Combien ont pu s'échapper avec toi ?

Thomas ressentit malgré lui une certaine compassion pour Aris. Être passé sur le gril de cette façon, après tout ce qu'il avait subi… Si les rôles étaient inversés, si c'était Thomas qui avait vu Teresa se faire tuer… Assister à la mort de Chuck avait déjà été suffisamment dur.

« Suffisamment dur ? se dit-il. Ou bien est-ce que ç'a été pire ? » Thomas se retint de hurler. Dans des moments pareils, le monde entier lui sortait par les yeux.

Aris finit par relever la tête en essuyant une larme sur sa joue, sans manifester la moindre honte. Thomas songea tout à coup qu'il aimait bien ce garçon.

— Écoutez, répondit Aris, je n'y comprends rien, moi non plus. On était une trentaine à s'en être sortis. Ils nous ont conduits dans ce gymnase, nourris, donné des vêtements propres. Et puis ils m'ont amené ici la nuit dernière, sous prétexte que je devais être séparé des autres puisque je suis un garçon. C'est tout. Et c'est là que vous autres jobards m'êtes tombés dessus.

— Jobards ? répéta Minho.

Aris secoua la tête.

— Laisse tomber. Juste une expression qu'on employait dans le Labyrinthe.

Minho échangea un regard avec Thomas, un mince sourire aux lèvres. Apparemment, les deux groupes avaient développé chacun ses propres tics de langage.

— Hé, intervint l'un des blocards que Thomas ne connaissait pas très bien. (Adossé au mur derrière Aris, il indiquait sa nuque.) Qu'est-ce que tu as dans le cou ? Ce truc noir, sous ton col.

Aris essaya de regarder sans y arriver.

— Hein ?

Thomas aperçut une tache noire au ras du col de son pyjama. Ça ressemblait à une ligne épaisse qui partait du creux de la clavicule et faisait le tour de sa nuque. Une ligne interrompue… peut-être une suite de lettres.

— Laisse-moi regarder, proposa Newt.

Il se leva de son lit et s'approcha. Sa claudication – dont il n'avait jamais raconté l'origine à Thomas – se remarquait plus que d'habitude. Il baissa la veste de pyjama d'Aris pour mieux voir.

— C'est un tatouage, annonça-t-il avec une expression incrédule.

— Et ça dit quoi ? demanda Minho, qui s'était levé lui aussi et s'approchait pour voir par lui-même.

Comme Newt ne répondait pas, la curiosité obligea Thomas à rejoindre Minho pour se pencher à son tour sur le tatouage. Ce qu'il lut, en gros caractères, fit accélérer son pouls.

Propriété du WICKED. Groupe B, sujet B1. Le Partenaire.

— Qu'est-ce que ça veut dire ? s'étonna Minho.

— Qu'est-ce qui est écrit ? demanda Aris en se tâtant la nuque. Il n'y avait rien, hier soir !

Newt lui lut les mots, en ajoutant :

— Propriété du WICKED ? Je croyais qu'on leur avait échappé. Et toi aussi, d'ailleurs…

Il tourna les talons, visiblement frustré, et retourna s'asseoir.

— Et pourquoi le Partenaire ?

— Aucune idée. Je vous le jure ! En tout cas, ce n'était pas là hier soir. Je me suis regardé dans le miroir après ma douche. Je l'aurais remarqué. Et les autres l'auraient forcément vu dans le Labyrinthe.

— Tu voudrais nous faire croire qu'on t'a tatoué ça pendant la nuit ? dit Minho. Sans que tu t'en aperçoives ? Allez, mec.

— Je vous le jure ! insista Aris.

Il se leva et se rendit dans la salle de bains, probablement pour s'examiner dans la glace.

— Il nous ment, murmura Minho à Thomas en retournant s'asseoir.

Alors qu'il se penchait avant de se laisser retomber sur son matelas, sa chemise descendit juste assez pour révéler un gros trait noir sur sa nuque.

— Attends ! s'exclama Thomas.

Pendant un instant, il resta pétrifié de surprise.

Minho le dévisagea comme s'il venait de lui pousser une troisième oreille sur le front.

— Quoi ?

— Ton… ton cou, bredouilla Thomas. Tu as la même chose dans le cou, toi aussi !

— Qu'est-ce que tu racontes ? protesta Minho qui tira sur sa chemise en se contorsionnant pour regarder.

Thomas écarta ses mains et baissa son col.

— Nom de… C'est bien ça ! Le même tatouage, sauf que…

Thomas lut les mots en silence.

Propriété du WICKED. Groupe A, sujet A7. Le Chef.

— Quoi, mec ? explosa Minho.

La plupart des autres blocards se pressaient derrière Thomas pour jeter un coup d'œil. Thomas lut le tatouage à voix haute.

— Tu charries ? lança Minho en se levant.

Il écarta ses compagnons et rejoignit Aris dans la salle de bains.

Puis ce fut la folie. Thomas sentit qu'on tirait sur le col de sa chemise alors que lui-même examinait le cou de son voisin. Tout le monde se mit à parler en même temps.

— On est tous du groupe A.

— Propriété du WICKED, comme eux.

— Toi, tu es le sujet A13.

— Et toi le A19.

— Le A3.

— Le A10.

Thomas regarda, hébété, les blocards découvrir leurs tatouages. La plupart n'avaient pas de désignation supplémentaire comme Aris ou Minho, juste la mention de propriété, le nom du groupe et un numéro. Newt passait de l'un à l'autre en fixant chaque tatouage, le visage figé, comme s'il mémorisait les noms et les numéros. Il finit par se retrouver nez à nez avec Thomas.

— Qu'est-ce qu'il y a sur le mien ? demanda Newt.

Thomas tira sur son col et se pencha pour déchiffrer les mots inscrits sur sa peau.

— Tu es le sujet A5, et apparemment, tu serais la Colle.

Newt le dévisagea avec stupeur.

— La Colle ?

Thomas lâcha sa chemise et s'écarta.

— Eh oui. Peut-être une manière de dire que c'est toi qui nous lies les uns aux autres, je ne sais pas. Lis le mien.

— C'est déjà fait.

Thomas remarqua qu'il affichait une expression étrange : de la réticence ou peut-être de la peur, comme s'il n'avait pas envie de lui révéler ce que disait son tatouage.

— Et alors ?

— Tu es le sujet A2, dit Newt avant de baisser les yeux.

— Et ? l'encouragea Thomas.

Newt hésita, puis répondit sans le regarder :

— Il n'y a pas de nom. Ça dit simplement « À tuer par le groupe B ».

Thomas n'eut pas vraiment le temps d'assimiler ce que Newt venait de lui apprendre. Il était encore en train de se demander s'il devait avoir peur ou non quand une sirène retentit à travers la pièce. D'instinct, il se boucha les oreilles en se tournant vers les autres.

Devant leurs visages perplexes, la mémoire lui revint. C'était le même son qui avait retenti dans le Labyrinthe juste avant l'apparition de Teresa dans la Boîte. Il ne l'avait entendu qu'une fois. Dans cet espace confiné, il paraissait différent – plus fort, entrelacé d'échos. Néanmoins, il était presque sûr de le reconnaître. C'était bien la sirène annonçant l'arrivée d'un nouveau.

Et le mugissement ne s'arrêtait pas. Thomas sentait un début de migraine se former entre ses yeux.

Des blocards tournaient en rond dans la pièce, scrutant les murs et le plafond pour essayer de repérer l'origine du bruit. D'autres restaient assis sur les lits, les mains plaquées sur les oreilles. Thomas aussi chercha la source de la sirène, mais en vain. On ne voyait aucun haut-parleur, aucune grille d'air conditionné, rien. Le son semblait provenir de partout à la fois.

Newt l'empoigna par le bras et lui cria à l'oreille :

— C'est la sirène des nouveaux !

— Je sais !

— Pourquoi elle s'est mise en marche ?

Thomas haussa les épaules. Comment aurait-il pu le savoir ?

Minho et Aris étaient revenus de la salle de bains, se frottant machinalement la nuque. Ils examinèrent leurs compagnons, interloqués. Il ne leur fallut pas longtemps pour s'apercevoir que les autres avaient le même genre de tatouages qu'eux. Poêle-à-frire s'approcha de la porte du réfectoire et voulut poser la main à l'emplacement de la poignée arrachée.

— Arrête ! lui cria Thomas.

Il se précipita vers lui, suivi de près par Newt.

— Pourquoi ? demanda Poêle-à-frire, dont la main s'était figée à quelques centimètres de la porte.

— Je ne sais pas, répondit Thomas. C'est une alarme. Peut-être qu'il se passe quelque chose de grave.

— Oui ! s'écria Poêle-à-frire. Peut-être bien qu'on ne devrait pas traîner ici !

Sans attendre la réaction de Thomas, il essaya de pousser la porte. Celle-ci ne bougea pas. Il poussa plus fort, sans résultat, puis colla son épaule contre le battant et pesa dessus de tout son poids.

Rien à faire. La porte ne céda pas d'un pouce ; elle aurait aussi bien pu être murée.

— Vous avez cassé cette saloperie de poignée ! hurla Poêle-à-frire, avant de frapper la porte du plat de la main.

Thomas n'avait plus envie de crier ; il se sentait fatigué et sa gorge lui faisait mal. Il s'adossa contre le mur, les bras croisés. La plupart des blocards semblaient aussi abattus que lui, las de chercher des réponses ou un moyen de sortir. Ils restaient assis sur les lits ou plantés là, l'air absent.

En désespoir de cause, Thomas essaya encore d'entrer en contact avec Teresa. Plusieurs fois. Mais elle ne répondit pas. De toute façon, au milieu du vacarme, il n'était pas sûr de réussir à se concentrer suffisamment pour l'entendre. Il continuait à percevoir son absence ; comme quand on se réveille un jour en sentant un trou dans sa bouche à la place d'une dent. Pas besoin de se regarder dans un miroir pour savoir qu'il vous en manque une.

Puis la sirène s'interrompit.

Jamais silence n'avait paru plus oppressant. Il se répandit dans la pièce comme un bourdonnement d'essaim en furie. Chaque souffle, le moindre courant d'air semblait résonner comme une explosion au milieu de ce calme étrange.

Newt fut le premier à prendre la parole.

— Ne me dites pas qu'on va encore nous balancer un nouveau dans les pattes !

— Où est la Boîte, dans cette taule ? marmonna Minho sur un ton sarcastique.

Alerté par un grincement léger, Thomas se tourna vivement vers la porte. Elle s'était entrouverte de quelques centimètres, dévoilant une ligne sombre. Quelqu'un avait éteint la lumière dans le réfectoire. Poêle-à-frire recula d'un pas.

— J'imagine que c'est une invitation à sortir, dit Minho.

— Passe le premier, suggéra Poêle-à-frire.

Minho s'avançait déjà.

— Pas de problème. On va peut-être trouver un nouveau tocard à qui botter les fesses quand on n'aura rien de mieux à faire. (Il s'arrêta devant la porte et jeta un regard en coin à Thomas. Sa voix se fit étonnamment douce.) Ce serait chouette d'avoir un autre Chuck.

Thomas savait qu'il ne devait pas se fâcher. À sa manière étrange, Minho essayait de lui faire comprendre que Chuck lui manquait à lui aussi. Mais qu'on évoque son ami, surtout dans un moment pareil, le mettait en colère. Son instinct lui souffla de laisser tomber ; il avait suffisamment de soucis dans l'immédiat. Il devait faire fi de ses sentiments et continuer d'avancer. Pas à pas. Le temps que la situation s'arrange.

— Ouais, dit-il. Tu vas te décider à bouger ou tu me laisses y aller ?

— Qu'est-ce qu'il y a sur ton tatouage ? lui rappela Minho.

— On s'en fiche. Sortons d'ici.

Minho hocha la tête sans le regarder directement. Puis il sourit, et son embarras parut s'estomper, remplacé par sa nonchalance habituelle.

— D'accord. Si un zombie commence à me bouffer la jambe, sauve-moi.

— Promis.

Thomas faillit lui dire d'arrêter de tergiverser. Leur voyage absurde semblait sur le point de prendre un nouveau virage ; il ne servait à rien de le retarder davantage.

Minho poussa la porte. La barre de pénombre devint un grand rectangle : le réfectoire était aussi sombre que la première fois qu'ils avaient quitté le dortoir. Minho franchit le seuil, Thomas sur les talons.

— Attends ici, lui souffla Minho. Pas la peine de jouer aux autotamponneuses avec les cadavres. Je vais d'abord allumer.

— Mais pourquoi c'est éteint ? demanda Thomas. Je veux dire, qui a éteint ?

Minho se tourna vers lui ; la lumière de la chambre d'Aris éclaira son visage, soulignant son sourire narquois.

— Pourquoi tu te fatigues à poser des questions, mec ? Toute cette histoire n'a aucun sens et n'en aura probablement jamais. Maintenant, écrase et reste là.

Minho disparut dans l'obscurité. Thomas l'entendit s'éloigner en frôlant le mur du bout des doigts.

— J'y suis ! cria-t-il, une fois parvenu à l'emplacement des interrupteurs.

On entendit quelques clics, et la lumière revint. Pendant une fraction de seconde Thomas ne remarqua rien. Puis la réalité le frappa : la puanteur de charnier avait disparu.

Et il savait pourquoi.

Les corps s'étaient envolés sans laisser de traces. À croire qu'ils n'avaient jamais été là.

CHAPITRE 8

Il s'écoula plusieurs secondes avant que Thomas prenne conscience qu'il avait cessé de respirer. Il inspira une grande goulée d'air en fixant la salle vide. Plus de corps boursouflés aux chairs violacées. Ni de puanteur.

Newt le poussa du coude et s'avança en boitillant jusqu'au centre de la salle.

— Impossible, déclara-t-il, les yeux rivés au plafond où les cadavres se balançaient au bout de leurs cordes quelques minutes auparavant. Personne n'aurait eu assez de temps pour les évacuer. De toute façon, personne n'aurait pu entrer dans cette foutuc pièce sans qu'on l'entende !

Thomas s'écarta de la porte pour s'adosser contre le mur tandis que les autres blocards et Aris sortaient du petit dortoir. Un silence s'abattit sur le groupe à mesure que les garçons constataient la disparition des morts. Quant à Thomas, il éprouvait une impression d'engour-dissement, comme s'il n'arrivait plus à s'étonner de rien.

— Tu as raison, approuva Minho à l'adresse de Newt. On est restés là-dedans, quoi, une vingtaine de minutes ? Personne n'aurait pu décrocher ces corps en si peu de temps. En plus, la salle est fermée de l'intérieur !

— Sans parler de l'odeur, ajouta Thomas.

Minho acquiesça.

— Ah ça, vous êtes fortiches, bande de tocards, bougonna Poêle-à-frire. Mais regardez un peu autour de vous. Les corps ne sont plus là. Vous pouvez dire ce que vous voulez, il y a bien quelqu'un qui les a enlevés.

Thomas ne se sentait pas d'humeur à entamer un débat. Les cadavres avaient disparu ? Très bien. Ils avaient vu des choses beaucoup plus bizarres.

— Hé, fit remarquer Winston. Les cinglés ne hurlent plus.

Thomas se décolla du mur et tendit l'oreille. Rien.

— Je croyais qu'on ne les entendait plus depuis la chambre d'Aris. Mais tu as raison. Ils ont vraiment arrêté.

Bientôt, tout le monde se rua vers le grand dortoir, de l'autre côté du réfectoire. Thomas suivit le mouvement, curieux de découvrir ce qu'on voyait par les fenêtres. Avant, avec tous les fondus qui vociféraient et se pressaient derrière les barreaux, il était trop horrifié pour regarder.

— Qu'est-ce que... ! s'exclama Minho, au premier rang, avant de pénétrer dans le dortoir.

Thomas vit tous les autres garçons hésiter sur le seuil, les yeux écarquillés, puis s'avancer à l'intérieur. Il attendit qu'Aris et le dernier blocard soient rentrés pour leur emboîter le pas.

Il éprouva la même stupéfaction que ses compagnons. Dans l'ensemble, la pièce n'avait guère changé. À une différence près, monumentale : chaque fenêtre, sans exception, était occultée par un mur de briques rouges juste derrière les barreaux. Il n'y avait plus le moindre interstice. Le seul éclairage de la pièce provenait des plafonniers.

— Je veux bien qu'ils aient fait vite avec les cadavres, dit Newt, mais ils n'ont quand même pas eu le temps de construire une saleté de mur de briques ! Qu'est-ce qui se passe ici, à la fin ?

Thomas regarda Minho s'approcher d'une fenêtre, passer la main entre les barreaux et peser de tout son poids sur les briques.

— C'est plein, annonça-t-il en cognant du poing contre le mur.

Thomas s'approcha pour toucher les briques à son tour.

— Ce mur n'a même pas l'air récent, murmura-t-il. Le ciment est sec. On nous a piégés, c'est tout.

— Piégés ? répéta Poêle-à-frire. Comment ça ?

Thomas haussa les épaules ; la sensation d'engourdissement le reprenait. Il aurait voulu pouvoir parler à Teresa.

— Je ne sais pas. Tu te souviens de la Falaise ? En sautant dans le vide, on passait à travers un trou invisible. Qui sait de quoi ces gens sont capables ?

La demi-heure suivante s'écoula dans un brouillard. Thomas fit le tour de la pièce, comme tous les autres, inspecta le mur de briques et chercha le moindre signe de ce qui avait pu changer. Il nota plusieurs détails, aussi étranges les uns que les autres. Les lits des blocards avaient été faits, et on ne voyait plus aucune trace des habits crasseux qu'ils portaient la veille quand on leur avait remis leurs pyjamas. Les placards avaient changé de place, quoique de manière si subtile que certains doutaient que ce soit le cas. Ce qui était sûr, c'est que chaque garçon s'était vu attribuer des vêtements neufs et de nouvelles chaussures, ainsi qu'une montre digitale.

Mais la différence la plus flagrante – relevée par Minho – concernait l'écriteau à l'extérieur de la chambre où ils avaient trouvé Aris. Au lieu d'indiquer « Teresa Agnes, Groupe A, sujet A1, la Traîtresse », il disait maintenant :

Aris Jones, groupe B, sujet B1
Le Partenaire

Tout le monde vint voir la nouvelle plaque puis continua ses explorations tandis que Thomas restait planté devant, incapable d'en détacher les yeux. Pour lui, le nouvel écriteau officialisait la chose : on lui avait pris Teresa pour la remplacer par Aris. Cela n'avait aucun sens, et d'ailleurs cela n'avait plus d'importance. Il retourna dans le dortoir des garçons, trouva le lit dans lequel il avait dormi – ou croyait avoir dormi –, s'y allongea et posa l'oreiller sur sa tête, comme si ça pouvait faire disparaître tout le reste.

Qu'était devenue la jeune fille ? Que leur arrivait-il à tous ? Où étaient-ils ? Qu'étaient-ils censés faire ? Et ces tatouages…

Couché sur le côté, il croisa les bras et remonta les jambes en position fœtale. Après quoi, bien décidé à obtenir une explication, il l'appela mentalement.

— *Teresa ?*

Une pause.

— *Teresa ?*

Autre pause plus longue.

— *Teresa !* cria-t-il, tous les muscles bandés sous l'effort. *Teresa, où es-tu ? Réponds-moi, s'il te plaît. Pourquoi n'essaies-tu pas de me contacter ? Ter...*

— *Sors de ma tête !*

Les mots explosèrent sous son crâne, si vifs, si étrangement clairs qu'il en éprouva des élancements douloureux. Il se redressa dans son lit, puis se leva. C'était elle. Incontestablement.

— *Teresa ?*

Il se prit les tempes entre l'index et le majeur de chaque main.

— *Teresa ?*

— *Je ne sais pas qui tu es, dégage de ma tête !*

Thomas trébucha en arrière et retomba assis sur son lit. Il avait les paupières plissées sous la concentration.

— *Teresa, qu'est-ce qui te prend ? C'est moi, Thomas. Où es-tu ?*

— *La ferme !*

C'était elle, ça ne faisait aucun doute, mais sa voix mentale était teintée de peur et de colère.

— *Ferme-la ! Je ne te connais pas. Fiche-moi la paix !*

— *Teresa*, insista Thomas, perdu. *Qu'est-ce qui ne va pas ?*

Elle ne répondit pas tout de suite, comme si elle rassemblait ses idées, et quand elle reprit la parole ce fut avec un calme presque inquiétant.

— *Laisse-moi tranquille, sinon je viens te chercher et je te jure que je te tranche la gorge.*

Puis elle disparut. Malgré la menace, il essaya de la recontacter, mais la même absence qu'il avait ressentie le matin revint. Elle avait disparu.

Thomas se rallongea sur son lit, saisi par une sensation d'horreur. Il enfouit de nouveau le visage dans son oreiller et se mit à pleurer pour la première fois depuis la mort de Chuck. Les mots de l'écriteau à la porte de la chambre – la Traîtresse – lui revenaient constamment à l'esprit. Il les refoulait chaque fois.

Étonnamment, personne ne prit la peine de lui demander ce qui n'allait pas. Ses sanglots cédèrent la place à des hoquets douloureux, et il finit par s'endormir. Une fois de plus, il rêva.

*

Il est un peu plus âgé, il doit avoir sept ou huit ans. Une lumière aveuglante flotte au-dessus de sa tête comme par magie.

Des gens en combinaison verte et avec de drôles de lunettes viennent l'observer, en bloquant momentanément la lumière. Il ne peut voir que leurs yeux. Leur bouche et leur nez sont cachés par des masques. Thomas est à la fois acteur et spectateur de la scène, comme avant. Il ressent néanmoins sa peur de petit garçon.

Des gens parlent d'une voix monotone et assourdie. Il y a des hommes, des femmes, mais il ne saurait pas les distinguer et encore moins les identifier.

Il ne comprend pas grand-chose à ce qu'ils racontent.

Il n'en saisit que des bribes. Des bribes de conversation. Terrifiantes.

— Il va falloir travailler plus profond, avec la fille et lui.

— Vous croyez que leur cerveau va tenir le coup ?

— Je ne sais pas, c'est tellement incroyable. La Braise est totalement implantée dans son système.

— Il risque d'y rester.

— Ou pire. Il risque de s'en sortir.

Il entend une dernière remarque, la seule qui ne le fasse pas frissonner de peur ou de dégoût.

— Ou alors, lui et les autres nous sauveront tous.

CHAPITRE 9

À son réveil, il avait l'impression qu'on lui avait enfoncé à coups de marteau des glaçons dans les oreilles et dans le cerveau. Il leva le bras, grimaçant, pour se frotter les yeux et fut pris d'un vertige qui fit tanguer la pièce autour de lui. Il se souvint alors de la réaction violente de Teresa, puis de son rêve, et se sentit envahi par le découragement. Qui étaient ces gens ? Des personnes réelles ? Étaient-ils sérieux, à propos de son cerveau ?

— Content de voir que certains arrivent encore à faire la sieste.

Thomas plissa les paupières et vit Newt qui le toisait, debout à son chevet.

— Combien de temps j'ai dormi ? demanda Thomas en balayant Teresa et son rêve – son souvenir ? – dans un coin de son esprit.

Newt consulta sa montre.

— Deux heures. Quand les autres t'ont vu roupiller, ça a calmé tout le monde. Il n'y a pas grand-chose de mieux à faire de toute façon. On est enfermés ici.

Thomas s'assit dans son lit, le dos au mur, en s'efforçant de ne pas gémir.

— Est-ce qu'on a quelque chose à manger ?

— Non. Mais je suis sûr que ces gars-là ne se sont pas donné tant de mal pour nous amener ici et nous monter un plan pareil dans le seul but de nous regarder crever de faim. Il va forcément se passer un truc. Ça me rappelle au début, quand ils nous ont envoyés au Bloc. Le groupe initial, avec Alby, Minho, moi et quelques autres. Les premiers blocards.

Il avait lâché cette dernière remarque sur un ton sarcastique.

Thomas prit conscience qu'il ne s'était jamais demandé à quoi leur situation avait pu ressembler.

— Ah bon ? Raconte.

Le regard de Newt se posa sur le mur derrière la fenêtre la plus proche.

— On s'est réveillés en plein jour, couchés par terre à côté de la Boîte. Elle était fermée. On n'avait plus aucun souvenir, comme toi à ton arrivée. La panique n'a pas duré longtemps ; tu aurais été surpris de voir à quelle vitesse tout le monde s'est calmé. On était une trentaine. Bien sûr, on ignorait ce qui se passait, comment on était arrivés là, ou ce qu'on attendait de nous. Et on était terrifiés, complètement paumés. Mais vu qu'on était tous dans le même bateau, on s'est organisés comme on a pu. Et quelques jours plus tard, chacun avait son job et on faisait tourner la ferme.

Thomas constata avec soulagement que sa migraine s'estompait. Et il s'avouait intrigué par les débuts du Bloc – les pièces de puzzle éparses que la Transformation lui avait permis de rassembler ne constituaient pas des souvenirs suffisamment solides.

— Est-ce que les Créateurs avaient déjà tout mis en place ? Les champs, les animaux, tout ça ?

Newt acquiesça, sans quitter des yeux la fenêtre murée.

— Oui, mais ç'a été un sacré boulot d'apprendre à gérer tout ça correctement. On a fait pas mal d'erreurs, au début.

— Et, heu… en quoi la situation actuelle te fait-elle penser à ça ? demanda Thomas.

Newt le regarda enfin.

— Ben, à l'époque, on était tous convaincus qu'on nous avait envoyés là dans un but bien précis. Si on avait voulu nous tuer, on l'aurait fait, tout simplement. Pourquoi se donner la peine de nous envoyer dans cet endroit gigantesque, avec une ferme, une grange et des animaux ? Et puisqu'on n'avait pas le choix, on s'est retroussé les manches et on s'est mis à explorer les lieux.

— Sauf qu'on a déjà tout exploré ici, rétorqua Thomas. Pas d'animaux, rien à manger, et pas de Labyrinthe.

— Arrête, tu vois bien que c'est le même concept. On nous a forcément mis ici pour une raison précise. Et on finira par la découvrir.

— À condition de ne pas mourir de faim d'ici là.

Newt indiqua la salle de bains.

— On a de l'eau, on peut tenir plusieurs jours. Il va bien se passer quelque chose !

Au fond de lui, Thomas en était persuadé lui aussi ; il ne discutait que pour se rassurer.

— Que fais-tu des cadavres qui pendaient là ce matin ? Peut-être que ces gens nous ont vraiment sauvés, qu'ils se sont fait tuer, et que tout est fichu maintenant.

Ou qu'on était censés agir mais qu'il est trop tard et qu'il ne nous reste plus qu'à crever ici.

Newt éclata de rire.

— Tu es drôlement encourageant, tu sais ? Non, après le coup des cadavres qui se volatilisent et l'apparition des murs de briques, ça ressemble plutôt à un truc comme le Labyrinthe. Bizarre et impossible à expliquer. Le mystère ultime. C'est peut-être notre prochaine épreuve, va savoir. En tout cas, on aura notre chance, comme on l'a eue dans le Labyrinthe. Je te le garantis.

— Oui, murmura Thomas.

Il hésitait à lui faire part de son rêve. Il décida de le garder pour lui dans l'immédiat, et dit simplement :

— J'espère que tu as raison. Tant qu'on ne voit pas débarquer les Griffeurs, ça devrait aller.

— S'il te plaît, mec, ne parle pas de ce genre de truc. Tu vas nous porter la poisse.

L'image de Teresa s'imposa à l'esprit de Thomas, qui perdit toute envie de poursuivre la discussion.

— Qui joue les rabat-joie, maintenant ? répliqua-t-il néanmoins.

— Tu as raison, reconnut Newt. Je crois que je vais aller embêter quelqu'un d'autre en attendant que la situation se débloque. J'espère que c'est pour bientôt. J'ai faim !

— Ne parle pas de ce genre de truc…

— Ha, ha.

Newt s'éloigna et Thomas s'allongea sur le dos. Il ferma les yeux au bout d'un moment, mais quand il vit apparaître le visage de Teresa au cœur de ses idées noires, il les rouvrit aussitôt. S'il voulait réussir à s'en sortir, il allait devoir l'oublier pour le moment.

*

La faim.

« On dirait que j'ai une bestiole dans le ventre », songea Thomas. Après trois jours entiers sans manger, il avait l'impression qu'une bête féroce cherchait à se frayer un chemin hors de son estomac à coups de crocs et de griffes. La sensation le tenaillait à chaque instant. Il buvait aussi souvent que possible aux robinets de la salle de bains, mais cela n'apaisait pas la bête. Ça donnait plutôt l'impression de la renforcer, pour qu'elle puisse le tourmenter encore plus.

Les autres souffraient aussi, même si la plupart serraient les dents et ne disaient rien. Thomas les regardait marcher la tête basse, comme si chaque pas leur coûtait mille calories. Beaucoup se léchaient les lèvres. Ils se tenaient le ventre, le comprimaient, comme pour calmer la bête qui les rongeait de l'intérieur. Sauf pour aller boire à la salle de bains, presque tous évitaient de bouger. Comme Thomas, ils restaient allongés sur leur lit, inertes. Le teint pâle, les yeux creusés.

Thomas vivait cet état comme une maladie douloureuse. La vue de ses compagnons ne faisait qu'empirer les choses, lui rappelant sans cesse qu'il ne pouvait pas se contenter de fermer les yeux. La situation était bien réelle, la mort l'attendait au bout du chemin.

Sommeil agité. Salle de bains. Robinet. Retour titubant jusqu'à la couchette. Sommeil agité – sans les rêves ou les souvenirs qui lui étaient revenus précédemment. Le cycle se poursuivait, horrible, tout juste interrompu par la pensée de Teresa dont les paroles cinglantes lui rendaient un peu moins cruelle la perspective de sa mort prochaine. Elle avait été son unique espoir après le Labyrinthe et la perte de Chuck. Et voilà qu'elle avait disparu, qu'ils n'avaient plus rien à manger, depuis trois jours.

La faim. Insupportable.

Il ne se donnait plus la peine de consulter sa montre – cela ne servait qu'à faire paraître le temps plus long et lui rappeler depuis combien de temps il n'avait rien avalé. Vers le milieu de l'après-midi du troisième jour, un bourdonnement soudain se fit entendre dans le réfectoire.

Il regarda vers la porte, conscient qu'il devrait se lever et aller voir. Mais son esprit retombait déjà dans l'état de semi-conscience brumeuse dans lequel il flottait désormais.

Peut-être avait-il imaginé ce bruit. Pourtant, il l'entendit de nouveau.

Il décida de se lever.

Et s'enfonça dans le sommeil.

*

— Thomas.

C'était la voix de Minho. Faible, mais tout de même moins que la dernière fois qu'il l'avait entendue.

— Thomas ! Réveille-toi, mec.

Thomas ouvrit les yeux, surpris d'être encore en vie. Sa vision resta floue une seconde, et au début il ne crut pas à la réalité de ce qu'il voyait flotter à quelques centimètres de son nez. Puis la chose se précisa, ronde et rouge, parsemée de points verts sur sa surface brillante. Il eut l'impression de contempler le paradis.

Une pomme.

— Où as-tu… ?

Il ne prit pas la peine d'achever. Ces trois mots avaient déjà sapé toute son énergie.

— Mange, va, dit Minho, avant d'émettre un bruit mouillé.

Thomas leva les yeux et vit son ami mordre dans une autre pomme. Alors il se redressa sur un coude pour ramasser le fruit posé sur le lit. Il le porta à sa bouche et mordit dedans. La saveur et le jus du fruit explosèrent dans sa bouche.

Avec un gémissement, il attaqua le reste du fruit et l'eut bientôt dévoré jusqu'au trognon avant même que Minho n'ait terminé le sien.

— Vas-y mollo, lui conseilla son ami. Continue à t'empiffrer comme ça et tu vas tout dégueuler. En voilà une autre. Essaie de prendre le temps de mâcher, cette fois.

Il tendit une deuxième pomme à Thomas, qui la saisit sans un mot de remerciement et en prit une grosse bouchée. Tout en mastiquant et en se promettant d'avaler avant de prendre une autre bouchée, il sentit un regain d'énergie lui traverser le corps.

— Oh, ça fait du bien, soupira-t-il. Mais d'où elles sortent, ces pommes ?

Minho hésita, puis se remit à mastiquer.

— Elles étaient dans le réfectoire, répondit-il. Avec… le reste. Les tocards qui les ont trouvées jurent que, quelques minutes plus tôt, il n'y avait rien, mais moi, je m'en fiche.

Thomas balança ses jambes hors du lit et s'assit.

— Et qu'ont-ils trouvé d'autre ?

Minho indiqua la porte d'un hochement de tête.

— Va voir toi-même.

Thomas se leva avec difficulté. Il se sentait toujours très faible, comme si on l'avait vidé de sa chair et qu'il ne lui restait plus que les os. Mais il se tint debout et, après quelques secondes, jugea même qu'il se sentait déjà mieux que lors de son dernier trajet jusqu'à la salle de bains.

Quand il eut recouvré son équilibre, il gagna la porte et pénétra dans le réfectoire. Trois jours plus tôt, la salle était pleine de cadavres ; à présent elle était remplie de blocards en train de puiser dans un gros tas de nourriture au milieu de la pièce. Fruits, légumes, petits paquets.

À peine eut-il enregistré la scène qu'une chose plus étrange encore attira son attention à l'autre bout de la salle. Il tendit le bras pour s'appuyer contre le mur derrière lui.

On avait installé un grand bureau face à la porte du deuxième dortoir.

Et juste derrière, un homme maigre en costume était assis dans un fauteuil, les pieds sur le bureau, jambes croisées.

Il était plongé dans la lecture d'un livre.

CHAPITRE 10

Thomas resta planté une bonne minute à fixer l'homme tranquillement installé derrière son bureau, en train de lire. On aurait dit qu'il avait lu toute sa vie, assis comme ça dans cette pièce. Ses cheveux bruns clairsemés étaient plaqués sur son crâne pâle ; son long nez s'incurvait légèrement vers la droite ; et ses yeux marron très mobiles allaient et venaient sur la page. Il avait l'air à la fois nerveux et détendu.

Et son costume blanc ! Pantalon, chemise, cravate, veste. Jusqu'à ses chaussettes et ses chaussures. Tout était blanc.

Qu'est-ce que ça pouvait bien vouloir dire ?

Thomas contempla les blocards qui se goinfraient de fruits et d'un mélange de noix et de graines puisé dans un sac. Ils ne semblaient prêter aucune attention à l'homme assis à son bureau.

— Qui c'est, ce guignol ? lança Thomas à la cantonade.

L'un des garçons redressa la tête, s'arrêtant de mastiquer. Puis il s'empressa de terminer sa bouchée et de l'avaler.

— Il n'a rien voulu nous dire. Sauf d'attendre qu'il soit prêt.

71

Le garçon haussa les épaules, comme si tout cela n'avait pas d'importance, et mordit dans une orange.

Thomas ramena son attention sur l'inconnu. L'homme tourna une page avec un bruit feutré et continua à parcourir le texte.

Abasourdi, et malgré les grondements de son estomac qui réclamait encore à manger, Thomas s'avança machinalement vers le bureau. Parmi toutes les surprises qu'on leur avait réservées...

— Fais gaffe ! lui lança l'un des blocards, mais trop tard.

À trois mètres de l'homme, Thomas se cogna contre un mur invisible. D'abord le nez, qui s'écrasa contre ce qui donnait l'impression d'une plaque de verre froid ; puis tout le corps, qui rebondit et le fit reculer en chancelant. Il se frotta le nez en plissant les paupières pour essayer de distinguer l'obstacle.

Mais il eut beau scruter, il ne vit rien du tout. Pas le moindre reflet, aucune trace de saleté. Il ne voyait rien. Pendant ce temps, l'homme n'avait pas esquissé un geste, impassible.

Thomas s'avança de nouveau, plus prudemment cette fois, les mains tendues devant lui. Il toucha bientôt le mur de... quoi ? Cela ressemblait à du verre : lisse, dur et froid au toucher.

Frustré, Thomas se déplaça vers la gauche, puis la droite, sans rompre le contact avec le mur invisible. Celui-ci barrait toute la pièce ; impossible d'approcher de l'inconnu derrière son bureau. Thomas finit par tambouriner du poing sur l'obstacle, avec un bruit sourd.

Plusieurs blocards, dont Aris, l'informèrent qu'ils avaient déjà essayé.

L'inconnu lâcha un soupir théâtral, décroisa les jambes et posa les pieds sur le sol. Il laissa son doigt dans le livre pour marquer la page et leva les yeux vers Thomas sans chercher à masquer son irritation.

— Combien de fois vais-je devoir le répéter ? dit l'homme, dont la voix nasillarde correspondait parfaitement à son teint blafard, ses cheveux clairsemés et son corps maigrelet. (Curieusement, ses paroles n'étaient pas du tout assourdies par la barrière.) Il nous reste encore quarante-sept minutes avant que je reçoive l'autorisation d'exécuter la phase 2 des Épreuves. Alors, un peu de patience, s'il vous plaît, et laissez-moi tranquille. On vous a accordé un peu de temps pour manger et reprendre des forces, jeune homme, et je vous conseille fortement d'en profiter. Et maintenant, si vous permettez…

Sans attendre de réponse, il se renfonça dans son fauteuil et remit les pieds sur le bureau. Puis il rouvrit son livre et se replongea dans sa lecture.

Thomas en resta bouche bée. Il s'adossa au mur invisible, dont il sentit la surface dure contre ses omoplates. Que venait-il de se passer ? Il devait être encore endormi, en train de rêver. Curieusement, cette idée parut décupler sa faim, et il jeta un regard gourmand vers le tas de nourriture. C'est alors qu'il remarqua Minho sur le seuil du dortoir, appuyé, les bras croisés, contre l'encadrement de la porte.

Thomas pointa le pouce par-dessus son épaule en haussant les sourcils.

— Tu as fait connaissance avec notre nouveau copain ? dit Minho avec un sourire narquois. Un sacré rigolo, hein ? J'adore son costard. Je veux me dégotter le même.

— Je suis vraiment réveillé ? demanda Thomas.

— Mais oui. Mange un morceau, tu es tout pâle. Presque autant que notre ami l'homme-rat, là-bas, avec son bouquin.

Thomas fut surpris de constater à quelle vitesse il parvenait à oublier l'étrangeté de la situation, l'homme en costume blanc surgi de nulle part et le mur invisible. Encore cette sensation d'engourdissement qui lui était devenue familière. Passé le premier choc, rien ne l'étonnait plus. Tout lui paraissait normal. Chassant cette idée, il se traîna jusqu'à la nourriture et se mit à manger. Une autre pomme. Une orange. Un sachet de fruits secs, puis une barre de céréales aux raisins. La soif se mit à le tenailler, mais il ne parvenait pas à se résoudre à aller boire.

— Vas-y mollo, lui conseilla Minho. Il y a des tocards qui ont vomi un peu partout à force de trop manger. Je crois que ça devrait aller comme ça, mec.

Thomas se redressa, enfin rassasié. La bête féroce qui lui avait rongé les entrailles pendant si longtemps avait disparu. Minho avait raison – il avait assez mangé pour l'instant. Il adressa un hochement de tête à son ami puis alla boire dans la salle de bains, en se demandant quelle serait la suite des événements quand l'homme au costume blanc serait prêt à exécuter la « phase 2 des Épreuves ».

Quoi qu'il entende par là.

*

Une demi-heure plus tard, Thomas se retrouva assis par terre avec les blocards, Minho à sa droite et Newt à sa gauche, devant le mur invisible et l'homme au visage de fouine assis derrière. Celui-ci avait toujours les pieds sur le bureau et continuait sa lecture. Thomas sentait avec délice ses forces lui revenir et se répandre peu à peu dans tout son corps.

Le nouveau, Aris, l'avait regardé d'un drôle d'air dans la salle de bains ; comme s'il souhaitait entrer en communication télépathique avec lui. Thomas l'avait ignoré et s'était dirigé droit vers le lavabo pour s'abreuver jusqu'à plus soif. Le temps qu'il termine et s'essuie la bouche avec sa manche, Aris était sorti. Et maintenant, il se tenait assis près du mur, la tête baissée. Thomas était désolé pour lui ; la situation n'était pas brillante pour les blocards, mais pour Aris, c'était encore pire. Surtout s'il était aussi proche de son amie assassinée que Thomas l'était de Teresa.

Minho fut le premier à rompre le silence.

— J'ai l'impression qu'on est tous en train de devenir dingues comme ces… Comment ils s'appellent, déjà ? Les fondus. Ces fondus qui hurlaient aux fenêtres. On est assis là, à attendre le sermon de monsieur l'homme-rat comme si c'était tout à fait naturel. On se croirait à l'école. Je vais vous dire un truc : s'il avait de bonnes nouvelles à nous apprendre, il n'aurait pas besoin d'une saleté de mur magique pour se protéger, vous ne croyez pas ?

— Écrase et prends ton mal en patience, lui dit Newt. Si ça se trouve, c'est la fin du cauchemar.

— Ben voyons ! fit Minho. Et Poêle-à-frire va tomber enceinte, Winston va se débarrasser de son acné et Thomas va enfin se décider à sourire.

Thomas se tourna vers Minho et lui adressa un grand sourire grimaçant.

— Là, tu es content ?

— Arrête. Ça te rend encore plus moche.

— Si tu le dis.

— Vos gueules, murmura Newt. Je crois que c'est l'heure.

Thomas regarda l'inconnu. L'homme-rat, comme Minho le surnommait si gentiment, avait posé ses pieds sur le sol et son livre sur le bureau. Il recula son fauteuil, ouvrit l'un des tiroirs et le fouilla. Il en sortit une chemise en papier kraft bourrée de papiers froissés et rangés de travers.

— Ah, nous y voilà, annonça l'homme-rat de sa voix nasillarde.

Il posa la chemise sur le bureau, l'ouvrit et contempla les garçons regroupés devant lui.

— Merci de vous être alignés en bon ordre pour que je puisse vous expliquer ce qu'on m'a… chargé de vous dire. Écoutez attentivement, s'il vous plaît.

— Enlevez cette saleté de mur ! cria Minho.

Newt se pencha devant Thomas et mit un coup de poing dans le bras de Minho.

— La ferme !

L'homme-rat poursuivit son laïus comme s'il n'avait rien entendu.

— Si vous êtes là, c'est grâce à votre instinct de survie exceptionnel en toutes circonstances… entre autres raisons. Nous avons envoyé une soixantaine de personnes dans le Bloc. Enfin, dans votre Bloc. Et une soixantaine d'autres dans le Bloc du groupe B, mais laissons ça de côté pour l'instant.

Le regard de l'homme s'égara un bref instant vers Aris, avant de balayer lentement le reste du groupe. Thomas n'était pas sûr que les autres l'aient remarqué, mais il était convaincu d'avoir décelé quelque chose dans ses yeux.

— Sur ces soixante individus, seuls quelques-uns ont survécu et sont ici aujourd'hui. Je suppose que vous avez déjà dû le comprendre, mais la plupart des choses qui vous sont arrivées avaient pour seul but de juger et d'analyser vos réactions. Il ne s'agit pas vraiment d'une expérience, mais plutôt d'établir un… modèle. De stimuler la zone mortelle et de recueillir les schémas qui s'en dégagent. Puis de les rassembler pour parvenir à la plus grande découverte de toute l'histoire de la science et de la médecine.

« Les différentes situations auxquelles on vous a confrontés sont ce que nous appelons des variables, et chacune a été soigneusement étudiée. J'y reviendrai plus tard. Je ne peux pas tout vous expliquer tout de suite, mais il faut bien que vous compreniez une chose : ces Épreuves que vous traversez sont de la plus haute importance. Continuez à réagir correctement aux variables, continuez à vous en sortir, et vous pourrez avoir la fierté de vous dire que vous avez joué un rôle dans la survie de l'espèce humaine. Et dans la vôtre, bien sûr.

L'homme-rat marqua une pause, pour ménager son effet semblait-il. Thomas se tourna vers Minho en haussant les sourcils.

— Ce type est complètement cinglé, murmura Minho. En quoi le fait de s'échapper du Labyrinthe va contribuer à sauver l'espèce humaine ?

— Je représente un groupe appelé le WICKED, continua l'homme-rat. Je sais que ce mot – le « méchant » – n'est pas très engageant, mais c'est l'acronyme de World In Catastrophe : Killzone Experiment Department. Monde sinistré : département Expérience de la zone mortelle. Il n'y a rien qui doive vous inquiéter là-dedans. Nous avons un seul et unique but : sauver le monde de la catastrophe. Et vous qui êtes là, dans cette pièce, vous représentez un élément vital de notre plan. Nous disposons de ressources inédites. Des fonds quasi illimités, un immense capital humain et une technologie qui dépasse vos rêves les plus fous.

« Au fil des Épreuves, vous avez pu voir à l'œuvre cette technologie et les ressources qui sont derrière. S'il y a une chose que je peux vous dire aujourd'hui, c'est de ne jamais, jamais, vous fier à vos yeux. Ni à votre esprit, d'ailleurs. C'était la raison d'être de notre petite démonstration avec les corps suspendus et les fenêtres murées. Vous devez bien comprendre que, parfois, ce que vous verrez ne sera pas vrai, tout comme ce que vous ne verrez pas sera vrai. Nous sommes en mesure de manipuler votre cerveau et chacune de vos terminaisons nerveuses. Je sais que tout ça doit vous paraître confus et même un peu effrayant.

Thomas pensa que c'était l'euphémisme du siècle. Et les mots « zone mortelle » lui revenaient en boucle. Il n'en avait pas retrouvé la signification dans ses souvenirs parcellaires, mais il les avait vus pour la première fois sur une plaque métallique dans le Labyrinthe ; une plaque où s'étalaient les mots constitutifs de l'acronyme WICKED.

L'homme examina tour à tour chacun des blocards présents dans la salle. La sueur faisait briller sa lèvre supérieure.

— Le Labyrinthe a servi de cadre aux Épreuves. Les variables auxquelles on vous a soumis avaient toutes leur raison d'être dans la collecte de nos schémas. Comme votre évasion. Votre bataille contre les Griffeurs. La mort du pauvre Chuck. Votre prétendu sauvetage et le voyage en bus qui a suivi. Tout ça faisait partie des Épreuves.

Thomas sentit la colère monter en lui à la mention de Chuck. Il fit mine de se lever ; Newt le força à se rasseoir.

Comme si ce mouvement lui avait donné un coup de fouet, l'homme-rat se dressa brusquement, envoyant son fauteuil rouler jusqu'au mur derrière lui. Puis il posa les deux mains à plat sur son bureau et se pencha vers les blocards.

— Tout ce que vous avez vécu faisait partie des Épreuves, vous comprenez ? De la phase 1, pour être précis. Toutefois, il nous manque encore des éléments cruciaux. Alors, nous allons devoir accélérer un peu le rythme et passer à la phase 2. Les choses vont commencer à se corser.

CHAPITRE 11

Le silence se fit dans la salle. Thomas aurait dû s'indigner contre cette affirmation absurde selon laquelle ils avaient eu la vie facile jusque-là. L'idée aurait dû le terrifier. Sans parler de ce qu'ils venaient d'apprendre à propos de la manipulation de leur cerveau. Mais il était si impatient d'entendre la suite que ces mots avaient glissé sur lui sans l'atteindre.

L'homme-rat les fit patienter une éternité, puis se rassit lentement dans son fauteuil et le fit rouler derrière son bureau.

— Vous vous dites peut-être que nous testons simplement votre capacité de survie. En apparence, c'est l'impression que ça peut donner. Pourtant, je vous assure qu'il ne s'agit pas uniquement d'instinct ou de volonté de vivre. Ce n'est qu'un aspect de l'expérience. Mais vous ne comprendrez le tableau d'ensemble qu'une fois que tout sera terminé.

« Les éruptions solaires ont ravagé une grande partie de la planète. Par ailleurs, une maladie inconnue jusquelà s'est abattue sur la population, une maladie appelée la Braise. Pour la première fois, les gouvernements du monde entier – ou plutôt, des pays survivants – travaillent main dans la main. Ils ont mis en commun leurs ressources pour créer le WICKED, un organisme destiné à combattre les maux nouveaux qui accablent ce monde. Vous avez un rôle à tenir dans ce combat. Et vous avez toutes les raisons de nous aider, parce que, malheureusement, chacun de vous est porteur du virus.

Il s'empressa de lever les mains pour faire taire le concert de protestations qu'il avait suscité.

— Du calme, du calme ! Ne vous inquiétez pas. Il y a toujours un délai entre le moment où on contracte la Braise et le déclenchement des premiers symptômes. De toute façon, à l'issue des Épreuves, vous bénéficierez du remède et vous n'aurez pas à subir les… conséquences pénibles de la maladie. Tout le monde ne pourra pas s'offrir le médicament, vous savez ?

Thomas porta instinctivement la main à son cou, comme si sa gorge sèche était le premier signe qu'il avait la Braise. Il ne se rappelait que trop bien les paroles de la femme dans le bus, à leur sortie du Labyrinthe. Elle leur avait dit que la Braise rongeait le cerveau, faisait sombrer progressivement dans la folie et dépouillait de toute capacité à éprouver des émotions humaines, comme la compassion ou l'empathie ; qu'elle faisait du malade un animal.

Il repensa aux fondus qu'il avait aperçus derrière les fenêtres de leur dortoir et, tout à coup, il fut pris d'une violente envie de courir à la salle de bains pour se laver les mains et la bouche. L'homme avait raison : ils avaient toutes les raisons du monde de collaborer à la phase suivante.

— Mais je ne veux pas vous faire perdre votre temps avec un cours d'histoire, continua l'homme-rat. Nous vous connaissons, maintenant. Tous. Peu importe ce que je pourrais vous dire, ou les motivations du WICKED. Vous ferez ce qu'il faut. Là-dessus, nous n'avons aucun doute. Parce que si vous accomplissez ce qu'on vous demande, vous vous sauverez vous-mêmes en permettant de découvrir le remède que tant de personnes désespérées attendent.

Thomas entendit Minho grogner à côté de lui et lui fit signe de se taire avant qu'il lâche une des remarques sarcastiques dont il avait le secret.

L'homme-rat se pencha sur la liasse de papiers contenus dans sa chemise, en sortit une feuille, puis la retourna en y jetant à peine un coup d'œil. Il se racla la gorge.

— Bien. Phase 2 : la Terre Brûlée. Les Épreuves commenceront officiellement demain matin à 6 heures. Quand vous entrerez dans cette salle, vous verrez un transplat dans le mur derrière moi. Ça ressemble à une surface grise scintillante. Vous aurez cinq minutes pour y entrer. Je répète, le transplat s'ouvrira à 6 heures et se refermera cinq minutes après. C'est bien compris ?

Éberlué, Thomas fixa l'homme-rat. Il avait l'impression de regarder un enregistrement, comme si l'homme n'était pas vraiment là. Les autres blocards devaient ressentir la même chose, car aucun ne répondit à la question. Qu'est-ce que c'était qu'un transplat ?

— Je sais que vous n'êtes pas sourds, insista l'homme-rat. Alors est-ce que… vous m'avez bien… compris ?

Thomas acquiesça ; ses voisins marmonnèrent quelques oui.

— Parfait. (L'homme-rat prit une autre page et la retourna machinalement.) À ce stade, les Épreuves de la Terre Brûlée auront commencé. Les règles sont très simples. Sortez à l'air libre, et dirigez-vous plein nord sur cent soixante kilomètres. Atteignez le refuge en moins de deux semaines et vous aurez bouclé la phase 2. À ce moment-là, et à ce moment-là seulement, on vous guérira de la Braise. Vous aurez deux semaines à compter de la seconde où vous mettrez le pied dans le transplat. Si vous échouez, vous êtes condamnés.

Ils auraient dû exploser en protestations, en questions, se mettre à paniquer. Mais personne ne dit rien. Thomas avait l'impression que sa langue s'était changée en racine desséchée.

L'homme-rat referma la chemise d'un geste sec, en froissant les papiers encore plus, puis la remit dans le tiroir d'où il l'avait sortie. Il se leva, fit un pas de côté et poussa le fauteuil sous le bureau. Enfin, il croisa les mains devant lui et regarda les blocards.

— En fait, c'est tout simple, observa-t-il sur un ton si désinvolte qu'on aurait cru qu'il venait de leur expliquer comment fermer les robinets de la salle de bains. Il n'y a pas de règles. Pas de principes. Vous serez livrés à vous-mêmes, sans rien pour vous aider en chemin. Passez le transplat à l'heure indiquée. Remontez à l'air libre. Marchez sur cent soixante kilomètres en direction du nord, jusqu'au refuge. Sinon, vous êtes morts.

Ce dernier mot parut sortir son auditoire de sa torpeur, et tout le monde se mit à le bombarder de questions.

— C'est quoi, un transplat ?

— Comment a-t-on attrapé la Braise ?

— On a combien de temps avant l'apparition des symptômes ?

— Qu'est-ce qui nous attend au bout des cent soixante kilomètres ?

— Où sont passés tous les cadavres ?

Les questions s'enchaînaient, se bousculaient, se mêlaient en un grondement confus. Thomas s'épargna cette peine. L'inconnu ne leur dirait rien. Ne le voyaient-ils donc pas ?

L'homme-rat patienta, promenant ses yeux sombres d'un blocard à l'autre pendant qu'ils parlaient tous en même temps. Son regard s'arrêta sur Thomas qui restait assis en silence, à le fixer d'un regard plein de haine. Il haïssait le WICKED et le monde entier.

— Vos gueules, bande de tocards ! finit par crier Minho. (Les questions s'interrompirent aussitôt.) Cette ordure ne vous dira rien, pas la peine de gaspiller votre salive.

L'homme-rat lui adressa un hochement de tête, comme pour le remercier. Peut-être une manière de reconnaître sa maturité.

— Cent soixante kilomètres. Plein nord. J'espère que vous réussirez. N'oubliez pas… vous avez la Braise, maintenant. On vous l'a transmise au cas où vous manqueriez de motivation. Et atteindre le refuge vous permettra de bénéficier du traitement.

Il se retourna et s'éloigna en direction du mur, comme s'il avait l'intention de le traverser. Mais il s'arrêta avant et leur fit face.

— Une dernière chose, ajouta-t-il. N'espérez pas échapper aux Épreuves en refusant de prendre le transplat demain entre 6 h et 6 h 05. Ceux qui resteront sur place seront exécutés sur-le-champ, d'une manière tout à fait... déplaisante. À votre place, je choisirais la Terre Brûlée sans hésiter. Bonne chance à tous.

Là-dessus, il tourna les talons et se remit en marche vers le mur.

Mais avant que Thomas puisse voir ce qui se passait, le mur invisible qui les séparait de l'homme-rat se changea en une brume blanche et opaque, avant de disparaître complètement, dévoilant l'autre côté du réfectoire.

On n'y voyait plus le bureau ni le fauteuil. Plus aucune trace de l'homme-rat.

— Eh bien, ça promet, murmura Minho.

CHAPITRE 12

Une fois de plus, un brouhaha de questions et d'exclamations résonna dans la salle, mais Thomas ne resta pas. Il avait besoin d'un espace tranquille. Alors, au lieu de retourner dans le dortoir des garçons, il se rendit dans la salle de bains de celui où avaient dormi Teresa, puis Aris. Il s'appuya au lavabo, les bras croisés, le regard fixé sur le sol. Heureusement, personne ne l'avait suivi.

Il y avait tant d'éléments nouveaux à considérer qu'il ne savait pas par où commencer. Comme ces corps accrochés au plafond, qui empestaient la mort et la décomposition, et qui avaient disparu en un clin d'œil. Puis l'inconnu – et son bureau ! – qui était sorti de nulle part, protégé par un bouclier invisible. Avant de disparaître.

Et encore, tout ça n'était rien. Thomas comprenait que leur sauvetage n'avait été qu'un coup monté. Qui étaient les pions manipulés par le WICKED pour délivrer les blocards de la salle des Créateurs, les mettre dans ce bus et les conduire ici ? Ces gens savaient-ils qu'ils se feraient tuer ? Étaient-ils vraiment morts ? L'homme-rat les avait prévenus de ne pas se fier à leurs yeux ni à leur raison. Comment pouvaient-ils, désormais, croire quoi que ce soit ?

Et surtout, il y avait ce problème de la Braise, dont ils étaient soi-disant tous atteints, et des Épreuves qui devaient leur permettre d'accéder au remède...

Thomas ferma les yeux et se massa le front. On lui avait enlevé Teresa. Aucun d'eux n'avait de famille. Le lendemain matin débuterait cette chose ridicule appelée « phase 2 », qui s'annonçait pire que le Labyrinthe. Tous ces cinglés, là-dehors, les fondus, comment les affronter ? Tout à coup, il pensa à Chuck et à ce qu'il dirait s'il était là.

Quelque chose de simple, probablement. Quelque chose comme : « Ça craint. »

« Et tu aurais raison, Chuck, pensa Thomas. Ça craint à tous les niveaux. »

Quelques jours à peine avaient passé depuis qu'il avait vu son ami se faire poignarder en plein cœur ; le pauvre Chuck était mort dans ses bras. Et maintenant, Thomas ne pouvait s'empêcher de se dire que, même si c'était horrible, ç'avait peut-être été une bonne chose pour lui. Que la mort était sans doute préférable à ce qui les attendait. Ce qui lui fit repenser au tatouage qu'il avait sur la nuque...

— Dis donc, mec, il te faut combien de temps pour faire tes petites affaires ?

C'était Minho. Thomas leva la tête et le vit debout dans l'encadrement de la porte.

— Je ne supportais plus l'ambiance. Tout le monde qui parle en même temps comme une bande de gamins. Ça ne sert à rien, on sait tous ce qu'on fera demain.

Minho s'approcha et s'adossa au mur.

— Tu es monsieur Joyeux, toi ! Écoute, tous ces tocards sont aussi courageux que toi. Et ils passeront tous par ce… je ne me souviens plus du mot… demain matin. Qu'est-ce que ça peut faire s'ils ont envie d'en discuter jusqu'à plus soif ?

Thomas leva les yeux au plafond

— Je n'ai jamais prétendu être plus courageux que qui que ce soit. J'en ai ras le bol de vous entendre, c'est tout. Toi comme les autres.

Minho ricana.

— Tu sais que tu es tordant quand tu joues les méchants, petite tête ?

— Merci. (Thomas marqua une pause.) Un transplat.

— Hein ?

— C'est le mot qu'a utilisé ce tocard en costume blanc pour désigner le passage qu'on va devoir emprunter. Un transplat.

— Ah oui. Sûrement une sorte de porte.

Thomas hocha la tête.

— C'est aussi ce que je pense. Comme à la Falaise. C'est plat, et ça te transporte ailleurs. D'où « transplat ».

— Tu es un foutu génie.

Newt apparut sur le pas de la porte.

— Pourquoi vous vous cachez là, tous les deux ?

Minho lui donna une bourrade amicale.

— On ne se cache pas. Thomas se lamente sur sa vie et voudrait retrouver sa maman.

— Tommy, dit Newt, qui n'avait pas l'air de trouver ça drôle, tu as subi la Transformation, quelques souvenirs te sont revenus. Tu ne te rappelles rien à propos de tout ça ?

Thomas avait beaucoup réfléchi à la question. La plupart des images dont il s'était souvenu après la piqûre du Griffeur devenaient brumeuses.

— Je ne sais pas. Je n'arrive pas vraiment à me représenter le monde extérieur, ni ce que c'était de travailler à la conception du Labyrinthe. Soit c'est devenu flou, soit j'ai carrément oublié. J'ai fait quelques rêves bizarres, mais rien qui puisse nous aider.

Ils parlèrent ensuite de certaines remarques émises par leur étrange visiteur : les éruptions solaires, la maladie et le changement de la situation maintenant qu'ils savaient qu'ils étaient des cobayes. Beaucoup d'interrogations, peu de réponses, et au milieu de tout ça, la peur sous-jacente du virus qu'on leur avait inoculé. Un long silence finit par s'installer.

— Bon, on a du pain sur la planche, conclut Newt. Et je vais avoir besoin d'aide pour m'assurer que toute la bouffe ne disparaisse pas avant notre départ, demain matin. Quelque chose me dit qu'on risque d'en avoir besoin.

Thomas n'avait pas pensé à cela.

— Tu as raison. Les autres sont encore en train de s'empiffrer ?

Newt secoua la tête.

— Non, Poêle-à-frire a pris les choses en main. Ce tocard ne plaisante pas avec la nourriture ; je crois qu'il n'est pas mécontent d'être redevenu le patron dans son domaine. Mais j'ai peur que les autres ne paniquent et ne continuent à manger quand même.

— Oh, arrête, lui dit Minho. Ceux d'entre nous qui ont réussi à survivre aussi longtemps ne sont pas là par hasard. Tous les idiots sont morts, à présent.

Il jeta un regard en coin à Thomas, comme s'il craignait que ce dernier ne s'imagine qu'il visait Chuck. Ou peut-être même Teresa.

— Possible, répondit Newt. Je l'espère. En tout cas, je crois qu'on a besoin de s'organiser, de remettre un peu d'ordre dans tout ça. De recommencer à nous comporter comme au Bloc. Ces derniers jours ont été lamentables : on n'arrête pas de se plaindre, il n'y a aucune structure, aucune organisation. Ça me rend dingue.

— Qu'est-ce que tu aurais voulu qu'on fasse ? rétorqua Minho. Qu'on s'aligne en rangs d'oignons pour faire des pompes ? On est coincés dans ces saloperies de trois pièces !

Newt balaya ces paroles d'un revers de main.

— Laisse tomber. Tout ce que je dis, c'est que les choses vont changer à partir de demain et qu'on a intérêt à se préparer.

Thomas avait l'impression qu'il tournait autour du pot.

— Où veux-tu en venir ?

Newt hésita, dévisagea tour à tour Thomas et Minho.

— Il faudrait que, d'ici demain, on établisse une fois pour toutes qui est le chef. Que ce soit bien clair pour tout le monde.

— C'est la plus grosse connerie que tu nous as jamais sortie, déclara Minho. C'est toi le chef, et tu le sais bien. On le sait tous.

Newt secoua la tête avec une obstination farouche.

— C'est la faim qui t'a fait oublier nos tatouages ? Tu crois qu'ils sont là juste pour faire joli ?

— Oh, arrête, répliqua Minho. Tu crois vraiment qu'on doit y accorder de l'importance ? Ils cherchent à nous manipuler, c'est tout !

Au lieu de répondre, Newt s'approcha de Minho et tira sur son col pour dévoiler son tatouage. Thomas n'eut pas besoin de regarder : il s'en souvenait parfaitement. L'inscription désignait Minho comme étant le Chef.

Minho se dégagea d'un haussement d'épaules et se lança dans une de ses reparties sarcastiques habituelles, mais Thomas ne l'écoutait plus ; son cœur s'était mis à battre à tout rompre. Il ne pensait plus qu'à ce qui était inscrit sur sa propre nuque.

Qu'il allait se faire tuer.

CHAPITRE 13

Il commençait à se faire tard. Thomas savait qu'ils avaient intérêt à reprendre des forces pendant la nuit s'ils voulaient être en forme le lendemain matin. Lui et les autres blocards passèrent la soirée à nouer des sacs rudimentaires avec des draps pour transporter les provisions et les vêtements de rechange trouvés dans les placards. Certains aliments se présentaient dans des sachets en plastique ; les blocards récupérèrent les sachets vides, les remplirent d'eau et les fermèrent au moyen de bandes de tissu découpées dans les rideaux. Ces gourdes de fortune ne tarderaient pas à fuir, mais personne n'avait proposé une meilleure idée.

Newt avait fini par convaincre Minho d'être leur chef. Thomas savait aussi bien que les autres qu'il leur en fallait un ; il fut donc soulagé de voir son ami accepter à contrecœur.

Aux alentours de 9 heures, Thomas était dans son lit, en train de contempler la couchette du dessus. Le dortoir paraissait étrangement silencieux, même s'il savait que les autres ne dormaient pas non plus. La peur leur nouait les entrailles autant qu'à lui. Ils avaient connu le Labyrinthe et ses horreurs. Ils avaient constaté par eux-mêmes de quoi le WICKED était capable. Si l'homme-rat ne leur avait pas menti, si tout ce qui leur était arrivé faisait partie d'un plan préconçu, alors ces gens avaient obligé Gally à tuer Chuck, abattu une femme à bout portant, embauché des libérateurs qu'ils avaient éliminés une fois leur mission accomplie… Et la liste était encore longue.

Pour couronner le tout, le WICKED leur avait inoculé une maladie épouvantable et leur agitait le traitement sous le nez en guise d'appât. Sans même qu'ils sachent ce qu'il y avait de vrai ou de faux là-dedans. Et tout semblait indiquer que Thomas avait droit à un traitement spécial. Il trouvait cette idée déprimante. Chuck était mort, Teresa avait disparu ; la perte de ces deux-là…

Sa vie n'était plus qu'un trou noir. Il ignorait où il trouverait la force de se lever le lendemain. Et d'affronter ce que le WICKED leur réservait. Il le ferait, pourtant – et pas uniquement pour être soigné. Il n'abandonnerait jamais, surtout pas maintenant. Pas après tout ce qu'on leur avait infligé, à ses amis et à lui. Si la seule manière de rendre la monnaie de leur pièce à ses bourreaux consistait à réussir leurs tests et leurs Épreuves, à survivre, il le ferait.

Puisant un réconfort malsain dans ces idées de vengeance, il finit par trouver le sommeil.

*

Tous les blocards avaient réglé le réveil de leur montre digitale à 5 heures du matin. Thomas se réveilla bien avant et fut incapable de se rendormir. Quand les sonneries retentirent dans tout le dortoir, il se frotta les yeux. Quelqu'un alluma la lumière. Paupières plissées, il se leva et se rendit dans les douches. Qui sait combien de temps s'écoulerait avant qu'il puisse se relaver.

Dix minutes avant l'heure fixée par l'homme-rat, tous les blocards étaient assis dans le réfectoire, la plupart tenant un sachet rempli d'eau, avec leurs sacs en toile près d'eux. Thomas, comme les autres, avait décidé de porter son eau à la main pour être sûr de ne pas en renverser une goutte. Le champ de force invisible s'était rallumé pendant la nuit, séparant le réfectoire en deux. Les blocards patientaient à côté de leur dortoir, face à l'endroit où l'homme-rat avait annoncé l'apparition du transplat.

Assis à la droite de Thomas, Aris prononça ses premiers mots depuis… Eh bien, en fait Thomas ne se rappelait plus la dernière fois où il lui avait parlé.

— La première fois que tu l'as entendue dans ta tête, est-ce que tu as cru que tu devenais cinglé ? lui demanda-t-il.

Thomas lui jeta un coup d'œil hésitant. Quelque chose l'avait retenu jusque-là de discuter avec le nouveau. Mais sa réserve se dissipa d'un coup. Ce n'était pas la faute d'Aris si Teresa avait disparu.

— Oui. Mais ensuite, comme ça a recommencé, je m'y suis fait. J'avais surtout peur que les autres ne me croient dingue. Alors je n'en ai parlé à personne pendant longtemps.

— Ç'a été bizarre pour moi, avoua Aris, l'air perdu dans ses pensées. Je suis resté dans le coma quelques jours, et à mon réveil, j'ai trouvé tout naturel de m'adresser à Rachel de cette façon. Si elle avait refusé de me répondre, je crois que j'aurais pété les plombs. Les autres filles du groupe me détestaient ; certaines voulaient même me tuer. Rachel a été la seule à...

Il laissa sa phrase en suspens. Minho se leva pour s'adresser à tout le monde avant qu'Aris puisse terminer ce qu'il voulait dire. Thomas n'en fut pas mécontent car il ne tenait pas à entendre un autre récit de ce qu'il avait lui-même vécu. Cela ne faisait que lui rappeler Teresa, et c'était trop douloureux. Il n'avait plus envie de penser à elle. Pour l'instant, il devait se concentrer sur sa survie.

— Il nous reste trois minutes, annonça Minho, sérieux pour une fois. Vous êtes tous décidés à venir ?

Thomas hocha la tête, ainsi que plusieurs de ses compagnons.

— Personne n'a changé d'avis pendant la nuit ? continua Minho. Parce que c'est maintenant ou jamais. Une fois en chemin, si un tocard décide de se dégonfler et de faire demi-tour, je vous garantis qu'il repartira avec le nez cassé et les noisettes en compote.

Thomas jeta un coup d'œil à Newt, qui gémissait en se tenant la main.

— Ça te pose un problème, Newt ? demanda Minho d'une voix étonnamment dure.

Choqué, Thomas guetta la réaction de Newt. Ce dernier parut tout aussi surpris.

— Heu... non. J'admirais tes talents de leader, c'est tout.

Minho écarta son tee-shirt de son cou, en se penchant pour montrer son tatouage à tout le monde.

— Qu'est-ce que tu lis ici, tête de pioche ?

Newt regarda à droite et à gauche en rougissant.

— On sait que tu es le chef, Minho. Écrase.

— Non, toi, écrase ! rétorqua Minho en le pointant du doigt. On n'a pas beaucoup de temps. Alors boucle-la !

Thomas ne put qu'espérer que Minho jouait la comédie pour consolider leur décision de le prendre comme chef, et que Newt comprendrait. Il fallait convenir que, dans son rôle, il était plutôt convaincant.

— Six heures pile ! s'écria l'un des blocards.

Comme si cette annonce avait déclenché quelque chose, le mur invisible devint opaque, prenant une coloration laiteuse. Une fraction de seconde plus tard il disparut. Thomas remarqua tout de suite le changement dans le mur d'en face : un large pan s'était transformé en surface grise scintillante.

— Allez ! cria Minho en passant un bras dans la boucle de son sac et en tenant son eau dans l'autre main. Ne traînez pas. On a cinq minutes pour traverser. Je vais passer le premier. (Il indiqua Thomas.) Toi, le dernier… Assure-toi bien qu'on n'oublie personne.

Thomas hocha la tête, incapable d'éteindre le feu qui lui parcourait les nerfs ; il essuya son front trempé de sueur.

Minho s'avança jusqu'à la plaque grise et s'arrêta juste devant. Le transplat semblait très instable, au point que Thomas n'arrivait pas à focaliser son regard dessus. Des ombres et des tourbillons grisâtres dansaient à sa surface. La chose pulsait et se brouillait, comme si elle risquait de disparaître d'un instant à l'autre.

Minho se retourna.

— À tout à l'heure, bande de tocards !

Puis il s'avança d'un pas résolu, et le mur de grisaille l'engloutit tout entier.

CHAPITRE 14

Personne ne protesta quand Thomas fit avancer les autres derrière Minho. Personne ne dit un mot ; ils se contentèrent d'échanger des regards furtifs, apeurés, au moment d'approcher du transplat et de s'y enfoncer. Tous sans exception marquèrent un temps d'hésitation avant le dernier pas dans le carré gris. Thomas les regarda défiler un à un, leur donnant une petite tape dans le dos juste avant qu'ils disparaissent.

Deux minutes plus tard, il ne restait plus qu'Aris et Newt.

— *Tu es sûr de ton coup ?* lui demanda Aris par télépathie.

Thomas s'étrangla, surpris par les mots qui venaient de résonner dans son crâne, presque inaudibles, et néanmoins compréhensibles. Il avait cru – espéré – avoir fait comprendre à Aris qu'il ne tenait pas à communiquer de cette façon. Que c'était une chose qu'il ne voulait partager qu'avec Teresa.

— Dépêchons, marmonna Thomas à voix haute. Il ne faut pas traîner.

Aris s'avança, vexé. Newt le suivit de près ; et l'instant d'après, Thomas se retrouva seul dans le réfectoire.

Il jeta un dernier coup d'œil autour de lui. Il se rappela les cadavres boursouflés qui pendaient là quelques jours plus tôt ; le Labyrinthe et tout ce qu'ils avaient traversé. Soupirant le plus fort possible, dans l'espoir que quelqu'un pouvait l'entendre quelque part, il attrapa son sachet d'eau, son coin de drap rempli de provisions, et s'avança dans le transplat.

Une ligne de froid lui parcourut la peau, d'avant en arrière, comme si le carré gris était un plan vertical d'eau glacée. Il ferma les yeux à la dernière seconde. Il les rouvrit dans le noir absolu. Il entendit des voix.

— Hé ! appela-t-il, sans prêter attention à la panique qui perçait dans sa voix. Hé, les gars…

Avant de pouvoir terminer, il trébucha sur un obstacle et s'étala de tout son long sur un corps allongé par terre.

— Aïe ! protesta la personne en repoussant Thomas, qui faillit bien lâcher son sachet d'eau.

— Restez tranquilles et bouclez-la ! (C'était Minho, et Thomas fut tellement soulagé de l'entendre qu'il faillit pousser un cri de joie.) Thomas, c'est toi ? Tu es là ?

— Oui !

Thomas se releva en tâtonnant autour de lui pour éviter de se cogner dans quelqu'un d'autre. Il ne toucha que le vide et ne vit que du noir.

— J'étais le dernier, continua-t-il. Tout le monde est là ?

— On était en train de s'aligner bien sagement pour se compter jusqu'à ce que tu débarques comme un chien dans un jeu de quilles, répliqua Minho. On n'a plus qu'à recommencer. Un !

Comme personne ne réagissait, Thomas cria :

— Deux !

Les blocards continuèrent à se compter l'un après l'autre jusqu'à ce qu'Aris termine en disant :

— Vingt !

— Parfait, conclut Minho. On est au complet. Où ? C'est une autre question. Je ne vois même pas mes mains.

Thomas resta silencieux. Il sentait la présence des autres autour de lui, les entendait respirer, mais il avait peur de bouger.

— Dommage qu'on n'ait pas de lampe torche.

— Merci pour cette évidence, Thomas, railla Minho. Très bien, écoutez-moi. On est dans une espèce de couloir. Je peux sentir les murs de chaque côté et, à l'oreille, je dirais que, pour la plupart d'entre vous, vous êtes à ma droite. Thomas, tu te tiens juste à l'endroit par lequel on est arrivés. Je crois qu'il vaut mieux éviter de repasser dans ce trans-machin-truc-chouette, alors guidez-vous à ma voix et rapprochez-vous de moi. On n'a pas le choix ; il faut suivre le couloir dans ce sens-là et voir où il mène.

Thomas l'entendit s'éloigner de lui en terminant sa tirade. Des raclements de pas et le frottement des sacs lui indiquèrent que les autres le suivaient. Quand il eut l'impression qu'il ne restait plus que lui et qu'il ne risquait pas de marcher sur qui que ce soit, il se déplaça lentement sur la gauche, main tendue, jusqu'à ce qu'il sente une surface dure et froide sous ses doigts. Après quoi, il suivit le groupe, en laissant sa main glisser le long du mur pour se guider.

Ils progressèrent en silence. Au grand dam de Thomas, ses yeux ne s'habituaient pas à l'obscurité ; il n'y avait pas assez de lumière pour cela. L'air était froid et empestait le vieux cuir et la poussière. Deux fois, il se cogna dans celui qui le précédait ; il ne savait pas qui c'était car le garçon ne dit pas un mot.

Ils continuèrent ainsi pendant une éternité, le long de ce tunnel rectiligne. Le mur sous sa main et le sol sous ses pieds étaient les seuls éléments qui rattachaient Thomas à la réalité ou lui donnaient la sensation d'avancer. Sans eux, il aurait eu l'impression de flotter dans le vide.

On n'entendait que le frottement des semelles sur le béton et quelques chuchotements échangés entre les blocards. Thomas percevait chaque battement de son cœur tandis qu'ils suivaient le tunnel interminable. Il ne put s'empêcher de repenser à la Boîte, ce cube obscur et poussiéreux qui l'avait conduit au Bloc ; il y avait ressenti la même chose. Au moins, il avait maintenant quelques souvenirs, des amis, et il savait qui il était. Il comprenait les enjeux, à savoir qu'il leur fallait un antidote et qu'ils allaient probablement devoir traverser l'enfer pour l'obtenir.

Un murmure résonna soudain dans le tunnel. Thomas fut tétanisé. Cela ne venait pas d'un des blocards, il en aurait mis sa main au feu.

Plus loin devant, Minho cria aux autres de s'arrêter.

— Vous avez entendu ça ?

Tandis que plusieurs blocards répondaient oui et se mettaient à poser des questions, Thomas tendit l'oreille. Le murmure avait été bref, juste quelques mots incompréhensibles qui semblaient balbutiés par un vieil homme très malade.

Minho fit taire tout le monde et leur ordonna d'écouter.

Bien qu'ils soient dans le noir complet, Thomas ferma les yeux pour mieux entendre. Si la voix parlait de nouveau, il tenait à comprendre ce qu'elle dirait.

Moins d'une minute plus tard, la même voix éraillée résonna dans tout le tunnel. À croire qu'elle était diffusée par des haut-parleurs fixés en hauteur. Thomas entendit plusieurs de ses compagnons pousser une exclamation de stupeur, comme s'ils avaient compris cette fois et s'effrayaient de ce qu'ils avaient entendu. Lui n'avait pas réussi à distinguer un seul mot. Il rouvrit les yeux, mais rien n'avait changé. Il faisait toujours aussi noir.

— Vous avez saisi quelque chose ? demanda Newt.

— Un ou deux mots, répondit Winston. J'ai eu l'impression d'entendre vers le milieu : « demi-tour ».

— Oui, moi aussi, confirma un autre.

Thomas repensa à ce qu'il avait entendu, et rétrospectivement il lui sembla bien avoir perçu ces deux mots. *Demi-tour.*

— Vos gueules, tous, et cette fois tâchez d'écouter sérieusement, grogna Minho.

Le silence retomba dans le tunnel.

Quand la voix retentit encore une fois, Thomas comprit chaque syllabe.

— *C'est votre dernière chance. Faites demi-tour et vous éviterez la découpe.*

À en juger par les réactions devant lui, les autres avaient capté la même chose.

— On évitera la découpe ?

— Qu'est-ce que ça veut dire ?

— Ça veut dire qu'on doit faire demi-tour !

— On ne va quand même pas obéir au premier tocard qui chuchote dans le noir.

Thomas s'efforça de ne pas se laisser impressionner par la menace. *Vous éviterez la découpe.* Ça ne sentait pas bon du tout. Et le fait d'être dans le noir n'arrangeait rien. Ça le rendait fou.

— Il n'y a qu'à continuer ! cria-t-il à Minho. Je n'en peux plus de cet endroit. On continue !

— Une minute, intervint Poêle-à-frire. La voix a dit que c'était notre dernière chance. On devrait au moins y réfléchir.

— Oui, ajouta quelqu'un. On ferait peut-être mieux de l'écouter.

Thomas secoua la tête, même si personne ne pouvait le voir.

— Pas question. Rappelez-vous ce que nous a dit le type derrière son bureau. Que ceux qui retourneraient sur leurs pas connaîtraient une mort horrible.

Poêle-à-frire insista.

— Et alors, pourquoi aurait-il plus raison que ce type qui chuchote ? Comment savoir lequel il faut écouter ?

Thomas savait que c'était une bonne question, mais retourner sur leurs pas ne lui disait rien de bon.

— Je parie que c'est juste une manière de nous mettre à l'épreuve. Il faut continuer.

— Il a raison, approuva Minho. Venez, on repart.

À peine avait-il prononcé ces mots que la voix chuchotante résonna de nouveau, vibrant d'une haine presque enfantine.

— *Vous êtes fichus. Vous allez vous faire découper. Vous allez tous mourir.*

Les cheveux se dressèrent sur la nuque de Thomas, et un frisson lui parcourut l'échine. Il s'attendait à ce que les autres demandent à faire demi-tour. Pourtant, personne ne dit un mot, et bientôt le groupe se remit en marche. Minho ne s'était pas trompé en disant que tous les froussards avaient été éliminés.

Ils continuèrent à s'enfoncer dans l'obscurité. L'air se réchauffa un peu, et la poussière parut s'épaissir. Thomas se mit à éternuer. Il aurait bien voulu boire, mais n'osait pas dénouer son sachet dans le noir. Il ne manquerait plus qu'il renverse son eau.

En avant.

Plus chaud.

Soif.

Noir.

Marcher.

Le temps s'écoulait lentement. Thomas ne comprenait pas comment un tunnel aussi long pouvait exister. Ils avaient dû parcourir au moins trois ou quatre kilomètres depuis le chuchotement menaçant. Où se trouvaient-ils donc ? Sous terre ? À l'intérieur d'un bâtiment gigantesque ? L'homme-rat avait dit qu'ils devaient remonter à l'air libre. Comment… ?

Un garçon se mit à hurler à quelques mètres devant lui.

Le cri, d'abord abrupt, comme une exclamation de surprise, dégénéra bientôt en hurlement de terreur à l'état pur. Il ne reconnut pas la voix qui hurlait à s'en déchirer les cordes vocales, piaillant et couinant comme un animal à l'abattoir. Thomas entendit le garçon se débattre dans tous les sens.

D'instinct, il s'élança, écartant au passage plusieurs blocards paralysés de peur, pour courir vers ces bruits inhumains. Il ne savait pas ce qui le qualifiait plus qu'un autre pour aider, mais il n'hésita pas et piqua un sprint dans le noir sans se soucier de savoir où il posait les pieds. À croire que son corps avait besoin d'action après cette longue marche dans l'obscurité.

Il rejoignit le garçon en furie qui se débattait sur le sol de béton. Thomas déposa son sachet d'eau et son sac, puis tendit les mains, timidement, pour essayer de saisir un bras ou une jambe. Il sentit les autres blocards se rapprocher dans son dos, dans un concert d'exclamations qu'il ignora.

— Hé ! lança Thomas au garçon. Qu'est-ce qui t'arrive ?

Ses doigts touchèrent son jean, puis son tee-shirt. Le malheureux se cabrait dans tous les sens et ses hurlements continuaient à déchirer l'air.

Finalement, Thomas n'y tint plus. Il se jeta en avant et retomba de tout son poids sur le garçon. Le choc lui coupa le souffle. Il sentit l'autre se tortiller sous lui ; il reçut un coup de coude dans les côtes, une gifle en pleine figure, et faillit prendre un bon coup de genou dans les parties.

— Arrête ! cria Thomas. Qu'est-ce que tu as ?

Les cris s'interrompirent en gargouillant, comme si le garçon venait de plonger sous l'eau. Ses convulsions, en revanche, continuèrent de plus belle.

Thomas plaqua son avant-bras sur le torse du blocard et tendit l'autre main pour l'empoigner par les cheveux. Mais ce qu'il sentit sous ses doigts le plongea dans une extrême confusion.

Il n'y avait pas de tête. Pas de cheveux, ni de visage. Pas même de cou. Rien de ce qui aurait dû se trouver là.

À la place, Thomas ne palpait qu'une sphère de métal parfaitement lisse.

CHAPITRE 15

Les secondes qui suivirent allèrent au-delà de l'étrange. Dès que Thomas eut touché la sphère de métal, le garçon cessa de se débattre. Ses membres retombèrent mollement et la raideur de son torse s'atténua. Thomas sentit un liquide épais suinter de la sphère, à l'emplacement du cou. Il sut à son odeur cuivrée que c'était du sang.

Puis la boule roula, avec un son caverneux, jusqu'au mur le plus proche contre lequel elle s'immobilisa. Le garçon ne bougeait plus, n'émettait plus un bruit. Les blocards continuaient à le bombarder de questions, mais Thomas ne faisait pas attention à eux.

Il était frappé d'horreur en se représentant le garçon, en imaginant de quoi il devait avoir l'air. Cela paraissait démentiel mais le malheureux était mort, de toute évidence, la tête tranchée. Ou… changée en métal ? Que lui était-il arrivé ? Saisi de vertige, Thomas mit un moment à se rendre compte que le liquide tiède s'écoulait autour de sa main posée au sol. Il fut pris de panique.

S'écartant d'un coup du corps, il s'essuya par réflexe la main sur son pantalon avec des cris inarticulés. Deux blocards l'empoignèrent par-derrière et l'aidèrent à se relever. L'un d'eux le saisit par son tee-shirt et l'attira près de lui.

— Thomas ! (La voix de Minho.) Thomas ! Que s'est-il passé ?

Thomas s'efforça de recouvrer son sang-froid. Il avait l'estomac noué, la poitrine serrée.

— Je... Aucune idée. Qui c'était, le garçon qui est tombé en hurlant ?

Winston répondit d'une voix tremblante :

— Frankie, je crois. Il était juste à côté de moi, on parlait, et tout à coup il s'est fait happer par quelque chose. Oui, c'était lui. J'en suis sûr.

— Que s'est-il passé ? répéta Minho.

Thomas s'aperçut qu'il s'essuyait toujours sur son pantalon.

— Écoute, commença-t-il avant de prendre une grande inspiration, je l'ai entendu crier, et j'ai couru l'aider. Je lui ai sauté dessus et j'ai essayé de lui immobiliser les bras, le temps de découvrir ce qu'il avait. Ensuite, j'ai voulu l'empoigner par les cheveux, et là...

Il ne parvenait pas à le dire. La vérité paraissait trop absurde.

— Eh bien, quoi ? cria Minho.

Thomas geignit, puis lâcha :

— Il n'avait plus de tête. À la place, j'ai senti une... grosse... boule en métal. Je te jure que c'est vrai. Comme s'il avait la tête prise dans... une grosse boule en métal !

— Qu'est-ce que tu racontes ? protesta Minho.

Thomas ne savait pas comment le convaincre, ni lui ni les autres.

— Tu n'as pas entendu rouler quelque chose, après qu'il a cessé de gueuler ? Je crois qu'elle a dû partir par...

— Je l'ai ! annonça Newt. (Thomas entendit le bruit d'une masse pesante qu'on faisait rouler, puis Newt grogna sous l'effort.) Je l'ai entendue cogner le mur. Elle est toute poisseuse… on dirait du sang.

— Elle est grosse comment ? grommela Minho.

Les blocards se mirent à poser des questions tous à la fois.

— Vos gueules ! cria Newt.

Une fois le silence revenu, il répondit à Minho :

— Je n'en sais rien. (Thomas l'entendit palper la boule dans le noir.) Plus grosse qu'une foutue tête, c'est sûr. Et elle est ronde ; c'est une sphère parfaite.

Hébété, Thomas ne pensait plus qu'à s'échapper de ce trou noir. À retrouver la lumière.

— Il ne faut pas rester ici, dit-il. Il faut se tailler, maintenant !

— On devrait peut-être faire demi-tour, suggéra une voix que Thomas ne reconnut pas. Cette boule a carrément décapité Frankie… comme avait dit le vieux.

— Pas question, rétorqua Minho, furieux. Pas question ! Thomas a raison. Assez discuté. Écartez-vous les uns des autres et courez. Baissez la tête, et si vous sentez un truc s'approcher, cognez dessus de toutes vos forces.

Personne ne discuta. Thomas retrouva à tâtons ses provisions et son eau ; puis un signal tacite parut se propager dans le groupe et ils se mirent à courir, assez loin les uns des autres pour éviter la bousculade. Thomas n'était plus le dernier ; il avait renoncé à fermer la marche. Il courut, plus vite que dans le Labyrinthe.

Il sentait la sueur. Il inspirait de la poussière et de l'air chaud. Il avait les mains moites et poissées de sang. Il faisait toujours aussi noir.

Il courut sans s'arrêter.

Une autre boule fit une deuxième victime. Plus près de Thomas, cette fois : un garçon avec lequel il n'avait jamais discuté. Il entendit un crissement métallique, deux claquements secs. Puis les hurlements noyèrent le reste.

Personne ne s'arrêta. C'était terrible, bien sûr. Mais personne ne s'arrêta.

Quand les cris se transformèrent en gargouillis, Thomas entendit le choc sourd de la boule qui tombait par terre. Elle roula, rebondit contre un mur et repartit un peu plus loin.

Il continua à courir sans ralentir.

Son cœur battait la chamade ; ses poumons lui faisaient mal, à force d'inhaler de grandes goulées d'air vicié. Il perdit toute notion de temps ou de la distance qu'ils avaient parcourue. Quand Minho leur cria de s'arrêter, il fut presque submergé par le soulagement. Sa fatigue avait enfin pris le pas sur l'épouvante de la chose qui venait de tuer deux d'entre eux.

Le couloir s'emplit du halètement des blocards et d'une puanteur de mauvaise haleine. Poêle-à-frire, le premier à récupérer son souffle, demanda :

— Pourquoi on s'arrête ?

— Parce que j'ai failli me casser les chevilles sur un obstacle ! répliqua Minho. Je crois qu'il y a un escalier.

Thomas se mit à espérer et refoula immédiatement ce sentiment. Il s'était promis de ne plus s'emballer trop vite. Pas avant que tout soit terminé.

— Eh bien, on n'a qu'à le monter ! proposa Poêle-à-frire avec entrain.

— Tu crois ? railla Minho. Qu'est-ce qu'on ferait sans toi, Poêle-à-frire ? Sérieusement.

Thomas l'entendit gravir les marches qui rendaient un son métallique. Quelques instants plus tard, un autre lui emboîta le pas et, bientôt, tout le monde suivait Minho.

En atteignant l'escalier, Thomas trébucha sur la première marche et se cogna le genou sur la suivante. Il mit les mains en avant pour se rattraper, manquant de peu de crever son sachet d'eau, puis il se redressa et entreprit de grimper les marches quatre à quatre. Qui sait si une autre boule meurtrière n'était pas sur le point de frapper ?

Un choc sourd retentit au-dessus de lui, plus grave que leurs bruits de pas, mais métallique lui aussi.

— Aïe ! hurla Minho.

Suivit un concert de grognements et de protestations tandis que les blocards se cognaient les uns aux autres avant de s'arrêter.

— Tu n'as rien ? s'inquiéta Newt.

— Qu'est-ce que… tu as touché ? demanda Thomas entre deux halètements.

Minho avait l'air énervé.

— Le foutu plafond, tiens ! On est arrivés tout en haut, et il n'y a aucun… (Il n'acheva pas, et Thomas l'entendit tâtonner dans le noir le long des murs et du plafond.) Attendez ! Je crois que j'ai trouvé…

Il y eut un déclic, et le monde autour de Thomas parut noyé sous un déluge de flammes. Il poussa un cri et se couvrit les yeux : une lumière aveuglante descendait d'en haut. Il en avait lâché son sachet d'eau. Après avoir passé autant de temps dans le noir, la réapparition soudaine de la lumière était insoutenable, même derrière ses mains. Un flamboiement orange traversait ses doigts et ses paupières, et une vague de chaleur – comme un souffle chaud – le balaya.

Thomas entendit un grincement métallique, puis un bruit sourd, et l'obscurité revint. Il baissa les mains avec prudence et plissa les paupières. Des points lumineux dansaient dans son champ de vision.

— On a trouvé la sortie, mais j'ai l'impression qu'elle débouche à la surface du soleil ! dit Minho. Pour faire jour, il fait jour. Et drôlement chaud !

— Il n'y a qu'à l'entrouvrir un moment, le temps que nos yeux s'habituent, suggéra Newt. (Thomas l'entendit monter quelques marches pour rejoindre Minho.) Tiens, coince ce tee-shirt dans l'ouverture. Que tout le monde ferme les yeux !

Thomas suivit la consigne et se recouvrit les yeux. Le flamboiement orange réapparut, et le processus se répéta. Après une minute ou deux, il enleva ses mains et ouvrit prudemment les yeux. Il dut plisser les paupières et eut tout de même la sensation qu'une multitude de lampes torches étaient braquées sur lui, mais cela devenait supportable. Quelques minutes plus tard, il avait retrouvé une vision normale.

Il se trouvait une vingtaine de marches plus bas que Newt et Minho, accroupis tous les deux sous une trappe dans le plafond. Trois lignes aveuglantes marquaient les contours de la trappe, interrompues dans le coin droit par le tee-shirt qui la maintenait ouverte. Autour d'eux, tout – les murs, l'escalier, la trappe – était en métal gris terne. Thomas se retourna et vit que l'escalier en bas se perdait dans l'obscurité. Ils étaient montés beaucoup plus haut qu'il ne l'aurait cru.

— Personne n'est aveugle, au moins ? demanda Minho. J'ai l'impression d'avoir les yeux qui grillent comme des marshmallows.

Thomas éprouvait la même sensation. Ses yeux larmoyants le démangeaient et le brûlaient. Les autres blocards autour de lui se frottaient les paupières.

— Qu'est-ce qu'il y a dehors ? demanda une voix.

Minho, qui regardait par l'entrebâillement de la trappe, sa main en visière, haussa les épaules.

— Difficile à dire. Tout ce que je vois, c'est un flot de lumière. Peut-être bien qu'on est sur le soleil, après tout. En tout cas, ça m'étonnerait qu'il y ait du monde dans le coin. (Une pause.) Ou seulement des fondus.

— Allons-y, alors, suggéra Winston qui se trouvait deux marches en dessous de Thomas. Je préfère encore me choper des coups de soleil que de me faire bouffer la tête par une boule d'acier.

— C'est bon, Winston, répliqua Minho. Pas la peine de t'exciter. Je voulais juste nous donner le temps de nous habituer à la lumière. Je vais ouvrir la trappe en grand pour m'assurer que tout va bien. Préparez-vous.

Il s'avança d'un pas de manière à caler son épaule contre la trappe.

— À la une... à la deux... à la trois !

Il poussa sur ses jambes avec un grognement et se redressa. Lumière et chaleur envahirent l'escalier tandis que la trappe s'ouvrait dans un horrible grincement. Thomas baissa vivement la tête. Une telle clarté paraissait impossible, même s'ils avaient cheminé dans le noir pendant des heures.

Entendant des bruits de pas et de bousculade au-dessus de lui, il leva la tête et vit Newt et Minho s'écarter du carré de lumière aveuglante qui tombait de la trappe béante. L'escalier tout entier se changeait en fournaise.

— La vache ! s'exclama Minho avec une grimace. Il y a un truc qui ne va pas, les mecs. Je suis déjà en train de brûler !

— Il a raison, confirma Newt en se frottant la nuque. Je ne sais pas si on va pouvoir sortir. On ferait peut-être mieux d'attendre que le soleil se couche.

Des grognements de protestation accueillirent cette annonce, mais ils furent vite noyés par les cris de Winston :

— Holà ! Faites gaffe ! Faites gaffe !

Thomas se tourna vers Winston quelques marches plus bas. Il indiquait quelque chose en hauteur tout en reculant. Au plafond, à moins d'un mètre au-dessus de leurs têtes, une flaque argentée était en train de suinter et de former une grosse larme. Elle continua à grossir et, en quelques secondes, devint une goutte frémissante de métal en fusion. Puis, avant que quiconque puisse réagir, elle se détacha du plafond.

Mais au lieu de s'écraser à leurs pieds, la goutte défia la gravité et fila à l'horizontale, pile dans la figure de Winston ! Le malheureux s'écroula et valdingua dans l'escalier avec des cris épouvantables.

CHAPITRE 16

En dévalant les marches à la poursuite de Winston, Thomas fut frappé par une idée atroce : il ignorait s'il lui courait après pour l'aider, ou simplement pour assouvir sa curiosité à l'égard de cette boule tueuse argentée.

Winston termina sa chute, l'épaule bloquée contre une marche. Une chance : ils se trouvaient encore très loin du bas. La lumière aveuglante qui se déversait par la trappe illuminait la scène à la perfection. Winston avait les deux mains sur son visage et tirait sur la pâte argentée. Le métal en fusion lui avait déjà recouvert le sommet du crâne, ainsi que la zone au-dessus des oreilles. À présent, elle s'écoulait vers le bas comme un sirop épais, en coiffant les oreilles et les sourcils.

Thomas sauta au-dessus du blocard et s'agenouilla sur la marche juste en dessous de lui. Winston tirait sur la pâte métallique pour l'éloigner de ses yeux. Étonnamment, cela semblait fonctionner. Mais le garçon hurlait à pleins poumons, en ruant contre le mur.

— Enlevez-moi ça ! cria-t-il d'une voix si étranglée que Thomas faillit l'abandonner à son sort.

Si ce matériau était si douloureux…

On aurait dit du gel argenté très épais. Coriace et obstiné, comme une créature vivante. À peine Winston

117

en avait-il écarté un morceau de ses yeux que le reste coulait autour de ses doigts. Thomas entrevit son visage aux endroits qu'il avait réussi à dégager : ce n'était pas joli à voir. La peau rougie formait déjà des cloques.

Winston cria quelque chose d'inintelligible – ses hurlements déformés auraient aussi bien pu appartenir à une autre langue. Il fallait que Thomas agisse. Et vite.

Il vida le contenu de son sac. Fruits et sachets s'éparpillèrent au bas des marches. Il récupéra le morceau de drap, l'entortilla autour de ses mains pour les protéger, puis se lança. Tandis que Winston se battait contre l'argent fondu qui lui descendait sur les sourcils, Thomas l'empoigna par les côtés qui lui recouvraient les oreilles. Il sentit la chaleur à travers le tissu et craignit de le voir s'embraser. Les pieds bien écartés, il serra le matériau de toutes ses forces, puis tira.

Avec un bruit de succion écœurant, les deux bords de métal se soulevèrent sur plusieurs centimètres avant de lui glisser des mains et de retomber sur les oreilles de Winston. Le malheureux se mit à hurler encore plus fort. Deux autres blocards s'approchèrent pour les aider, mais Thomas leur cria de reculer ; ils n'auraient fait que le gêner.

— Il faut qu'on tire en même temps ! cria Thomas, bien décidé à ne plus lâcher cette fois. Écoute-moi, Winston. Essaie de saisir le truc et de le décoller de ta tête !

L'autre ne donnait aucun signe d'acquiescement ; tout son corps était pris de convulsions. Si Thomas ne s'était pas trouvé juste en dessous de lui, il serait certainement tombé au bas des marches.

— À trois ! cria Thomas. Winston ! Je vais compter jusqu'à trois !

Toujours aucune confirmation. Le garçon continuait à hurler. À se cabrer. À ruer. À griffer l'argent.

Thomas se mit à larmoyer, à moins que ce ne fût la sueur qui lui coulait dans les yeux. En tout cas, ça le brûlait. Et il avait la sensation que l'air s'était réchauffé à un million de degrés. Ses muscles lui faisaient mal ; des douleurs lui fouaillaient les jambes et il était sur le point d'avoir des crampes.

— On y va ! hurla-t-il. Un ! Deux ! Trois !

Il empoigna de nouveau les bords du matériau, dont il sentit la dureté et la souplesse, puis le souleva le plus possible de la tête de Winston. Ce dernier devait l'avoir entendu, ou peut-être fut-ce un coup de chance, mais au même instant il repoussa le gel avec les deux paumes, comme s'il essayait de s'arracher le front. La masse se détacha tout entière, lourde, épaisse et tremblotante. Thomas n'hésita pas ; il tendit les bras, souleva cette saleté et la jeta sous lui dans l'escalier. Puis il observa ce qui se passait.

En vol, la chose prit aussitôt la forme d'une sphère ; sa surface ondula brièvement avant de se solidifier. Elle s'arrêta quelques marches plus bas, hésita une seconde, comme si elle jetait un dernier regard à sa victime, puis elle fila comme une flèche, dévalant l'escalier jusque dans l'obscurité.

Elle était partie. Pour une raison inconnue, elle n'avait plus tenté d'attaquer.

Thomas inspira à pleins poumons ; tout son corps était trempé de sueur. Il s'adossa contre le mur, craignant de se retourner vers Winston qui geignait derrière lui. Au moins le pauvre avait-il cessé de hurler.

Thomas finit par lui faire face.

Le garçon était dans un état épouvantable. Recroquevillé, il frissonnait. À la place de ses cheveux, on voyait son crâne pelé et sanguinolent. Ses oreilles étaient tailladées mais encore entières. Il sanglotait, sûrement à cause de la douleur et du traumatisme. Son visage couvert d'acné semblait net et propre comparé aux plaies à vif du reste de sa tête.

— Ça va aller, mec ? demanda Thomas, sachant que c'était sans doute la question la plus stupide qu'il avait jamais formulée.

Winston secoua la tête de façon convulsive ; il continua de frissonner.

Thomas leva les yeux vers Minho, Newt, Aris et les autres blocards massés quelques marches plus haut, qui contemplaient la scène avec une expression d'horreur. La clarté aveuglante qui descendait sur eux plongeait leurs visages dans l'ombre, mais Thomas distinguait leurs yeux brillants comme ceux d'un chat dans un rai de lumière.

— Qu'est-ce que c'était que ce truc ? murmura Minho.

Incapable de parler, Thomas se contenta de secouer la tête avec lassitude.

Newt fut le premier à répondre.

— Une saloperie magique qui bouffe la tête des gens, voilà ce que c'était !

— Sûrement une nouvelle forme de technologie, suggéra Aris.

C'était la première fois que Thomas le voyait prendre part à la discussion. Le garçon regarda autour de lui les visages surpris et haussa les épaules d'un air gêné avant de poursuivre.

— Je me rappelle vaguement deux ou trois choses. Je sais que le monde extérieur possède une technologie très évoluée, mais je ne me souvenais pas qu'il existait des plaques volantes de métal en fusion qui essaient de vous décapiter.

Thomas fouilla dans ses propres souvenirs. Lui non plus ne se rappelait rien de semblable.

Minho indiqua la cage d'escalier derrière Thomas.

— Cette saleté doit vous recouvrir le visage, puis vous ronger le cou jusqu'à ce que votre tête se détache. Génial. C'est génial.

— Vous avez vu ? Ce truc est tombé directement du plafond ! s'écria Poêle-à-frire. Il faut vite se tirer d'ici !

— Je suis bien d'accord, approuva Newt.

Minho baissa les yeux sur Winston avec un air dégoûté. Thomas suivit son regard. Le garçon avait cessé de trembler, et ses sanglots s'étaient réduits à quelques reniflements étouffés. Mais il avait une tête affreuse et resterait sûrement marqué à vie. Thomas voyait mal comment ses cheveux pourraient repousser sur son cuir chevelu sanguinolent.

— Poêle-à-frire, Jack ! ordonna Minho, relevez Winston et aidez-le à marcher. Aris, ramasse ses affaires, fais-toi aider par deux gars pour les porter. On fiche le camp. Je me fous de savoir à quel point le soleil cogne dehors, je n'ai pas envie de me retrouver avec une boule de bowling sur la tête.

Il tourna les talons, sans attendre de voir s'il serait obéi. C'est à ce moment-là que Thomas se surprit à penser qu'il faisait un bon chef.

— Thomas, Newt, avec moi, lança Minho par-dessus son épaule. On va sortir en premier tous les trois.

Thomas se tourna vers Newt, lequel lui retourna un regard légèrement inquiet mais surtout rempli de curiosité. Il avait hâte de découvrir la suite. Thomas ressentait la même chose, et même s'il rechignait à l'admettre, ça valait mieux que continuer de s'occuper de Winston.

— Allons-y, dit Newt d'une voix résignée, comme s'ils n'avaient pas le choix.

Mais son expression le trahissait : il était aussi impatient que Thomas de se débarrasser du pauvre Winston.

Thomas hocha la tête et enjamba le garçon, en évitant de regarder son crâne en sang. Sa vue le rendait malade. Il s'écarta devant Poêle-à-frire, Jack et Aris qui descendaient, puis grimpa les marches quatre à quatre à la suite de Newt et de Minho, vers la trappe béante inondée de soleil.

CHAPITRE 17

Les blocards s'effacèrent devant eux, visiblement ravis de les laisser passer devant. Thomas plissa les paupières et se couvrit les yeux avec la main à l'approche de la sortie. Il avait peine à croire qu'ils allaient poser le pied dans cette fournaise aveuglante et en réchapper.

Minho s'arrêta juste avant la trouée de lumière. Puis il avança lentement sa main vers l'extérieur. Malgré son teint basané, sa peau se mit à briller comme une flamme blanche.

Après quelques secondes, Minho retira sa main et la secoua comme s'il venait de recevoir un coup de marteau sur le doigt.

— C'est chaud. C'est drôlement chaud, annonça-t-il en se tournant vers Thomas et Newt. On a intérêt à se protéger si on ne veut pas se retrouver brûlés au deuxième degré dans cinq minutes.

— Il n'y a qu'à utiliser nos sacs en drap, proposa Newt en commençant à vider le sien. Et nous envelopper dedans le temps de jeter un coup d'œil. Si ça marche, on pourra toujours porter l'eau et les provisions dans une moitié de drap et nous servir de l'autre comme protection.

Thomas avait déjà défait son propre sac afin d'aider Winston.

— On aura l'air de fantômes. S'il y a des affreux dehors, ça leur fera peut-être peur !

Minho ne prit pas autant de précautions que Newt ; il se contenta de déverser le contenu de son sac par terre. Les blocards les plus proches se précipitèrent pour empêcher ses provisions de rouler dans l'escalier.

— Tu es un marrant, Thomas. Espérons qu'on ne tombera pas sur un comité d'accueil de fondus, dit-il en dénouant les nœuds qu'il avait faits à son drap. Je vois mal comment on pourrait tenir longtemps dans cette chaleur. J'espère qu'on va trouver des arbres ou un abri.

— Je ne sais pas, reprit Newt. S'il y a de l'ombre, c'est justement là qu'ils risquent de se cacher.

Thomas était pressé de constater par lui-même ce qui les attendait.

— Le seul moyen de le savoir, c'est d'aller voir.

Il fit claquer son drap, s'en recouvrit la tête et l'enroula autour de son visage comme un châle.

— De quoi j'ai l'air ?

— De la fille la plus moche que j'aie jamais vue, répliqua Minho. Remercie le ciel d'être un mec.

— Merci.

Minho et Newt imitèrent Thomas, soucieux de s'assurer qu'ils étaient entièrement recouverts.

— Vous êtes prêts, les deux tocards ? demanda Minho en dévisageant tour à tour Newt et Thomas.

— Excité, même, répondit Newt.

Thomas n'aurait peut-être pas employé ce mot-là, mais il partageait le même besoin de passer à l'action.

— Moi aussi, dit-il. Allons-y.

Les marches montaient jusqu'au ras du sol à la manière d'une trappe de cave ; les dernières étaient baignées de soleil. Minho hésita puis les gravit rapidement, sans s'arrêter, et disparut comme si la lumière l'avait avalé.

— À toi ! cria Newt en poussant Thomas dans le dos.

Thomas ressentit une brusque montée d'adrénaline. Soufflant un grand coup, il courut à la suite de Minho, Newt sur les talons.

À peine eut-il émergé dans la lumière que Thomas se rendit compte qu'ils auraient aussi bien pu s'envelopper dans une toile en plastique transparent. Le drap ne filtrait rien de la lumière aveuglante ni de la chaleur suffocante qui les clouaient au sol. Quand il ouvrit la bouche pour parler, une bouffée d'air chaud s'engouffra dans sa gorge en la desséchant d'un coup. Il essaya désespérément de respirer mais eut l'impression d'inhaler du feu.

Thomas ne pensait pas que le monde extérieur était supposé ressembler à cela.

Les yeux clos, il se cogna dans Minho et faillit s'étaler de tout son long. Recouvrant l'équilibre, il fléchit les genoux, s'accroupit et déploya son drap au-dessus de lui pendant qu'il luttait pour se remplir les poumons. Il y parvint enfin, en respirant par à-coups, le temps de se calmer. Les premiers instants après la sortie de l'escalier l'avaient plongé dans la panique. Les deux autres blocards respiraient avec peine eux aussi.

— Ça va, vous deux ? finit par demander Minho.

Thomas grommela « Oui », et Newt répondit :

— J'ai l'impression d'être en enfer. J'ai toujours su que c'est là que tu finirais, Minho, mais pas moi !

— Tu m'étonnes, répliqua Minho. Ça brûle, mais je crois que je commence à m'habituer à la lumière.

Thomas entrouvrit les paupières et regarda le sol à ses pieds. Nu et poussiéreux. Quelques cailloux gris-brun. Le drap qui l'enveloppait brillait avec un tel éclat qu'on aurait dit un échantillon de technologie futuriste.

— De quoi tu te caches ? demanda Minho. Debout, tocard, je ne vois personne dans le coin.

Thomas se sentit gêné qu'on puisse penser qu'il se cachait. Il devait ressembler à un gamin qui tremble sous ses couvertures, en priant pour ne pas se faire voir. Il se redressa et souleva le drap, très lentement, afin de jeter un coup d'œil sur le décor qui l'entourait.

C'était un désert.

Devant lui, une terre plate, sèche et stérile s'étendait à perte de vue. Sans un arbre. Sans un buisson. Pas la moindre colline ou vallée. Rien qu'une mer jaune-orange de poussière et de rocaille. L'air surchauffé s'élevait en vagues ondulantes au-dessus de l'horizon, vers un ciel bleu sans nuages.

Thomas tourna sur lui-même sans remarquer de différence notable jusqu'à ce qu'il aperçoive une chaîne montagneuse dans le lointain. À mi-chemin environ, on distinguait plusieurs bâtiments cubiques évoquant un tas de cartons abandonnés. Il devait s'agir d'une ville, mais impossible d'en estimer la taille à cette distance. L'air chaud brouillait la vue au ras du sol.

À la gauche de Thomas, le soleil chauffé à blanc descendait vers l'horizon, à l'ouest. Ce qui voulait dire que la ville et les montagnes rouge et noir devaient se trouver plein nord, justement là où ils étaient supposés se rendre. Son sens de l'orientation le surprit, comme si un fragment de son passé était réapparu.

— À quelle distance se trouvent ces bâtiments, à votre avis ? demanda Newt.

Sa voix se réduisait à un murmure plat.

— Cent cinquante kilomètres ? suggéra Thomas. En tout cas, c'est au nord. Vous croyez que c'est là qu'on doit aller ?

Sous son drap, Minho fit non de la tête.

— Sûrement pas, mec. Je veux dire, c'est la bonne direction, mais ça ne fait pas cent cinquante kilomètres. Une cinquantaine au maximum. Et les montagnes doivent être à cent, cent dix.

— Je ne savais pas que tu pouvais mesurer les distances aussi précisément rien qu'avec tes yeux, grommela Newt.

— Je suis un coureur, crétin. J'ai appris à sentir ce genre de trucs dans le Labyrinthe, même si les distances étaient beaucoup plus courtes.

— L'homme-rat n'a pas exagéré avec ses histoires d'éruptions solaires, observa Thomas, en s'efforçant de garder le moral. On dirait qu'il y a eu une explosion nucléaire par ici. Je me demande si le monde entier ressemble à ça.

— Espérons que non, dit Minho. Je voudrais bien voir un arbre, si c'est possible. Peut-être même un ruisseau.

— Je me contenterais de quelques touffes d'herbe, soupira Newt.

Plus Thomas la regardait, plus la ville lui paraissait proche. Elle n'était peut-être même pas à cinquante kilomètres. Il cligna des paupières puis se tourna vers les autres.

— Difficile de faire plus différent du Labyrinthe, vous ne croyez pas ? Là-bas, on était piégés entre des murs avec tout le nécessaire pour survivre. Ici, on est libres d'aller où on veut, sauf que le seul moyen de nous en sortir consiste à suivre la direction qu'on nous a indiquée. Ce n'est pas ce qu'on appelle l'ironie du sort, ou quelque chose comme ça ?

— Quelque chose comme ça, confirma Minho. Tu es un puits de science philosophique. (Il désigna l'escalier de la tête.) Amenez-vous. Sortons les autres tocards et mettons-nous en marche. Pas la peine d'attendre que le soleil nous ait grillés sur place.

— On devrait peut-être attendre qu'il se couche, suggéra Newt.

— Et tuer le temps en compagnie de ces foutues boules de métal ? Pas question.

Thomas convint qu'il valait mieux bouger.

— Je crois que ça ira. Le soleil va se coucher dans quelques heures. On serrera les dents au début, on fera une pause, puis on pourra continuer le plus loin possible pendant la nuit. Moi, en tout cas, je ne remets pas les pieds là-dessous.

Minho acquiesça.

— D'accord, approuva Newt. Commençons par atteindre cette saleté de ville, en espérant qu'elle ne sera pas remplie de fondus.

Thomas sentit son cœur se serrer.

Minho marcha jusqu'au trou et se pencha au-dessus.

— Ohé, tas de mauviettes, remuez-vous un peu !
Ramassez la bouffe et ramenez vos fesses par ici !

*

Aucun blocard ne protesta.

Thomas les regarda copier, l'un après l'autre, les
attitudes qu'il avait eues en émergeant de l'escalier. La
respiration difficile, les yeux plissés, l'abattement complet. Sans doute avaient-ils voulu croire que l'homme-rat
leur avait menti, qu'ils avaient connu le pire dans le
Labyrinthe. Mais après les boules d'argent dévoreuses de
têtes, puis ce spectacle de désolation, il était convaincu
qu'aucun d'eux n'entretiendrait plus ce genre d'espoir
mal placé.

Ils durent s'adapter pour la suite du voyage : faire
tenir les provisions et les sachets d'eau dans la moitié
des sacs d'origine ; chaque drap récupéré ainsi permit de
recouvrir deux personnes marchant côte à côte. Mais tout
se déroula sans accroc – même pour Jack et le pauvre
Winston – et bientôt ils se mirent en route sur l'étendue
jonchée de cailloux. À son grand étonnement, Thomas
partageait son drap avec Aris. Peut-être refusait-il tout
simplement d'admettre qu'il avait voulu se mettre avec
lui, que ce garçon représentait son unique chance de
comprendre ce qui avait pu arriver à Teresa.

Thomas tenait un coin du drap de la main gauche et
portait un sac sur son épaule droite. Aris marchait à sa
droite ; ils étaient convenus de se passer le sac, beaucoup
plus lourd désormais, toutes les trente minutes. Pas à
pas, ils s'enfoncèrent dans la poussière en direction de

la ville. La chaleur semblait leur coûter une journée de vie tous les cent mètres.

Durant un long moment, ils n'échangèrent pas un mot, jusqu'à ce que Thomas finisse par rompre le silence.

— Alors comme ça, tu n'avais jamais entendu le nom de Teresa ?

Aris lui jeta un regard acéré, et Thomas se rendit compte qu'il avait probablement pris un ton plus accusateur qu'il n'en avait eu l'intention. Il insista néanmoins.

— Hein ? Jamais ?

Aris ramena son attention devant lui, les yeux brillants.

— Non. Jamais. Je ne la connais pas et je ne sais pas ce qu'elle est devenue. Au moins, tu ne l'as pas vue mourir sous tes yeux.

La réponse, brutale, inspira à Thomas du respect pour Aris.

— Je sais, désolé. (Il réfléchit un instant.) Vous étiez très proches, tous les deux ? Rappelle-moi comment elle s'appelait.

— Rachel.

Aris marqua une pause, et Thomas crut que la discussion était déjà close, mais le garçon reprit :

— On était plus que proches. Il s'est passé des choses. On s'est rappelé des trucs. On s'est forgé des souvenirs.

Thomas avait conscience que Minho lui aurait ri au nez, mais pour sa part, il trouvait que c'était la phrase la plus triste qu'il avait jamais entendue.

— Oui. J'ai un ami qui est mort dans mes bras, moi aussi. Chaque fois que je repense à Chuck, je pète les plombs. S'ils ont fait la même chose à Teresa, ils ne pourront pas m'arrêter. Rien ne le pourra. Ils crèveront tous.

Thomas stoppa, choqué par ce qu'il venait de dire. Comme si ces mots avaient été prononcés par un autre. Il les approuvait pourtant, de tout son cœur.

— À ton avis, qu'est-ce que… ?

Mais avant qu'il puisse terminer sa phrase, Poêle-à-frire se mit à crier. Il indiquait quelque chose.

Il suffit d'une seconde à Thomas pour comprendre la nervosité du cuisinier.

Loin devant eux, en direction de la ville, deux silhouettes couraient à leur rencontre, telles des ombres chinoises dans les ondes de chaleur, soulevant à chaque foulée de petits nuages de poussière.

CHAPITRE 18

Thomas fixa les nouveaux arrivants. Il sentit que les autres blocards s'étaient arrêtés autour de lui, comme en réponse à un signal muet. Il frissonna, malgré la chaleur accablante. Il n'aurait pas su dire pourquoi il avait peur – les blocards étaient dix fois plus nombreux que les inconnus – mais la sensation était là.

— Rapprochez-vous les uns des autres, ordonna Minho. Et préparez-vous à massacrer ces deux tocards au premier pépin.

Les ondulations de l'air surchauffé continuèrent à brouiller les deux silhouettes jusqu'à une centaine de mètres environ. Thomas banda ses muscles quand elles se précisèrent enfin. Il ne se souvenait que trop bien des êtres qu'il avait aperçus derrière les barreaux quelques jours plus tôt. Les fondus. Les nouveaux venus étaient tout aussi effrayants.

Ils s'arrêtèrent à quelques mètres des blocards. L'un était un homme, l'autre une femme – on le devinait aux courbes plus prononcées de sa silhouette. Pour le reste, ils avaient tous les deux la même allure : grands et dégingandés. Leurs têtes et leurs visages étaient presque entièrement emmaillotés dans des haillons beiges percés de petites fentes pour les yeux et la bouche. Leurs vêtements composaient un patchwork de bouts de tissus crasseux, consolidés çà et là par des bandes de jean effilochées. Les seules parties de leur corps exposées au soleil étaient leurs mains, rouges, gercées et pelées.

Les deux se tinrent là, pantelants, haletant comme des chiens malades.

— Qui êtes-vous ? leur lança Minho.

Les inconnus restèrent muets, sans réaction. Leurs poitrines palpitaient. Thomas les détailla derrière son capuchon de fortune : il avait peine à croire qu'ils aient pu courir aussi longtemps sans s'écrouler sous la chaleur et la fatigue.

— Qui êtes-vous ? insista Minho.

Au lieu de répondre, les deux inconnus se séparèrent et se mirent à décrire un large cercle autour du groupe des blocards. Leurs yeux, dissimulés derrière les fentes de leurs bandelettes de momies, restaient fixés sur les garçons tandis qu'ils les cernaient, comme s'ils jaugeaient une proie. Thomas sentit la tension monter en lui ; surtout quand il ne put plus les avoir tous les deux dans son champ de vision. Il les vit se rejoindre derrière le groupe et leur faire face, immobiles.

— On est beaucoup plus nombreux que vous, fit observer Minho, sur un ton qui trahissait sa frustration : sa menace semblait un peu désespérée. Alors, dites-nous qui vous êtes.

— Des fondus, répondit la femme.

Agacée, elle avait parlé d'une voix gutturale. Sans raison précise, elle indiqua la direction de la ville dans le dos des blocards.

— Des fondus ? répéta Minho qui s'était frayé un passage au milieu de ses compagnons pour atteindre le premier rang. Comme ceux qui ont essayé de s'introduire dans notre bâtiment avant-hier ?

Thomas fit la grimace : ces deux personnes ne pouvaient pas savoir de quoi il parlait. Les blocards avaient sans doute parcouru un très long chemin depuis le réfectoire.

— On est des fondus.

L'homme avait un ton étonnamment plus doux et moins revêche que la femme, mais sans la moindre gentillesse. Lui aussi indiqua la ville.

— On est venus voir si vous en êtes aussi. Si vous avez la Braise.

Minho regarda Thomas et les autres en haussant les sourcils. Personne ne dit rien. Il se retourna vers les inconnus.

— On nous a dit qu'on l'avait. Vous pouvez nous en parler un peu ?

— Pas la peine, répondit l'homme dont les bandelettes frémissaient à chaque mot. Si vous l'avez, vous saurez bientôt tout ce qu'il y a à savoir.

— Alors, qu'est-ce que vous voulez ? s'impatienta Newt en s'avançant à côté de Minho. Qu'est-ce que ça peut vous faire qu'on soit des fondus ou non ?

Ce fut la femme qui répliqua, cette fois, en se comportant comme si elle n'avait pas entendu les questions.

— Qu'est-ce que vous fabriquez sur la Terre Brûlée ? D'où vous sortez ? Comment êtes-vous arrivés là ?

Thomas fut surpris par... l'intelligence de ces questions. Les fondus qu'ils avaient vus au dortoir lui avaient paru complètement fous, pareils à des bêtes sauvages. Ces gens-là, au contraire, étaient assez lucides pour s'étonner que leur groupe ait surgi de nulle part. Il n'y avait rien dans la direction opposée à leur ville.

Minho échangea quelques mots à voix basse avec Newt, puis s'approcha de Thomas.

— Qu'est-ce qu'on leur dit, à ton avis ?

Thomas n'en avait pas la moindre idée.

— Je n'en sais rien. La vérité ?

— La vérité ? répéta Minho, sarcastique. Super idée, Thomas. Tu es toujours aussi brillant, dis donc. (Il se tourna de nouveau face aux fondus.) On est envoyés par le WICKED. On est sortis d'un trou un peu plus loin là-bas, au bout d'un tunnel. On est supposés traverser la Terre Brûlée sur cent soixante kilomètres en direction du nord. Ça vous dit quelque chose ?

Une fois de plus, ils donnèrent l'impression de ne pas avoir écouté un mot de ce qu'il leur avait dit.

— Tous les fondus ne sont pas foutus, dit l'homme. Ils ne sont pas tous au bout du rouleau. (Il prononça ces derniers mots comme s'il s'agissait d'un lieu.) Chacun évolue à son niveau. Il faut savoir qui accepter et qui rejeter. Ou tuer. Vous avez intérêt à le comprendre vite, si vous voulez venir chez nous.

— Chez vous ? répéta Minho. Vous venez de cette ville, hein ? C'est là que vivent tous les fondus ? Vous avez de l'eau et de la nourriture ?

Thomas éprouvait la même curiosité que Minho ; il avait une foule de questions à poser. Il fut tenté de proposer de capturer ces deux fondus pour les obliger à répondre. Car pour l'instant, ils n'étaient guère coopératifs. Ils se séparèrent pour les contourner de nouveau et se retrouver côté ville.

La femme leur dit une dernière chose.

— Si vous ne l'avez pas encore, ça ne va pas tarder. Comme pour l'autre groupe. Celui qui est supposé vous tuer.

Puis les deux inconnus tournèrent les talons et repartirent au petit trot en direction de la ville, laissant Thomas et les autres blocards abasourdis. Bientôt, leurs silhouettes se noyèrent dans la chaleur et la poussière.

— L'autre groupe ? fit quelqu'un.

C'était peut-être Poêle-à-frire. Thomas était trop occupé à regarder disparaître les fondus pour s'en soucier.

— Je me demande s'ils parlaient de mon groupe.

Cette fois, c'était Aris. Thomas s'arracha à sa contemplation.

— Le groupe B ? lui demanda-t-il. Tu crois qu'ils seraient déjà en ville ?

— On s'en fiche ! aboya Minho. C'est plutôt l'idée qu'ils sont supposés nous tuer qui devrait vous inquiéter. Ou peut-être ce que les fondus nous ont dit à propos de la Braise.

Thomas repensa au tatouage derrière son cou qui le terrifiait.

— Peut-être qu'en disant « vous », elle ne parlait pas de nous, suggéra-t-il en indiquant sa nuque avec le pouce. Peut-être qu'elle ne parlait que de moi. Je n'ai pas bien vu qui elle regardait.

— Comment veux-tu qu'elle t'ait reconnu ? rétorqua Minho. De toute façon, ça ne change rien. Si quelqu'un essaie de te tuer, ou moi, ou n'importe lequel d'entre nous, c'est comme s'il s'en prenait à nous tous. Pas vrai ?

— C'est trop mignon, ironisa Poêle-à-frire. Va donc mourir avec Thomas ! Pour ma part, je préfère me tirer et vivre avec le poids de la culpabilité.

Il dit cela avec un petit air qui signifiait qu'il plaisantait, mais Thomas se demanda s'il n'y avait pas une part de vérité là-dedans.

— Bon, qu'est-ce qu'on décide ? demanda Jack.

Il aidait Winston à se tenir debout, même si l'ancien maton de l'abattoir semblait avoir récupéré quelques forces. Heureusement, le drap cachait ses plaies hideuses à la tête.

— À ton avis ? demanda Newt, avant d'adresser un hochement de tête à Minho.

Ce dernier leva les yeux au ciel.

— On continue, tiens ! On n'a pas le choix. Si on contourne cette ville, on va mourir d'insolation ou de faim. Alors que là-bas, on pourra trouver un abri, peut-être même de quoi manger. Fondus ou pas, on y va.

— Et l'autre groupe ? objecta Thomas en jetant un coup d'œil en direction d'Aris. Et s'ils avaient vraiment l'intention de nous tuer ? On n'a rien pour se défendre.

Minho fit jouer les muscles de son bras droit.

— S'il s'agit des filles avec lesquelles traînait Aris, je leur montrerai mes deux flingues et elles s'enfuiront en courant.

Thomas insista.

— Et si elles sont armées ? Ou si elles savent se battre ? Ou si ce ne sont pas elles, mais une bande de cannibales de deux mètres de haut ? Ou un millier de fondus ?

— Thomas… non, tout le monde, commença Minho avec un soupir exaspéré. Fermez vos gueules et écrasez un peu, d'accord ? Plus de questions. Sauf si vous avez une autre idée qui n'implique pas une mort certaine, bouclez-la et profitons de la seule chance que nous avons. Compris ?

Thomas sourit malgré lui. En une tirade, Minho venait de lui remonter le moral, ou du moins de lui redonner un peu d'espoir. Ils devaient aller de l'avant, continuer, agir.

— C'est mieux, approuva Minho avec un hochement de tête satisfait. Quelqu'un d'autre a envie de mouiller son pantalon ou d'appeler sa maman ?

Il y eut quelques ricanements, mais personne ne dit rien.

— Parfait. Newt, prends la tête. Thomas, tu fermes la marche. Jack, demande à quelqu'un de te remplacer pour soutenir Winston. On est partis !

Ils se remirent en route. Cette fois-là Aris portait le sac. Thomas se sentit tellement soulagé qu'il avait l'impression de flotter au-dessus du sol. La seule difficulté consistait à tenir le drap avec son bras qui commençait à faiblir et à s'engourdir. Ils continuèrent néanmoins, parfois en marchant, parfois en trottinant.

Heureusement, le soleil parut s'alourdir et descendre de plus en plus vite à mesure qu'il se rapprochait de l'horizon. À la montre de Thomas, il s'était écoulé une heure à peine depuis leur rencontre avec les fondus quand le ciel se teinta d'orange et de pourpre et que la clarté aveuglante du soleil devint plus supportable. Peu après, l'astre s'enfonçait derrière l'horizon, tirant les étoiles à travers le ciel comme un rideau.

Les blocards continuèrent leur chemin en se guidant grâce aux faibles lumières de la ville. Thomas savourait presque l'instant maintenant qu'il ne portait plus le sac et qu'ils n'avaient plus besoin de se protéger avec le drap.

Enfin, quand les dernières lueurs du crépuscule se furent éteintes, la nuit engloutit le paysage à la manière d'un brouillard noir.

CHAPITRE 19

Peu après la tombée de la nuit, Thomas entendit hurler une fille.

Il ne comprit pas tout de suite de quoi il s'agissait ; il crut d'abord à un effet de son imagination. Avec le martèlement de leurs pas dans la poussière, le frottement des sacs, les murmures entre deux respirations haletantes, c'était difficile à dire. Mais bientôt, il n'y eut plus aucun doute. Quelque part devant eux, peut-être en ville mais probablement plus près, des hurlements déchiraient la nuit.

Les autres, qui les avaient aussi entendus, cessèrent de courir. Une fois que tout le monde eut repris son souffle, il devint plus facile d'identifier les sons.

On aurait dit des miaulements de chat. Les cris de douleur d'un matou blessé. Le genre de bruit qui vous donne la chair de poule et vous fait vous boucher les oreilles en priant pour que ça s'arrête. Il y avait quelque chose de surnaturel là-dedans qui glaçait Thomas jusqu'aux os. L'obscurité ajoutait encore à l'aspect inquiétant. Quelle qu'en soit la source, ces cris stridents provenaient d'assez loin et transperçaient la nuit comme des échos vivants, comme s'ils tâchaient de s'étouffer dans la poussière.

— Vous savez à quoi ça me fait penser ? demanda Minho.

Thomas le savait.

— À Ben. Ou Alby. Ou moi, je suppose. Aux cris qu'on pousse après une piqûre de Griffeur.

— C'est ça.

— Non, non, non ! gémit Poêle-à-frire. Ne me dites pas qu'on va retrouver ces saloperies ici ! Je ne pourrais pas le supporter.

Newt, à quelques pas à gauche de Thomas et d'Aris, intervint.

— Ça m'étonnerait. Vous vous rappelez leur peau humide et poisseuse ? Ils se transformeraient en grosses boules de poussière s'ils roulaient dans ce désert.

— Oh, fit observer Thomas, si le WICKED a pu créer les Griffeurs, il est capable de faire encore pire. Ça ne m'amuse pas, mais ce type au visage de rat nous a prévenus que la difficulté allait se corser.

— Merci, c'est très réconfortant, railla Poêle-à-frire.

Il avait essayé de prendre un ton jovial, mais n'avait réussi qu'à paraître amer.

— Je dis les choses comme elles sont, c'est tout.

Poêle-à-frire renifla.

— Je sais. C'est juste que je préférerais qu'elles soient autrement.

— Qu'est-ce qu'on fait ? demanda Thomas.

— Je propose qu'on fasse une pause, dit Minho. Qu'on boive un coup et qu'on se remplisse le ventre. Et ensuite, on profitera de la nuit pour avancer le plus loin possible. On pourra peut-être dormir une heure ou deux avant l'aube.

— Et concernant la cinglée qu'on entend hurler là-bas ? s'inquiéta Poêle-à-frire.

— À mon avis, elle est trop occupée pour venir nous chercher des ennuis.

Sans qu'il sache pourquoi, cette déclaration refroidit Thomas. Et peut-être les autres, car personne ne dit plus un mot tandis qu'ils déposaient leurs sacs, s'asseyaient et se mettaient à manger.

*

— Ah, si seulement elle pouvait la boucler !

C'était la cinquième fois qu'Aris disait cela alors qu'ils couraient dans la nuit. La pauvre fille, dont ils se rapprochaient peu à peu, continuait à pousser ses lamentations déchirantes.

La pause avait été sinistre, maussade ; la conversation en revenait toujours à l'homme-rat, à ce qu'il avait dit concernant leurs « variables » et l'importance primordiale qu'ils attachaient aux réactions des blocards. Pour établir un modèle, dégager les schémas de la « zone mortelle ». Personne n'avait la moindre certitude, bien sûr ; il ne s'agissait que de spéculations sans queue ni tête. C'était drôle, songea Thomas. Ils savaient maintenant qu'ils étaient testés, que le WICKED les mettait à l'épreuve. En un sens, cela aurait dû les faire réagir différemment, et pourtant, ils persistaient à se battre, à lutter pour atteindre l'antidote qu'on leur avait promis. Et ils continueraient, Thomas en était convaincu.

Il avait mis un moment à se dérouiller les jambes quand Minho les avait fait repartir. Au-dessus d'eux, un mince croissant de lune brillait, à peine plus lumineux que les étoiles. Mais ils n'avaient pas besoin de plus de lumière pour courir sur ce sol plat et nu. De plus, à moins que ce ne soit un effet de son imagination, ils commençaient à se rapprocher des lumières de la ville. Thomas les voyait vaciller, ce qui voulait dire qu'il s'agissait de feux : les chances de trouver de l'électricité dans ce désert étaient proches de zéro.

Il ne comprit pas exactement ce qui se passa, mais tout à coup les bâtiments vers lesquels ils se dirigeaient parurent beaucoup plus proches. Et plus nombreux qu'ils ne s'y attendaient. Plus hauts, également. Plus imposants. Soigneusement alignés, en blocs réguliers. L'endroit avait peut-être été une ville importante avant d'être frappée par la catastrophe qui avait dévasté la région. Des éruptions solaires pouvaient-elles vraiment infliger autant de dégâts ? Ou y avait-il eu d'autres causes ?

Thomas commençait à croire qu'ils atteindraient les premiers bâtiments dans la journée du lendemain.

Même s'ils n'avaient pas besoin de la protection du drap pour le moment, Aris courait à côté de lui, et Thomas avait envie de parler.

— Raconte-moi un peu ton expérience dans le Labyrinthe.

Aris gardait une respiration régulière ; il avait l'air en aussi bonne forme que Thomas.

— Mon expérience dans le Labyrinthe ? De quoi veux-tu parler ?

— Tu n'es jamais rentré dans les détails. Comment c'était, pour toi ? Combien de temps y es-tu resté ? Comment as-tu réussi à t'échapper ?

Aris répondit par-dessus les bruits légers de leurs pas sur le sol du désert.

— J'en ai discuté avec plusieurs de tes amis, et ça ressemblait beaucoup à ce que vous avez connu. Sauf que… c'étaient des filles à la place des garçons. Certaines étaient là depuis deux ans, les autres étaient arrivées une par une, tous les mois. Puis il y a eu Rachel, et moi le lendemain, dans le coma. Je ne me souviens pratiquement de rien, à part ces quelques jours de folie quand j'ai fini par me réveiller.

Il expliqua ce qui s'était passé ensuite ; les événements recoupaient de très près ce qu'avaient enduré Thomas et les blocards. C'en était carrément bizarre. Presque incroyable. Aris avait émergé de son coma en balbutiant quelque chose à propos de la fin, les murs avaient cessé de se refermer à la tombée de la nuit, la Boîte ne s'était plus ouverte, ils avaient découvert que le Labyrinthe comportait un code, et ainsi de suite jusqu'à leur évasion. Celle-ci s'était déroulée à peu près de la même manière que l'expérience terrifiante des blocards, à ceci près que les filles avaient subi moins de morts. Si elles étaient toutes aussi coriaces que Teresa, Thomas n'en était pas surpris.

Pour finir, quand Aris et son groupe s'étaient retrouvés dans la dernière salle, Beth – qui avait disparu quelques jours plus tôt, exactement comme Gally – avait tué Rachel, juste avant que leurs sauveurs interviennent et les évacuent vers le gymnase dont Aris avait déjà parlé. Après quoi, on avait conduit ce dernier dans le dortoir où les blocards l'avaient découvert.

Si toutefois tout cela avait vraiment eu lieu. Car comment savoir, après ce qui s'était passé à la Falaise et avec le transplat qui les avait menés au tunnel ? Sans oublier les fenêtres murées et le changement de nom sur la porte d'Aris.

Thomas en avait la migraine rien que d'y penser.

Réfléchir au groupe B et à sa répartition des rôles – Aris et lui s'étaient retrouvés dans la même situation, et Aris était le pendant masculin de Teresa – lui donnait le tournis. Le fait que Chuck soit mort à sa place était la seule différence notable. Le cadre de départ était-il destiné à engendrer certains conflits, à provoquer certaines réactions pour les études du WICKED ?

— Ça fiche les jetons, hein ? dit Aris, après avoir laissé le temps à Thomas de digérer son histoire.

— Je ne sais pas si c'est le mot. En tout cas, je trouve ça dingue de voir que les deux groupes ont subi exactement la même expérience. Ou le même test, ou la même épreuve, peu importe. Bon, s'ils cherchent à éprouver nos réactions, je suppose que c'est logique de nous placer dans la même situation. Mais quand même, c'est bizarre.

À l'instant précis où Thomas se tut, la fille dans le lointain poussa un cri encore plus déchirant que les précédents. Thomas sentit son pouls s'accélérer.

— Je crois que je sais, murmura Aris si bas que Thomas ne fut pas certain d'avoir bien entendu.

— Pardon ?

— Je crois que je sais. Pourquoi il y avait deux groupes. Enfin, pourquoi il y en a deux.

Thomas se tourna vers lui. Son visage affichait une expression d'une étonnante sérénité.

— Ah bon ? Pourquoi ?

— En fait, j'ai deux hypothèses. La première, c'est que les gens du WICKED essaient de sélectionner les meilleurs des deux groupes dans un but précis. Peut-être dans l'idée de nous accoupler, ou quelque chose dans ce goût-là.

— Hein ? (Thomas était si abasourdi qu'il faillit en oublier les hurlements de la fille. L'idée lui paraissait extravagante, inconcevable.) Nous accoupler ? Arrête.

— Après le Labyrinthe et ce qui vient de nous arriver dans ce tunnel, tu trouves ça tiré par les cheveux ?

— Pas faux. Très bien, et ton autre hypothèse ?

Thomas sentait la fatigue le gagner ; il avait le gosier aussi sec et râpeux que s'il venait d'avaler un verre de sable.

— Eh bien, c'est l'inverse, répondit Aris. Au lieu de s'intéresser aux survivants des deux groupes, peut-être qu'ils ne veulent en garder qu'un seul. Donc, soit ils font le tri parmi les garçons et les filles, soit ils font le tri entre les deux groupes. C'est la seule explication que je vois.

Thomas réfléchit longuement à ce qu'il allait dire avant de répliquer.

— Et que fais-tu du discours de l'homme-rat ? Comme quoi ils testent nos réactions, pour établir je ne sais quel modèle ? Peut-être qu'il s'agit simplement d'une expérience. Qu'aucun de nous n'est supposé en réchapper. Peut-être qu'ils étudient notre cerveau, nos réactions, nos gènes et tout le reste. Et quand ce sera fini, on sera tous morts et eux auront les données qu'ils voulaient.

— Hum, fit Aris d'un air pensif, c'est possible. Je continue à me demander pourquoi il n'y avait qu'un seul membre du sexe opposé dans chaque groupe.

— Peut-être pour voir le genre de conflits ou de problèmes que ça soulèverait. C'est quand même une situation unique pour étudier nos réactions. (Thomas faillit pouffer.) J'adore notre façon de discuter de ça, comme si on était en train de jouer aux cartes.

Aris gloussa, d'un petit rire sans joie qui aida Thomas à se sentir mieux. Il appréciait de plus en plus le nouveau.

Au même moment, Minho cria à la cantonade :

— Tout le monde s'arrête ! On va se reposer un quart d'heure, puis continuer un peu en marchant. Je sais que vous n'êtes pas habitués à soutenir le même rythme que Thomas et moi.

Thomas cessa de l'écouter et jeta un regard circulaire autour de lui. Il inspira bien à fond, et au moment d'expirer, son regard se posa sur une forme sombre à quelques centaines de mètres devant eux, légèrement à l'écart de leur chemin. Comme un carré de noirceur qui se découpait sur les lumières de la ville. La forme se détachait si nettement qu'il ne comprit pas pourquoi il ne l'avait pas remarquée plus tôt.

— Hé ! cria-t-il, le doigt tendu. On dirait qu'il y a une construction là-bas, à quelques minutes à droite. Vous la voyez ?

— Oui, je la vois, répondit Minho en le rejoignant. Je me demande bien ce que c'est.

Avant que Thomas puisse émettre une suggestion, les cris déchirants de l'inconnue s'interrompirent d'un coup, comme si une porte venait de se refermer. Ensuite, une silhouette féminine se détacha de l'arrière du bâtiment sombre. Ses longs cheveux flottaient derrière elle comme de la soie noire.

CHAPITRE 20

Thomas ne put s'en empêcher. Son premier réflexe fut d'espérer que c'était elle, et de l'appeler. D'espérer contre toute probabilité qu'elle soit là, à quelques centaines de mètres, à l'attendre.

— *Teresa ?*

Rien.

— *Teresa ? Teresa !*

Rien. Le vide creusé par sa disparition était toujours présent en lui. Mais… cela pouvait être elle. C'était possible. Peut-être avaient-ils temporairement perdu leur faculté de communiquer.

Après avoir émergé de l'arrière du bâtiment, ou plus vraisemblablement de l'intérieur du bâtiment, elle resta là sans bouger. Bien qu'elle soit plongée dans l'ombre, quelque chose dans son attitude montrait qu'elle leur faisait face, les bras croisés.

— Tu crois que c'est Teresa ? demanda Newt, comme s'il avait lu dans les pensées de Thomas.

Celui-ci acquiesça sans réfléchir. Il regarda autour de lui pour voir si quelqu'un s'en était aperçu. Apparemment pas.

— Aucune idée, finit-il par répondre.

— Vous croyez que c'était elle qui hurlait ? demanda Poêle-à-frire. Les cris se sont arrêtés quand elle est sortie.

— Je te parie plutôt que c'était elle qui la faisait hurler, grommela Minho. Elle a dû l'achever et mettre fin à ses souffrances quand elle nous a vus arriver. (Il tapa dans ses mains.) Bon, qui est volontaire pour faire connaissance avec cette charmante jeune femme ?

Que Minho puisse adopter un ton aussi désinvolte dans un moment pareil stupéfia Thomas.

— J'y vais, répondit-il, un peu trop fort.

Il ne tenait pas à montrer à tout le monde qu'il espérait avoir retrouvé Teresa.

— Je rigolais, bouffon ! dit Minho. On y va tous. Elle a peut-être avec elle une armée de femmes ninjas complètement folles cachée dans cette baraque.

— Des femmes ninjas complètement folles ? répéta Newt.

Sa voix trahissait de la surprise, voire un certain agacement, devant l'attitude de Minho.

— Oui. Allons-y.

Minho s'avança.

Thomas obéit à une impulsion aussi soudaine qu'inattendue.

— Non ! fit-il à voix basse. Attendez-moi ici, je vais lui parler. C'est peut-être un piège. Ce serait idiot de nous jeter dedans tous ensemble.

— Tu crois plus malin d'y aller seul ? demanda Minho.

— C'est toujours mieux que de s'amener la bouche en cœur. J'y vais. Au moindre signe ou geste suspect, je vous appelle.

Minho réfléchit.

— D'accord. Vas-y. Sois un brave petit tocard.

Il lui donna une tape dans le dos du plat de la main. Thomas la sentit passer.

— C'est complètement débile, grogna Newt en s'avançant à son tour. Je l'accompagne.

— Non ! s'exclama Thomas. Je… Laissez-moi y aller seul. Quelque chose me dit qu'on a intérêt à faire attention. Si vous m'entendez pleurnicher comme un bébé, rappliquez en vitesse.

Avant que quelqu'un d'autre ne puisse protester, il partit d'un pas vif en direction du bâtiment.

Il parcourut rapidement la distance qui l'en séparait. On n'entendait que le crissement des cailloux sous ses chaussures. Il humait les senteurs du désert, mêlées à une lointaine odeur de brûlé, et soudain, en fixant la silhouette debout près du bâtiment, il n'eut plus aucun doute. Peut-être était-ce la forme de sa tête, ou de son corps ; ou bien sa posture, sa manière de croiser les bras en se déhanchant. En tout cas, il était convaincu.

C'était elle.

Teresa.

Quand il ne fut plus qu'à quelques pas, juste avant que la lueur des étoiles lui dévoile ses traits, elle se tourna vers une porte ouverte et disparut à l'intérieur du bâtiment. Ce dernier avait la forme d'un rectangle, coiffé d'un toit légèrement pentu. Il ne semblait comporter aucune fenêtre. De gros cubes noirs qui ressemblaient à des haut-parleurs pendaient aux angles. Peut-être que les hurlements de la fille n'avaient été qu'un leurre, un enregistrement. Cela expliquerait pourquoi ils les avaient entendus d'aussi loin.

La porte, en bois massif, était plaquée contre le mur. Il faisait encore plus noir à l'intérieur que dehors.

Thomas s'avança. Il franchit le seuil, en se rendant compte au même instant à quel point c'était imprudent et stupide. Mais il s'agissait de Teresa. Peu importait ce qui avait pu se passer, les raisons de sa disparition et son refus de communiquer par la pensée, il savait qu'elle ne lui ferait jamais de mal.

Il faisait sensiblement plus frais à l'intérieur, presque humide. C'était merveilleux. Au bout de trois pas, Thomas s'arrêta et tendit l'oreille dans l'obscurité. Il entendit un bruit de respiration.

— Teresa ? appela-t-il à voix haute, en réprimant la tentation de recourir à la télépathie. Teresa, qu'y a-t-il ?

Il l'entendit retenir son souffle, puis renifler, comme si elle réprimait un sanglot.

— Teresa, je t'en prie. Je ne sais pas ce qui t'est arrivé ou ce qu'on t'a fait, mais je suis là, maintenant. C'est dingue. Parle-moi...

Il s'interrompit en voyant une lumière vive apparaître puis se réduire à une petite flamme. Son regard fila naturellement vers la lumière, vers la main qui tenait l'allumette. Il la regarda se diriger lentement vers une bougie posée sur une table. Une fois la mèche allumée, quand la main eut secoué l'allumette pour l'éteindre, Thomas leva la tête et posa enfin les yeux sur elle. Il ne s'était pas trompé. Mais la joie presque délirante qu'il éprouva à revoir Teresa en vie fut de courte durée, bientôt remplacée par la confusion et le chagrin.

Elle était propre jusqu'au bout des ongles. Il s'attendait à la trouver crasseuse, comme lui après la longue marche dans le désert. En haillons, les cheveux gras et le visage brûlé par le soleil. Au lieu de quoi, elle portait des vêtements neufs ; ses mèches brillantes tombaient en cascade sur ses épaules. Rien ne venait ternir la peau blanche de son visage ou de ses bras. Elle était plus belle qu'il ne l'avait jamais vue dans le Labyrinthe, plus belle que dans n'importe quel souvenir confus après sa Transformation.

Mais ses yeux brillaient de larmes, sa lèvre inférieure frémissait de peur, ses mains tremblaient. Il vit dans son regard qu'elle le reconnaissait, qu'elle ne l'avait pas oublié, mais derrière ça il perçut aussi une terreur pure, absolue.

— Teresa, murmura-t-il, une grosse boule dans la gorge. Qu'y a-t-il ?

Elle ne répondit pas, mais ses yeux se dérobèrent brièvement avant de revenir se poser sur lui. Deux larmes roulèrent le long de ses joues. Le tremblement de ses lèvres s'accentua, et sa poitrine se gonfla, secouée par un sanglot.

Thomas s'avança, mains tendues.

— Non ! hurla-t-elle. Ne t'approche pas !

Thomas s'arrêta net, comme si un poing géant venait de le cueillir au creux du ventre. Il écarta les mains.

— D'accord, d'accord. Teresa, qu'est-ce que… ?

Il ne savait quoi faire. Une terrible sensation de déchirement monta en lui et lui serra la gorge.

Il resta immobile, de peur de provoquer de nouveau une réaction violente. Les yeux rivés aux siens, il s'efforça de lui communiquer ce qu'il ressentait, de l'implorer de lui dire quelque chose. N'importe quoi.

Un long moment s'écoula en silence. À la manière dont elle tremblait, on aurait dit qu'elle luttait contre une force invisible… Cela lui fit penser à…

Gally. Ça lui rappelait le comportement de Gally après leur évasion du Bloc, quand il était entré dans la pièce avec la femme en blanc. Juste avant que les choses virent au cauchemar. Juste avant qu'il tue Chuck.

Thomas devait parler, sinon il allait éclater.

— Teresa, j'ai pensé à toi chaque seconde depuis qu'ils t'ont enlevée. Tu…

Elle ne le laissa pas terminer. En deux rapides foulées, elle vint se planter devant lui, le saisit par les épaules et l'attira contre elle. Stupéfait, Thomas la prit dans ses bras et la serra si fort qu'il craignit même de l'étouffer. Elle posa les mains sur sa nuque, sur ses joues, pour l'obliger à la regarder.

Ils s'embrassèrent. Thomas sentit une explosion dans sa poitrine, consumant la tension, la confusion et la peur qui s'y accumulaient. Et le chagrin qu'il ressentait encore quelques secondes plus tôt. Tout à coup, il eut l'impression que rien n'avait plus d'importance. Et n'en aurait jamais plus.

Puis elle se détacha de lui. Elle recula en titubant jusqu'au mur. La peur la reprit. Elle murmura d'une voix pressante :

— Fiche le camp d'ici, Tom. Toi et les autres, fichez le camp… loin… de moi. Ne discute pas. Tire-toi. Vite !

Les tendons de son cou saillaient sous l'effort que lui avaient réclamé ces quelques mots.

Thomas n'avait jamais eu aussi mal de sa vie.

Mais il la connaissait à présent, il se souvenait d'elle. Et il sut qu'elle disait la vérité, qu'ils couraient tous un grave danger. Une menace terrible, bien pire que ce qu'il avait imaginé. Rester, protester, chercher à la convaincre de les accompagner serait une gifle à l'incroyable force de volonté qu'elle venait de déployer pour le prévenir. Il fallait qu'il lui obéisse.

— Je te retrouverai, Teresa, lui promit-il.

Il tourna les talons et sortit en courant du bâtiment.

CHAPITRE 21

Thomas ressortit dans la nuit en vacillant, les yeux voilés de larmes. Il rejoignit les blocards et refusa de répondre à leurs questions. Il leur dit qu'ils devaient partir vite, s'enfuir le plus loin possible. Il leur expliquerait tout plus tard, leurs vies étaient en danger.

Il n'attendit pas de voir s'ils le suivaient. Il ne proposa pas de débarrasser Aris du sac. Il piqua un sprint en direction de la ville jusqu'à ce que la fatigue l'oblige à ralentir, en oubliant les autres… et le monde avec eux. Tourner le dos à Teresa était la chose la plus difficile qu'il avait jamais faite, il n'avait aucun doute là-dessus. Émerger dans le Bloc avec sa mémoire effacée, s'adapter à sa nouvelle vie, survivre au Labyrinthe, affronter les Griffeurs, voir Chuck mourir sous ses yeux, rien de tout cela ne pouvait se comparer à ce qu'il éprouvait à présent.

Elle était là. Il l'avait tenue dans ses bras. Ils avaient été de nouveau réunis.

Ils s'étaient embrassés, et il avait ressenti quelque chose qu'il aurait cru impossible.

Et voilà qu'il s'enfuyait à toutes jambes. En l'abandonnant derrière lui.

Des sanglots lui échappèrent. Il gémit, entendit sa pauvre voix se briser. Il avait le cœur serré au point d'avoir envie de s'arrêter, de s'écrouler sur place et de capituler. Écrasé par le remords, il fut plus d'une fois tenté de rebrousser chemin. Pourtant, il s'en tint à ce qu'elle lui avait soufflé, tout en se raccrochant à sa promesse de la retrouver.

Au moins, elle était en vie.

Voilà ce qu'il se répétait. Voilà ce qui lui donnait la force de continuer.

Elle était vivante.

*

Son corps finit par atteindre ses limites. Environ deux heures après l'avoir quittée, il s'arrêta, certain que son cœur imploserait s'il faisait un pas de plus. Il se retourna et aperçut derrière lui des silhouettes : les blocards, très loin derrière. Pantelant, Thomas s'agenouilla et ferma les yeux pour se reposer en attendant les autres.

Minho, furieux, fut le premier à le rattraper. Dans l'éclairage diffus – l'aube commençait tout juste à poindre à l'horizon –, il fulmina en tournant autour de Thomas.

— Que… Quel… Qu'est-ce qui t'a pris de partir comme une andouille, Thomas ?

Thomas n'avait pas envie d'en parler.

Voyant qu'il ne répondait pas, Minho s'agenouilla près de lui.

— Comment as-tu pu nous faire ça ? Sortir de cette baraque et nous planter là, comme des idiots ? Sans rien nous expliquer ? Depuis quand on procède comme ça ? Tête de pioche !

Il poussa un long soupir et se laissa tomber sur les fesses en secouant la tête.

— Désolé, marmonna enfin Thomas. C'était assez traumatisant.

Le reste des blocards finit par les rejoindre. La moitié d'entre eux étaient pliés en deux, essoufflés, tandis que les autres s'agglutinaient autour des deux garçons pour entendre les explications de Thomas. Newt était là également, mais il semblait se satisfaire de laisser leur chef mener la discussion.

— Traumatisant ? répéta Minho. Il y avait qui, là-dedans ? Qu'est-ce qu'ils t'ont dit ?

Thomas n'avait pas le choix – ce n'était pas une chose qu'il pouvait cacher aux autres.

— Cc… c'était Teresa.

Il s'attendait à des exclamations, des cris de surprise, des accusations de mensonge. Mais dans le silence qui suivit, il n'entendit que le vent du matin qui soufflait sur le désert de poussière.

— Hein ? finit par s'exclamer Minho. Tu es sérieux ?

Thomas hocha la tête en fixant une pierre triangulaire qui dépassait du sol. Le ciel s'était considérablement éclairci en quelques minutes.

Minho accusa le coup.

— Et tu l'as laissée là-bas ? Mec, tu as intérêt à tout nous déballer.

Aussi pénible que ce soit, malgré la douleur déchirante que cela ranimait en lui, Thomas leur raconta sa rencontre avec Teresa. Son allure, ses tremblements et ses sanglots, sa façon de se comporter comme Gally – quasiment comme une possédée – juste avant le meurtre de

Chuck, l'avertissement qu'elle lui avait soufflé. Il leur dit tout, excepté leur baiser.

— Waouh ! dit Minho d'une voix lasse, résumant ainsi toute l'affaire.

Plusieurs minutes s'écoulèrent. Le vent sec soufflait au ras du sol, brassant la poussière, tandis que le disque du soleil pointait à l'horizon. Personne ne dit rien. Thomas entendit des reniflements, des soupirs, quelques toussotements. Des bruits de personnes en train de boire à leurs sachets d'eau. La ville semblait avoir grandi pendant la nuit : ses immeubles se dressaient vers le ciel violet sans nuages. Il ne leur faudrait plus qu'un jour ou deux pour l'atteindre.

— C'était un piège, conclut Thomas. J'ignore ce qui se serait passé, ou combien d'entre nous seraient morts. Peut-être nous tous. Mais je peux vous dire qu'il n'y avait pas le moindre doute dans ses yeux quand elle a réussi à briser le contrôle qu'ils exerçaient sur elle. Elle nous a sauvés, et je suis prêt à parier que… (Il se racla la gorge.) Qu'ils sont en train de le lui faire payer.

Minho lui serra l'épaule.

— Mec, si ces salopards du WICKED avaient voulu la tuer, elle serait déjà en train de pourrir sous un tas de caillasse. Elle est aussi coriace que nous, peut-être même plus. Elle s'en sortira.

Thomas prit une grande inspiration, puis se vida les poumons. Contre toute attente, il se sentait mieux. Minho avait raison.

— Je le sais. Au fond de moi, je le sais.

Minho se leva.

— On aurait dû s'arrêter il y a deux heures pour se reposer. Mais grâce à môssieur le marathonien ici présent (il indiqua Thomas d'un signe de tête), on a couru comme des dératés jusqu'au matin. Je crois quand même qu'on a besoin de faire une pause. Allongez-vous sous les draps, faites comme vous voulez, mais tâchez de dormir un peu.

Cela ne posa aucun problème à Thomas. Malgré le soleil de plus en plus fort qui rougissait la face interne de ses paupières, il s'endormit presque aussitôt, la tête sous le drap pour se protéger des brûlures, et oublia ses soucis.

CHAPITRE 22

Minho les laissa dormir durant presque quatre heures. Il n'eut pas beaucoup de mal à les réveiller. Le soleil s'était mis à cogner de plus en plus fort, et sa chaleur était devenue insupportable. Le temps de se lever et de remballer ses provisions après le petit déjeuner, Thomas était déjà en nage. Leurs odeurs corporelles flottaient autour d'eux comme une brume puante. Les douches du dortoir semblaient désormais un luxe lointain.

Les blocards achevèrent de se préparer dans un silence maussade. En y réfléchissant, Thomas devait convenir qu'il n'y avait pas de quoi se réjouir. Deux choses le poussaient quand même à continuer. Tout d'abord, une curiosité dévorante pour ce qui se trouvait dans cette ville stupide – laquelle paraissait de plus en plus vaste à mesure qu'ils s'en approchaient ; et ensuite, l'espoir de retrouver Teresa saine et sauve. Peut-être avait-elle emprunté elle aussi un transplat et avait-elle pris de l'avance sur eux, attendant en ville. Thomas trouvait l'idée très encourageante.

— Allons-y, déclara Minho une fois que tout le monde fut prêt.

Ils reprirent leur route dans le désert sec et poussiéreux. Thomas savait qu'ils pensaient tous la même chose : ils n'avaient plus l'énergie de courir sous le soleil. Et quand bien même, ils n'auraient pas eu assez d'eau pour rester en vie à un rythme plus soutenu.

Ils marchèrent donc, la tête sous les draps. La diminution de leurs provisions et de leurs réserves d'eau libérait quelques sacs que l'on pouvait récupérer pour se protéger du soleil, et tous les blocards n'étaient plus obligés de marcher par deux. Thomas fut l'un des premiers à se retrouver seul, peut-être parce que personne n'avait envie de lui parler après le récit de sa rencontre avec Teresa. Il n'allait pas s'en plaindre ; la solitude lui paraissait une bénédiction.

Marcher. Faire une pause pour boire et s'alimenter. Marcher encore. La chaleur, comme un océan sec dans lequel ils nageaient. Et ce vent, plus fort à présent, qui charriait la poussière sans guère apporter de fraîcheur. Il s'engouffrait sous les draps et les soulevait si l'on n'y prenait pas garde. Thomas n'arrêtait pas de tousser et de se frotter les yeux. Chaque gorgée d'eau ne faisait qu'attiser sa soif, et leurs réserves s'épuisaient dangereusement. S'ils ne trouvaient pas d'eau en arrivant en ville…

Ils marchaient, un peu plus péniblement à chaque pas, et le silence s'installa. Thomas ne se sentait plus l'énergie de prononcer un mot. Il avait suffisamment de mal à mettre un pied devant l'autre, en fixant stupidement leur but : la ville qui n'en finissait pas de se rapprocher.

C'était comme si les immeubles prenaient vie sous leurs yeux. Thomas put bientôt distinguer la pierre et les fenêtres qui scintillaient au soleil. Quelques-unes étaient brisées. De loin, les rues semblaient désertes. Aucun feu ne brûlait pendant la journée. Autant que Thomas puisse en juger, il ne semblait pas y avoir de végétation dans cet endroit. Comment y en aurait-il eu sous ce climat ? Comment pouvait-on vivre là ? Faire pousser quoi que ce soit ? Que découvriraient-ils là-bas ?

Ils auraient mis plus de temps qu'il ne l'avait cru, mais Thomas était convaincu qu'ils atteindraient la ville le lendemain. Il aurait probablement été plus malin de la contourner, mais ils n'avaient pas le choix. Ils devaient reconstituer leurs provisions.

Marcher. Souffler. Endurer la chaleur.

Quand le soir arriva enfin et que le soleil disparut à l'ouest avec une lenteur exaspérante, le vent forcit, apportant enfin un brin de fraîcheur. Thomas savoura avec reconnaissance ce maigre soulagement.

À minuit toutefois, quand Minho donna le signal de la halte et leur ordonna de dormir, alors que la ville et ses feux paraissaient plus proches que jamais, le vent avait redoublé. Il soufflait maintenant en rafales, sèches et tourbillonnantes, avec une violence croissante.

Thomas se retrouva bientôt couché sur le dos, enveloppé jusqu'au menton dans son drap, les yeux levés vers le ciel. Les sifflements du vent l'apaisaient, le berçaient presque. Au moment où son esprit épuisé succombait au sommeil, les étoiles pâlirent, et il rêva de nouveau.

*

Il est assis sur une chaise. Il a dix ou onze ans. Teresa – elle a l'air différente, beaucoup plus jeune, mais c'est bien elle, aucun doute là-dessus – est assise en face de lui de l'autre côté d'une table. Elle a à peu près son âge.

Il n'y a personne d'autre dans la pièce obscure, qui ne comporte qu'une seule lampe – un pâle carré de lumière jaune au plafond, juste au-dessus de leurs têtes.

— Concentre-toi un peu, Tom, lui reproche-t-elle.

Elle a les bras croisés, et malgré son jeune âge, c'est une attitude qui ne le surprend pas. Une posture familière. À croire qu'il la connaît depuis longtemps.

— J'essaie !

Encore une fois, c'est lui qui parle, mais il n'est pas vraiment là. Cela n'a aucun sens.

— Ils vont finir par nous tuer si on n'y arrive pas.

— Je sais.

— Alors essaie !

— C'est ce que je fais !

— D'accord, dit-elle. Tu sais quoi ? À partir de maintenant, je ne dirai plus un mot. Jusqu'à ce que tu y arrives.

— Mais…

— *Et pas comme ça, non plus.*

Elle lui parle dans sa tête. Ce truc qui lui fait si peur et qu'il ne parvient pas à reproduire.

— *C'est fini.*

— Teresa, laisse-moi encore quelques jours. Je vais y arriver.

Elle reste sans réaction.

— Allez, juste un jour, insiste-t-il.

Elle le regarde en silence. Et puis elle baisse les yeux sur la table, tend la main et entreprend de gratter du bout de l'ongle un nœud du bois.

— Tu ne pourras pas tenir longtemps sans me parler, Teresa…

Pas de réaction.

— Parfait, dit-il.

Il ferme les yeux et s'efforce de suivre les recommandations de leur instructeur. Il imagine un immense océan de noirceur dans lequel flotterait le visage de Teresa. Et puis, avec toute sa volonté, il forme les mots et les projette dans sa direction.

— *Tu pues la charogne.*

Teresa sourit et lui répond :

— *Et toi donc !*

CHAPITRE 23

Thomas se réveilla en plein vent. Il avait l'impression que des doigts invisibles lui cinglaient le visage, lui tiraient les cheveux et cherchaient à lui arracher ses vêtements. Il faisait sombre et froid. Il grelottait. Se redressant sur les coudes, il regarda autour de lui. Il distinguait tout juste les silhouettes de ses compagnons endormis, enveloppés dans leurs draps.

Leurs draps.

Avec un petit cri de frustration, il bondit sur ses pieds : le sien s'était envolé pendant la nuit. Vu la violence du vent, il pouvait être à quinze kilomètres de distance à l'heure qu'il était.

— Et merde ! murmura-t-il.

Le hurlement du vent emporta le juron. Il se remémora son rêve – ou bien s'agissait-il d'un souvenir ? Sûrement. Un bref retour sur une époque où Teresa et lui étaient plus jeunes, en train d'apprendre à maîtriser la télépathie. Il ressentit comme un pincement au cœur ; elle lui manquait, et il éprouvait une pointe de culpabilité devant cette preuve supplémentaire de son appartenance au WICKED avant son arrivée dans le Labyrinthe. Il secoua la tête – il ne voulait plus y penser. Il refoula tout ça dans un coin de son esprit.

Il leva les yeux vers le ciel et retint son souffle en se rappelant brusquement l'instant où le soleil avait disparu au-dessus du Bloc. Ç'avait été le commencement de la fin. Le début de la terreur.

Mais le bon sens reprit bientôt ses droits. Le vent, l'air frais… Ce n'était qu'une tempête. Sûrement.

Des nuages.

Il se rassit, se coucha sur le côté et se roula en boule, les bras serrés contre les flancs. Le froid était très supportable ; ça le changeait de la canicule, voilà tout. Il s'interrogea sur les souvenirs qui lui revenaient ces derniers jours. Fallait-il y voir un contrecoup de la Transformation ? Son amnésie serait-elle en train de se dissiper ?

Cette perspective lui inspirait des sentiments mitigés. Il aurait bien voulu faire sauter le verrou qui bloquait sa mémoire, se rappeler qui il était, d'où il venait. Mais cette envie était modérée par la crainte de ce qu'il risquait de découvrir. Concernant son rôle dans les événements qui les avaient plongés dans cette situation, ses amis et lui.

Il avait désespérément besoin de sommeil. Malgré le rugissement du vent, il finit par se rendormir, pour de bon cette fois.

*

Il se réveilla sous une aube gris sale qui dévoilait la couverture nuageuse au-dessus de sa tête. L'immensité infinie du désert n'en paraissait que plus sinistre. La ville était proche à présent, à quelques heures de marche tout au plus. Les immeubles s'élevaient vraiment haut ; l'un d'eux atteignait le plafond de nuages. Et les éclats de verre des fenêtres brisées évoquaient des gueules hérissées de crocs, prêtes à happer la nourriture que le vent pourrait leur apporter.

Car le vent continuait à souffler en tempête, et lui recouvrait le visage d'une fine couche de terre. Quand il se gratta la tête, il sentit ses cheveux raidis par la poussière.

La plupart des blocards étaient déjà debout, intrigués par ce changement de temps inattendu, plongés dans des conversations qui lui échappaient. Il n'entendait que le ronflement du vent à ses oreilles.

Voyant qu'il était réveillé, Minho s'approcha ; il marchait courbé en deux, ses habits claquant autour de lui.

— Il était temps que tu te lèves ! lui cria-t-il.

Thomas se frotta les yeux et se mit debout.

— C'est quoi, ça ? demanda-t-il. Je croyais qu'on était en plein désert.

Minho leva les yeux vers la masse bouillonnante des nuages, avant de les ramener sur Thomas. Il se pencha pour lui parler à l'oreille.

— Il faut croire qu'il pleut aussi de temps en temps dans le désert. Dépêche-toi d'avaler un morceau, on va bientôt y aller. On pourra peut-être trouver à s'abriter en ville avant d'être complètement trempés.

— Et si on tombe sur une bande de fondus qui essaient de nous faire la peau ?

Minho se renfrogna, comme s'il était déçu d'entendre Thomas poser une question aussi bête.

— On se battra ! Qu'est-ce que tu veux faire d'autre ? On n'a presque plus rien à boire ni à manger.

Thomas savait que Minho avait raison. En plus, après avoir affronté des dizaines de Griffeurs, ce n'était pas une bande de malades à moitié fous et morts de faim qui allait leur faire peur.

— D'accord, allons-y. Je grignoterai des poignées de céréales en marchant.

Quelques minutes plus tard, ils avaient repris la route en direction de la ville, sous un ciel gris prêt à se rompre et à déverser des trombes d'eau.

Ils n'étaient plus qu'à quelques kilomètres des premiers bâtiments quand ils tombèrent sur un vieillard allongé dans le sable, sur le dos, emmitouflé dans plusieurs couvertures. C'est Jack qui l'avait repéré le premier ; Thomas et les autres se regroupèrent en cercle autour de lui.

En l'examinant de plus près, Thomas sentit son estomac se contracter, et pourtant il n'arrivait pas à en détacher les yeux. L'homme devait avoir plus de cent ans, même si on ne pouvait pas en être certain, le soleil impitoyable l'ayant peut-être prématurément vieilli. Un visage ridé, parcheminé. Des croûtes et des ulcères à la place des cheveux. Une peau sombre, presque noire.

Il était vivant, il respirait profondément, mais il contemplait le ciel avec un regard éteint. Comme s'il attendait qu'un dieu descende l'arracher à son existence misérable. Il ne semblait pas avoir remarqué les blocards.

— Ho, l'ancêtre ! cria Minho avec son tact caractéristique. Qu'est-ce que tu fabriques ici ?

Thomas avait déjà dû deviner la moitié des mots à cause du vent ; le vieillard n'avait sans doute rien compris. Était-il aveugle ?

Thomas écarta Minho pour s'agenouiller auprès de l'homme. On lisait une mélancolie déchirante dans son expression. Thomas tendit la main et la passa doucement devant les yeux de l'homme.

Rien. Pas un clignement d'œil, pas le moindre geste. Quand Thomas retira sa main, l'homme abaissa lentement les paupières, puis les rouvrit. Une fois.

— Heu… monsieur ? demanda Thomas. (Le mot lui parut lointain, remonté d'un souvenir brumeux. Il ne l'avait pas employé une seule fois depuis qu'on l'avait envoyé dans le Labyrinthe.) Vous m'entendez ? Est-ce que vous pouvez parler ?

L'homme cligna des paupières une deuxième fois mais ne dit rien.

Newt s'agenouilla à côté de Thomas et cria pour couvrir le bruit du vent.

— Ce type est une mine d'or, si on arrive à le faire causer de la ville. Il a l'air inoffensif, et il peut sûrement nous dire ce qui nous attend là-bas.

Thomas soupira.

— Oui, sauf que je n'ai pas l'impression qu'il soit en état de nous entendre, et encore moins de nous parler.

— Continue d'essayer, lui dit Minho. Je te nomme ambassadeur officiel. Gagne sa confiance, persuade-le de nous raconter le bon vieux temps.

Thomas aurait voulu riposter par une réplique cinglante mais il n'en trouva aucune. S'il avait eu le sens de l'humour dans son ancienne vie, il l'avait perdu quand on lui avait effacé la mémoire.

— D'accord, fit-il.

Il se rapprocha le plus près possible de l'homme, puis se pencha sur lui, les yeux rivés aux siens.

— Monsieur ? On a besoin de votre aide !

Il s'en voulait de crier, il avait peur que l'autre ne se méprenne sur ses intentions, mais il n'avait pas le choix. Le vent soufflait de plus en plus fort.

— On a besoin de savoir si c'est dangereux ou non d'aller en ville. On peut vous y emmener, si vous voulez. Monsieur ? Monsieur !

Le regard sombre de l'homme se perdait dans le ciel. Pourtant, il se focalisa peu à peu sur lui. Une lueur d'intelligence s'y répandit lentement, comme un liquide épais dans un verre d'eau. Ses lèvres s'entrouvrirent, mais rien n'en sortit à part une petite toux.

Thomas reprit espoir.

— Je m'appelle Thomas. Eux, ce sont mes amis. On marche dans le désert depuis deux jours, et on aurait besoin d'eau, de provisions. Est-ce que vous... ?

Il s'interrompit en voyant le vieillard darder des regards affolés dans tous les sens.

— Tout va bien, on ne vous veut aucun mal, s'empressa-t-il de lui assurer. On... on est les gentils. Mais on apprécierait vraiment si vous pouviez...

La main gauche de l'homme jaillit de sous les couvertures et se referma comme une pince sur le bras de Thomas, le serrant avec une vigueur qu'il n'aurait pas crue possible. Thomas poussa un cri de surprise et tenta de se libérer, en vain. Le vieillard était d'une force physique stupéfiante. Thomas parvenait à peine à bouger dans sa poigne de fer.

— Hé ! cria-t-il. Lâchez-moi !

L'homme secoua la tête, mais on lisait plus de peur que de malveillance dans ses yeux noirs. Ses lèvres s'entrouvrirent de nouveau, et un murmure rauque, indéchiffrable, s'échappa de sa gorge. Il ne desserra pas les doigts.

Thomas renonça à se dégager : il se détendit et approcha son oreille de la bouche du vieillard.

— Qu'est-ce que vous avez dit ? cria-t-il.

L'homme se répéta d'une voix sèche, éraillée, inquiétante. Thomas saisit les mots « tempête », « terrifiante » et « mauvaises personnes ». Tout cela ne paraissait pas très encourageant.

— Encore une fois ! cria Thomas, l'oreille à quelques centimètres des lèvres du vieillard.

Cette fois il comprit presque tout :

— Tempête arrive… terrifiante… fait sortir… restez à l'écart… mauvaises personnes.

Tout à coup, l'homme s'assit, les yeux écarquillés.

— La tempête ! La tempête ! La tempête !

Il répéta ces deux mots encore et encore ; un filet de bave pendait de sa lèvre inférieure en se balançant comme le pendule d'un magnétiseur.

Il lâcha le bras de Thomas, qui tomba en arrière sur les fesses. Le vent s'intensifia encore, et les rafales se mirent à souffler avec une violence terrifiante, comme l'avait dit le vieillard. Le monde disparut dans une cacophonie de grondements et de sifflements. Thomas avait l'impression qu'il allait perdre ses cheveux et ses vêtements d'une seconde à l'autre. Les draps des blocards s'envolèrent en claquant et disparurent dans les airs comme une armée de fantômes. Les provisions s'éparpillèrent dans toutes les directions.

Thomas se releva au prix d'un effort surhumain. Il tituba avant de partir en arrière comme si des mains invisibles le retenaient.

Minho, debout à proximité, agitait ses bras pour capter l'attention des autres. La plupart des blocards le virent et se regroupèrent autour de lui. Thomas les rejoignit. Il essaya de refouler sa peur. Ce n'était qu'une tempête. Largement préférable à une meute de Griffeurs, ou à une bande de fondus armés de couteaux, ou de cordes.

Le vieillard, dont les couvertures avaient été emportées par le vent, s'était recroquevillé en position fœtale, ses jambes maigres ramenées contre son torse, les paupières closes. Thomas pensa un instant qu'ils devraient le mettre à l'abri, le sauver de la tempête ; après tout, il avait essayé de les prévenir. Mais une petite voix lui disait que l'homme se défendrait bec et ongles s'ils tentaient de le toucher ou de le soulever.

Les blocards étaient massés les uns contre les autres. Minho leur indiqua la ville. Le bâtiment le plus proche était à moins d'une demi-heure en courant à une allure soutenue. Face aux éléments déchaînés, l'atteindre constituait le seul choix rationnel.

Minho se mit à courir. Les autres lui emboîtèrent le pas, et Thomas attendit pour fermer la marche, sachant que c'était le souhait de Minho. Il partit à petites foulées, en se félicitant de ne pas avoir à affronter le vent de face. C'est alors que les mots du vieillard lui revinrent à l'esprit. Il se mit à transpirer ; les gouttes séchaient aussitôt, en laissant sa peau sèche et salée.

Restez à l'écart. Mauvaises personnes.

CHAPITRE 24

Plus ils approchaient de la ville, plus il devenait difficile de la voir. La poussière en suspension formait un brouillard brun que Thomas inhalait à chaque respiration. Elle se collait dans ses yeux, les faisait larmoyer et se changeait en une sorte de pâte qu'il devait constamment essuyer. L'immeuble qu'ils avaient pris en point de mire n'apparaissait plus que comme une forme indistincte, de plus en plus haute, évoquant un géant qui se redresse.

Le vent mordant lui projetait du sable et du gravier à la figure. De temps à autre, il le bombardait aussi de plus gros détritus qui faisaient s'emballer son pouls. Une branche. Quelque chose qui ressemblait à une petite souris. Un bout de tuile. Et d'innombrables papiers qui tourbillonnaient comme des flocons de neige.

Puis la foudre arriva.

Ils n'étaient plus qu'à mi-chemin de l'immeuble – peut-être même moins – quand les éclairs se mirent à tomber, et le monde s'embrasa dans un chaos de lumière et de coups de tonnerre.

La foudre s'abattait en rameaux de lumière blanche, s'écrasait au sol et soulevait des paquets de terre brûlée. Le fracas était insupportable, et Thomas sentit bientôt ses oreilles s'engourdir ; le bruit épouvantable s'atténua à mesure qu'il devenait sourd.

Il continua à courir, presque aveugle maintenant, n'entendant plus rien et à peine capable de discerner l'immeuble. Certains blocards tombaient et se relevaient aussitôt. Thomas trébucha mais parvint à conserver l'équilibre. Il releva Newt, puis Poêle-à-frire. Il les poussa devant lui sans s'arrêter. Tôt ou tard, un éclair finirait par toucher l'un d'entre eux et le grillerait jusqu'aux os. Ses cheveux se hérissaient en dépit du vent ; l'électricité statique lui picotait le cuir chevelu comme une pluie d'aiguilles.

Thomas aurait voulu hurler, entendre sa propre voix, ne serait-ce que la vibration sourde qu'elle produirait à l'intérieur de son crâne. Mais il savait que la poussière l'étoufferait aussitôt ; il avait suffisamment de mal à respirer par le nez. Surtout avec la foudre qui frappait tout autour, calcinait l'atmosphère et répandait des odeurs de cuivre et de cendre.

Le ciel s'assombrit encore, tandis que le nuage de poussière s'épaississait. Thomas se rendit compte qu'il ne voyait presque plus personne, à l'exception des quelques compagnons qui le précédaient. Ils se découpaient à la lumière des éclairs, baignés de blancheur. Tout cela ne faisait que l'aveugler davantage. Il fallait qu'ils atteignent l'immeuble, qu'ils se mettent à l'abri, sans quoi ils ne tiendraient plus très longtemps.

« Où est la pluie ? se demanda-t-il. Pourquoi ne pleut-il pas ? Qu'est-ce que c'est que cette tempête ? »

Un éclair blanc s'abattit en zigzag et explosa au sol juste devant lui. Il poussa un cri qu'il n'entendit pas. Il ferma les yeux tandis qu'une force le projetait en arrière. Il atterrit sur le dos, souffle coupé, sous une grêle de terre et de cailloux. Crachant, s'essuyant le visage, il ouvrit grand la bouche et se redressa d'abord à quatre pattes, puis sur ses pieds. L'air finit par rentrer dans ses poumons, et il inspira profondément.

Il entendit un bruit, une sorte de bourdonnement strident et régulier qui lui vrillait les tympans comme un crissement de craie. Le vent tirait sur ses vêtements, la poussière lui cinglait la peau, l'obscurité l'enveloppait comme une nuit vivante, déchirée par la foudre. Puis il découvrit une scène de cauchemar, rendue plus effrayante encore par la lueur stroboscopique des éclairs.

C'était Jack. Il se tortillait au sol près d'un petit cratère, en se tenant le genou. Une partie de sa jambe avait disparu : le mollet, la cheville et le pied, pulvérisés par la décharge d'électricité tombée du ciel. Un sang noir et épais giclait de la blessure hideuse et s'étalait en flaque dans la poussière. Ses habits avaient brûlé, le laissant nu, le corps roussi. Il n'avait plus de cheveux. Et on aurait dit que ses yeux…

Thomas se retourna et s'écroula à quatre pattes. Il n'y avait plus rien à faire pour Jack. Plus rien. Mais il était toujours vivant. À sa grande honte, Thomas se réjouit de ne pas pouvoir entendre ses cris. Il n'était même pas sûr d'être capable de le regarder encore une fois.

Quelqu'un l'empoigna et le releva de force. Minho. Il lui cria quelque chose, et Thomas réussit à se concentrer suffisamment pour lire sur ses lèvres. *Il faut continuer. On ne peut rien faire.*

« Jack, se dit-il. Oh merde, Jack ! »

L'estomac retourné, les tympans douloureux, Thomas partit en titubant à la suite de Minho, encore sous le choc de cette vision épouvantable. Il aperçut des ombres sur sa gauche et sur sa droite : d'autres blocards, mais peu nombreux. Les éclairs trop brefs ne dévoilaient pas grand-chose : seulement de la poussière, des débris et la masse écrasante de l'immeuble qui se dressait à présent au-dessus d'eux. Ils avaient perdu tout espoir de s'organiser ou de rester ensemble. C'était chacun pour soi, maintenant – en priant pour que les autres s'en sortent.

Vent. Explosions de lumière. Vent. Poussière suffocante. Vent. Bourdonnement dans les oreilles, souffrance. Vent. Thomas continuait à courir, l'œil rivé sur Minho à quelques pas devant lui. Il n'éprouvait plus aucune émotion concernant Jack. Il se fichait de savoir s'il resterait sourd. Ou ce que deviendraient les autres. Le chaos qui l'entourait semblait anéantir son humanité, le transformer en animal. Il ne pensait plus qu'à survivre, à rejoindre cet immeuble, à s'engouffrer à l'intérieur. Vivre. Gagner un jour de plus.

Une lumière blanche et aveuglante explosa devant lui, le projetant en l'air. Il se mit à hurler, tout en battant des bras dans le vide. La détonation avait eu lieu juste à l'endroit où se tenait Minho. Minho ! Thomas atterrit lourdement avec l'impression de se broyer chaque articulation. Ignorant la douleur, il se releva d'un bond, la vision emplie de ténèbres mêlées d'images floues, de particules de lumière pourpre. Puis il aperçut les flammes.

Son cerveau mit un peu de temps à décrypter ce qu'il voyait. Des langues de flammes dansaient comme par magie, couchées par le vent. Puis les flammes s'effondrèrent sur le sol, en se débattant furieusement. Thomas s'approcha et comprit.

C'était Minho. Ses vêtements avaient pris feu.

Avec un cri strident qui résonna douloureusement sous son crâne, il se laissa tomber par terre à côté de son ami. Il enfonça ses doigts dans la terre – pulvérisée par l'explosion d'électricité – et en projeta de pleines poignées sur Minho, en ciblant les endroits où les flammes étaient les plus vives. Minho l'aida en roulant sur lui-même et en se martelant le haut du corps avec les mains.

En quelques secondes, le feu s'éteignit, laissant derrière lui des lambeaux de vêtements calcinés et d'innombrables plaies à vif. Sachant qu'ils n'avaient pas le temps de s'arrêter, Thomas empoigna leur chef par les épaules et le hissa sur ses pieds.

— Allez, viens ! cria-t-il.

Les mots résonnèrent dans son cerveau comme deux palpitations insonores.

Minho toussa, grimaça, puis hocha la tête et s'appuya sur Thomas. Ils repartirent bras dessus, bras dessous en direction de l'immeuble.

Autour d'eux, la foudre continuait de s'abattre en colonnes de feu blanc. Thomas ressentait jusque dans son squelette l'impact assourdi des explosions. Partout, des éclairs crépitaient. Derrière l'immeuble, plusieurs foyers d'incendie s'étaient allumés ; deux ou trois fois, il vit la foudre s'abattre sur le toit d'un bâtiment, faisant pleuvoir des briques et des éclats de verre dans la rue en contrebas.

L'obscurité virait du gris au brun, et Thomas devina que les nuages d'orage avaient dû s'épaissir et se rapprocher encore du sol. Le vent s'atténuait un peu, tandis que la foudre tombait plus fort que jamais.

Les blocards couraient tous dans la même direction. Ils paraissaient moins nombreux mais Thomas n'y voyait pas assez pour en être sûr. Il identifia Newt, Poêle-à-frire. Et Aris. Ils semblaient aussi terrorisés que lui, l'œil rivé à leur objectif, désormais tout proche.

Minho dérapa et s'étala de tout son long. Thomas, l'aida à se relever et passa la tête sous son bras. Après quoi, il repartit en le traînant et en le portant à moitié. Un arc de foudre frappa le sol derrière eux ; Thomas continua sans se retourner. Un blocard s'écroula sur sa gauche ; il ne vit pas qui c'était, ni n'entendit son hurlement. Un autre tomba sur sa droite mais se releva aussitôt. La foudre frappa devant eux, légèrement sur leur droite. Puis à gauche. Puis de nouveau devant. Thomas dut s'arrêter et cligner des paupières jusqu'à ce que sa vision revienne. Il repartit, en tirant Minho.

Ils arrivèrent enfin à destination. Le premier immeuble de la ville.

Dans la noirceur de la tempête, le bâtiment apparaissait entièrement gris. De grands blocs de pierre, une arche en briques, des fenêtres cassées. Aris fut le premier à atteindre la porte. Il ne chercha même pas à l'ouvrir : c'était une ancienne porte vitrée dont il ne restait quasiment plus que le cadre. Il se contenta de faire tomber avec le coude les derniers morceaux de verre encore en place. Il laissa passer deux blocards, entra à son tour et fut avalé par l'obscurité.

Arrivé sur place en même temps que Newt, Thomas lui fit signe de l'aider. Newt et un autre garçon le débarrassèrent de Minho, qu'ils traînèrent avec précaution jusqu'à la porte. Ses talons heurtèrent le bas du cadre au moment de passer le seuil.

Après quoi, Thomas, encore sous le choc de la foudre qui avait failli l'atteindre, suivit ses amis et s'enfonça dans la pénombre.

Il se retourna juste à temps pour voir tomber les premières gouttes de pluie, comme si la tempête se décidait enfin à pleurer de honte pour ce qu'elle leur avait infligé.

CHAPITRE 25

Il pleuvait à verse, à croire que Dieu dans sa fureur avait aspiré l'océan et le recrachait au-dessus de leurs têtes.

Thomas se tint assis à la même place pendant deux heures à regarder la pluie tomber. Recroquevillé contre le mur, à bout de forces et perclus de douleur, il attendit que son ouïe revienne. La pression sur ses tympans s'atténua, et son bourdonnement d'oreilles disparut. Quand il toussait, il percevait davantage qu'une vibration. Il s'entendait presque. Et très loin, comme en rêve, lui parvenait le battement régulier de la pluie. Peut-être n'allait-il pas rester sourd.

Le jour grisâtre qui filtrait par les fenêtres ne suffisait pas à dissiper l'obscurité à l'intérieur du bâtiment. Les blocards, silencieux, étaient éparpillés dans la pièce, assis ou allongés sur le côté. Minho, roulé en boule aux pieds de Thomas, ne bougeait pratiquement plus ; on aurait dit que le moindre geste faisait courir des frissons de souffrance le long de ses nerfs. Newt était là aussi, à proximité, ainsi que Poêle-à-frire. Personne ne se préoccupa de faire l'appel pour voir qui manquait. Ils restaient tous assis sans bouger, comme Thomas, probablement en train de ruminer la même chose que lui : quel monde pourri pouvait engendrer des tempêtes pareilles ?

Le martèlement de la pluie se fit plus fort, jusqu'à ce que Thomas n'ait plus aucun doute : il l'entendait bel et bien. C'était un son apaisant, malgré tout, et Thomas finit par s'endormir.

*

Quand il se réveilla, le corps si raide qu'il avait l'impression d'avoir de la glue séchée dans les veines et les muscles, le fonctionnement de ses oreilles et de sa tête avait repris son cours normal. Il entendait les ronflements des blocards endormis, les gémissements de Minho, le crépitement de la pluie diluvienne sur le bitume à l'extérieur.

Par contre, il faisait complètement noir. La nuit était tombée pendant son sommeil.

Ignorant son sentiment de malaise, il s'abandonna à la fatigue, changea de position pour s'allonger bien à plat, la tête contre la cuisse de quelqu'un, et se rendormit.

*

La lumière de l'aube et le soudain silence le réveillèrent pour de bon. La tempête avait pris fin, il avait dormi toute la nuit. Mais avant même de ressentir la raideur et les douleurs auxquelles il s'attendait, il fut envahi par une sensation pressante.

La faim.

Des rais de lumière s'infiltraient par les fenêtres brisées et mouchetaient le sol autour de lui. En levant les yeux, il découvrit un immeuble en ruine, des dizaines et des dizaines d'étages éventrés jusqu'au ciel. Apparemment, seule la charpente en acier empêchait le tout de s'écrouler. Il n'osait pas imaginer ce qui avait pu causer des dégâts pareils. On apercevait un coin de ciel bleu tout en haut. Aussi effroyable qu'ait été la tempête, quels que soient les bouleversements climatiques qui l'avaient rendue possible, elle était passée maintenant.

La faim lui tenaillait l'estomac, son ventre se mit à gronder. Un regard circulaire lui apprit que la plupart des blocards dormaient encore. Seul Newt, adossé au mur, fixait le centre de la pièce d'un air maussade.

— Ça va, toi ? lui demanda Thomas.

Même sa mâchoire était raide comme du bois.

Newt se tourna lentement vers lui, le regard dans le vague ; puis il parut s'arracher à sa rumination et fixa Thomas.

— Moi ? Oui, dans l'ensemble. On est en vie, je suppose que c'est la seule chose qui compte.

Son amertume était palpable.

— Parfois, je me le demande, murmura Thomas.

— Tu te demandes quoi ?

— Si c'est vraiment si important de rester en vie. Il serait tellement plus simple de mourir.

— Arrête. Tu n'y crois pas une seconde.

Thomas avait baissé les yeux pour marmonner cet aveu déprimant, et la réponse de Newt lui fit redresser la tête. Il sourit ; il se sentait mieux.

— Tu as raison. J'essayais juste d'avoir l'air aussi morose que toi.

Il parvint presque à se convaincre que c'était vrai. Qu'il ne pensait pas réellement que la mort leur offrirait une issue commode.

Newt eut un geste las en direction de Minho.

— Que lui est-il arrivé ?

— La foudre a mis le feu à ses vêtements. Ne me demande pas comment son cerveau a été épargné. En tout cas, on a réussi à éteindre les flammes avant qu'il soit trop amoché. Enfin, je crois.

— Avant qu'il soit trop amoché ? Je ne sais pas ce qu'il te faut !

Thomas ferma les yeux et appuya sa tête contre le mur.

— Bah, tu l'as dit toi-même… il est en vie, non ? Et il lui reste encore des vêtements, ce qui veut dire qu'il n'est pas brûlé sur tout le corps. Il va s'en remettre.

— Ben voyons, railla Newt avec un rire sarcastique. Rappelle-moi de ne jamais t'engager comme médecin personnel.

— Ohhhhh, geignit Minho en émergeant du sommeil. (Il ouvrit les yeux, puis les plissa en croisant le regard de Thomas.) Oh, les mecs, je dérouille. Je peux vous dire que je dérouille.

Minho se redressa très lentement en position assise, en grimaçant à chaque étape. Il y parvint, les jambes croisées sous lui. Ses vêtements étaient noircis et déchirés. Aux endroits découverts, on voyait des cloques rouge vif sur sa peau, comme des yeux menaçants. Mais bien qu'il n'eût pas la moindre connaissance médicale, Thomas était sûr que ces blessures n'étaient pas trop graves et guériraient rapidement. Le visage de Minho avait été relativement épargné, et il avait encore ses cheveux.

— Ça ne doit pas être si grave, puisque tu peux t'asseoir, observa Thomas avec un petit sourire.

— Écrase, répliqua Minho. Je suis un dur à cuire. Même si j'avais deux fois plus mal, je pourrais encore te botter ton petit cul de monteur de poneys.

Thomas haussa les épaules.

— J'aime les poneys. Je voudrais bien en avoir un pour le petit déjeuner, tiens !

Son estomac renchérit par des gargouillis.

— Je rêve, ou notre ami Thomas le rabat-joie vient juste de faire une blague ? dit Minho.

— Je crois que tu ne rêves pas, dit Newt.

— Je peux être drôle, leur assura Thomas.

— C'est ça, oui.

Mais Minho se lassait déjà de cet échange fumeux. Il tourna la tête pour examiner les autres, dont la plupart dormaient encore ou restaient allongés avec une expression hébétée.

— Combien on est ?

Thomas les compta. Onze. Après tout ce qu'ils avaient traversé, les blocards n'étaient plus que onze. En comptant le nouveau, Aris. Ils étaient une petite cinquantaine quand Thomas était arrivé au Bloc. Et voilà qu'ils n'étaient plus que onze.

« Onze. »

Il ne put se résoudre à l'annoncer à haute voix, et les plaisanteries qu'ils avaient échangées quelques secondes plus tôt lui parurent tout à coup relever du blasphème. Une abomination.

« Dire que j'ai appartenu au WICKED, pensa-t-il. Dire que j'ai participé à ça ! » Il savait qu'il aurait dû leur parler de ses rêves, mais les mots refusaient de sortir.

— On n'est plus que onze, lâcha enfin Newt.

Voilà. C'était dit.

— Donc ça nous fait six morts dans la tempête ? Ou sept ?

Minho avait l'air complètement détaché, comme s'il comptait le nombre de pommes qu'ils avaient perdues avec leurs sacs.

— Sept, répondit Newt d'un ton sec, pour marquer sa désapprobation devant son attitude, avant de reprendre d'un ton plus doux : Sept. À moins que certains se soient réfugiés dans un autre bâtiment.

— Comment voulez-vous qu'on se fraye un chemin dans cette ville avec onze gars seulement ? grogna Minho. Il y a peut-être des centaines de fondus là-dehors. Et on ne sait pas du tout à quoi s'attendre avec eux !

Newt poussa un grand soupir.

— C'est la seule chose qui te préoccupe ? Que fais-tu de ceux qui sont morts, Minho ? Jack a disparu. Winston aussi… le pauvre n'avait aucune chance. Et… (Il regarda autour de lui.) Je ne vois pas Stan, ni Tim. Que fais-tu d'eux ?

— Holà, holà, holà, s'exclama Minho, les mains levées. Écrase un peu, frangin, d'accord ? Je n'ai pas demandé à être le chef. Tu veux pleurer toute la journée sur ce qui s'est passé ? Très bien. Mais ce n'est pas le rôle d'un chef. Le rôle d'un chef consiste à décider où aller et comment continuer.

— Je suppose que c'est pour ça que c'est tombé sur toi, rétorqua Newt. (Puis il afficha une grimace d'excuse.) Désolé. Sérieusement, ce n'est pas ce que je voulais…

— Ça va, moi aussi, je suis désolé.

Minho leva les yeux au plafond, mais Newt ne le vit pas car il s'était remis à fixer le sol.

Heureusement Aris se décida à se joindre à eux. La conversation allait prendre une autre tournure.

— Vous aviez déjà vu une tempête pareille ? leur demanda le nouveau.

Thomas secoua la tête.

— Elle ne semblait pas naturelle. Même avec ma mémoire défaillante, je suis à peu près certain que ça ne devrait pas pouvoir se produire.

— Rappelez-vous ce que nous ont dit l'homme-rat et la femme dans le bus, observa Minho. Cette histoire d'éruptions solaires, et la planète entière qui serait en train de griller. Largement de quoi bousiller le climat au point de déclencher ce genre de tempêtes, non ? J'ai plutôt l'impression qu'on a eu de la chance, et que ça aurait pu être pire.

— Je ne sais pas si le mot « chance » est le premier qui me serait venu à l'esprit, dit Aris.

— Oui, bah…

Newt indiqua la porte vitrée brisée, par où le soleil commençait à taper avec la même blancheur aveuglante à laquelle ils s'étaient habitués lors de leurs premiers jours sur la Terre Brûlée.

— En tout cas, c'est fini. On ferait mieux de réfléchir à ce qu'on va faire.

— Tu vois ? dit Minho. Tu es aussi insensible que moi. Et tu as bien raison.

Thomas se rappela l'image des fondus aux fenêtres du dortoir. Des cauchemars ambulants, auxquels il ne manquait plus qu'un certificat de décès pour en faire des zombies officiels.

— Oui, on a intérêt à trouver quelque chose avant qu'une autre bande de ces tordus ne s'amène. Mais avant toute chose, il faut qu'on mange. On doit se dégotter à manger.

Ce dernier mot fut presque douloureux, tant il avait faim.

— À manger ?

Thomas poussa une exclamation de surprise ; la voix leur était parvenue d'en haut. Il leva la tête, comme les autres. Un visage – celui d'un jeune Hispanique – les contemplait à travers un trou dans le premier étage. Une lueur étrange brillait dans ses yeux, et Thomas sentit son estomac se nouer.

— Qui es-tu ? cria Minho.

Sous les yeux éberlués de Thomas, le jeune homme sauta à travers le plafond et se laissa tomber vers eux. Au dernier moment, il se recroquevilla, enchaîna trois roulés-boulés puis se releva d'un bond.

— Je m'appelle Jorge, dit-il, les bras écartés comme un acrobate qui s'attend à une salve d'applaudissements. C'est moi le fondu qui commande ici.

CHAPITRE 26

Pendant un instant, Thomas eut du mal à croire que ce gars qui leur tombait du ciel était bien réel. Son irruption paraissait tellement inattendue, et puis il y avait quelque chose d'absurde dans ce qu'il avait dit et dans sa manière de s'exprimer ; pourtant, il était là. Et même s'il ne semblait pas tout à fait aussi fou que d'autres qu'ils avaient pu croiser, il avait admis d'emblée qu'il était un fondu.

— Vous avez avalé votre langue ? lança Jorge, avec un sourire complètement déplacé dans cet immeuble en ruine. Ou c'est juste que vous avez peur des fondus ? Peur qu'on vous plaque au sol et qu'on vous croque les yeux ? Miam, miam ! J'aime savourer un bel œil bien frais quand les provisions se font rares. Le goût me rappelle celui des œufs crus.

Minho prit sur lui de répondre, en parvenant à cacher sa souffrance.

— Tu es vraiment un fondu ? Un de ces fous furieux bons à enfermer ?

— Il vient de dire qu'il aime le goût des yeux, souligna Poêle-à-frire. Ça fait de lui un fou furieux, pour moi.

Jorge s'esclaffa d'un rire empreint de menace.

— Allons, allons, mes amis. Je ne mange que les yeux des morts. Bien sûr, je pourrais vous aider à le devenir s'il le fallait. Vous voyez ce que je veux dire ?

Toute gaieté avait disparu de son expression, remplacée par un air menaçant. Comme s'il les mettait au défi de s'opposer à lui.

Personne ne dit plus rien pendant un long moment. Puis Newt demanda :

— Combien êtes-vous ?

Jorge braqua son regard sur lui.

— Combien de quoi ? De fondus ? On est tous des fondus ici, mon pote.

— Ce n'est pas ce que je voulais dire, et tu le sais très bien, répliqua Newt d'un ton sec.

Jorge se mit à faire les cent pas dans la pièce, enjamba les blocards encore couchés, contourna les autres, tout en examinant son auditoire pendant son discours.

— Il y a un certain nombre de choses que vous allez devoir apprendre très vite concernant la manière dont ça fonctionne ici. Au sujet des fondus, du WICKED, du gouvernement et des raisons pour lesquelles on nous laisse pourrir ici, nous entretuer et devenir complètement cinglés. À propos des différents stades de la Braise. Et surtout, vous allez devoir accepter qu'il est trop tard pour vous : la maladie vous tombera dessus quoi que vous fassiez.

Thomas l'avait suivi du regard tandis qu'il arpentait la pièce en débitant ces horreurs. La Braise. Il avait cru s'être débarrassé de la peur de la maladie, mais avec ce fondu juste devant lui, il se sentait plus inquiet que jamais. Et totalement impuissant.

Jorge s'arrêta à côté de Minho.

— Mais ce n'est pas comme ça que ça marche, vous pigez ? Ce n'est pas à celui qui est en position de force de parler le premier. Je veux tout savoir sur vous. D'où vous venez, pourquoi vous êtes là et ce que vous venez faire ici. Tout de suite.

Minho lâcha un petit ricanement menaçant.

— C'est toi qui es en position de force ? (Il regarda autour de lui d'un air moqueur.) À moins que la tempête m'ait grillé la rétine, je dirais qu'on est onze alors que tu es tout seul. C'est peut-être toi qui devrais te mettre à table.

Thomas fit la grimace en l'entendant parler de cette façon. C'était stupide, arrogant, et cela risquait de les faire tuer. De toute évidence, le gars n'était pas seul. Il pouvait y avoir une centaine de fondus cachés dans les étages, en train de les espionner derrière les décombres, armés jusqu'aux dents.

Jorge dévisagea longuement Minho.

— J'ai mal entendu, j'espère ? S'il te plaît, dis-moi que tu ne viens pas de t'adresser à moi comme à un chien. Tu as dix secondes pour t'excuser.

Minho adressa un sourire entendu à Thomas.

— Un, dit Jorge. Deux. Trois. Quatre.

Thomas lança un regard d'avertissement à Minho, l'encouragea d'un hochement de tête. « Fais-le. »

— Cinq. Six.

— Fais-le, finit par dire Thomas à voix haute.

— Sept. Huit.

Jorge haussait le ton à chaque nombre. Thomas crut remarquer du mouvement à l'étage supérieur, une ombre qui avait bougé dans les décombres. Peut-être Minho s'en aperçut-il, lui aussi ; son arrogance s'évapora d'un coup.

— Neuf.

— Je suis désolé, marmonna Minho sans conviction.

— Je ne te sens pas sincère, dit Jorge.

Il lui allongea un coup de pied dans le mollet.

Thomas serra les poings en entendant son ami pousser un cri de douleur ; le fondu avait dû toucher une brûlure.

— Mets-y plus de cœur, mon gars.

Thomas fixa un regard brûlant de haine sur le fondu. Des pensées irrationnelles l'assaillirent. Il aurait voulu lui sauter dessus et le rouer de coups, comme il avait fait avec Gally après leur évasion du Labyrinthe.

Jorge frappa Minho de nouveau, deux fois plus fort, au même endroit.

— Mets-y du cœur !

Il avait craché ce dernier mot avec une rage presque démentielle.

Minho cria, en se tenant le mollet des deux mains.

— Je… suis… désolé ! haleta-t-il, d'une voix crispée par la douleur.

Mais alors que Jorge souriait et se détendait, satisfait d'avoir humilié son interlocuteur, Minho balança le bras et lui faucha la cheville. Jorge s'écroula par terre en poussant un hurlement où se mêlaient douleur et surprise.

Minho tomba sur lui, en hurlant des obscénités que Thomas n'avait jamais entendues dans sa bouche. Coinçant son adversaire entre ses cuisses, il se mit à le cogner à tour de bras.

— Minho ! s'écria Thomas. Arrête !

Il bondit sur ses pieds, ignorant la raideur de ses articulations et ses muscles endoloris. Il jeta un bref regard vers les étages en se précipitant pour séparer les deux garçons. On voyait du mouvement là-haut en différents endroits. Il aperçut des observateurs qui se préparaient à sauter. Des cordes se déroulèrent depuis les trous dans le plafond.

Thomas plaqua Minho et le catapulta loin de Jorge ; tous deux roulèrent dans la poussière. Thomas se redressa le premier, saisit son ami à bras-le-corps et le maintint fermement.

— Il y en a d'autres là-haut ! lui cria-t-il à l'oreille. Calme-toi ! Ou ils vont te tuer. Ils vont tous nous tuer !

Jorge s'était relevé en titubant, essuyant un mince filet de sang qui lui coulait au coin de la bouche. Son expression fit passer un frisson de terreur dans le cœur de Thomas. Impossible de deviner comment il allait réagir.

— Attends ! lui cria Thomas. S'il te plaît, attends !

Jorge croisa son regard alors que d'autres fondus descendaient dans la pièce. Certains sautèrent et atterrirent en roulade, comme Jorge, d'autres se laissèrent glisser le long des cordes pour arriver bien campés sur leurs pieds. Tous se regroupèrent en meute derrière leur chef. Ils étaient environ une quinzaine. Des hommes, des femmes ; quelques adolescents. Tous crasseux et vêtus de haillons. La plupart étaient maigres et frêles.

Minho avait cessé de se débattre ; Thomas put enfin desserrer son étreinte. À vue de nez, il n'avait que quelques secondes pour éviter que la situation ne tourne au bain de sang. Il posa une main ferme sur l'épaule de Minho, puis tendit l'autre à Jorge dans un geste d'apaisement.

— Attends une minute, s'il te plaît, dit-il en s'efforçant de maîtriser son pouls et sa voix. Ça ne vous avancerait à rien de... de vous en prendre à nous.

— À rien ? répéta le fondu en crachant un peu de salive rougeâtre. Ça me ferait beaucoup de bien, au contraire. Ça, je peux te le garantir, mec.

Il serra les poings contre ses flancs.

Puis il fit un signe de tête presque imperceptible. Aussitôt, les fondus sortirent de leurs haillons toute une collection d'armes redoutables. Des couteaux. Des machettes rouillées. Des barres de fer qui devaient provenir d'une voie ferrée. Des tessons de bouteille maculés de sang séché. Une fille qui ne devait pas avoir plus de treize ans brandissait une vieille pelle ébréchée.

Thomas eut soudain la certitude que leurs vies allaient dépendre de son éloquence. Les blocards ne pouvaient pas remporter ce combat. Ils n'avaient aucune chance. Ces êtres n'étaient certes pas des Griffeurs, mais cela voulait dire également qu'il n'existait aucun code magique pour les neutraliser.

— Écoute, dit Thomas en se relevant lentement, priant pour que Minho se tienne tranquille. On n'est pas n'importe qui. On n'est pas simplement des tocards qui débarquent chez vous. On a de la valeur. Mais vivants... pas morts.

La colère de Jorge s'estompa un peu. Peut-être même lisait-on une pointe de curiosité sur son visage. Il se contenta de répéter :

— Des tocards ?

Thomas faillit rire. Il se retint ; cette réaction irrationnelle n'aurait pas été appropriée.

— Toi et moi. Dix minutes. Seuls. C'est tout ce que je demande. Emmène toutes les armes que tu voudras.

Cela fit rire Jorge, qui renifla.

— Je m'en voudrais de ruiner tes illusions, petit, mais je ne crois pas que j'en aurais besoin.

Il marqua une pause, et les quelques secondes suivantes parurent durer une heure.

— Dix minutes, concéda le fondu. Attendez-moi ici, vous autres, et surveillez ces guignols. Si vous entendez le signal, mettez-les en charpie.

Il indiqua d'un geste un couloir obscur qui s'enfonçait dans l'immeuble, en face des portes brisées.

— Dix minutes, répéta-t-il.

Thomas acquiesça. Voyant que Jorge ne bougeait pas, il passa le premier, en route pour ce qui pourrait bien être la discussion la plus importante de sa vie.

Sinon la dernière.

CHAPITRE 27

Thomas sentit Jorge le talonner dans le couloir. L'atmosphère empestait le moisi et la pourriture ; de l'eau gouttait du plafond, provoquant des échos inquiétants qui, allez savoir pourquoi, lui évoquaient le sang.

— Ne t'arrête pas, grogna Jorge dans son dos. Il y a une pièce au fond, avec des chaises. Si tu tentes quoi que ce soit contre moi, tout le monde meurt.

Thomas aurait voulu se retourner et s'emporter contre lui, mais il continua à marcher.

— Je ne suis pas idiot. Tu peux m'épargner ton numéro de caïd.

Le fondu se contenta de ricaner.

Après plusieurs minutes de silence, Thomas parvint devant une porte en bois dotée d'une poignée ronde argentée. Il l'ouvrit sans hésiter, pour conserver un semblant de dignité devant Jorge. Une fois à l'intérieur, par contre, il ne sut plus quoi faire. Il faisait noir comme dans un four.

Il sentit Jorge passer à côté de lui ; puis il entendit le *flap* sonore d'un tissu lourd qu'on faisait claquer. Une lumière aveuglante apparut, et Thomas dut se couvrir le visage avec les avant-bras. Au début, il ne put que plisser les yeux, mais il fut bientôt en mesure de baisser les bras et d'y voir clair : le fondu avait ôté un drap de grosse toile d'une fenêtre aux carreaux encore intacts. À l'extérieur, il n'y avait que du soleil et du béton.

— Assieds-toi, dit Jorge, d'une voix moins hargneuse qu'on aurait pu s'y attendre.

Peut-être avait-il reconnu en Thomas un interlocuteur calme et réfléchi et qu'il se disait que l'issue de la discussion pourrait bénéficier aux occupants actuels de cet immeuble en ruine. Mais bien sûr, Jorge restait un fondu aux réactions imprévisibles.

La pièce était meublée en tout et pour tout d'une table et de deux chaises en bois. Thomas attrapa la plus proche et s'assit. Jorge prit place en face de lui et se pencha, les coudes sur la table, les mains croisées. Son visage était impénétrable, ses yeux rivés sur Thomas.

— Je t'écoute.

Thomas aurait voulu prendre quelques instants pour faire le tri dans ses idées, mais il n'en avait pas le temps.

— D'accord.

Il hésita. Un mot. Jusque-là, ce n'était pas fameux. Il prit une grande inspiration.

— Je t'ai entendu mentionner le WICKED tout à l'heure. On sait beaucoup de choses sur ces gars-là. Je serais curieux de savoir ce que tu pourrais nous raconter sur eux.

Jorge n'esquissa pas un mouvement ; son expression demeurait imperturbable.

— Ce n'est pas moi qui parle pour l'instant. C'est toi.

— Oui, je sais.

Thomas rapprocha un peu sa chaise de la table. Puis il la repoussa en arrière en posant un pied sur son genou.

Il avait besoin de se calmer et de dire les choses comme elles venaient.

— En fait, c'est difficile parce que je ne sais pas ce que tu sais. Alors, je vais faire comme si je m'adressais à un débile.

— Je te déconseille fortement de réutiliser le mot « débile » en parlant de moi.

Thomas avala sa salive, la gorge nouée.

— Simple façon de parler.

— Continue.

Thomas prit une grande inspiration.

— Au départ, on était une cinquantaine de garçons. Plus… une fille. Aujourd'hui, on n'est plus que onze. Je ne connais pas les détails, mais le WICKED est une sorte d'organisation qui nous fait subir toutes sortes d'épreuves dans un but précis. Tout a commencé au Bloc, dans un labyrinthe en pierre, au milieu de créatures appelées Griffeurs.

Il guetta la réaction de Jorge. Mais le fondu ne donna aucun signe de perplexité ni de compréhension. Rien du tout.

Alors Thomas lui raconta tout : ce qu'ils avaient vécu dans le Labyrinthe, comment ils s'en étaient échappés, comment ils s'étaient crus sauvés avant de découvrir qu'il s'agissait simplement d'une étape dans le projet du WICKED. Il lui parla de l'homme-rat, et de la mission qu'il leur avait fixée : survivre assez longtemps pour couvrir cent soixante kilomètres vers le nord, jusqu'à un endroit qu'il avait présenté comme un refuge. Il lui décrivit le long tunnel, l'attaque des boules d'argent et les premiers kilomètres de leur voyage.

Et plus il se confiait, plus cela lui semblait une mauvaise idée. Il continua pourtant, car il ne voyait pas quoi faire d'autre. Il le fit dans l'espoir que le WICKED était autant l'ennemi du fondu que le leur.

Cependant, il omit de mentionner Teresa.

— Donc on a forcément quelque chose de spécial, conclut Thomas. Ils ne nous font pas subir tout ça par pure méchanceté. À quoi ça rimerait ?

— Où veux-tu en venir ? répondit Jorge, ouvrant la bouche pour la première fois depuis plus de dix minutes, le délai accordé étant largement écoulé.

Thomas hésita. C'était l'heure de vérité. Sa seule et unique chance.

— Eh bien ? insista Jorge.

Thomas se jeta à l'eau.

— Si tu... nous aides... enfin, toi et quelques-uns d'entre vous, si vous venez avec nous et nous aidez à atteindre le refuge...

— Oui ?

— Peut-être que vous pourrez être sauvés vous aussi.

Voilà ce que Thomas préparait depuis le début, la carte qu'il avait l'intention de jouer : l'espoir que leur avait fait miroiter l'homme-rat.

— On nous a dit qu'on avait la Braise. Et que si on arrivait jusqu'au refuge, on serait tous guéris. Qu'il existait un remède. Peut-être que si vous nous aidez, vous pourrez en bénéficier aussi.

Thomas se tut et scruta Jorge avec attention.

À ces derniers mots, quelque chose avait changé dans l'expression du fondu et Thomas sut qu'il avait gagné. Ç'avait été bref, mais il avait incontestablement lu de l'espoir, vite remplacé par une morne indifférence. Impossible de se tromper.

— Un remède, répéta le fondu.

— Un remède.

Désormais, Thomas était bien décidé à en dire le moins possible. Il avait fait le maximum.

Jorge se renversa en arrière sur sa chaise, laquelle grinça comme si elle était sur le point de se rompre, et croisa les bras. Il fronça les sourcils d'un air pensif.

— Comment tu t'appelles ?

La question surprit Thomas. Il pensait le lui avoir déjà dit.

— Alors ? insista Jorge. Tu as forcément un nom.

— Oh. Oui, désolé. C'est Thomas.

Une autre lueur passa brièvement sur le visage de Jorge – on aurait dit que ce nom lui évoquait quelque chose. Mêlée de surprise.

— Thomas, hein ? Je suppose qu'on t'appelle Tommy ? Ou Tom ?

Cette question lui fit mal, elle lui rappelait son rêve à propos de Teresa.

— Non, répondit-il un peu trop vite. Juste… Thomas.

— D'accord, Thomas. Laisse-moi te poser une question. Y a-t-il la moindre idée dans ta petite cervelle de ce que la Braise peut faire aux gens ? Ai-je l'air d'un malade atteint d'une maladie abominable ?

Il semblait difficile de répondre sans se faire rouer de coups. Thomas opta pour la prudence.

— Non.

— Non ? Aux deux questions ?

— Oui. Je veux dire… non. Enfin… oui, la réponse est non aux deux questions.

Jorge sourit. Un pli discret se creusa au coin de sa bouche. Thomas eut l'impression qu'il savourait chaque seconde de cet entretien.

— La Braise fonctionne par étapes. Tout le monde en ville l'a, et je ne suis pas étonné d'apprendre que toi et tes mauviettes de copains l'avez aussi. Je n'en suis qu'au commencement, je ne suis pas encore un vrai fondu. Je l'ai attrapée il y a quelques semaines et on m'a contrôlé positif à un checkpoint de quarantaine. Le gouvernement déploie de gros efforts pour séparer les gens sains des malades. Je n'avais plus qu'à tirer un trait sur ma vie. On m'a envoyé ici. Et je me suis battu pour prendre cet immeuble avec une bande de bleusailles.

Thomas eut la gorge serrée. Ce mot faisait remonter tellement de souvenirs du Bloc.

— Mes amis que tu as vus là-bas, avec leurs armes, sont au même stade que moi. Mais sors donc te promener en ville et tu verras ce qui se passe avec le temps. Tu verras les étapes, tu verras ce que c'est d'être au bout du rouleau ; enfin, si tu vis assez longtemps pour en profiter. Sans compter qu'on ne peut pas se procurer l'agent calmant par ici. Le bliss. C'est introuvable.

— Qui vous a envoyés ici ? s'enquit Thomas en mettant de côté ses interrogations à propos de l'agent calmant.

— Le WICKED… comme vous. Sauf qu'on n'a rien de spécial, nous. Le WICKED a été instauré par les gouvernements encore en place pour lutter contre la maladie, et d'après eux, cette ville aurait un rapport avec ça. Je n'en sais pas plus.

D'abord envahi par un mélange de surprise et de confusion, Thomas se prit à espérer des explications.

— C'est qui, le WICKED ? C'est quoi, au fond ?

Jorge parut tout aussi perplexe que lui.

— Je t'ai dit tout ce que je savais. Pourquoi me demandes-tu ça ? Je croyais que vous aviez un lien spécial avec eux, qu'ils étaient à l'origine de toute cette histoire que tu m'as racontée.

— Écoute, je t'ai dit la stricte vérité. On nous a fait des promesses, mais on ne sait pas grand-chose sur ces gens. Ils ne nous ont donné aucun détail. J'ai l'impression qu'ils veulent voir si on arrive à s'en sortir sans savoir exactement ce qui se passe.

— Et qu'est-ce qui te fait croire qu'ils possèdent vraiment un remède ?

Thomas s'efforça de garder une voix égale et de se rappeler précisément ce que leur avait dit l'homme-rat.

— Le type en costume blanc dont je t'ai parlé… il nous a dit que c'était la récompense qui nous attendait au refuge.

— Mouais, fit Jorge. Et qu'est-ce qui te fait croire qu'ils vont nous accueillir à bras ouverts et nous refiler le remède à nous aussi ?

Thomas continua à jouer la carte de la franchise.

— Rien du tout, c'est vrai. Mais pourquoi ne pas essayer ? Si vous nous aidez, vous avez une petite chance de vous en sortir. Aucune si vous nous tuez. Il faudrait être complètement fondu pour choisir la deuxième solution.

Jorge refit le même sourire infime, puis lâcha un petit rire sec.

— Je dois reconnaître que tu es fortiche, Thomas. Tout à l'heure, j'étais prêt à crever les yeux de ton copain et à vous faire subir le même sort. Mais tu m'as presque convaincu !

Thomas haussa les épaules, s'appliquant à conserver une expression imperturbable.

— Tout ce qui m'intéresse, c'est de vivre un jour de plus. Je veux seulement traverser cette ville ; le reste, je m'en préoccuperai plus tard. Et tu veux savoir un truc ?

Il afficha une assurance qu'il était loin de ressentir.

Jorge haussa les sourcils.

— Quoi donc ?

— Si te crever les yeux pouvait me faire vivre jusqu'à demain, je le ferais. Sans hésiter. Mais j'ai besoin de toi. On a tous besoin de toi.

Thomas se demanda s'il serait vraiment capable de mettre sa menace à exécution.

Mais son plan fonctionna.

Le fondu le dévisagea un long moment, puis lui tendit la main au-dessus de la table.

— Je crois qu'on se comprend, mec. Marché conclu.

Thomas lui serra la main. Un grand soulagement l'envahit, mais il réussit à le dissimuler.

Puis ce fut la douche froide.

— Je n'ai qu'une seule condition, reprit Jorge. Ce petit salopard qui m'a dérouillé… je crois t'avoir entendu l'appeler Minho…

— Oui ? fit Thomas d'une voix blanche, le cœur battant.

— Je veux sa peau.

CHAPITRE 28

— Non.

Thomas avait dit cela du ton le plus ferme, le plus définitif qui soit.

— Non ? répéta Jorge, surpris. Je t'offre une chance de traverser cette ville truffée de fondus prêts à vous dévorer tout crus, et tu me dis non ? Alors que je ne réclame qu'une toute petite chose ? Tu me fais de la peine.

— Ce ne serait pas très malin, fit valoir Thomas.

Il ignorait comment il parvenait à conserver son calme, d'où lui venait cette audace. Mais une petite voix lui soufflait que c'était la seule manière de survivre face à ce fondu.

Jorge se pencha en avant, les coudes sur la table. Mais cette fois, il ne croisa pas les mains ; il serra les poings. Ses phalanges craquèrent.

— Tu t'es promis de m'emmerder jusqu'à ce que je t'ouvre les veines une à une, c'est ça ?

— Tu as vu ce qu'il t'a fait, rétorqua Thomas. Il fallait avoir de sacrées tripes. En le tuant, tu renonces à ce qu'il peut nous apporter. C'est notre meilleur combattant, et il n'a peur de rien. Il est peut-être cinglé mais on a besoin de lui.

Thomas essayait de se montrer raisonnable. Pragmatique. Pourtant, s'il y avait sur cette planète une autre personne que Teresa qu'il considérait comme un ami, c'était bien Minho. Et il ne pouvait pas se permettre de le perdre lui aussi.

— Il m'a mis en colère, répliqua Jorge, les lèvres pincées. Il m'a fait passer pour une fillette devant mes gars. C'est… inacceptable.

Thomas haussa les épaules avec indifférence, comme s'il s'agissait d'un point de détail.

— Alors punis-le. Fais-le passer pour une fillette lui aussi. Mais le tuer ne nous aidera pas. Plus nous aurons de gars en état de se battre, mieux ce sera, non ? C'est quand même toi qui vis ici. J'ai vraiment besoin de te dire tout ça ?

Enfin, Jorge desserra ses poings. Et il relâcha son souffle. Thomas ne s'était pas rendu compte qu'il ne respirait plus.

— D'accord, concéda le fondu. Très bien. Mais ça n'a rien à voir avec tes arguments débiles. Je vais l'épargner parce que je viens de penser à un truc. J'ai deux raisons, en fait. Dont une à laquelle tu aurais dû penser tout seul.

— Quoi donc ?

Thomas ne se souciait plus de trahir son soulagement – ces efforts de dissimulation l'épuisaient. De plus, il était intrigué par ce que Jorge allait lui dire.

— Pour commencer, vous ne savez pas grand-chose de ce test, cette expérience ou je ne sais quoi auquel vous soumet le WICKED. Peut-être que plus vous serez nombreux à rentrer au bercail, plus vous aurez de chances d'obtenir le remède. Tu ne t'es jamais dit que vous êtes probablement en concurrence avec ce groupe B dont tu m'as parlé ? Je crois que j'ai tout intérêt à faire en sorte que vous arriviez tous les onze au refuge.

Thomas acquiesça sans rien dire. Il ne voulait pas prendre le moindre risque de compromettre sa victoire : Jorge acceptait de le croire à propos de l'homme-rat et du remède.

— Ce qui m'amène à ma deuxième raison, continua Jorge. Le truc auquel je viens de penser.

— Qu'est-ce que c'est ? demanda Thomas.

— Il n'est pas question d'emmener tous ces fondus avec moi. Avec nous.

— Hein ? Pourquoi ? Je croyais que tu disais que vous pourriez nous aider à nous frayer un chemin à travers la ville.

Jorge secoua la tête d'un air buté en se renfonçant dans sa chaise, les bras croisés, dans une position beaucoup moins menaçante.

— Non. Si on veut réussir, la discrétion nous sera beaucoup plus utile que la force. On fait profil bas depuis notre arrivée dans cet enfer, et je crois que nos chances – à condition de récupérer au passage les provisions et le matériel dont on aura besoin – seront bien meilleures si on se sert de ce qu'on a pu apprendre. Si on se faufile entre les fondus les plus cinglés au lieu de foncer dans le tas comme une horde de prétendus guerriers.

— J'ai du mal à te suivre, avoua Thomas. Sans vouloir te vexer, j'ai cru que vous cherchiez justement à passer pour des guerriers. Tu sais, vu tout votre arsenal…

Un long silence s'écoula, et Thomas commençait à croire qu'il avait commis une erreur quand Jorge éclata de rire.

— Oh, toi, mon vieux, tu as une sacrée chance que je t'aime bien. J'ignore pourquoi, mais je t'aime bien. Sinon, je t'aurais déjà tué au moins trois fois.

— On peut faire ça ? s'étonna Thomas.

— Quoi donc ?

— Tuer quelqu'un trois fois.

— Je trouverais un moyen.

— C'est bon, je tâcherai de faire attention.

Jorge tapa sur la table et se leva.

— D'accord. Voilà le marché : on va vous conduire tous les onze jusqu'à votre refuge. Pour ça, je ne vais emmener qu'une seule personne : elle s'appelle Brenda, c'est un génie. On aura besoin de ses lumières. Et si on découvre à l'arrivée qu'il n'y a pas de remède pour elle et moi… eh bien, je n'ai pas besoin de te faire un dessin.

— Allez, dit Thomas d'un ton railleur, je nous croyais amis, maintenant.

— Pfff… On n'est pas amis, on est partenaires. Je vous conduis jusqu'au WICKED ; vous m'obtenez le remède. C'est notre marché, ou bien ça va saigner !

Thomas se leva à son tour. Sa chaise crissa sur le sol.

— On était déjà d'accord là-dessus, non ?

— Oui. Oui, on est d'accord. Maintenant, écoute : ne dis pas un mot de tout ça devant les autres. Fausser compagnie à ces fondus ne va pas être simple.

— Tu as un plan ?

Jorge réfléchit une minute, le regard rivé sur Thomas. Puis il rompit le silence.

— Contente-toi de la boucler et laisse-moi faire le reste. (Il partit en direction du couloir, avant de s'arrêter.) Oh, et je ne crois pas que ton pote Minho va beaucoup apprécier.

*

Pendant qu'ils suivaient le couloir pour rejoindre les autres, Thomas prit conscience de la faim qui le tenaillait. Ses crampes d'estomac s'étaient répandues au reste de son corps, comme si ses organes internes et tous ses muscles commençaient à se dévorer les uns les autres.

— Écoutez-moi tous ! annonça Jorge quand ils arrivèrent dans la grande salle jonchée de gravats. Moi et tête-de-piaf ici présent, on a trouvé un accord.

« Tête-de-piaf ? » se dit Thomas.

Les fondus se mirent au garde-à-vous, serrant leurs armes, en jetant des regards noirs aux blocards qui s'étaient assis dos au mur tout autour de la salle. La lumière tombait en biais par les fenêtres brisées et les trous au plafond.

Jorge s'arrêta au centre de la pièce et pivota lentement sur lui-même pour s'adresser à l'ensemble du groupe. Thomas lui trouva l'air ridicule : il en faisait trop.

— Pour commencer, on va nourrir ces guignols. Je sais que ça paraît dingue de partager notre bouffe chèrement acquise avec des inconnus, mais je crois qu'ils vont pouvoir nous être utiles. Filez-leur nos restes de porc et de fayots — j'en ai marre de manger toujours la même chose, de toute façon. (L'un des fondus ricana.) Ensuite, dans ma grande magnanimité, j'ai décidé d'épargner le petit salopard qui m'a agressé.

Thomas entendit quelques grognements déçus et se demanda à quel stade de la Braise en étaient tous ces gens. Une jeune fille de son âge, plutôt jolie, avec de longs cheveux étonnamment propres, leva les yeux au plafond et secoua la tête comme si elle trouvait ces protestations stupides. Thomas espéra qu'il s'agissait de cette Brenda dont Jorge avait parlé.

Celui-ci indiqua Minho qui, sans surprise pour Thomas, souriait et saluait l'assemblée.

— Tu es content, hein ? grommela Jorge. Tant mieux. Ça t'aidera à mieux prendre la nouvelle.

— Quelle nouvelle ? demanda aussitôt Minho.

Thomas jeta un coup d'œil à Jorge. Il se demandait ce qu'il mijotait.

Le chef des fondus adopta un ton désinvolte :

— Quand on vous aura nourris pour vous éviter de nous claquer entre les doigts, on s'occupera de ta punition.

— Ah oui ? (Si Minho éprouvait la moindre appréhension, il n'en montra aucun signe.) Et ce sera quoi ?

Jorge soutint le regard de Minho. Une expression impassible se répandit sur son visage.

— Tu m'as cogné avec tes poings. Alors, on va te couper un doigt à chaque main.

CHAPITRE 29

Thomas ne comprenait pas en quoi menacer Minho de lui couper des doigts leur préparait le terrain pour échapper au reste des fondus. Et il n'était pas assez stupide pour se fier à Jorge sur la base de leur seule discussion. Gagné par la panique, il se dit que la situation était sur le point de virer au cauchemar.

Jorge se tourna brièvement vers lui, pendant que ses amis fondus se mettaient à huer et à siffler, et il lut quelque chose dans son regard qui le rassura un peu.

Pour Minho, en revanche, c'était une autre histoire. Il se dressa d'un bond dès que Jorge eut prononcé sa sentence, et il se serait jeté sur lui si la jolie fille ne s'était pas interposée en lui collant sa lame sous le menton. Une goutte de sang coula, rouge vif dans la lumière qui rentrait par les portes brisées. Il ne pouvait plus parler sans risquer de se couper.

— Voilà le plan, annonça Jorge avec calme. Brenda et moi allons escorter ces guignols à la planque pour les faire manger. On se retrouvera après à la Tour, dans une heure. (Il consulta sa montre.) Disons à midi pile. On vous apportera votre déjeuner.

— Pourquoi seulement Brenda et toi ? demanda quelqu'un. Et s'ils vous sautent dessus ? Ils sont onze, et vous n'êtes que deux.

Thomas ne vit pas tout de suite qui s'était exprimé, puis s'aperçut que c'était un adulte – probablement la personne la plus âgée. Jorge plissa les yeux d'un air sévère.

— Merci pour le cours de maths, Barkley. La prochaine fois que j'aurai besoin de compter mes orteils, je penserai à toi. Pour l'instant, ferme ta grande gueule et emmène les autres à la Tour. Si ces guignols essaient quoi que ce soit, Brenda découpera M. Minho en petits morceaux pendant que je flanquerai aux autres la dérouillée de leur vie. Ils tiennent à peine debout tellement ils sont faibles. Et maintenant, tirez-vous !

Thomas se sentit soulagé. Une fois séparé des autres, Jorge comptait sans doute s'enfuir. Il n'avait sûrement pas l'intention d'exécuter sa sentence.

Le dénommé Barkley avait beau être âgé, il avait l'air coriace, avec des muscles noueux qui tendaient les manches de sa chemise. Il tenait un couteau acéré dans une main et un grand marteau dans l'autre.

— Très bien, concéda-t-il après un long regard à son chef. Mais s'ils te tranchent la gorge, on se débrouillera très bien sans toi.

— Merci pour ces paroles de réconfort, mon frère. Maintenant tire-toi, avant que je ne t'inscrive aussi au programme des réjouissances.

Barkley ricana pour sauver un semblant de dignité, puis se dirigea vers le couloir qu'avaient emprunté Jorge et Thomas. Il fit un geste du bras pour dire « Suivez-moi », et bientôt tous les fondus lui emboîtaient le pas à l'exception de Jorge et de la fille aux longs cheveux châtains. Celle-ci menaçait toujours Minho de sa lame, mais la bonne nouvelle, c'était qu'il s'agissait forcément de Brenda.

Après le départ des fondus, Jorge échangea un regard de soulagement avec Thomas ; puis il secoua la tête, de manière presque imperceptible, comme si les autres pouvaient encore les entendre.

Un mouvement ramena l'attention de Thomas sur Brenda. Il la vit baisser son couteau et s'écarter de Minho, en essuyant machinalement sa lame sur son pantalon.

— Je t'aurais tué, tu sais ? fit-elle d'une voix un peu enrouée, presque rauque. Essaie encore de t'en prendre à Jorge et je te coupe une artère.

Minho passa le pouce sur sa plaie, puis regarda la tache rouge au bout de son doigt.

— Il coupe bien, ton couteau. Tu sais que tu me plais, toi ?

Newt et Poêle-à-frire gémirent simultanément.

— J'ai l'impression qu'on n'est pas les seuls fondus dans cette pièce, observa Brenda. Tu es encore plus barré que moi.

— Aucun de nous n'est cinglé pour l'instant, intervint Jorge en rejoignant la jeune fille. Mais ça ne va pas durer. Amenez-vous. Il faut qu'on vous conduise à la planque et qu'on vous fasse manger. Vous avez l'air d'une bande de zombies affamés.

Minho ne parut guère apprécier cette idée.

— Tu t'imagines que je vais vous suivre et m'asseoir tranquillement avec vous en attendant de me faire couper les doigts ?

— Oh, ferme-la, pour une fois, aboya Thomas en lui adressant un regard qui signifiait tout autre chose.

Allons manger. Ce qui arrivera ensuite à tes jolies mains, je m'en tape.

Minho cligna des paupières, perplexe, mais parut comprendre que Thomas avait une idée derrière la tête.

— Si tu le dis. Je vous suis.

Brenda vint se placer juste devant Thomas, son visage à quelques centimètres du sien. Elle avait les pupilles si noires que le blanc de ses yeux donnait l'impression de briller.

— C'est toi, le chef ?

Thomas secoua la tête.

— Non, c'est celui que tu as coupé avec ton couteau.

Brenda se tourna vers Minho, puis vers Thomas. Elle sourit.

— Ah, c'est curieux. Je sais que je suis à moitié folle, mais je t'aurais choisi, toi. Tu corresponds plus à l'idée que je me fais d'un chef.

— Heu... merci.

Thomas se sentit d'abord gêné, puis se souvint du tatouage de Minho. Et du sien, annonçant qu'il était censé se faire tuer. Il s'empressa de reprendre la parole pour masquer son brusque changement d'humeur.

— Je... moi aussi, c'est toi que j'aurais choisie à la place de ton ami Jorge.

La fille embrassa Thomas sur la joue.

— Tu es mignon. J'espère sincèrement qu'on n'aura pas besoin de vous tuer.

— Bon, coupa Jorge en faisant signe aux autres de le suivre vers les portes brisées, c'est bientôt fini, les tourtereaux ? Brenda, on a pas mal de choses à voir quand on sera à la planque. Assez perdu de temps.

Brenda ne quitta pas Thomas des yeux. Quant à lui, il sentait encore le picotement que le contact de ses lèvres avait fait courir dans tout son corps.

— Je t'aime bien, lui dit-elle.

Thomas se racla la gorge, incapable de trouver une réplique. Brenda s'humecta les lèvres, lui sourit, puis se détourna enfin et franchit les portes en rangeant son couteau dans la poche de son pantalon.

— Allons-y ! cria-t-elle.

Thomas, qui savait que tous les blocards avaient les yeux rivés sur lui, refusa d'affronter leurs regards. Il préféra tirer sur son tee-shirt et avancer, sans se soucier du petit sourire qu'il affichait. Les autres lui emboîtèrent le pas et le groupe émergea dans la chaleur blanche du soleil sur le sol de béton.

*

Brenda prit la tête, Jorge fermant la marche. Thomas mit un moment à s'habituer à la lumière ; il dut plisser les paupières et se protéger les yeux, tandis qu'ils longeaient le mur pour rester à l'ombre. Les immeubles et les rues lui paraissaient irradier une luminescence surnaturelle, comme s'ils étaient taillés dans une pierre magique.

Brenda les entraîna jusqu'à l'arrière du bâtiment. Là, une volée de marches qui s'enfonçait dans le trottoir lui remémora des images issues de son passé. L'entrée d'un réseau de trains souterrains, peut-être ?

Elle n'hésita pas. Sans attendre de voir si les autres la suivaient, elle descendit l'escalier. Mais Thomas s'aperçut qu'elle avait ressorti son couteau, le serrait fermement

et le tenait un peu écarté de son corps, prête à frapper
– ou à se défendre – à tout moment.

Il la suivit, impatient d'échapper au soleil, et surtout
de pouvoir enfin manger. Son ventre protestait un peu
plus à chaque pas. En fait, il s'étonnait de parvenir encore
à marcher ; sa faiblesse le rongeait de l'intérieur.

La pénombre, accueillante et fraîche, finit par l'engloutir. Thomas se guida aux bruits de pas de Brenda
jusqu'à une porte étroite derrière laquelle brillait une
lueur orange. La jeune fille entra tandis que Thomas
hésitait sur le seuil. Il découvrit une petite pièce humide
encombrée de cartons et de conserves, éclairée par une
étrange lumière au plafond. Elle était beaucoup trop
exiguë pour accueillir tout le monde.

Brenda dut lire dans ses pensées.

— Toi et les autres, vous n'avez qu'à rester dans le
couloir et vous asseoir contre le mur, dit-elle. Je vais
vous sortir votre festin dans une seconde.

Thomas hocha la tête et retourna à tâtons dans le
couloir. Il se laissa glisser le long du mur, un peu à
l'écart des autres. Et sut avec une certitude absolue qu'il
ne se relèverait pas tant qu'il n'aurait rien eu à manger.

*

Le « festin » en question se révéla être des fayots en
conserve avec un genre de saucisses – à en croire Brenda,
car l'étiquette était rédigée en espagnol. Ils mangèrent
froid, mais il sembla à Thomas n'avoir jamais rien goûté
d'aussi savoureux et il dévora tout jusqu'à la dernière
bouchée. Même s'ils avaient appris à leurs dépens qu'il

valait mieux éviter de manger trop vite après une longue période de jeûne, il s'en moquait. S'il vomissait, cela lui donnerait l'occasion de s'empiffrer encore une fois.

Quand Brenda eut servi tous les blocards, elle alla s'asseoir près de Thomas. La lueur qui s'échappait de la pièce auréolait sa chevelure. Elle posa deux sacs à dos remplis de conserves à côté d'elle.

— Il y en a un pour vous, dit-elle.

— Merci.

Thomas avait déjà avalé la moitié de sa boîte sans reprendre son souffle. Personne ne parlait dans le couloir ; on n'entendait que des bruits de mastication et de déglutition.

— C'est bon ? demanda-t-elle en piochant dans sa boîte de conserve.

— Tu rigoles ? Je pousserais ma propre mère dans l'escalier pour manger ça. Si j'ai encore une mère.

Il ne put s'empêcher de repenser à son rêve et au bref aperçu qu'il avait eu de sa mère, mais il le chassa dans un coin de sa mémoire ; c'était trop déprimant.

— On s'en lasse vite, avoua Brenda, arrachant Thomas à ses ruminations. Il n'y a que quatre ou cinq choix.

Prenant conscience que le genou droit de la jeune femme était collé à son mollet, il se fit aussitôt la réflexion absurde qu'elle avait placé volontairement sa jambe de cette manière.

Il fit le vide dans son esprit pour se concentrer sur l'instant présent.

— D'où sortez-vous toutes ces conserves ? Il vous en reste beaucoup ?

— Avant d'être ravagée par les éruptions solaires, cette ville comptait plusieurs usines de fabrication de conserves, avec de nombreux entrepôts. Je crois que c'est pour ça que le WICKED y envoie les fondus. Comme ça, on ne meurt pas de faim en attendant de devenir fous et de nous entretuer.

Thomas racla le fond de sa boîte et lécha sa cuillère.

— S'il y en a tant que ça, pourquoi vous n'avez pas plus de choix ?

Il était en train de se demander s'ils ne lui faisaient pas confiance un peu trop rapidement, si elle ne serait pas en train de les empoisonner. Comme elle mangeait la même chose qu'eux, ses soupçons étaient probablement injustes.

Brenda indiqua le plafond du pouce.

— On n'a fouillé que les entrepôts les plus proches. Uniquement des conserves de la même marque, pas beaucoup de variété. Je tuerais ta mère pour des légumes frais du jardin. Une bonne salade.

— J'ai l'impression que ma mère n'a pas intérêt à se retrouver entre nous et une épicerie.

— J'ai l'impression aussi.

Elle sourit. Ses dents brillèrent dans le noir. Thomas s'aperçut qu'il aimait bien cette fille. Elle avait un peu égratigné son meilleur ami, mais il l'appréciait. Peut-être en partie à cause de ça, d'ailleurs.

— Tu crois qu'il existe encore des épiceries ? Je veux dire, à quoi ressemble le monde extérieur en dehors de la Braise ? À une fournaise, avec une poignée de cinglés qui courent un peu partout ?

— Non. Enfin, je ne sais pas. Les éruptions solaires ont tué beaucoup de monde avant que les gens puissent s'enfuir vers le nord ou le sud. Ma famille vivait dans le nord du Canada. Mes parents ont fait partie des premiers réfugiés des camps mis en place par la coalition intergouvernementale. L'organisation qui a fondé le WICKED par la suite.

Thomas la dévisagea, bouche bée. En quelques phrases, elle venait de lui en dévoiler davantage sur l'état du monde que tout ce qu'il avait appris depuis qu'il avait perdu la mémoire.

— Attends… attends une seconde, dit-il. J'ai besoin d'entendre tout ça. Tu pourrais reprendre depuis le début ?

Brenda haussa les épaules.

— Il n'y a pas grand-chose à raconter, ça remonte à loin. Les éruptions solaires étaient inattendues, imprévisibles, et le temps que les scientifiques tirent le signal d'alarme, il était trop tard. Elles ont balayé la moitié de la planète en tuant tous les habitants des régions équatoriales. Le climat s'est modifié sur toute la planète. Les survivants se sont regroupés, quelques gouvernements ont fusionné. Il n'a pas fallu longtemps pour s'apercevoir qu'un virus mortel se répandait depuis je ne sais quel centre épidémiologique. On l'a appelé la Braise.

— Mince, souffla Thomas.

Il regarda les blocards un peu plus loin dans le tunnel, en se demandant s'ils suivaient leur conversation. Tous semblaient absorbés par la nourriture. Ils se tenaient probablement trop loin.

— Quand est-ce que… ?

Elle le fit taire, la main levée.

— Minute, dit-elle. Il y a un truc bizarre. Je crois qu'on a de la visite.

Thomas n'avait rien entendu, et les autres blocards ne donnaient pas l'impression d'avoir remarqué quoi que ce soit. Mais Jorge se penchait déjà sur Brenda et lui chuchotait quelque chose à l'oreille. La jeune fille allait se lever quand une déflagration terrifiante retentit à l'autre bout du tunnel, en haut de l'escalier par lequel ils étaient venus : un bruit assourdissant, le grondement d'un éboulement assorti d'un fracas de béton pulvérisé et de métal tordu. Un nuage de poussière envahit le tunnel et noya la maigre clarté qui provenait de la cache à provisions.

Thomas resta assis sans bouger, paralysé par la peur. Il vit Minho, Newt et les autres se ruer vers l'escalier jonché de gravats puis s'engager dans une bifurcation qu'il n'avait pas remarquée plus tôt. Brenda l'empoigna par son tee-shirt et le hissa sur ses pieds.

— Cours ! cria-t-elle en l'entraînant vers l'autre bout du tunnel, loin des décombres.

Thomas s'arracha à sa stupeur et tenta de se dégager, mais sans succès.

— Non ! On doit rester avec mes am…

Avant qu'il puisse terminer, un pan entier du plafond s'écrasa devant lui ; les blocs de béton dégringolaient les uns après les autres dans un bruit tonitruant. Il ne pouvait plus rejoindre ses amis. Il entendit le plafond se fissurer au-dessus de sa tête et comprit qu'il n'avait plus le choix… et plus le temps.

À contrecœur, il se retourna et s'enfuit dans le noir avec Brenda qui n'avait toujours pas lâché son tee-shirt.

CHAPITRE 30

Thomas ne prit pas garde à l'emballement de son pouls, pas plus qu'il n'eut le temps de réfléchir aux causes de l'explosion. Il ne pensait qu'à ses compagnons, dont il se trouvait maintenant séparé. Il courait à l'aveuglette derrière Brenda, bien obligé de s'en remettre à elle.

— Par ici ! cria-t-elle.

Ils tournèrent à droite ; il faillit tomber, mais elle l'aida à rester debout. Quand il eut repris un bon rythme, elle lâcha enfin son tee-shirt.

— Reste près de moi.

Le fracas des éboulis commençait à s'éloigner derrière eux. Thomas s'alarma.

— Et mes amis ? Que vont-ils… ?

— Continue ! C'est mieux qu'on soit séparés d'eux.

L'air se rafraîchit à mesure qu'ils s'enfonçaient dans le couloir. L'obscurité parut s'épaissir. Thomas sentait ses forces lui revenir. Il retint son souffle un instant : derrière lui, le bruit avait presque cessé. Malgré son inquiétude pour les blocards, son instinct lui soufflait qu'il devait rester avec Brenda et que ses amis se débrouilleraient très bien sans lui s'ils avaient réussi à s'échapper. Et si quelques-uns étaient tombés entre les mains de ceux qui avaient déclenché l'explosion ? Ou étaient morts ? Et puis, qui les avait attaqués ? Son cœur saignait quand il pensait à tout cela.

Brenda les fit tourner encore trois fois ; Thomas se demandait comment elle parvenait à s'orienter. Il était sur le point de lui poser la question quand elle l'arrêta, d'une main en travers du torse.

— Tu entends quelque chose ? lui demanda-t-elle entre deux halètements.

Thomas tendit l'oreille, mais n'entendit que leurs respirations. Tout le reste n'était que silence et ténèbres.

— Non, rien, répondit-il. Où sommes-nous ?

— Dans un réseau de tunnels et de passages secrets qui s'étend sous le quartier, peut-être même sous toute la ville. On appelle ça l'En-dessous.

Thomas ne distinguait pas son visage, mais elle se tenait suffisamment près pour qu'il puisse sentir son souffle.

— L'En-dessous ? répéta-t-il. Drôle de nom.

— Oh, ce n'est pas moi qui l'ai choisi.

— Vous en avez exploré une grosse partie ?

Il n'aimait pas trop l'idée de progresser à tâtons dans le noir sans savoir ce qui les attendait.

— Pas vraiment. La plupart du temps, on tombait sur des fondus. Les plus allumés. Complètement au bout du rouleau.

Thomas scruta les ténèbres sans trop savoir ce qu'il cherchait. Tout son corps était tendu comme un arc.

— D'accord… et tu es sûre qu'on est en sécurité ? Qu'est-ce qui a déclenché l'explosion ? Il faut qu'on retourne chercher mes amis.

— Que fais-tu de Jorge ?

— Pardon ?

— Est-ce qu'on ne devrait pas retourner le chercher, lui aussi ?

Thomas n'avait pas eu l'intention de la vexer.

— Si. Jorge, mes amis, tous ces tocards. On ne peut pas les abandonner.

— Pourquoi tu les appelles « tocards » ?

— Oh, c'est juste… Laisse tomber. Que s'est-il passé là-bas, d'après toi ?

Elle soupira et se rapprocha encore plus près, en plaquant sa poitrine contre son torse. Il sentit ses lèvres lui effleurer l'oreille.

— Je veux que tu me promettes une chose, murmura-t-elle.

Un frisson parcourut Thomas de la tête aux pieds.

— Heu… quoi donc ?

Elle continua à lui parler à l'oreille.

— Peu importe la suite, même si on doit continuer seuls, toi et moi. Emmène-moi jusqu'au bout. Jusqu'au WICKED et à ce remède que tu as promis à Jorge : il m'en a parlé. Je ne veux pas rester ici et m'enfoncer petit à petit dans la folie. Je préfère encore mourir !

Elle prit ses mains dans les siennes et les serra fort. Puis elle posa la tête au creux de son épaule, le nez contre son cou – elle devait se dresser sur la pointe des pieds. Chacune de ses respirations faisait courir de nouveaux frissons sur la peau de Thomas.

Il appréciait de la sentir si proche, mais cela paraissait si bizarre, tellement inattendu. Et puis, il éprouva une pointe de culpabilité en pensant à Teresa. Tout cela était ridicule. Il était en train de traverser un désert implacable, sa vie était en jeu, ses amis étaient peut-être morts ; et Teresa aussi, pour ce qu'il en savait. Faire des câlins dans le noir avec une inconnue était bien l'idée la plus absurde qui soit.

— Hé ! protesta-t-il.

Il dégagea ses mains, l'empoigna par les avant-bras et la repoussa. Bien qu'il ne la distingue pas, il l'imaginait devant lui en train de le regarder.

— Tu ne crois pas qu'on a d'abord des choses à régler ?

— J'attends ta promesse, répondit-elle.

Thomas se retint de hurler. Il ne parvenait pas à croire qu'on puisse se comporter aussi bizarrement.

— D'accord, je te le promets. Jorge t'a tout raconté ?

— Dans les grandes lignes. Mais j'avais déjà compris à la seconde où il a dit à notre groupe de partir sans nous et de nous retrouver à la Tour.

— Compris quoi ?

— Qu'on allait vous faire traverser la ville moyennant un billet de retour à la civilisation.

Ceci ne laissa pas d'inquiéter Thomas.

— Si tu as deviné ça si vite, tu ne crois pas que tes amis l'ont aussi deviné ?

— Exactement.

— Qu'est-ce que tu veux dire par là ? J'ai l'impression que quelque chose m'échappe.

Elle posa les mains sur son torse.

— Je pense que c'est exactement ce qui s'est passé. Au début, j'ai eu peur d'avoir affaire à d'autres fondus plus atteints que nous, mais vu que personne ne nous a poursuivis, je crois plutôt que ce sont Barkley et deux de ses copains qui ont fait sauter l'entrée de l'En-dessous pour essayer de nous tuer. Ils savent où trouver de la nourriture ailleurs, et il y a d'autres moyens de descendre ici.

Thomas ne comprenait toujours pas pourquoi elle se montrait aussi familière avec lui.

— C'est absurde, de chercher à nous tuer. Ce ne serait pas plus malin de se servir de nous ? De vouloir nous accompagner ?

— Non, non, non. Barkley et les autres sont très bien ici. Je crois qu'ils sont un peu plus dérangés que nous, qu'ils commencent à perdre la raison. Ça m'étonnerait qu'ils aient autant réfléchi. Je parie qu'ils ont tout simplement cru qu'on allait s'allier pour… les éliminer. Qu'on était descendus ici pour comploter contre eux.

Thomas s'adossa au mur. Elle revint se coller à lui et le prit par la taille.

— Heu… Brenda ? dit-il.

Quelque chose ne tournait pas rond chez cette fille.

— Oui ? murmura-t-elle.

— Qu'est-ce que tu fabriques ?

— Comment ça ?

— Ton comportement est un peu étrange, non ?

Elle éclata de rire de façon tellement inattendue que Thomas crut un instant qu'elle avait succombé à la Braise, qu'elle était arrivée au bout du rouleau, ou quelque chose comme ça. Elle se détacha de lui, hilare.

— Quoi ? protesta-t-il.

— Rien, fit-elle avec un petit gloussement de collégienne. Je suppose qu'on ne vient pas du même milieu, c'est tout. Désolée.

— Qu'est-ce que tu veux dire ?

Tout à coup, il se prit à souhaiter qu'elle le reprenne dans ses bras.

— Ne t'en fais pas, dit-elle. Désolée d'être aussi directe. Simplement, c'est… assez normal là d'où je viens.

— Non, ce… ça va. Enfin… c'est bon. Ça ne me dérange pas.

Heureusement qu'elle ne pouvait pas le voir, parce qu'il avait rougi si fort qu'elle aurait certainement éclaté de rire.

Il songea alors à Teresa. À Minho, et à tous les autres. Il fallait qu'il se reprenne. Et vite.

— Écoute, tu l'as dit toi-même, lança-t-il en s'efforçant de donner de l'assurance à sa voix, personne ne nous a poursuivis. Il faut qu'on retourne sur nos pas.

— Tu es sûr ?

Elle avait pris un ton soupçonneux.

— Oui, pourquoi ?

— Je suis capable de te guider dans la ville. Et de trouver assez de provisions pour nous deux. Pourquoi ne pas oublier les autres ? Et nous rendre à ton fameux refuge par nos propres moyens ?

Thomas ne voulait pas en entendre parler.

— Si tu ne veux pas m'accompagner, très bien. En tout cas, moi, j'y retourne.

La main posée sur le mur afin de s'orienter, il partit dans la direction par laquelle ils étaient venus.

— Attends ! l'appela-t-elle, avant de le rattraper. (Elle lui prit la main et entremêla ses doigts aux siens ; ils marchaient maintenant côte à côte, comme des amoureux.) Je suis désolée. Sincèrement. C'est juste que… je pense qu'on y arriverait plus facilement en étant moins nombreux. Je ne suis pas vraiment amie avec tous ces fondus. Pas comme toi et tes... blocards.

Thomas sursauta. Avait-il déjà prononcé le mot en sa présence ? Il ne s'en souvenait pas, mais un autre avait pu le faire sans qu'il s'en aperçoive.

— Je crois que c'est important qu'on soit le plus possible à atteindre le refuge. Et puis, si on arrive à quitter la ville, qui sait ce qui nous attend après ? On sera peut-être contents de pouvoir compter les uns sur les autres.

Il réfléchit à ce qu'il venait de dire. Sa seule préoccupation était-elle réellement de réunir le plus de monde possible pour augmenter leurs chances de réussite ? Était-il si détaché que cela ?

— D'accord, répondit-elle.

Quelque chose avait changé en elle. Elle paraissait moins sûre d'elle. Moins maîtresse de la situation.

Thomas lâcha sa main, en prétextant une petite toux.

Ils continuèrent sans ajouter un mot pendant plusieurs minutes. Il la suivait de près, sentait sa présence, même s'il ne pouvait pas la voir. Après plusieurs virages, une lueur se dessina devant eux et se précisa à mesure qu'ils s'en rapprochèrent.

C'était la lumière du jour qui perçait par des trous au plafond, dus à l'explosion. De gros blocs de béton, des bouts de métal tordus et des tuyaux éventrés leur barraient l'accès à l'escalier. De toute évidence, escalader ces éboulis ne serait pas sans danger. Un nuage de poussière troublait l'atmosphère, découpant les rayons du soleil à gros traits ; les grains de poussière en suspension y dansaient comme des insectes. L'air empestait le plâtre et le brûlé.

Bien que l'accès à la cache de provisions soit aussi bloqué, Brenda retrouva les deux sacs à dos qu'elle en avait sortis.

— On dirait qu'il n'y a personne, observa-t-elle. Jorge et tes amis sont peut-être déjà là-haut.

Thomas ne savait pas vraiment ce qu'il avait espéré trouver, mais c'était tout de même une bonne nouvelle.

— Au moins, il n'y a pas de corps, non ? Personne n'est mort dans l'explosion.

Brenda haussa les épaules.

— Les fondus auraient pu les évacuer. Mais ça m'étonnerait. Pour quoi faire ?

Thomas hocha la tête. Cependant il ne savait pas quoi décider pour la suite. Devaient-ils s'enfoncer dans les tunnels de l'En-dessous à la recherche des blocards ? Devaient-ils remonter à l'air libre ? Retourner dans l'immeuble où ils avaient laissé Barkley et les autres ? Rien de tout cela ne paraissait très engageant. Il regarda autour de lui, comme si la solution allait se présenter d'elle-même.

— Il faut passer par l'En-dessous, annonça Brenda au bout d'un moment de réflexion. Si les autres sont remontés, ils doivent déjà avoir trop d'avance sur nous. En plus, ils feront diversion et ce sera plus facile pour nous.

— Alors que s'ils sont toujours là-dessous, on finira par les retrouver, c'est ça ? demanda Thomas. Je suppose que tous ces tunnels finissent par se rejoindre à un moment ou à un autre, non ?

— Exact. De toute façon, Jorge va sûrement les conduire à l'autre bout de la ville, en direction des montagnes. On les retrouvera là-bas et on pourra continuer tous ensemble.

Thomas dévisagea Brenda, songeur. Au fond il n'avait pas d'autre choix que de la suivre. Elle représentait vraisemblablement sa meilleure – voire sa seule – chance de ne pas connaître une mort aussi rapide qu'abominable entre les mains des fondus. Que pouvait-il faire d'autre ?

— D'accord, décida-t-il. Allons-y.

Elle lui fit un adorable sourire qui illumina son visage crasseux, et Thomas se prit à regretter ce moment où ils s'étaient trouvés tous les deux dans le noir. Cette pensée se dissipa presque aussi vite qu'elle s'était formée, cependant. Brenda lui tendit l'un des sacs à dos, puis fouilla dans le sien et en sortit une lampe torche, qu'elle alluma. Le faisceau lumineux balaya le nuage de poussière avant de s'enfoncer dans le tunnel qu'ils avaient déjà emprunté deux fois.

— On est partis ? demanda-t-elle.

— On est partis, grommela Thomas.

Mal à l'aise vis-à-vis de ses amis, il se demandait si c'était vraiment la meilleure solution de rester avec Brenda.

Mais quand elle se mit en route, il la suivit.

CHAPITRE 31

L'En-dessous était un lieu humide et lugubre. Thomas aurait presque préféré être dans le noir que de voir ce qui l'entourait. Les murs et le sol étaient d'un gris terne, en béton brut, avec des filets d'eau qui suintaient ici et là. Ils passèrent devant plusieurs portes verrouillées. Les ampoules au plafond étaient recouvertes de poussière ; la moitié étaient brisées, réduites à quelques bouts de verre vissés à des douilles rouillées.

Il régnait une atmosphère de tombeau. Thomas se demanda quelle était la fonction de ces souterrains à l'origine. Des couloirs et des bureaux pour Dieu savait quel genre de missions ? Un moyen de relier les bâtiments lors des jours de pluie ? Des issues de secours ? Des voies d'évasion en cas d'éruptions solaires ou d'attaques de maniaques ?

Brenda et Thomas longeaient les tunnels en silence, prenant parfois à gauche, parfois à droite. Son corps consomma rapidement l'énergie procurée par son dernier repas, et après qu'ils eurent marché pendant quelques heures, il finit par la convaincre de s'arrêter pour manger.

— J'imagine que tu sais où on va ? lui dit-il quand ils se remirent en route.

Il avait l'impression de marcher toujours dans le même tunnel. Terne et sombre. Poussiéreux, quand il n'était pas humide. Silencieux, à l'exception de quelques fuites d'eau, du frottement de leurs vêtements et de leurs bruits de pas qui résonnaient sur le béton.

Tout à coup elle s'arrêta et se retourna, en s'éclairant le visage par le bas avec sa torche.

— Bouh ! murmura-t-elle.

Thomas sursauta, puis la repoussa.

— Arrête tes conneries ! s'exclama-t-il. (Il se sentait idiot : il avait bien failli faire une crise cardiaque.) Ça te donne l'air d'une…

Elle abaissa la lampe torche, mais garda les yeux braqués sur lui.

— D'une quoi ?

— Rien.

— D'une fondue ?

Thomas grimaça. Il ne voulait pas penser à elle en ces termes.

— Eh bien… oui, marmonna-t-il. Désolé.

Elle se détourna et repartit.

— Je suis une fondue, Thomas. J'ai la Braise. Je suis une fondue. Et toi aussi.

Il dut courir pour la rattraper.

— D'accord, mais tu n'es pas encore au bout du rouleau. Et… moi non plus, pas vrai ? On aura le remède avant de devenir cinglés.

L'homme-rat avait plutôt intérêt à leur avoir dit la vérité.

— J'ai hâte. Je sais où on va. C'est gentil de t'en inquiéter.

Ils continuèrent en silence, tunnel après tunnel. La marche lente et régulière permit à Thomas de ne plus penser à Brenda et de se sentir mieux. Son esprit s'égara dans une sorte de rêve éveillé, où il était beaucoup question du Labyrinthe et des quelques souvenirs fugaces qu'il avait de Teresa. Surtout elle.

Finalement, ils débouchèrent dans une grande salle avec plusieurs issues de chaque côté, bien plus qu'ils n'en avaient vu précédemment. Il s'agissait d'un point de jonction.

— On est au centre de la ville, ou quoi ? demanda Thomas.

Brenda décida de faire une pause et s'assit par terre, dos au mur. Thomas l'imita.

— Plus ou moins, répondit-elle. Tu vois ? On a déjà fait la moitié du chemin.

Thomas s'en réjouit, mais il se faisait du souci pour les autres. Minho, Newt, les blocards. Où étaient-ils ? Il se faisait l'impression d'être un traître. Se pouvait-il qu'ils soient déjà en sécurité hors de la ville ?

Un bruit sec le fit sursauter. On aurait dit un bris de verre.

Brenda braqua aussitôt sa torche dans la direction par laquelle ils étaient venus, mais le couloir se perdait dans l'obscurité, vide à l'exception de quelques vilaines coulures d'eau le long des murs.

— Qu'est-ce que c'était ? chuchota Thomas.

— Une vieille ampoule qui vient de se briser, à mon avis.

Elle ne paraissait pas du tout inquiète. Elle posa la torche par terre, orientée vers le mur d'en face.

— Qu'est-ce qui aurait bien pu faire ça ?

— Je ne sais pas. Un rat ?

— On n'en a pas vu un seul. Et puis, tu l'imagines en train de marcher au plafond ?

Elle le dévisagea d'un air moqueur.

— Tu as raison. C'est sûrement un rat volant. On a intérêt à se tailler fissa.

Thomas ne put retenir un petit rire nerveux.

— Hilarant.

Nouveau claquement, suivi d'un bruit de verre qui tombe sur le sol. Ça venait de derrière eux ; cette fois, Thomas en était sûr. On les avait suivis. Il ne pouvait s'agir des blocards – plutôt de quelqu'un qui essayait de les terroriser.

Même Brenda ne put masquer sa peur. Elle lui lança un regard nerveux.

— Viens, chuchota-t-elle.

Ils se levèrent en même temps, puis endossèrent leurs sacs à dos. Brenda pointa sa torche dans le couloir par lequel ils étaient arrivés. Il était désert.

— On va jeter un coup d'œil ? suggéra-t-elle tout bas.

Elle avait murmuré, mais dans le silence du tunnel sa voix semblait beaucoup trop forte. Si quelqu'un se trouvait à proximité, il devait entendre tout ce qu'ils se disaient.

— Jeter un coup d'œil ? répéta Thomas, pour qui c'était la pire idée qu'il avait entendue depuis longtemps. Non, on va plutôt se tailler fissa, comme tu dis.

— Quoi, et prendre le risque que celui qui nous espionne continue à nous suivre ? En rameutant ses petits copains au passage ? Je préfère qu'on s'en occupe maintenant.

Thomas lui prit la main qui tenait la torche et lui fit pointer la lumière vers le sol. Puis il se pencha vers elle pour lui glisser à l'oreille :

— Ça pourrait très bien être un piège. Il n'y avait pas de verre par terre quand on est passés, donc ceux qui ont volontairement fait ce bruit ont levé le bras et cassé une ampoule. Pourquoi ? C'est forcément pour nous inciter à retourner sur nos pas.

— S'ils étaient assez nombreux pour nous attaquer, pourquoi ils se fatigueraient à nous tendre un piège ? C'est débile. Ils n'auraient qu'à nous tomber dessus ici.

Thomas n'avait pas réfléchi à ça. Elle marquait un point.

— Eh bien, c'est encore plus débile de rester là à discuter. Qu'est-ce qu'on décide ?

— Pour moi…

Elle avait commencé à relever la torche tout en parlant. Elle s'interrompit, les yeux exorbités.

Thomas tourna vivement la tête pour en voir la cause.

Un homme se tenait là, juste à la limite du rayon de la torche.

On aurait dit une apparition, il y avait quelque chose de surnaturel chez lui. Il penchait un peu sur la droite, son pied et sa jambe gauches tremblotant légèrement, comme sous l'effet d'un tic nerveux. Son bras gauche tressaillait lui aussi ; il n'arrêtait pas de serrer et desserrer le poing. Il portait un costume sombre qui avait dû être élégant autrefois mais qui était à présent crasseux et en lambeaux. Les deux genoux de son pantalon étaient trempés d'eau sale ou d'un autre liquide plus répugnant.

Thomas vit tout cela sans s'y arrêter. Son attention était surtout centrée sur la tête du malheureux, qu'il ne pouvait s'empêcher de fixer avec fascination. L'homme n'avait plus de cheveux ; son crâne était couvert de croûtes sanguinolentes. Son visage livide et ruisselant était lardé de cicatrices et de plaies. Il avait perdu un œil, remplacé par une masse de chair à vif. Il n'avait plus de nez, et Thomas pouvait entrevoir directement les fosses nasales sous la peau affreusement mutilée.

Et sa bouche... Ses lèvres retroussées en un rictus découvraient des dents blanches, serrées fort. Une lueur malveillante brillait dans son œil valide, qui fixait tour à tour Brenda et Thomas.

L'homme s'exprima d'une voix gargouillante qui donna le frisson à Thomas. Il ne prononça que quelques mots, mais tellement absurdes, tellement déplacés que la situation n'en paraissait que plus horrible.

— Robert m'a pris mon blair, c'est clair.

CHAPITRE 32

Thomas poussa un petit cri. À côté de lui, Brenda resta silencieuse, pétrifiée, sa torche braquée sur l'inconnu défiguré.

L'homme esquissa un pas maladroit dans leur direction, en balançant son bras valide pour garder l'équilibre.

— Robert m'a pris mon blair, c'est clair, répéta-t-il. Et c'est l'enfer !

Thomas retint son souffle, guettant la réaction de Brenda.

— Vous pigez ? dit l'homme en essayant de changer son rictus en sourire. (Il ressemblait à un animal sur le point de bondir sur sa proie.) C'est l'enfer. Mon nez. Robert me l'a pris. C'est clair.

Il éclata d'un rire affreux que Thomas allait à coup sûr retrouver dans ses cauchemars.

— Oui, oui, on pige, fit Brenda. C'est tordant.

Thomas la sentit bouger et lui jeta un coup d'œil. Elle avait sorti une boîte de conserve de son sac, et la tenait dans sa main droite. Avant qu'il puisse se demander si c'était une bonne idée et s'il ne devrait pas essayer de l'arrêter, il la vit armer son bras et projeter la boîte vers le fondu. La conserve vola et s'écrasa dans la figure de l'homme.

Ce dernier poussa un cri qui glaça d'effroi Thomas.

D'autres apparurent alors. Deux. Puis trois. Puis quatre de plus. Des hommes, des femmes. Tous se traînèrent hors de l'obscurité et vinrent s'aligner derrière le premier fondu. Ils étaient au bout du rouleau. Tous aussi hideux, ravagés par la Braise, fous à lier et couverts de plaies de la tête aux pieds. Ils n'avaient plus de nez.

— Ça ne m'a pas fait si mal, dit le premier fondu. Vous avez de jolis blairs. J'aimerais bien retrouver un blair.

Il s'arrêta de grimacer le temps de s'humecter les lèvres. Sa langue était violacée, horriblement tailladée, à croire qu'il la mâchonnait quand il s'ennuyait.

— Et mes copains aussi, ajouta-t-il.

La peur s'empara de Thomas. Il voyait mieux que jamais ce que la Braise infligeait à ses victimes. Il l'avait déjà vu aux fenêtres du dortoir. Là, il l'affrontait plus directement, sans barreaux pour maintenir une certaine distance. Les visages des fondus étaient primitifs, bestiaux. L'homme de tête fit un pas hésitant vers eux, puis un deuxième.

Il était temps de filer.

Brenda ne dit rien. Ce ne fut pas nécessaire. Après qu'elle eut sorti une autre conserve et l'eut jetée vers les fondus, Thomas et elle tournèrent les talons et partirent en courant. Les hurlements de folie de leurs poursuivants retentirent derrière eux tel le cri de guerre d'une armée de démons.

Le faisceau de la torche de Brenda balayait le couloir dans tous les sens, tandis qu'ils franchissaient plusieurs intersections sans s'arrêter. Thomas savait qu'ils avaient l'avantage : les fondus avaient vraiment l'air mal en point, couverts de plaies et de bosses. Ils auraient du mal à les rattraper. Mais l'idée qu'il puisse y en avoir d'autres dans ces tunnels, peut-être en embuscade un peu plus loin…

Brenda ralentit et prit sur la droite, en tirant Thomas par le bras. Celui-ci faillit trébucher, se rattrapa de justesse et se remit à courir. Les cris de rage et les hurlements des fondus s'estompèrent un peu.

Puis Brenda s'engagea vers la gauche. Et de nouveau à droite. Ensuite, elle éteignit sa torche mais continua sans ralentir.

— Qu'est-ce que tu fais ? protesta Thomas.

Il mit sa main devant lui, certain qu'il allait se cogner contre un mur d'un instant à l'autre.

— Chut, lui souffla-t-elle en guise de réponse.

Il s'interrogea sur la confiance qu'il accordait à Brenda. Il avait remis sa vie entre ses mains. Il est vrai qu'il n'avait pas tellement le choix, surtout en cet instant.

Elle ralentit quelques instants plus tard, puis s'arrêta. Ils restèrent debout dans le noir, à bout de souffle. Les fondus étaient loin, mais on les entendait toujours. Ils se rapprochaient.

— Ça doit être juste… là, dit-elle.

— Quoi ? demanda-t-il.

— Il y a une pièce. Suis-moi. Je connais une cachette à l'intérieur ; je l'ai découverte un jour où j'étais partie en exploration. Ils ne la trouveront jamais. Viens.

Elle lui prit la main et l'entraîna vers la droite. Il sentit qu'ils franchissaient une porte étroite ; Brenda le fit s'accroupir.

— Il y a une vieille table, annonça-t-elle. Tu la sens ?

Elle guida sa main jusqu'à une surface en bois lisse et dur.

— Oui, répondit-il.

— Attention à ta tête. On va ramper et passer par un trou dans le mur qui mène à un compartiment secret. Je ne sais pas à quoi il servait, mais tu peux être sûr que les fondus n'y verront que du feu. Même s'ils ont une torche, ce qui m'étonnerait.

Thomas se demanda comment ils se déplaçaient dans le noir s'ils n'en avaient pas, mais décida de garder la question pour plus tard. Brenda s'éloignait déjà, et il n'avait pas envie de la perdre. Collé à elle, les doigts en contact avec son pied, il la suivit tandis qu'elle avançait à quatre pattes sous la table. Ils se faufilèrent par une ouverture carrée dans un long compartiment étroit. Thomas explora leur cachette à tâtons : le plafond se trouvait à moins de soixante centimètres du sol. Il continua en rampant sur les coudes.

Brenda se tenait au fond du compartiment quand Thomas la rejoignit. Ils n'eurent pas d'autre possibilité que de s'allonger l'un contre l'autre, couchés sur le côté. C'était étroit, mais ils tenaient tous les deux, tournés dans la même direction, le dos de Thomas contre la poitrine de Brenda. Il sentait son souffle sur sa nuque.

— C'est douillet, ta planque, murmura-t-il.

— Tais-toi.

Thomas bougea un peu de manière à pouvoir appuyer sa tête contre le mur ; il se détendit. Il se calma en respirant profondément, guettant le moindre signe des fondus.

Au début, le silence était si lourd qu'il lui donnait l'impression de résonner à ses oreilles. Mais bientôt il commença à entendre des bruits. Des quintes de toux, des cris sans queue ni tête, des ricanements démentiels. Les fondus se rapprochaient. Thomas paniqua. Avaient-ils été assez stupides pour se piéger tout seuls ? Et puis, il réfléchit à la question. Les chances que les fondus découvrent leur cachette étaient assez minces, surtout dans le noir. Ils allaient plutôt passer devant sans s'arrêter, et les chercher plus loin. Peut-être même les oublieraient-ils complètement. Cela valait mieux qu'une longue traque.

Au pire, Brenda et lui pourraient facilement se défendre à travers l'ouverture étroite de leur compartiment. Non ?

À présent, les fondus étaient tout près. Thomas dut lutter contre la tentation de retenir son souffle ; s'il le relâchait brusquement, il se trahirait à coup sûr. Malgré l'obscurité totale, il ferma les yeux pour se concentrer.

Des raclements de pieds. Des grognements, des exclamations. Des coups assourdis contre le mur en béton. Des disputes, des échanges vifs et incompréhensibles. Il entendit crier « Par ici ! » et puis « Par là ! ». Des quintes de toux. Quelqu'un se racla la gorge et cracha, comme s'il essayait de se débarrasser d'un organe. Une femme s'esclaffa d'un rire si fou que Thomas en eut le frisson.

Brenda lui prit la main et la serra. Une fois de plus, Thomas éprouva une pointe de culpabilité absurde, comme s'il trompait Teresa. Il n'y pouvait rien si cette fille se montrait aussi « tactile ». Et puis, quelle idée ridicule alors que...

Un fondu pénétra dans la pièce voisine de leur compartiment. Puis un deuxième. Thomas entendit leurs respirations sifflantes, leurs pas traînants. Un troisième les rejoignit, dont le pas se traduisait par une longue glissade et un choc sourd, une longue glissade et un choc sourd. Thomas pensa qu'il s'agissait peut-être de celui qui leur avait parlé.

— Petit gaaaaarçon, appela l'homme d'une voix sinistre. (C'était lui, pas d'erreur, Thomas n'était pas près d'oublier cette voix.) Petite fiiiiille. Sortez, sortez, venez voir pépère. Je veux vos blairs.

— Y a rien là-d'dans, cracha une femme. Rien qu'une vieille table.

Un raclement de bois fendit l'air, puis s'arrêta brusquement.

— Peut-être qu'ils cachent leurs blairs dessous, suggéra l'homme. Peut-être qu'ils tiennent encore à leurs jolies petites gueules.

Thomas se serra contre Brenda quand il entendit une main, ou un pied, racler le sol juste devant l'ouverture de leur cachette. À moins de trente centimètres.

— Y a rien là-d'ssous ! annonça la femme.

Thomas l'entendit reculer. Il s'aperçut que tout son corps était tendu comme un arc. Il s'obligea à se détendre, sans cesser de maîtriser sa respiration.

D'autres bruits de pas. Puis un échange à voix basse, comme si le trio s'était réuni au centre de la pièce pour mettre au point une stratégie. Avaient-ils encore suffisamment de jugeote pour ça ? se demanda Thomas. Il tendit l'oreille, essaya de capter quelques mots, tandis que leurs messes basses restaient incompréhensibles.

— Non ! s'écria une voix d'homme, dont Thomas n'aurait pu affirmer s'il s'agissait de celle du boiteux. Non ! Non, non, non, non, non.

Les mots se transformèrent en un marmonnement continu.

La femme l'interrompit par un autre de son cru :

— Si, si, si, si, si.

— La ferme ! gronda le chef. (Cette fois, c'était bien lui.) La ferme, la ferme, la ferme, la ferme, la ferme !

Thomas se sentait glacé, malgré la sueur qui perlait sur sa peau. Il ne savait pas si cet échange avait le moindre sens ou si ce n'était qu'une preuve supplémentaire de folie.

— Je m'en vais, annonça la femme avant de sangloter. On aurait dit une petite fille écartée d'un jeu.

— Moi aussi, moi aussi, dit l'autre homme.

— Vos gueules, vos gueules, vos gueules ! hurla le chef. Tirez-vous, tirez-vous, tirez-vous !

Ces étranges répétitions donnaient froid dans le dos. Comme si ces malheureux avaient perdu la maîtrise du langage.

Brenda serrait si fort la main de Thomas qu'elle lui faisait mal. Son souffle lui rafraîchissait le cou.

Des bruits de pas s'éloignèrent.

Ils s'estompèrent quand les trois fondus sortirent dans le couloir. Le reste de la bande semblait déjà loin. Bientôt, le silence revint. Thomas n'entendait plus que sa propre respiration ainsi que celle de Brenda.

Ils attendirent dans le noir, couchés sur le béton, face à l'ouverture, collés l'un à l'autre et trempés de sueur. Le silence se prolongea, assourdissant. Thomas continua à tendre l'oreille. Il ne voulait courir aucun risque. Malgré son envie de s'extirper de là au plus vite, malgré l'inconfort de leur cachette, ils devaient encore attendre.

De longues minutes s'écoulèrent. Sans rien d'autre que le silence et les ténèbres.

— Je crois qu'ils sont partis, chuchota Brenda.

Elle alluma sa lampe torche.

— Coucou, les blairs ! glapit une voix hideuse à l'extérieur.

Puis une main ensanglantée se faufila par l'ouverture et empoigna Thomas par la chemise.

CHAPITRE 33

Thomas hurla et tenta de se dégager de la main meurtrie et balafrée. Comme ses yeux ne s'étaient pas encore habitués à la lumière de la torche, il devait plisser les paupières pour distinguer le bras de son adversaire. Ce dernier tira d'un coup sec, le ramenant contre le mur. Thomas se cogna le visage au-dessus de l'ouverture. Une vive douleur lui explosa dans le nez. Il se mit à pisser le sang.

L'homme le poussa un peu, puis le tira de nouveau. Le repoussa puis le tira. Chaque fois, il cognait Thomas contre le béton. Sa force était stupéfiante, au vu de sa condition, de ses membres invalides et de ses plaies atroces.

Brenda, le couteau à la main, tentait de passer par-dessus Thomas pour taillader le bras du fondu.

— Fais gaffe ! lui cria Thomas.

Le couteau lui semblait horriblement proche. Il saisit le bras de l'homme et le secoua pour tenter de desserrer cette poigne de fer. Mais rien n'y fit, et l'autre continua à le taper contre le mur.

Brenda poussa un grand cri et tenta le tout pour le tout. Elle se coula au-dessus de Thomas ; sa lame étincela et se ficha dans l'avant-bras du fondu. L'homme lâcha prise avec un hurlement démoniaque. Sa main disparut de l'ouverture, laissant une traînée de sang sur le sol. Ses cris plaintifs continuèrent à résonner dans la pièce.

— Il ne faut pas qu'il s'échappe ! cria Brenda. Sors de là, dépêche-toi !

Thomas, en dépit de la douleur, savait qu'elle avait raison. Si l'homme rattrapait les autres fondus, ils reviendraient en force. Peut-être avaient-ils entendu les cris et étaient-ils déjà en train de rebrousser chemin.

Thomas parvint à passer la tête et les bras par l'ouverture, puis il prit appui sur le mur pour se dégager, l'œil rivé sur le fondu, prêt pour une nouvelle empoignade. L'homme gisait sur le sol à quelques pas, serrant son bras blessé contre son torse. Leurs regards se croisèrent, et le fondu grogna comme un animal, en mordant le vide.

Thomas voulut se relever, mais se cogna la tête contre la table.

— Merde ! s'écria-t-il avant de sortir de sous le meuble.

Brenda le suivait de près, et bientôt ils se dressaient tous les deux au-dessus du fondu qui gémissait, en position fœtale. Le sang qui coulait de sa blessure formait une petite flaque.

Brenda tenait sa torche dans une main et son couteau dans l'autre, pointé sur le fondu.

— Tu aurais dû partir avec tes cinglés de copains, vieux débris. Tu aurais mieux fait de nous ficher la paix.

Au lieu de répondre, l'homme roula sur son épaule et leur décocha un coup de pied avec une rapidité et une force incroyables. Il cueillit d'abord Brenda, qu'il fit tomber à la renverse sur Thomas, les envoyant tous les deux rouler dans la poussière. Thomas entendit le couteau et la torche glisser sur le béton. Des ombres dansèrent sur les murs.

Titubant, le fondu se redressa et se précipita vers le couteau, qui avait atterri à proximité de la porte. Thomas bondit et le plaqua aux genoux. L'homme se retourna dans sa chute et lui envoya un coup de coude. Le garçon le prit en plein menton ; il sentit une nouvelle explosion de douleur et porta les mains à son visage.

Brenda surgit. Elle sauta sur le fondu et lui asséna deux grands coups en pleine face, qui l'étourdirent un peu. Elle en profita pour retourner l'homme et le plaquer au sol, face contre terre. Elle lui tordit les deux bras dans le dos, en les remontant d'une manière qui devait être affreusement douloureuse. Le fondu tenta de se débattre, mais Brenda le maintenait solidement entre ses jambes. Il se mit à hurler... un cri terrible, strident, de terreur pure.

— Il faut le tuer ! s'écria Brenda.

Thomas, qui s'était redressé sur les genoux, contemplait la scène d'un air stupide.

— Hein ? fit-il, hébété, trop sonné pour comprendre ce qu'elle lui disait.

— Ramasse le couteau ! Il faut le tuer !

Le fondu continuait à hurler d'un son qui donnait envie à Thomas de s'enfuir le plus loin possible. C'était surnaturel, inhumain.

— Thomas ! beugla Brenda.

Thomas se traîna jusqu'au couteau, le prit, examina le liquide rouge qui poissait la lame. Il se retourna vers Brenda.

— Dépêche ! ordonna-t-elle, les yeux emplis de colère.

Une petite voix souffla à Thomas que sa fureur n'était pas dirigée uniquement contre le fondu, elle lui en voulait aussi d'être trop lent.

Mais était-il capable de faire ce qu'elle lui demandait ? Tuer un homme ? Même un taré qui voulait sa peau ? Qui voulait lui arracher le nez, nom de Dieu !

Flageolant, il revint vers elle, en tenant le couteau comme si la lame était empoisonnée. Comme si le simple fait de le tenir risquait de le contaminer et de le faire mourir dans des souffrances abominables.

Brenda croisa le regard de Thomas.

— Je vais le retourner, annonça-t-elle avec détermination. Plante-lui la lame dans le cœur !

Thomas fit mine de refuser. Mais il n'avait pas le choix. Il devait le faire. Alors il hocha la tête.

Avec un râle d'effort, Brenda se laissa tomber à côté du fondu, en se servant du poids de son corps et de sa prise sur ses bras pour le retourner sur le flanc. L'homme se mit à crier encore plus fort. Son torse bombé, telle une cible, était à quelques centimètres de Thomas.

— Vas-y ! cria Brenda.

Thomas raffermit sa prise sur le couteau. Puis il le saisit aussi avec l'autre main, les dix doigts autour du manche, lame pointée vers le bas. Il fallait qu'il le fasse. Il le fallait.

— Allez ! l'encouragea Brenda.

Le fondu continuait à hurler.

La sueur coulait sur le visage du garçon.

Son cœur cognait, palpitait.

La sueur lui brûlait les yeux. Tout son corps tremblait.

— Vas-y !

Thomas plongea le couteau de toutes ses forces dans le torse du fondu.

CHAPITRE 34

Les trente secondes qui suivirent furent terribles pour Thomas.

Le fondu se débattit, secoué de spasmes. Il s'étrangla et cracha. Brenda le tenait pendant que Thomas tournait le couteau. L'enfonçait encore plus. La vie prit son temps pour abandonner le malheureux. Peu à peu, la lumière s'éteignit dans ses yeux et il devint moins difficile et moins fatigant de le tenir.

L'homme atteint de la Braise finit par mourir. Thomas se laissa retomber en arrière, tendu comme un ressort. Pantelant, il dut refouler une nausée.

Il venait de tuer un homme. Il avait pris la vie d'une autre personne. Il avait l'impression d'avoir du poison plein les entrailles.

— Il ne faut pas traîner, dit Brenda en bondissant sur ses pieds. Les autres ont forcément entendu tout ce bruit. Amène-toi !

Thomas n'en revenait pas de la voir si indifférente, si peu affectée par ce qu'ils venaient de commettre. Mais là encore, ils n'avaient pas le choix. Les premiers échos des autres fondus résonnaient déjà dans le couloir.

Thomas s'obligea à se relever, écartant la culpabilité qui menaçait de l'engloutir.

— D'accord, mais plus comme ça.

D'abord les boules d'argent dévoreuses de têtes ; et maintenant, le corps-à-corps avec des fondus dans l'obscurité.

— Qu'est-ce que tu veux dire ?

Il en avait assez, des longs tunnels plongés dans le noir. Assez pour une vie entière.

— Je veux remonter à l'air libre. Peu importe comment. Je veux revoir la lumière du jour.

*

Brenda ne discuta pas. Elle le guida le long d'un chemin sinueux jusqu'à une grande échelle en fer qui menait vers le ciel, hors de l'En-dessous. Les bruits des fondus résonnaient toujours au loin. Des rires, des cris, des gloussements. Parfois un hurlement.

Bien que la plaque d'égout qui bouchait la sortie soit très lourde, ils réussirent à la soulever et purent sortir à l'air libre. Dehors, dans un crépuscule grisâtre, Thomas aperçut des immeubles gigantesques. Des fenêtres brisées. Des rues jonchées d'ordures. Plusieurs cadavres abandonnés sur le bitume. Des relents de pourriture et de poussière. Une chaleur suffocante.

Mais aucun être vivant à l'horizon. Thomas s'inquiéta à l'idée que ses amis puissent faire partie des cadavres, mais ce n'était pas le cas. Les morts étaient tous des adultes, hommes et femmes, dans un état avancé de décomposition.

Brenda fit un tour sur elle-même pour s'orienter.

— Les montagnes devraient être par là.

Elle indiquait une rue. Thomas allait devoir lui faire confiance, car les immeubles bouchaient la vue et masquaient le soleil couchant.

— Tu en es sûre ? lui demanda-t-il.

— Oui, amène-toi.

En s'enfonçant avec elle dans la longue rue déserte, Thomas garda les yeux grands ouverts, inspectant chaque fenêtre brisée, chaque ruelle, chaque seuil jonché de gravats.

*

Furtifs, ils marchèrent jusqu'à la nuit. Ils entendirent à plusieurs reprises des cris dans le lointain, ou des bruits de casse à l'intérieur d'un immeuble. Une fois, Thomas vit un groupe traverser la rue à plusieurs blocs de distance, mais personne ne parut les remarquer, Brenda et lui.

Juste avant que le soleil disparaisse, ils tournèrent à un croisement et purent voir la lisière de la ville, à moins de deux kilomètres. Les immeubles s'interrompaient brusquement, et derrière s'élevaient les montagnes. Arides, elles semblaient beaucoup plus hautes que Thomas ne l'avait pensé en les apercevant de loin quelques jours plus tôt. Pas de sommets enneigés, souvenir brumeux de son passé, dans cette région du monde.

— On continue ? suggéra Thomas.

Brenda cherchait plutôt un endroit où passer la nuit.

— C'est tentant, mais c'est trop dangereux de se promener par ici après la tombée de la nuit. Même si on arrivait à quitter la ville, on ne trouverait plus aucun abri avant les montagnes. Et je ne crois pas qu'on puisse faire tout le chemin d'une traite.

Même si la perspective de passer une nouvelle nuit dans cette ville terrifiante ne l'enchantait guère, Thomas hocha la tête. Mais le mauvais sang qu'il se faisait pour les autres blocards le rongeait. Il répondit d'une voix faible :

— D'accord. Et on va où, alors ?

— Suis-moi.

*

Ils se faufilèrent dans une ruelle qui aboutissait à un mur de briques. Au début, Thomas trouva absurde l'idée de dormir dans un cul-de-sac, mais Brenda le persuada du contraire : les fondus n'auraient aucune raison de fouiller la ruelle, sachant qu'elle ne menait nulle part. Par ailleurs, lui fit-elle remarquer, il y avait des camions rouillés dans lesquels on pouvait se cacher.

Ils grimpèrent à bord d'un semi-remorque qu'on avait dépouillé de tout ce qui pouvait encore servir. Les sièges, quoique lacérés, étaient encore moelleux et la cabine était grande. Thomas prit place derrière le volant en reculant le siège à fond. Il s'y sentit étonnamment à l'aise. Juste à sa droite, Brenda s'installait elle aussi. Dehors, la nuit tombait et des bruits de fondus dans le lointain leur parvinrent à travers les vitres brisées.

Thomas était éreinté. Courbatu. Il avait mal partout, et ses habits étaient couverts de sang. Il s'était lavé les mains un peu plus tôt, en les frottant jusqu'à ce que Brenda lui reproche de gaspiller leur eau. Mais garder le sang de ce fondu sur les mains… c'était au-dessus de ses forces. Il ne pouvait plus nier cette réalité abominable : s'il avait échappé à la Braise jusque-là – au cas bien improbable où l'homme-rat leur aurait menti –, il venait sûrement de l'attraper.

Et là, alors qu'il était assis dans le noir avec la tête appuyée contre la portière, la conscience de ce qu'il avait commis le rattrapa.

— J'ai tué ce type, murmura-t-il.

— Oui, tu l'as fait, reconnut Brenda d'une voix douce. Sinon, c'est lui qui t'aurait tué. À mon avis, c'était la seule solution.

Il aurait voulu la croire. L'homme était au bout du rouleau, consumé par la Braise. De toute façon, ses jours étaient comptés. Sans oublier qu'il les avait agressés et essayé de les tuer. Thomas avait bien agi. Malgré tout, la culpabilité le rongeait. Le meurtre d'un être humain… ce n'était pas facile à accepter.

— Je sais, finit-il par reconnaître. Mais c'était tellement… sordide. Tellement brutal. J'aurais préféré l'abattre de loin, avec un fusil ou je ne sais quoi.

— Oui. Je suis désolée que ça se soit passé comme ça.

— Et si je revoyais sa sale gueule chaque soir au moment de m'endormir ? Et s'il revenait dans mes cauchemars ?

Il éprouva une bouffée de colère contre Brenda qui l'avait obligé à poignarder le fondu – reproche assez injuste.

Brenda se tourna sur son siège pour lui faire face. La lueur de la lune l'éclairait juste assez pour qu'il puisse distinguer ses yeux sombres, et son joli visage. Peut-être que c'était mal, peut-être qu'il se comportait comme un crétin, mais le fait de regarder Brenda lui rappelait Teresa.

Brenda lui prit la main et la pressa. Il se laissa faire, sans réagir.

— Thomas ? l'appela-t-elle, bien qu'il soit en train de la regarder dans les yeux.

— Oui ?

— Tu n'as pas sauvé que ta peau, tu sais. Tu m'as aussi sauvé la vie. Je ne crois pas que j'aurais pu me débarrasser toute seule de ce fondu.

Thomas acquiesça, sans faire de commentaire. Il avait tellement de raisons d'avoir mal. Tous ses amis étaient partis. Peut-être même morts. Chuck, en tout cas, était mort. Il avait perdu Teresa. Et il n'était qu'à mi-chemin du refuge, dans une carcasse de camion en compagnie d'une fille qui finirait par devenir folle, au milieu d'une ville truffée de fondus sanguinaires.

— Tu dors les yeux ouverts ? lui demanda-t-elle.

Thomas s'efforça de sourire.

— Non. Je faisais simplement le point sur ma lamentable vie.

— La mienne n'est pas mal non plus, tu sais. Mais je suis contente d'être avec toi.

Cette déclaration était si simple et si gentille que Thomas dut fermer les yeux. Toute la douleur qu'il avait en lui se transforma en affection pour Brenda, un peu comme ce qu'il avait ressenti pour Chuck. Il haïssait ceux qui avaient infligé ça à cette jeune fille, tout comme la maladie responsable de cette situation, et il aurait voulu pouvoir y remédier.

Il finit par rouvrir les yeux.

— Moi aussi, je suis content. Ce serait encore pire si j'étais tout seul.

— Ils ont tué mon père.

Thomas dressa la tête, surpris par la tournure inattendue que prenait la conversation.

Hein ?

— Les agents du WICKED. Il a voulu les empêcher de m'emmener, il s'est jeté sur eux en hurlant comme un possédé, en brandissant... je crois que c'était un rouleau à pâtisserie. (Elle lâcha un petit rire.) Et là, ils lui ont tiré une balle dans la tête.

Des larmes brillaient dans ses yeux.

— Ça s'est passé devant moi. Je l'ai vu mourir avant même qu'il ait touché le sol.

— Oh... (Thomas chercha ses mots.) Je suis vraiment... désolé. J'ai vu mon meilleur ami se faire poignarder sous mes yeux. Il est mort dans mes bras. Et ta mère ?

— Elle n'était plus là depuis longtemps.

Brenda n'en dit pas plus, et Thomas n'insista pas. Il ne tenait pas à savoir.

— J'ai tellement la frousse de devenir dingue, avoua-t-elle après une longue minute de silence. Je sens déjà le processus s'enclencher. Les choses me paraissent bizarres, les bruits aussi. Tout à coup, j'ai des pensées qui n'ont ni queue ni tête. Parfois, j'ai l'impression que l'air qui m'entoure est... solide. Je ne sais même pas ce que ça signifie, mais ça me fiche la trouille. Je suis en train de basculer. La Braise me fait perdre les pédales.

Incapable de soutenir son regard, Thomas baissa les yeux.

— Ce n'est pas le moment de lâcher. On va aller au refuge, et on nous donnera le remède.

— Un faux espoir, dit-elle. Je suppose que c'est mieux que le désespoir.

Elle lui pressa la main. Cette fois, Thomas lui rendit son étreinte.

Et puis, contre toute attente, ils s'endormirent.

CHAPITRE 35

Thomas fut tiré du sommeil par un cauchemar, où il était question de Minho et de Newt encerclés par une bande de fondus au bout du rouleau. Armés de couteaux. Des fondus en colère. La première giclée de sang le réveilla en sursaut.

Il regarda autour de lui, craignant d'avoir crié ou parlé. La cabine du camion était toujours plongée dans le noir. Il distinguait à peine Brenda. Elle lui demanda :

— Un mauvais rêve ?

Thomas reprit ses esprits et ferma les yeux.

— Oui. Je n'arrête pas de penser à mes amis. C'est tellement bête qu'on ait été séparés.

— Je suis désolée. Vraiment, dit-elle en changeant de position sur son siège. Mais je crois que tu as tort de t'inquiéter. Tes copains blocards m'ont l'air de taille à se débrouiller sans toi, et dans le cas contraire, Jorge est un coriace. Il saura les guider à travers la ville. Ne te fais pas de souci pour eux. C'est plutôt pour nous que tu devrais t'inquiéter.

— Toi, on peut dire que tu sais me remonter le moral !

Brenda rit.

— Désolée. J'ai dit ça avec un sourire, mais tu ne pouvais pas le voir, dans le noir.

Thomas consulta sa montre rétro-éclairée, puis dit :

— Il nous reste encore quelques heures avant que le soleil se lève.

Après un bref silence, il reprit :

— Parle-moi un peu de la vie ici. On nous a enlevé tous nos souvenirs. Quelques-uns me sont revenus, mais ils sont flous et je ne sais pas dans quelle mesure je peux m'y fier. Et ils ne contiennent pas grand-chose sur le monde extérieur.

Brenda poussa un grand soupir.

— Le monde extérieur, hein ? Eh bien, ça va mal. La température commence enfin à baisser, mais il faudra des siècles pour que le niveau des océans diminue à son tour. Les éruptions solaires commencent à dater, mais elles ont causé tellement de morts, Thomas. Tellement de morts. C'est même étonnant de voir la vitesse à laquelle les survivants ont réussi à s'organiser. S'il n'y avait pas eu cette foutue Braise, je crois que le monde aurait fini par s'en remettre. Mais avec des si… Ah, je ne me souviens plus de la suite. Un truc que disait mon père.

Thomas avait du mal à contenir la curiosité qui le tenaillait.

— Que s'est-il passé ? Est-ce qu'il y a de nouveaux pays, ou un gouvernement planétaire ? Et quel est le rôle du WICKED dans tout ça ? C'est lui, le gouvernement ?

— Il y a toujours des pays, mais ils sont plus… soudés. Quand la Braise s'est répandue comme une traînée de poudre, ils ont mis en commun leurs efforts, leurs technologies, leurs ressources pour fonder le WICKED.

Ils ont élaboré ce système expérimental délirant et mis des régions entières sous quarantaine. Ils ont réussi à ralentir la pandémie, mais pas à l'arrêter. Je crois que notre seule chance, c'est le remède. J'espère que tu as raison quand tu dis qu'ils l'ont trouvé, mais ce qui est sûr, c'est qu'ils n'ont fait aucune annonce officielle pour l'instant.

— Et là, on est où, exactement ? demanda Thomas.

— Dans un camion. (Voyant qu'il ne riait pas, elle reprit.) Ce n'est pas drôle, pardon. D'après les étiquettes sur les boîtes de conserve, on doit être au Mexique. Ou ce qu'il en reste. C'est le plus probable. Aujourd'hui, on l'appelle la Terre Brûlée. Il faut savoir que presque toute la zone entre le tropique du Cancer et celui du Capricorne n'est plus qu'un immense désert. L'Amérique centrale et l'Amérique du Sud, la plus grande partie de l'Afrique, le Moyen-Orient et l'Asie du Sud-Est. Ça fait beaucoup de pays disparus, beaucoup de morts. Alors, bienvenue sur la Terre Brûlée. C'est gentil de leur part de nous envoyer ici avec tous les fondus, non ?

— Waouh !

Les pensées se bousculaient dans l'esprit de Thomas. Il était convaincu d'avoir joué un rôle – décisif – au sein du WICKED, au même titre que le Labyrinthe, les groupes A et B, et tout ce qu'ils enduraient. Mais ses souvenirs étaient trop vagues pour qu'il en dégage une signification quelconque.

— *Waouh* ? répéta Brenda. C'est tout ce que tu trouves à dire ?

— J'ai trop de questions. Je n'arrive pas à en choisir une.

— Est-ce que tu as entendu parler de l'agent calmant ?

Thomas lui jeta un regard, en regrettant de ne pas mieux distinguer ses traits.

— Oui, il me semble que Jorge y a fait allusion. Qu'est-ce que c'est ?

— Tu sais comment ça marche. Qui dit nouvelle maladie dit nouveaux médicaments. Même si ça n'enraye pas la maladie, on arrive toujours à mettre au point quelque chose.

— C'est efficace ? Tu en as ?

— Peuh, s'exclama Brenda avec mépris. Tu crois qu'on nous en donnerait ? Il n'y a que les gens importants et les riches qui réussissent à s'en procurer. On l'appelle le bliss. Ça engourdit tes émotions, ça te ralentit le cerveau, ça te plonge dans un état d'ivresse où tu ne sens plus grand-chose. Et ça tient la Braise à distance parce que c'est là que le virus se loge : dans le cerveau, pour le grignoter, le consumer à petit feu. Alors, faute d'activité, le virus s'affaiblit.

Thomas croisa les bras. Il sentait qu'ils abordaient un point crucial sans qu'il parvienne à mettre le doigt dessus.

— Donc… ça ne te guérit pas ? Même si ça ralentit le virus ?

— Ça ne fait que retarder l'inévitable. La Braise finit toujours par l'emporter. Tu perds toute chance de garder la raison, de conserver un peu de bon sens, d'éprouver de la compassion. Tu perds ton humanité.

Thomas demeura silencieux. Plus que jamais, il avait l'impression qu'un souvenir crucial essayait de se glisser par les interstices du mur qui le coupait de son passé. La Braise. Le cerveau. La folie. L'agent calmant, le bliss.

Le WICKED. Les Épreuves. Ce qu'avait dit l'homme-rat, concernant l'importance primordiale de leur réaction aux variables.

— Tu dors ? lui demanda Brenda après plusieurs minutes de silence.

— Non. Trop d'informations à la fois. (Ce qu'il venait d'apprendre le troublait, mais il ne parvenait toujours pas à en tirer un aperçu cohérent.) Ça se bouscule un peu dans ma tête.

— Très bien, je vais me taire, dans ce cas, dit-elle en appuyant sa tête contre la portière. N'y pense plus. Ça ne mène à rien. Tu as besoin de repos.

— Hum, marmonna Thomas, frustré par toutes ces questions sans réponse.

Mais Brenda avait raison : une bonne nuit de sommeil lui ferait le plus grand bien. Toutefois, même s'il était confortablement installé et qu'il faisait de son mieux, il mit longtemps à trouver le sommeil. Et à rêver.

*

Il est plus âgé, il doit avoir environ quatorze ans. Teresa et lui sont agenouillés au ras du sol, l'oreille collée à la fente sous la porte, en train d'écouter. D'espionner. Un homme et une femme discutent de l'autre côté.

D'abord l'homme :

— Tu as vu les ajouts à la liste des variables ?

— Hier soir, répond la femme. J'ai bien aimé ce que Trent a ajouté à la fin des Épreuves du Labyrinthe. Un peu brutal, mais probablement nécessaire. Ça devrait créer des schémas intéressants.

— Absolument. Pareil pour le scénario de la trahison, si jamais on en arrive là.

La femme émet un petit rire las et sans joie.

— Oui, c'est aussi ce que je me suis dit. Parce que, quand même, tu crois que ces gosses vont pouvoir encaisser tout ça sans perdre la boule ?

— En plus, c'est risqué. Et s'il meurt ? On est tous d'accord pour dire qu'à ce stade ce sera sûrement l'un des meilleurs candidats.

— Pas question. On ne laissera pas faire ça.

— D'accord, mais on n'est pas tout-puissants. Il y aura toujours un risque.

Le silence s'éternise. Puis l'homme dit :

— Peut-être qu'on n'aura pas besoin d'en arriver là. Mais j'en doute. Les psys disent que ça devrait stimuler un bon nombre de schémas utiles.

— Eh bien, une situation de ce genre génère beaucoup d'émotions, reconnaît la femme. Et certains schémas particulièrement difficiles à susciter, d'après Trent. Son plan pour obtenir ces variables est probablement le seul qui a une chance de fonctionner.

— Parce que tu crois vraiment au succès de ces Épreuves ? demande l'homme. Sérieusement, cette affaire a beaucoup trop d'ampleur. Pense à la logistique, à tout ce qui pourrait mal tourner !

— Oui, ça *pourrait* mal tourner. Mais tu as une meilleure idée ? Essayons toujours, et si ça rate, on se retrouvera simplement au point de départ.

— Je suppose.

Teresa tire Thomas par la manche ; elle lui indique le bout du couloir. Il est temps d'y aller. Il hoche la tête et se colle une dernière fois contre la porte dans l'espoir de surprendre encore une phrase ou deux. Il entend la voix de la femme.

— Malheureusement, nous ne serons pas là pour voir la fin des Épreuves.

— Je sais, répond l'homme. Mais l'avenir nous dira merci.

*

Thomas se réveilla aux premières lueurs rosées de l'aube. Il ne se souvenait pas d'avoir bougé dans son sommeil après sa petite discussion avec Brenda, même après son rêve.

Le rêve. C'était le plus déroutant de tous. Beaucoup de détails s'estompaient déjà, trop difficiles à saisir et à intégrer dans les fragments de son passé qu'il commençait laborieusement à reconstituer. Il se prit à espérer que, peut-être, il n'avait pas joué un rôle aussi déterminant qu'il l'avait cru dans l'élaboration des Épreuves. Même s'il n'avait pas compris grand-chose à son rêve, le fait que Teresa et lui soient en train d'espionner les adultes indiquait qu'ils n'avaient pas toujours été partie prenante du projet.

Mais quelle pouvait être la finalité de toute cette histoire ? Pourquoi l'avenir remercierait-il ces gens ?

Il se frotta les yeux, s'étira, puis se tourna vers Brenda. Elle avait les yeux fermés, la bouche entrouverte, et sa poitrine se soulevait au rythme lent et régulier de sa respiration. Il avait beau avoir encore plus de courbatures que la veille, sa nuit de sommeil lui avait redonné le moral. Il se sentait plein d'entrain. Revigoré. Quoiqu'un peu perplexe à propos de son rêve et de tout ce que Brenda lui avait dit.

Il s'étira de plus belle et s'apprêtait à bâiller quand son regard se posa sur le mur de la ruelle. Une grande plaque métallique y était rivée. Elle avait un petit air familier.

Il ouvrit la portière et descendit du camion pour s'en approcher. La plaque était presque identique à celle qu'il avait vue dans le Labyrinthe, sur laquelle on pouvait lire WORLD IN CATASTROPHE : KILLZONE EXPERIMENT DEPARTMENT. Le même métal terni, les mêmes caractères. Sauf que celle-ci affichait un texte différent. Un texte qu'il fixa pendant cinq bonnes minutes avant d'oser bouger un cil.

La plaque proclamait :

THOMAS, EN RÉALITÉ, C'EST TOI LE CHEF

Thomas aurait pu rester toute la journée devant cette plaque si Brenda n'était pas descendue du camion.

— J'attendais le bon moment pour te le dire, lui avoua-t-elle, l'arrachant à sa contemplation.

Il se retourna vers elle avec un sursaut.

— Hein ? De quoi est-ce que tu parles ?

Elle se contenta de fixer la plaque.

— Depuis que je sais comment tu t'appelles. Pareil pour Jorge. C'est probablement pour ça qu'il a décidé de tenter sa chance avec vous et de vous accompagner jusqu'à ce fameux refuge.

— Brenda, mais qu'est-ce que tu racontes ? insista Thomas.

Elle le regarda dans les yeux.

— Il y a des plaques comme ça dans toute la ville. Qui disent toutes la même chose.

Thomas sentit ses genoux se dérober sous lui. Il s'assit par terre, le dos contre le mur.

— Comment… comment c'est possible ? Cette plaque est là depuis un bail, et…

Il ne trouvait pas ses mots.

— Je ne sais pas, répondit Brenda en se laissant tomber à côté de lui. Personne n'a jamais su ce que ça voulait dire. Mais quand vous avez débarqué et que tu nous as dit ton nom… eh bien, on a tous pensé que ça ne pouvait pas être une coïncidence.

Thomas la foudroya du regard. Il sentait la colère monter.

— Pourquoi ne m'as-tu rien dit ? Tu veux bien me tenir la main, me raconter que tu as vu ton père se faire tuer, mais pas ça ?

— Je ne l'ai pas fait parce que j'avais peur de ta réaction. Je te voyais déjà chercher les autres pancartes et m'oublier complètement.

Thomas soupira. Il en avait assez de toute cette histoire.

— J'imagine que c'est une autre facette de ce cauchemar sans queue ni tête.

Brenda leva la tête vers la plaque.

— Ne me dis pas que tu ne comprends pas ? Ça me paraît pourtant évident. Tu es supposé être le chef, prendre les choses en main. Je vais t'aider, tu peux compter sur moi. Je veux gagner ma place dans votre refuge.

Thomas s'esclaffa.

— Je me retrouve dans une ville de fondus, avec un groupe de filles qui veulent me tuer, et je devrais me préoccuper de savoir qui est le chef ? C'est débile.

Brenda grimaça, perplexe.

— Des filles qui veulent te tuer ? Qu'est-ce que c'est que cette histoire ?

Thomas se demanda s'il était bien judicieux de s'ouvrir à elle. Et s'il avait suffisamment de courage pour ça.

— Eh bien ? insista-t-elle.

Décidant que cela le soulagerait d'un poids, et qu'après tout elle avait mérité sa confiance, il entreprit de tout lui raconter. Il lui avait déjà expliqué certaines choses, brièvement, mais cette fois il prit le temps d'entrer dans les détails. À propos du Labyrinthe, de leur sauvetage, de leur réveil et de leur déconvenue. À propos d'Aris et du groupe B. Il évita de s'appesantir sur Teresa mais vit bien que Brenda tiquait chaque fois qu'il prononçait son nom. Peut-être avait-elle remarqué quelque chose dans son regard.

— Si je comprends bien, cette Teresa et toi, vous êtes plus ou moins ensemble ? lui demanda-t-elle quand il eut terminé.

Thomas ne sut pas quoi répondre. Teresa et lui étaient-ils ensemble ? Ils étaient des amis proches, il en avait la certitude. Et même s'il n'avait pas récupéré toute sa mémoire, il sentait confusément qu'ils avaient peut-être été plus que des amis avant le Labyrinthe. Au cours de cette période funeste où ils avaient participé à sa conception.

Et puis, il y avait eu le baiser...

— Tom ? fit Brenda.

Il lui jeta un regard noir.

— Ne m'appelle pas comme ça !

— Hein ? protesta-t-elle, visiblement surprise, voire vexée. Pourquoi ?

— Je... je ne veux pas, c'est tout.

Il se sentait mal de réagir ainsi, mais ç'avait été plus fort que lui. C'était comme ça que l'appelait Teresa.

— Très bien. Tu préfères que je t'appelle monsieur Thomas ? Ou peut-être le roi Thomas ? Ou simplement Votre Majesté ?

Thomas soupira.

— Je suis désolé. Appelle-moi comme tu voudras.

Brenda laissa échapper un petit rire sarcastique, puis ils se murèrent l'un et l'autre dans le silence.

*

Thomas et Brenda restèrent assis un long moment contre le mur. Tout était calme, presque paisible, quand un bruit étrange et inquiétant leur fit dresser l'oreille.

— Tu entends ça ? s'enquit Thomas.

Brenda, figée, avait la tête penchée sur le côté pour mieux écouter.

— Oui. On dirait un grondement de tambour.

— Je suppose que c'est la fin de la récré. (Il se leva, avant d'aider Brenda à faire de même.) Qu'est-ce que tu en penses ?

— Ça ne me dit rien de bon.

— Oui, mais si c'étaient nos amis ?

Le *boum-boum-boum* provenait de toutes les directions à la fois, envoyant des échos dans la ruelle. Pourtant, Thomas eut bientôt la certitude que le son émanait du fond du cul-de-sac. Malgré le risque, il partit au pas de course dans cette direction.

— Qu'est-ce que tu fais ? s'exclama Brenda.

Et, voyant qu'il ne l'écoutait pas, elle lui emboîta le pas.

Au bout de la ruelle, Thomas arriva devant un mur de briques ternes et craquelées. Quatre marches descendaient vers une porte en bois. Au-dessus de l'ouverture s'ouvrait une minuscule fenêtre rectangulaire au carreau cassé ; un dernier fragment de vitre s'y accrochait encore, comme une dent pourrie.

Thomas entendait une musique, beaucoup plus forte maintenant, rythmée, avec une basse puissante, des percussions soutenues et des sons de guitare saturés. S'y mêlaient des rires, des cris et de nombreux chants. Rien de tout cela ne paraissait très… sain. Il y avait quelque chose de troublant et d'effrayant dans ce chahut.

Apparemment les fondus ne s'intéressaient pas qu'au nez des gens. Thomas comprit que tous ces bruits n'avaient rien à voir avec ses amis.

— On ferait mieux de se tirer, dit-il.

— Tu crois ? ironisa Brenda, qui l'avait rejoint.

— Allez, viens.

Ils se retournèrent tous les deux pour partir, mais se figèrent aussitôt. Trois personnes étaient apparues dans la ruelle pendant qu'ils avaient le dos tourné. Deux hommes et une femme.

Un examen rapide des nouveaux arrivants ne rassura pas Thomas. Ils étaient vêtus de haillons crasseux, leurs cheveux étaient gras. Mais en y regardant de plus près, il remarqua qu'ils n'étaient pas couverts de plaies et qu'une lueur d'intelligence brillait dans leurs yeux. Des fondus, mais pas encore au bout du rouleau.

— Salut, fit la femme.

Elle avait une longue queue-de-cheval rousse. Son décolleté était si profond que Thomas avait du mal à la regarder dans les yeux.

— Vous venez vous joindre à la fête ? Y a de la musique, de l'amour et de quoi picoler.

Quelque chose dans sa voix rendait Thomas nerveux. Il n'aurait pas su dire quoi exactement, mais cette femme ne cherchait pas à se montrer gentille. Elle se moquait d'eux.

— Heu, non merci, répliqua Thomas. On est juste, heu…

Brenda intervint :

— On est à la recherche de nos amis. On est nouveaux dans le coin, on arrive à peine.

— Bienvenue à Fonduland, dans ce cas ! railla l'un des hommes, un grand type particulièrement laid. Ne vous en faites pas, la plupart de ces gars-là (il eut un hochement de tête en direction de l'escalier) ne sont qu'à moitié entamés. Vous prendrez peut-être un coup de coude dans les dents, ou un coup de genou dans les parties. Mais personne n'essaiera de vous bouffer.

— Les parties ? s'étonna Brenda. Pardon ?

L'homme indiqua Thomas.

— Je pensais à ton copain. Ça risque d'être un peu plus chaud pour toi, vu que tu es une fille… À moins que tu ne restes près de nous.

Cette conversation donnait la nausée à Thomas.

— Ça m'a l'air sympa. Mais il faut qu'on y aille pour retrouver nos amis. On repassera peut-être.

L'autre homme s'avança. Il était petit mais plutôt pas mal physiquement, avec des cheveux blonds coupés en brosse.

— Vous n'êtes encore que des gamins. Il est temps pour vous de découvrir la vie. De vous décoincer un peu. Vous êtes officiellement nos invités.

Il prononça chaque mot de la dernière phrase avec soin, sans la moindre chaleur dans la voix.

— C'est gentil, mais non merci, répondit Brenda.

Le Blond sortit une arme de la poche de son long manteau. Un pistolet, sale et terne, mais tout aussi redoutable et menaçant que s'il avait été flambant neuf.

— J'ai l'impression qu'on ne se comprend pas, reprit-il. On vous a invités à notre fête. Ce n'est pas le genre de truc qui se refuse.

Grand & Moche sortit un couteau, et Queue-de-cheval un tournevis à la pointe noircie par ce qui devait être du sang séché.

— Qu'est-ce que vous en dites ? demanda le Blond. Vous venez avec nous ?

Thomas jeta un coup d'œil à Brenda, qui avait les yeux rivés sur le Blond. On aurait dit qu'elle était sur le point de commettre une grosse bêtise.

— D'accord, s'empressa de répondre Thomas. C'est bon. On vous accompagne.

— Quoi ? fit Brenda d'un ton sec.

— Il a un flingue. L'autre a un couteau. Elle tient un foutu tournevis ! Je n'ai pas envie de me retrouver avec un œil enfoncé dans le crâne.

— Écoute ton copain, il a l'air plus malin que toi, conseilla le Blond à Brenda. Et maintenant, allons faire la fête ! (Il pointa son pistolet vers l'escalier en souriant.) Après vous.

Brenda était furieuse, mais son regard indiquait qu'elle était consciente de ne pas avoir le choix.

— Ça baigne.

Le Blond sourit de nouveau ; son expression aurait paru parfaitement naturelle chez un serpent.

— C'est ça ! Tout baigne, aucune raison de s'inquiéter.

— On ne vous fera rien, ajouta Grand & Moche. Sauf si vous nous créez des difficultés. Si vous vous comportez comme des enfants gâtés. D'ici la fin de la fête, vous aurez envie d'appartenir à notre bande. Je vous le garantis.

Thomas dut étouffer le sentiment de panique qui menaçait de le submerger.

— Allons-y, dit-il au Blond.

— On n'attend que vous, déclara l'autre en indiquant une nouvelle fois l'escalier avec son pistolet.

Thomas prit Brenda par la main et l'attira contre lui.

— Allons faire la fête, chérie ! On va bien se marrer !

Il avait mis autant de sarcasme que possible dans sa voix.

— Oh, c'est trop mignon, railla Queue-de-cheval. Je craque toujours devant un joli petit couple d'amoureux.

Elle feignit d'essuyer une larme au coin de son œil.

Thomas s'engagea dans l'escalier avec Brenda, conscient d'avoir un pistolet braqué dans le dos. Les marches étaient juste assez longues pour leur permettre de descendre côte à côte. Parvenu devant la porte, Thomas ne vit pas de poignée. Il se retourna vers le Blond en haussant les sourcils.

— Il faut frapper selon un code spécial, expliqua l'homme. Trois coups lents avec le poing, puis trois coups rapides, puis deux coups avec les doigts.

Thomas détestait ces gens et leur manière de parler calmement, leur discours aimable en apparence mais empreint de méchanceté. En un sens, ces fondus étaient pires que l'homme sans nez qu'il avait poignardé la veille. Au moins, avec lui, on savait exactement à quoi s'en tenir.

— Vas-y, murmura Brenda.

Thomas serra le poing et frappa trois coups lents sur le bois, puis trois rapides. Ensuite, il donna deux coups secs avec les doigts. La porte s'ouvrit sur-le-champ. Une forte musique s'en échappa comme une rafale.

L'homme qui les accueillit était gigantesque, avec plusieurs piercings sur le visage et aux oreilles, et des tatouages un peu partout. Ses cheveux blancs, très longs, lui descendaient sous les épaules. Mais Thomas eut à peine le temps de le détailler avant qu'il prenne la parole.

— Hé, mais c'est Thomas ! Enfin ! Depuis le temps qu'on t'attendait !

CHAPITRE 37

Pendant quelques instants, il fut happé dans un tourbillon frénétique.

Avant qu'il ait pu réagir, le Chevelu les avait pour ainsi dire tirés à l'intérieur, Brenda et lui. Il les guidait à présent au milieu d'une foule compacte en train de danser, de tournoyer, de sauter, de s'enlacer et de virevolter. La musique était assourdissante. Thomas sentait les percussions résonner comme des coups de marteau dans son crâne. Des lampes torches, accrochées au plafond, heurtées par les danseurs, se balançaient en projetant des rais lumineux dans tous les sens.

Le Chevelu se pencha pour crier quelque chose à l'oreille de Thomas ; celui-ci parvint tout juste à l'entendre.

— Heureusement qu'on a des batteries ! Ça va craindre, quand elles seront à plat !

— Comment vous connaissez mon nom ? lui répondit Thomas. Pourquoi vous m'attendiez ?

L'homme rit.

— On vous a observés toute la nuit ! Et ce matin, en voyant ta réaction devant la plaque, on s'est dit que tu devais être le fameux Thomas !

Brenda tenait Thomas des deux bras, collée à lui, sans doute pour éviter qu'ils ne soient séparés. Et quand elle entendit ça, elle le serra davantage.

Thomas jeta un coup d'œil dans son dos et vit que le Blond et ses deux acolytes les suivaient de près. Le pistolet avait disparu, mais Thomas était sûr qu'il ressurgirait à la première alerte.

Parvenu au milieu de la pièce, le Chevelu s'arrêta et se retourna vers eux, en faisant voler sa crinière blanche.

— On tient vraiment à ce que tu sois des nôtres ! cria-t-il à Thomas. Tu as forcément un truc spécial. On est capables de vous protéger des autres fondus !

Thomas se félicita qu'ils n'en sachent pas plus. La situation n'était peut-être pas si désespérée, après tout. Il n'avait qu'à jouer le jeu, se faire passer pour un être exceptionnel, et peut-être que Brenda et lui auraient l'occasion de s'éclipser un peu plus tard.

— Je vais vous chercher à boire ! leur lança le Chevelu. Amusez-vous en attendant !

Il s'éloigna et disparut dans la masse tourbillonnante des danseurs.

Thomas vit le Blond et les deux autres, immobiles, qui se contentaient de les surveiller. Queue-de-cheval lui adressa un petit geste de la main.

— Vous devriez danser ! lança-t-elle.

Thomas se tourna vers Brenda. Ils avaient besoin de parler.

Comme si elle avait lu dans ses pensées, elle passa ses bras autour du cou du garçon et l'attira vers elle jusqu'à ce que sa bouche lui frôle l'oreille et qu'il sente son souffle brûlant contre sa peau en nage.

— Comment a-t-on réussi à se retrouver dans cette situation merdique ? demanda-t-elle.

Thomas n'eut pas d'autre choix que de la prendre par la taille. Il sentait son corps chaud à travers ses vêtements moites. Cela réveilla quelque chose en lui : un sentiment de culpabilité mêlé à l'envie de revoir Teresa.

— Ce n'est pas comme ça que j'avais imaginé la matinée, lui cria-t-il, la bouche dans ses cheveux.

Il n'avait rien trouvé de mieux à dire.

La musique se fit plus sombre, lancinante. Le tempo avait ralenti, les percussions pris du relief. Thomas ne comprenait pas les paroles – on aurait dit que le chanteur psalmodiait une tragédie terrible, d'une voix criarde et plaintive.

— On devrait peut-être rester avec eux pour le moment, suggéra Brenda.

Thomas s'aperçut qu'ils s'étaient mis à danser, sans même y faire attention. Ils bougeaient au rythme de la musique, leurs corps serrés l'un contre l'autre.

— Tu es folle ? s'exclama-t-il, surpris. Tu capitules déjà ?

— Non. Je suis fatiguée, c'est tout. On serait peut-être plus en sécurité ici.

Il avait envie de lui faire confiance, pensait pouvoir le faire. Mais quelque chose dans cette affaire le chiffonnait : l'aurait-elle entraîné volontairement dans cette ruelle ? Cela lui semblait tiré par les cheveux.

— Brenda, ne me lâche pas maintenant. Notre seule chance est d'atteindre le refuge. Et de nous faire soigner.

Elle secoua légèrement la tête.

— C'est juste que j'ai du mal à y croire. C'est tellement difficile d'espérer.

— Ne dis pas ça.

Il ne voulait pas y penser, il ne souhaitait même pas l'entendre.

— Pourquoi aurait-on envoyé tous ces fondus ici s'il y avait un traitement ? Ça n'aurait aucun sens.

Thomas se détacha d'elle pour mieux l'observer, inquiet de son brusque changement d'attitude. Elle avait les yeux remplis de larmes.

— Tu racontes n'importe quoi, dit-il, hésitant. (Il avait quelques doutes, lui aussi, mais il ne voulait pas la décourager.) Le traitement existe. Il faut simplement que…

Il jeta un coup d'œil au Blond, qui continuait à les surveiller. L'autre ne pouvait sans doute pas les entendre, mais deux précautions valaient mieux qu'une. Thomas se pencha pour glisser à l'oreille de Brenda :

— Il faut qu'on se tire d'ici. Tu voudrais rester avec ces types qui s'expriment à coups de flingue et de tournevis ?

Avant qu'elle ne puisse répondre, le Chevelu revint avec un gobelet dans chaque main, contenant un liquide brunâtre qui clapotait chaque fois qu'il se faisait bousculer par un danseur.

— Buvez ! leur cria-t-il.

Quelque chose se réveilla chez Thomas. Accepter un verre de ces parfaits inconnus lui parut tout à coup une très, très mauvaise idée. C'était dur à croire, mais leur situation était devenue encore plus périlleuse.

Brenda, elle, s'apprêtait déjà à prendre son gobelet.

— Non ! s'écria Thomas sans réfléchir. Je veux dire, non, je crois qu'on devrait éviter pour l'instant. On n'a pas bu d'eau depuis longtemps, il vaudrait mieux commencer par ça. On... heu... on va juste danser un peu pour l'instant.

Il avait beau s'efforcer de paraître naturel, il grimaçait en lui-même, sachant bien que son discours sonnait faux – surtout quand Brenda le regarda d'un drôle d'air.

Un objet mince et dur vint se coller contre ses côtes. Il n'eut pas besoin de se retourner pour savoir de quoi il s'agissait : le canon du pistolet du Blond.

— Je vous offre à boire, dit le Chevelu, dont le visage tatoué ne montrait plus aucune gentillesse. Ce serait grossier de refuser.

Il leur tendit les gobelets.

Thomas se sentit gagné par la panique. Ses derniers doutes s'évanouirent : ils avaient mis quelque chose dans la boisson.

Le Blond lui rentra son pistolet dans les côtes.

— Je vais compter jusqu'à un, lui cria-t-il à l'oreille. Seulement un.

Thomas prit le gobelet, le porta à ses lèvres et l'avala d'un trait. Le liquide lui coula dans la gorge en le brûlant comme du feu ; il se plia en deux et cracha ses poumons.

— À toi, maintenant, ordonna le Chevelu en tendant l'autre à Brenda.

Elle regarda Thomas, puis prit le gobelet et le but sans sourciller ; tout juste plissa-t-elle légèrement les paupières au moment d'avaler.

Le Chevelu récupéra les gobelets vides avec un grand sourire.

— C'est parfait ! Retournez donc vous amuser, tous les deux !

Thomas avait une curieuse sensation dans l'estomac. Comme une chaleur apaisante, qui se répandait dans tout son corps. Il reprit Brenda dans ses bras et la serra contre lui tandis qu'ils se balançaient au rythme de la musique. Elle avait la bouche au creux de son cou. Chaque fois que ses lèvres lui touchaient la peau, un frisson de plaisir le traversait.

— Qu'est-ce que c'était ? demanda-t-il d'une voix pâteuse.

— Une saloperie, répondit-elle. Je ne sais pas ce qu'ils ont mis dedans, mais je me sens toute drôle.

« Oui, songea Thomas. Moi aussi. » La pièce commençait à tanguer autour de lui. Les visages des danseurs semblaient se déformer quand ils riaient ; leurs bouches devenaient béantes. La musique ralentit, s'alourdit, tandis que la voix du chanteur descendait dans les graves.

Brenda s'écarta de lui et lui prit le visage entre les mains. Elle le fixa. Elle était très belle. Il ne se souvenait pas de l'avoir jamais trouvée aussi belle. Autour d'eux, la salle entière s'assombrit.

— C'est peut-être mieux comme ça, dit-elle.

Les mots semblaient en décalage par rapport aux mouvements de ses lèvres. Son visage dessinait des cercles, comme s'il était séparé de son cou.

— Peut-être qu'on ferait mieux de rester avec eux, continua-t-elle. D'essayer d'être heureux, jusqu'à ce qu'on arrive au dernier stade de la Braise. (Elle lui fit un sourire d'une tristesse poignante.) Après, tu n'auras plus qu'à me tuer.

— Non, Brenda ! protesta-t-il d'une voix qui lui semblait provenir de très loin, du fond d'un long tunnel. Ne dis pas…

— Embrasse-moi, le coupa-t-elle. Tom, embrasse-moi.

Ses mains se crispèrent sur son visage. Elle l'attira à elle.

— Non, dit-il en lui résistant.

Elle s'arrêta, visiblement peinée. Meurtrie.

— Pourquoi ? s'enquit-elle.

Il faisait presque entièrement noir à présent.

— Tu n'es pas… elle. (Sa voix lointaine. Un simple écho.) Tu ne pourras jamais être elle.

Et puis elle bascula à la renverse, et il perdit connaissance.

CHAPITRE 38

Thomas se réveilla dans le noir, avec la sensation d'être sanglé dans un instrument de torture médiéval qui lui enfonçait peu à peu des pointes dans le crâne.

Il grogna, mais cela ne fit qu'attiser son mal de tête. Il s'obligea à rester muet. Quand il voulut se masser les tempes, ses mains refusèrent de bouger. Quelque chose le retenait, un truc collant comme du ruban adhésif autour de ses poignets. Il essaya de se débattre mais ses jambes aussi étaient attachées. L'effort lui procura une nouvelle vague de douleur dans tout le corps. Il se laissa retomber, gémissant. Il se demanda combien de temps il était resté évanoui.

— Brenda ? murmura-t-il.

Pas de réponse.

Une lumière s'alluma.

Vive et aveuglante. Il ferma les paupières, puis les entrouvrit pour jeter un coup d'œil. Trois personnes se tenaient en face de lui, mais leurs visages restaient dans l'ombre.

— Enfin, on se réveille, fit une voix rauque.

Il y eut un ricanement.

— Encore un peu d'eau-de-feu ? railla une femme.

La même personne ricana de nouveau.

Thomas finit par s'habituer à la lumière et ouvrit grand les yeux. On l'avait installé sur un fauteuil en bois, les poignets scotchés aux accoudoirs, les chevilles aux pieds du fauteuil. Les trois personnes en face de lui étaient le Blond, Grand & Moche et Queue-de-cheval.

— Pourquoi vous ne m'avez pas tué dans la ruelle ? demanda Thomas.

— Te tuer ? s'esclaffa le Blond. (Sa voix n'était pas rauque à leur première rencontre ; il donnait l'impression d'avoir passé plusieurs heures à s'époumoner sur la piste de danse.) Tu nous prends pour des mafieux du XXe siècle ? Si on avait voulu te descendre, tu serais déjà mort, en train de te vider de ton sang sur le trottoir.

— On n'a pas envie de te tuer, intervint Queue-de-cheval. La viande se gâte tellement vite... On préfère manger nos victimes quand elles respirent encore. Avant qu'elles se vident de leur sang. Tu serais surpris de constater à quel point elles sont plus juteuses et plus... savoureuses.

Grand & Moche s'esclaffa, mais Thomas n'était pas certain qu'il s'agissait d'une plaisanterie. En tout cas, cela n'avait rien de rassurant.

— Elle rigole, le rassura le Blond. On ne mange nos congénères que quand la situation est désespérée. La chair humaine a un goût dégueulasse.

Nouveau gloussement de Grand & Moche. Thomas ne pensait pas qu'ils étaient sérieux. En revanche, il se faisait beaucoup de souci pour leur santé mentale.

Le Blond sourit pour la première fois depuis que Thomas le connaissait.

— C'est pour rire ! On n'est pas encore fondus à ce point-là. Même si je parie que la chair humaine n'a pas un goût terrible.

« Ces gars-là sont gravement en train de perdre les pédales », songea Thomas. Il entendit un gémissement étouffé sur sa gauche et se tourna dans cette direction. Brenda se trouvait dans un coin de la pièce, attachée comme lui. Mais on lui avait aussi bâillonné la bouche avec du scotch, ce qui semblait indiquer qu'elle avait dû résister plus longtemps que lui avant de s'évanouir. Apparemment, elle venait juste de reprendre connaissance. Quand elle vit les trois fondus, elle s'agita et se tortilla dans son fauteuil en grognant. Ses yeux lançaient des éclairs.

Le Blond braqua sur elle son pistolet réapparu comme par magie.

— Ta gueule ! Boucle-la, ou je repeins le mur avec ta cervelle !

Brenda s'arrêta. Thomas s'attendait à l'entendre geindre, ou sangloter. Mais elle n'en fit rien et il se sentit stupide. Elle avait déjà montré qu'elle avait du cran.

Le Blond abaissa son pistolet.

— C'est mieux. Bon sang, on aurait dû la flinguer là-haut quand elle s'est mise à gueuler et à mordre.

Il examina son avant-bras, marqué d'une belle morsure rouge vif.

— C'est sa copine, lui rappela Queue-de-cheval. Il vaut mieux la garder en vie pour l'instant.

Le Blond attrapa une chaise et vint s'asseoir en face de Thomas. Les autres l'imitèrent, visiblement soulagés, comme s'ils attendaient la permission de le faire depuis des heures. Il posa son arme sur sa cuisse, le canon pointé en direction de Thomas.

— Bon, déclara-t-il. On a pas mal de choses à se dire. Et j'ai envie de m'épargner les salades habituelles. Alors si je vois que tu essaies de nous bourrer le mou, ou que tu refuses de nous répondre, je te fais sauter un genou. Puis l'autre. À la troisième mauvaise réponse, je colle une balle dans la tête de ta copine, entre les yeux. Et je parie que tu devines où je mettrai la quatrième balle si tu continues à faire le malin.

Thomas hocha la tête. Il aurait aimé jouer les durs, tenir tête à ces fondus. Mais le bon sens prévalut. Il était pieds et poings liés, désarmé, sans alliés, sans rien. Quoi qu'il en soit, il n'avait rien à cacher. Autant répondre en toute franchise aux questions qu'on lui poserait. Il ne tenait pas à prendre une balle dans la jambe. Or le type n'avait pas l'air de bluffer.

— Première question, annonça le Blond. Qui es-tu, et pourquoi ton nom est-il placardé partout dans cette foutue ville ?

— Je m'appelle Thomas…, commença Thomas.

En voyant le Blond se renfrogner, il comprit aussitôt son erreur et s'empressa d'ajouter :

— Mais vous le saviez déjà. Comment je suis arrivé là ? Eh bien, c'est une drôle d'histoire. Vous ne me croirez probablement pas. Pourtant, je vous jure que je dis la vérité.

— Tu n'es pas venu dans un berg, comme nous autres ? lui demanda Queue-de-cheval.

— Un berg ? (Thomas ignorait de quoi elle parlait, mais il secoua la tête et poursuivit.) Non. On est arrivés par un tunnel souterrain à une cinquantaine de kilomètres au sud. Avant, on avait emprunté un truc appelé transplat. Et encore avant...

— Arrête, arrête, arrête ! le coupa le Blond en levant la main. Un transplat ? Je pourrais t'abattre tout de suite, mais on ne me fera pas croire que tu as inventé un truc pareil.

Thomas fronça les sourcils, perplexe.

— Pourquoi ?

— Ce serait débile de nous servir un mensonge aussi énorme. Vous êtes passés par un transplat ?

L'homme semblait très surpris.

Thomas jeta un coup d'œil aux autres fondus, aussi éberlués que leur compagnon.

— Oui. Pourquoi ? C'est si difficile à croire ?

— Est-ce que tu as une idée du coût du transport plat ? Avant les éruptions solaires, il venait à peine d'être dévoilé au public. Seuls les hommes d'État et les milliardaires peuvent se l'offrir.

Thomas haussa les épaules.

— Eh bien, je sais qu'ils ont de gros moyens, et c'est bien le mot qu'a employé le gars. Transplat. Une sorte de mur gris qui picote comme de la glace quand on passe à travers.

— Quel gars ? voulut savoir Queue-de-cheval.

Thomas venait à peine de commencer qu'il se perdait déjà dans son récit. Comment raconter une histoire pareille ?

— Je crois qu'il était du WICKED. Ils nous font subir une sorte d'expérience, ou de test. Je ne sais pas tout. On… on nous a effacé la mémoire. J'ai récupéré quelques-uns de mes souvenirs, mais pas beaucoup.

Pendant un instant, le Blond ne réagit pas ; il se contenta de le regarder, comme si son prisonnier était transparent. Enfin, il déclara :

— J'étais avocat autrefois. Avant que les éruptions solaires et cette pandémie flanquent tout par terre. Je sais quand on me ment. J'étais très, très bon dans mon métier.

Curieusement, Thomas se détendit.

— Alors vous savez que je ne…

— Oui, je sais. Continue. Je veux entendre toute l'histoire.

Thomas s'exécuta. Il n'aurait pas su dire pourquoi, mais cela ne lui semblait pas dangereux. Son instinct lui soufflait que ces fondus étaient comme tout le monde, parqués ici pour y passer quelques dernières années d'horreur, en succombant à petit feu à la Braise. Ils essayaient, comme n'importe qui, de trouver une solution. Et mettre la main sur un type qui avait son nom placardé dans toute la ville constituait une première étape prometteuse. À leur place, Thomas aurait probablement fait la même chose. Sans le pistolet et le ruban adhésif, espérait-il.

La veille, il avait raconté déjà l'essentiel de son histoire à Brenda, et il la répéta plus ou moins de la même façon. Le Labyrinthe, l'évasion, les dortoirs. Puis la mission qu'on leur avait confiée : traverser la Terre Brûlée. Il prit soin d'en souligner l'extrême importance, en insistant sur le remède qu'on leur avait promis au bout du voyage. Puisque Jorge n'était plus en mesure de les aider, peut-être pourraient-ils trouver de nouveaux alliés parmi ces gens-là. Il leur fit part aussi de son inquiétude pour les autres blocards, mais quand il leur demanda s'ils les avaient vus – eux, ou un groupe de filles –, la réponse fut négative.

Une fois de plus, il ne dit pas grand-chose de Teresa. Il ne voulait pas risquer de la mettre en danger, même s'il ne voyait pas en quoi le fait de l'évoquer pourrait lui nuire. Il mentit aussi à propos de Brenda. Enfin, pas tout à fait : il s'arrangea simplement pour donner l'impression qu'elle les accompagnait depuis le début.

Quand il eut terminé, il soupira et se redressa dans son fauteuil.

— Et maintenant, vous voulez bien nous détacher, s'il vous plaît ?

Un mouvement de Grand & Moche attira son attention, et en se tournant vers lui il vit qu'une lame étincelante était apparue dans sa main.

— Qu'est-ce que tu en dis ? demanda-t-il au Blond.

— Bah, pourquoi pas ? répondit ce dernier.

Il était resté stoïque pendant tout le récit, sans donner la moindre indication de ce qu'il pensait.

Grand & Moche se leva avec un haussement d'épaules et s'approcha de Thomas. Il était penché sur lui, le couteau tendu, quand un grand raffut éclata à l'étage. Des chocs sourds au plafond, suivis de deux hurlements. Ensuite, on aurait dit qu'une centaine de personnes se mettaient à courir dans tous les sens. Bruits de pas affolés, sauts, nouveaux chocs sourds. Et surtout des hurlements.

— Un autre groupe a dû nous trouver, souffla le Blond, très pâle.

Il se leva et fit signe aux deux autres de le suivre. Quelques instants plus tard, ils disparaissaient par un escalier qui montait dans l'ombre. Une porte s'ouvrit et se referma. Au-dessus, le chaos se poursuivait.

Thomas avait une frousse bleue. Il jeta un coup d'œil à Brenda, qui se tenait parfaitement immobile, l'oreille tendue. Elle finit par croiser son regard. Avec son bâillon, elle ne put rien faire d'autre que hausser les sourcils.

Il ne donnait pas cher de leur peau, ficelés ainsi à leurs fauteuils. Aucun des fondus qu'ils avaient rencontrés ici n'aurait la moindre chance face à un fou furieux du genre de l'Amateur de nez.

— Et si une bande de fondus au bout du rouleau débarquait ici ? s'inquiéta-t-il.

Brenda marmonna à travers son bâillon.

Thomas banda tous ses muscles et entreprit de se rapprocher d'elle en sautillant sur son fauteuil. Il avait parcouru environ un mètre quand les bruits de bagarre cessèrent d'un coup. Il s'arrêta et leva la tête vers le plafond.

Rien pendant plusieurs secondes. Puis des bruits de pas, peut-être deux personnes, qui arpentaient la pièce au-dessus. Un choc sourd. Un deuxième. Puis un troisième. Thomas se représenta des corps qu'on balançait sur le sol.

La porte de l'escalier s'ouvrit.

Des pas lourds dévalèrent les marches. Tout ça dans la pénombre. Une panique froide envahit Thomas.

Enfin, quelqu'un s'avança dans la lumière.

Minho, sale, en sang, le visage brûlé. Avec un couteau dans chaque main. Minho !

— Vous avez l'air en forme, tous les deux, leur lança-t-il.

CHAPITRE 39

Malgré tout ce qu'il avait traversé, Thomas ne se rappelait pas avoir déjà été aussi stupéfait.

— Que… comment… ? bredouilla-t-il.

Minho sourit, chose plutôt rassurante. Surtout vu l'état dans lequel il était.

— On venait de vous retrouver. Tu n'as pas cru qu'on allait laisser ces tarés vous faire des misères, quand même ? Tu m'en dois une, mec.

Il s'approcha et entreprit de couper le ruban adhésif.

— Comment ça, vous veniez de nous retrouver ?

Thomas se sentait si heureux qu'il en aurait ri comme un idiot. Non seulement Brenda et lui étaient sauvés, mais ses amis étaient vivants !

Minho continua sa tâche.

— Jorge nous a guidés dans la ville, en évitant les fondus et en trouvant de la nourriture. (Il termina de délivrer Thomas puis s'occupa de Brenda.) Hier matin, on s'est déployés pour partir en reconnaissance. Poêle-à-frire a passé la tête dans la ruelle juste à temps pour voir ces trois tocards vous braquer avec un flingue. Quand il nous a avertis, on était fous, on a tout de suite élaboré un plan d'attaque. Heureusement, la plupart de ces guignols étaient défoncés ou endormis.

Aussitôt libérée, Brenda se leva de son fauteuil et contourna Minho. Elle s'avança vers Thomas, hésita. Il n'aurait pas su dire si elle était fâchée ou juste inquiète. Elle finit par le rejoindre, en arrachant le ruban adhésif qui lui recouvrait la bouche.

Thomas se leva, et la pièce se mit aussitôt à tanguer autour de lui ; pris de nausée, il se laissa retomber dans son fauteuil.

— Oh, ma tête. Personne n'aurait une aspirine ?

Minho s'esclaffa. Brenda alla jusqu'au bas des marches, où elle les attendit, les bras croisés. Son attitude donnait à penser qu'elle était furieuse. Thomas se souvint alors de ce qu'il lui avait dit avant de perdre connaissance sous l'effet de la drogue.

« Oh, merde ! » songea-t-il. Il lui avait dit qu'elle ne pourrait jamais être Teresa.

— Heu... Brenda ? demanda-t-il, embarrassé. Ça va ?

Il n'avait pas l'intention d'aborder le sujet de leur danse et de leur conversation devant Minho.

Elle acquiesça sans le regarder.

— Impeccable. Allons-y. Je voudrais voir Jorge.

Des mots brefs, cinglants, dénués d'émotion.

Thomas gémit, pas mécontent de pouvoir mettre ça sur le compte de sa migraine. Oui, elle était furieuse à cause de lui. En fait, « furieuse » n'était peut-être pas le mot. Elle semblait plutôt blessée.

Ou peut-être qu'il se faisait des idées et qu'elle s'en fichait complètement.

Minho s'approcha de lui, la main tendue.

— Amène-toi, mec. Mal de tête ou pas, il faut qu'on y aille. Je ne sais pas combien de temps on va pouvoir tenir tous ces prisonniers en respect.

— Des prisonniers ? répéta Thomas.

— Appelle-les comme tu voudras. En tout cas, on ne peut pas les relâcher avant d'être sortis. On est douze contre plus d'une vingtaine. Et ils sont bien énervés. Ils ne vont pas tarder à se dire qu'ils pourraient nous choper. Une fois qu'ils n'auront plus la gueule de bois.

Thomas essaya de se relever, plus prudemment cette fois. Son mal de crâne l'élançait, cognait contre ses tempes. Il ferma les paupières, le temps que la pièce cesse de tourner. Il respira un grand coup, puis se tourna vers Minho.

— Ça va aller.

Minho lui décocha un grand sourire.

— Un vrai dur. Amène-toi.

Thomas suivit son ami jusqu'à l'escalier. Il s'arrêta près de Brenda mais ne dit rien. Minho lui jeta un coup d'œil intrigué, l'air de dire : « Qu'est-ce qui lui prend ? » Thomas se contenta de secouer discrètement la tête.

Minho haussa les épaules, puis monta les marches d'un pas ferme. Thomas s'attarda un moment auprès de Brenda. Elle n'avait pas l'air décidée à bouger. Et elle refusait obstinément de croiser son regard.

— Je suis désolé, avoua-t-il. Je n'aurais pas dû te parler comme ça…

Elle le fixa droit dans les yeux.

— Parce que tu crois que j'en ai quelque chose à faire, de toi et ta copine ? Je ne voulais que danser, m'amuser un peu avant que ça tourne mal. Quoi, tu t'imagines que je suis amoureuse de toi ? Que j'attends avec impatience que tu me demandes d'être ta petite amie fondue ? Redescends un peu sur terre !

Ses paroles exprimaient une telle rage que Thomas recula comme s'il avait reçu une gifle. Avant qu'il ne puisse répliquer, elle avait déjà disparu dans l'escalier, pestant et grommelant. Il n'avait jamais ressenti aussi cruellement l'absence de Teresa. Sur un coup de tête, il essaya de l'appeler par télépathie. Mais elle ne répondait toujours pas.

*

L'odeur lui monta aux narines avant même qu'il pénètre dans la pièce où ils avaient dansé.

Une puanteur de sueur et de vomi.

Le sol était jonché de corps, certains endormis ou pelotonnés en frissonnant les uns contre les autres, d'autres l'air morts. Jorge, Newt et Aris étaient là, aux aguets, tournant lentement sur eux-mêmes, le couteau à la main.

Thomas vit aussi Poêle-à-frire et les autres blocards. Malgré son mal de crâne, il ressentit une vague de soulagement et d'excitation.

— Hé, salut, les gars ! Où vous étiez passés ?

— Mais c'est Thomas ! s'exclama Poêle-à-frire. Plus moche et plus vivant que jamais !

Newt s'approcha avec un franc sourire.

— Content de voir que tu n'es pas mort, Tommy. Très content, vraiment.

— Moi aussi.

Thomas prit conscience avec un étrange détachement que désormais c'était cela, sa vie. Voilà comment on accueillait ses amis après quelques jours de séparation.

— Tout le monde s'en est sorti ? Vous aviez disparu. Par où êtes-vous passés ?

Newt hocha la tête.

— On est encore onze. Plus Jorge.

Les questions de Thomas fusaient trop vite.

— Que sont devenus Barkley et les autres ? Ce sont eux qui ont déclenché l'explosion ?

Jorge répondit. Il se tenait debout près de la porte, armé d'une redoutable épée dont la lame reposait sur l'épaule de Grand & Moche en personne. Queue-de-cheval se trouvait près de lui, tous deux étaient recroquevillés par terre.

— On ne les a pas revus. On s'est tirés sans attendre, et ils ont trop peur de pénétrer dans la ville.

La vue de Grand & Moche et de Queue-de-cheval avait un peu alarmé Thomas. Le Blond. Où était le Blond ? Comment Minho et les autres avaient-ils réglé le problème de son pistolet ? Il eut beau regarder autour de lui, il ne l'aperçut nulle part dans la pièce.

— Minho…, murmura-t-il en faisant signe à son ami d'approcher. (Quand Newt et Minho l'eurent rejoint, il se pencha vers eux.) Le type aux cheveux blonds coupés en brosse, qui avait l'air d'être le chef, il est passé où ?

Minho haussa les épaules et se tourna vers Newt d'un air interrogateur.

— Il a dû s'enfuir, répondit Newt. Quelques-uns ont réussi à s'échapper... on n'a pas pu retenir tout le monde.

— Pourquoi ? demanda Minho. Il t'inquiète ?

Thomas jeta un coup d'œil circulaire et continua, un ton plus bas :

— Il a un flingue. C'est le seul que j'ai vu avec quelque chose de plus redoutable qu'un couteau. Et il n'est pas commode.

— On s'en tape ! déclara Minho. On sera sortis de la ville dans moins d'une heure. D'ailleurs, on devrait y aller tout de suite.

C'était la meilleure suggestion qu'avait entendue Thomas depuis des jours.

— D'accord. J'aime autant me tirer avant qu'il rapplique.

— Écoutez-moi ! hurla Minho en s'avançant au milieu des prisonniers. On va s'en aller, maintenant. Restez tranquilles et tout ira bien ; essayez de nous suivre et on vous fait la peau. C'est bien rentré dans vos petites têtes ?

Thomas se demanda à quel moment Minho avait repris l'ascendant sur Jorge. Il jeta un coup d'œil dans sa direction et remarqua Brenda, debout contre le mur, qui fixait le sol. Il se sentait très mal à l'aise au sujet de ce qui s'était passé la veille. Il avait eu envie de l'embrasser. Mais en même temps, l'idée l'avait dégoûté. Peut-être que c'était un effet de la drogue. Peut-être que c'était à cause de Teresa. Ou que...

— Ohé, Thomas ! lui cria Minho. Secoue-toi, mec ! On y va.

Quelques blocards avaient déjà franchi la porte. Combien de temps avait-il été inconscient ? Une journée ? Quelques heures ? Il se mit en marche et encouragea Brenda d'une petite poussée amicale au passage. Il craignit un instant qu'elle ne refuse de les accompagner, mais après une courte hésitation elle se dirigea vers la sortie.

Minho, Newt et Jorge restèrent près de la porte, les armes à la main, le temps que tout le monde soit sorti. Thomas les regarda reculer vers les marches en pointant leur couteau et leur épée d'un air menaçant. Mais personne ne semblait vouloir leur faire des ennuis. Les fondus étaient sans doute déjà prêts à oublier toute cette histoire, trop heureux d'être encore en vie.

Ils se rassemblèrent dans la ruelle, à la sortie de l'escalier. Thomas resta près des marches tandis que Brenda se tenait de l'autre côté du groupe. Il se jura de lui parler en privé dès qu'ils seraient en sécurité. Il l'aimait bien, il voulait être son ami à défaut d'autre chose. Surtout, il éprouvait pour elle la même chose qu'il avait ressentie pour Chuck : un sentiment de responsabilité, qu'il avait du mal à s'expliquer.

— … et on fonce !

Thomas sortit de sa torpeur, prenant conscience que Minho s'adressait au groupe. Bien que la migraine lui vrille le crâne, il tâcha de se concentrer.

— Il reste moins de deux kilomètres, continua Minho. Ces fondus ne sont pas si redoutables, en fin de compte. Alors…

— Hé !

Le cri avait retenti derrière Thomas, puissant, éraillé, hystérique. Thomas pivota et découvrit le Blond au bas des marches, le bras tendu, devant la porte ouverte. Il pointait le pistolet sur Thomas.

Avant que quiconque ait pu réagir, il fit feu, provoquant une explosion qui fit trembler toute la ruelle.

Une douleur fulgurante déchira l'épaule gauche de Thomas.

CHAPITRE 40

L'impact projeta Thomas en arrière et le fit pivoter de sorte qu'il tomba à plat ventre, le nez contre le bitume. À travers la souffrance et le bourdonnement sourd qui lui résonnait dans les oreilles, il entendit une deuxième détonation, suivie de grognements et de coups, puis d'un tintement de métal.

Il roula sur le dos, la main sur sa blessure ; il n'avait pas le courage de regarder la plaie. Le bourdonnement à ses oreilles redoubla, et il nota du coin de l'œil que le Blond avait été plaqué au sol. Quelqu'un était en train de le démolir à coups de poing.

Minho.

Thomas baissa enfin les yeux sur son épaule. Ce qu'il découvrit fit battre son cœur deux fois plus vite.

Un petit trou dans sa chemise dévoilait un cratère écarlate dans la partie charnue au-dessus de l'aisselle. Il saignait abondamment. Il avait très mal. Lui qui avait cru sa migraine douloureuse, tout à l'heure, était soumis maintenant à une souffrance bien supérieure, concentrée dans un noyau dur au beau milieu de son épaule. Et qui se diffusait dans tout son corps.

Penché sur lui, Newt le dévisageait avec un regard inquiet.

— Il m'a tiré dessus.

C'était sorti tout seul. La douleur se répandait en lui comme autant d'agrafes malveillantes qui le lardaient et le déchiraient avec leurs petites pointes. Il sentit son esprit s'engourdir.

Quelqu'un passa une chemise à Newt, qui la pressa sur la blessure de Thomas. Une nouvelle vague de douleur le submergea ; il poussa un cri – il se moquait pas mal de passer pour une mauviette. Il n'avait jamais eu aussi mal. Le monde s'estompait autour de lui.

« Perds connaissance, se dit-il. Perds connaissance, tu ne sentiras plus rien. »

Les voix lui parvenaient de très loin, comme la sienne quand on l'avait drogué sur la piste de danse.

— Je peux lui extraire ça, dit Jorge. Mais je vais avoir besoin d'un feu.

— On ne peut pas faire ça ici, protesta une voix. Celle de Newt ?

— Commençons par foutre le camp de cette ville. Là, ça ne pouvait être que Minho.

— D'accord. Aidez-moi à le porter, trancha une voix que Thomas ne reconnut pas.

Des mains l'empoignèrent par-dessous, lui soulevèrent les jambes. Douleur. Quelqu'un annonça qu'il allait compter jusqu'à trois. Douleur. Il avait vraiment très, très mal. Un. Douleur. Deux. Aïe ! Trois !

Il s'envola, et une nouvelle explosion de douleur s'empara de lui.

Puis son souhait se réalisa et l'obscurité emporta ses soucis.

Il se réveilla, la cervelle en coton.

La lumière l'aveuglait ; impossible d'ouvrir complètement les paupières. Il tressautait et se balançait, porté
par plusieurs personnes. Il entendait souffler et haleter
autour de lui. Des bruits de pas sur le bitume. Quelqu'un
cria, mais il ne comprit pas un mot. Un peu plus loin,
des fondus poussaient des cris.

Et la chaleur ! Elle était accablante.

Il avait l'épaule en feu. La douleur le déchirait en une
série d'explosions toxiques. Il se réfugia dans les ténèbres.

*

Il entrouvrit les yeux.

Cette fois, la lumière était beaucoup moins vive. On
aurait dit la lueur dorée du crépuscule. Il était allongé
sur le dos, à même le sol. Un caillou lui rentrait dans
les reins, mais ce n'était rien comparé à la souffrance
qui lui tenaillait l'épaule. On se pressait autour de lui,
on échangeait des mots à voix basse.

Les cris des fondus s'étaient perdus au loin. Il ne
voyait aucun immeuble, rien que le ciel au-dessus de
lui. Et la douleur dans son épaule. Oh, cette douleur !

Un feu crépitait à proximité. Il sentait sa chaleur lui
lécher le corps, comme un souffle dans l'air chaud.

Quelqu'un dit :

— Vous avez intérêt à bien le tenir. Les jambes et
les bras.

Malgré le brouillard dans lequel il flottait, cette mise en garde ne lui dit rien de bon.

Une lueur argentée accrocha son regard, le reflet du couchant sur… une lame de couteau ? Rougeoyante ?

— Ça va faire un mal de chien, annonça une voix.

Il entendit un grésillement juste avant qu'un milliard de bâtons de dynamite lui explosent dans l'épaule.

Son esprit tira le rideau pour la troisième fois.

*

Il sentit qu'il était resté évanoui un bon moment. Quand il reprit connaissance, les étoiles scintillaient dans le ciel. Quelqu'un lui tenait la main. Il voulut tourner la tête pour voir qui c'était, mais le mouvement lui provoqua une violente douleur le long de la colonne vertébrale.

Il n'avait pas besoin de regarder. Ce ne pouvait être que Brenda.

Qui d'autre ? Et puis, la main était petite et douce. Brenda, sans hésiter.

La souffrance aiguë s'était transformée en un mal sournois qui se diffusait dans tout son corps. C'était pire qu'avant. Une sensation répugnante, comme un flot d'asticots qui se répandraient dans ses veines, au creux de ses os et entre ses muscles. En le rongeant de l'intérieur.

La douleur était devenue plus sourde.

Il n'aurait pas su expliquer pourquoi, mais il était certain que quelque chose ne tournait pas rond chez lui.

Le mot « infection » s'imposa à lui, et resta gravé dans son esprit.

Il s'évanouit.

Le soleil levant réveilla Thomas. Brenda ne lui tenait plus la main. Il sentit sur sa peau la fraîcheur de l'air matinal, qui lui donna brièvement le sourire.

Puis il prit conscience de la douleur lancinante qui le consumait tout entier, logée dans chacune de ses fibres. Cela n'avait plus rien à voir avec son épaule ou sa blessure. Quelque chose de terrible proliférait dans son organisme.

« L'infection. » Encore ce mot.

Il ne savait pas comment il tiendrait pendant les cinq prochaines minutes. Encore moins l'heure suivante. Comment pourrait-il tenir une journée entière ? S'endormir, et se réveiller encore plus mal en point ? Le désespoir l'envahit, comme un vide béant qui menaçait de le précipiter vers l'abîme. Il se sentit gagné par la panique. Et toujours cette douleur omniprésente…

Les choses prirent soudain une tournure étrange.

Les autres l'entendirent avant lui. Minho et ses compagnons se mirent soudain à courir dans tous les sens, en scrutant le ciel. Le ciel ? Pourquoi le ciel ?

Quelqu'un – Jorge, pensa-t-il – cria le mot « berg ».

Puis Thomas l'entendit à son tour. Un grondement grave, ponctué de chocs sourds. Le bruit devint de plus en plus fort, au point qu'il eut bientôt la sensation de l'entendre résonner à l'intérieur de son crâne, dans ses tympans, dans les os de sa mâchoire et jusque dans sa colonne vertébrale. Un martèlement constant, régulier, comme un gigantesque battement de tambour et, en arrière-fond, le vrombissement puissant d'une machinerie lourde. Le vent se leva. Thomas crut d'abord qu'il allait y avoir de l'orage, mais le ciel était d'un bleu immaculé. Pas un nuage en vue.

Le bruit accentuait sa douleur ; il commençait à tourner de l'œil. Mais il serra les dents, désespérément curieux de découvrir la source de ce vacarme. Minho cria, le doigt pointé vers le nord. Thomas avait trop mal pour se retourner dans cette direction. Le vent forcit, l'enveloppa, s'engouffra sous ses vêtements. Un nuage de poussière obscurcit l'air. Tout à coup, Brenda se pencha sur lui et lui prit la main.

Elle approcha son visage à quelques centimètres du sien. Ses cheveux volaient dans le vent.

— Excuse-moi, lui dit-elle. Je ne voulais pas… je veux dire, je sais bien que tu…

Elle détourna la tête.

De quoi parlait-elle ? Pourquoi ne lui disait-elle pas ce qui produisait ce bruit insupportable ? Il avait tellement mal…

Une expression de surprise horrifiée se répandit sur le visage de la jeune fille, qui resta bouche bée, les yeux écarquillés. Puis elle fut repoussée par deux…

Cette fois, la panique s'empara de Thomas pour de bon. Deux personnes, vêtues de la tenue la plus étrange qu'il avait jamais vue. Une sorte de combinaison intégrale, flottante, vert foncé, dont le torse était barré de lettres qu'il ne parvenait pas à lire. Le visage mangé par de grosses lunettes de soudeur. Non, pas des lunettes. Une sorte de masque à gaz. Ils étaient hideux, monstrueux. On aurait dit deux insectes géants mangeurs d'hommes, emmaillotés dans du plastique.

L'un d'eux lui attrapa les chevilles. L'autre le saisit par les aisselles. Thomas poussa un grand cri. Ils le soulevèrent du sol, et une douleur fulgurante le traversa de la tête aux pieds. Lui qui croyait s'être habitué à la souffrance découvrit qu'elle pouvait être encore pire. Comme se débattre était trop douloureux, il se laissa faire.

Ils l'emportèrent, et Thomas parvint enfin à déchiffrer les lettres sur le torse de l'homme qui lui tenait les jambes.

WICKED.

Les ténèbres menaçaient de l'engloutir. Il se laissa submerger, mais cette fois sa douleur l'accompagna.

CHAPITRE 41

Il se réveilla sous une lumière blanche et aveuglante qui lui tombait en plein dans les yeux. Il comprit tout de suite qu'il ne s'agissait pas du soleil mais d'une lumière artificielle. Elle brillait tout près de lui. Et bien qu'il eût refermé aussitôt les paupières, il garda, imprimée sur la rétine, l'image d'une ampoule.

Il entendit des voix, ou plutôt des murmures à peine audibles. Il ne saisit pas le moindre mot.

Il perçut de discrets cliquetis métalliques, qui lui firent immédiatement penser à des instruments chirurgicaux. Des scalpels, ainsi que des petites tiges avec un miroir au bout. Ces images remontaient du tréfonds de sa mémoire embrumée, et, en y ajoutant l'éclairage, il comprit.

Il était dans un hôpital. La dernière chose qu'il se serait attendu à trouver dans la Terre Brûlée. À moins qu'on ne l'ait conduit ailleurs ? Très loin ? Par le biais d'un transplat, peut-être ?

Une ombre occulta la lumière, et Thomas ouvrit les yeux. Quelqu'un se tenait au-dessus de lui, vêtu de la même tenue ridicule que ceux qui l'avaient amené ici. Y compris le masque à gaz, les grosses lunettes. Derrière les verres protecteurs, deux yeux sombres étaient fixés sur lui. Des yeux de femme, lui sembla-t-il.

— Est-ce que tu m'entends ? demanda-t-elle.

Oui, c'était bien une femme, même si le masque étouffait sa voix.

Thomas essaya d'acquiescer.

— Ça n'aurait jamais dû se produire. (Elle avait légèrement relevé et tourné la tête en disant ça, donnant l'impression que ce commentaire n'était pas destiné à Thomas.) Comment se fait-il qu'on trouve encore un pistolet en état de marche dans cette ville ? As-tu idée de la quantité de rouille et de saletés qu'il devait y avoir sur cette balle ? Sans parler des microbes.

Elle semblait très en colère.

Un homme lui répondit :

— Contente-toi de le soigner. On doit le renvoyer là-bas. Et vite.

Thomas eut à peine le temps de comprendre ce qu'ils disaient. Une nouvelle souffrance se répandit dans son épaule, insupportable.

Il s'évanouit pour la énième fois.

*

Nouveau réveil.

Il manquait quelque chose. Mais quoi ? La même lumière tombait du spot au-dessus de lui. Cette fois, il tourna son regard sur le côté, au lieu de fermer les yeux. Sa vue était meilleure, plus nette. Des dalles argentées au plafond, un engin en métal bardé de boutons, de manettes et de voyants. Il n'y comprenait rien.

Puis l'évidence le frappa. Il eut un tel choc, un tel sentiment d'émerveillement qu'il osait à peine en croire ses sens.

Il ne ressentait plus aucune douleur.

Il n'y avait personne auprès de lui. Pas de combinaisons vertes inquiétantes, pas de lunettes, personne pour lui enfoncer un scalpel dans l'épaule. La disparition de la douleur était un pur délice. Il n'aurait jamais cru qu'on puisse se sentir aussi bien.

Bien sûr, on avait dû lui administrer une drogue.

Il replongea dans le brouillard.

*

Une conversation étouffée lui parvenait à travers le voile de sa somnolence artificielle.

Il était suffisamment conscient pour garder les yeux fermés, à l'affût d'informations à propos de ceux qui l'avaient enlevé. Ceux qui, de toute évidence, l'avaient soigné en débarrassant son corps de l'infection.

Un homme dit :

— Tu es sûre qu'on n'est pas en train de compromettre quoi que ce soit ?

— Certaine. (Une voix de femme.) Enfin, aussi certaine qu'on peut l'être. En fait, il est même possible que ça stimule dans la zone mortelle un schéma auquel nous n'avions pas pensé. Un bonus, qui sait ? Je ne vois pas comment ça pourrait l'entraîner dans une direction qui empêcherait la réalisation des autres schémas.

— Nom de Dieu, j'espère que tu as raison ! fit l'homme.

Une autre femme intervint, d'une voix claire, presque cristalline.

— Combien reste-t-il de Candidats viables parmi les survivants, à votre avis ?

Thomas pouvait presque entendre la majuscule – «Candidats». Perplexe, il s'astreignit à rester immobile et à écouter.

— Seulement quatre ou cinq, répondit la première femme. Thomas représente de loin notre meilleur espoir. Il répond superbement aux variables. Attendez, je crois que je viens de voir bouger ses yeux.

Thomas se figea, s'efforçant de regarder droit devant lui sous ses paupières closes. C'était difficile. Il s'obligea à respirer avec régularité, comme s'il dormait. Il ne comprenait pas exactement de quoi parlaient ces gens, mais il voulait à tout prix en apprendre davantage. Il en avait besoin.

— Quelle importance s'il nous écoute ? demanda l'homme. Il ne risque pas de comprendre grand-chose, pas suffisamment pour que ça puisse affecter ses réactions. Peu importe qu'il sache que nous avons fait une grosse exception pour le débarrasser de cette infection. Que le WICKED reste toujours prêt à intervenir en cas de nécessité.

La femme à la voix claire éclata de rire – l'un des sons les plus agréables que Thomas avait jamais entendus.

— Si tu nous entends, Thomas, ne te fais pas trop d'illusions. Nous allons te ramener directement là d'où tu viens.

L'effet de la drogue qui courait dans les veines de Thomas parut s'accentuer, et il se laissa glisser dans la béatitude. Il essaya en vain d'ouvrir les yeux. Avant de perdre connaissance, il entendit une dernière remarque de la première femme. Une remarque troublante.

— C'est ce que tu aurais voulu.

CHAPITRE 42

Les mystérieux inconnus tinrent parole.

Quand Thomas se réveilla, il était suspendu en l'air, sanglé dans une civière de toile qui se balançait d'avant en arrière. Une grosse corde passée dans un anneau de métal bleu le faisait descendre d'une masse énorme, au milieu de la même explosion de bourdonnements et de martèlements qu'il avait entendus quand on était venu le chercher. Terrifié, il se cramponna aux bords de la civière.

Enfin, il perçut un choc sourd, et une multitude de visages apparurent autour de lui. Minho, Newt, Jorge, Brenda, Poêle-à-frire, Aris et les autres blocards. La corde qui le retenait se détacha et s'envola. Presque aussitôt, l'appareil qui l'avait descendu remonta en flèche avant de disparaître dans le soleil. Les bruits de moteur s'estompèrent, et bientôt on n'entendit plus rien.

Puis tout le monde se mit à parler en même temps.

— Qu'est-ce qui s'est passé ?

— Tu vas bien ?

— Qu'est-ce qu'ils t'ont fait ?

— Qui c'était ?

— Sympa, ton voyage en berg ?

— Comment va ton épaule ?

Thomas ignora toutes ces questions et s'efforça de se redresser, mais il se rendit compte qu'il était encore ficelé à la civière. Il chercha Minho du regard.

— Un petit coup de main ?

Tandis que Minho et quelques autres entreprenaient de le détacher, Thomas se fit une troublante réflexion. Les gens du WICKED étaient arrivés étrangement vite à son secours. À les entendre, ce n'était pas prévu, mais ils l'avaient fait quand même. Ce qui voulait dire qu'ils suivaient de près le déroulement des épreuves et pouvaient intervenir à tout moment pour sauver qui ils voulaient.

Pourtant, ils s'en étaient abstenus jusque-là. Combien de personnes étaient mortes au cours des derniers jours sans que le WICKED bouge le petit doigt ? Et pourquoi cette exception pour Thomas, au seul motif qu'il avait pris une balle rouillée ?

Tout ça le dépassait.

Une fois libéré, il se leva et s'étira, refusant de répondre à la deuxième salve de questions. Il faisait très chaud, et tout en détendant ses muscles il prit conscience qu'il n'éprouvait plus aucune douleur hormis un léger tiraillement dans l'épaule. Il constata qu'il portait des vêtements neufs, et qu'un bandage formait une bosse sous la manche gauche de sa chemise. Mais ses pensées prirent aussitôt une autre direction.

— Qu'est-ce que vous fichez là ? Vous allez cuire !

Minho ne se donna pas la peine de répondre. Il se contenta d'indiquer quelque chose derrière lui. Thomas se retourna et découvrit une cabane branlante en bois qui menaçait de tomber en poussière d'une seconde à l'autre, mais suffisamment grande pour abriter tout le monde.

— On ferait mieux de retourner à l'intérieur, déclara Minho.

Thomas comprit qu'ils étaient sortis de leur abri juste à temps pour assister à sa descente du… « berg » ? Jorge l'avait ainsi désigné.

Le groupe partit à grands pas vers l'abri. Thomas dut promettre une dizaine de fois qu'il s'expliquerait dès qu'ils seraient à l'ombre. Brenda, qui les attendait, vint se placer à côté de lui. Mais elle s'abstint de lui donner la main, et Thomas, gêné, en éprouva du soulagement. Elle ne prononça pas un mot, et lui non plus.

La ville en ruine s'étendait à quelques kilomètres au sud, baignant dans sa crasse et dans sa folie. On ne voyait aucune trace de ses habitants contaminés. Au nord se dressaient les montagnes, à une journée de marche environ. Rocailleuses et arides, elles s'élevaient de plus en plus haut en pics acérés. Des trous dans la roche donnaient l'impression qu'un géant s'était acharné sur la chaîne avec une grande hache pour donner libre cours à sa fureur.

Ils parvinrent à la cabane, dont le bois était sec comme de l'os. On aurait dit qu'elle était là depuis un siècle. Peut-être avait-elle été construite par un fermier avant la catastrophe. Qu'elle soit encore debout après tout ce temps tenait du miracle. Mais il aurait sans doute suffi de craquer une allumette pour qu'elle s'embrase en moins de trois secondes.

— Très bien, déclara Minho en indiquant un coin. Assieds-toi là, mets-toi à l'aise et crache le morceau.

Thomas n'en revenait pas de se sentir aussi bien – à peine une petite douleur dans l'épaule ! Et il n'avait pas le sentiment d'être encore sous l'emprise d'un quelconque produit. Les médecins du WICKED avaient accompli un travail incroyable. Il s'assit en tailleur et attendit que tous les autres soient installés en face de lui sur le sol chaud et poussiéreux. On aurait dit un professeur sur le point de commencer son cours… une vague réminiscence de son passé.

Minho fut le dernier à s'asseoir, juste à côté de Brenda.

— Allez, raconte-nous ton enlèvement par les aliens à bord de leur super vaisseau spatial.

— Tu es sûr ? demanda Thomas. Il nous reste combien de temps pour franchir ces montagnes et atteindre le refuge ?

— Cinq jours, mec. Et tu sais qu'on ne peut pas crapahuter sous le soleil sans protection. Tu vas nous raconter, ensuite on dormira, et après on marchera toute la nuit jusqu'à ce qu'on n'en puisse plus. On t'écoute.

— D'accord, dit Thomas. Gardez vos questions pour la fin, les enfants !

Voyant que personne ne riait, ni même souriait, il toussota et s'empressa de continuer.

— C'est le WICKED qui est venu me chercher. Je me suis évanoui plusieurs fois, mais ils m'ont confié à des chirurgiens qui m'ont complètement retapé. Je les ai entendus dire que ça n'aurait jamais dû se produire, que le flingue n'était pas inclus dans les paramètres. La balle avait déclenché une grosse infection, et je suppose qu'ils n'avaient pas prévu que je meure tout de suite.

Les autres le dévisagèrent durement.

Thomas savait depuis le début qu'ils auraient du mal à accepter son histoire, même quand il leur aurait tout raconté.

— Je vous répète simplement ce que j'ai entendu.

Il s'efforça de leur expliquer. Il détailla tout ce qu'il se rappelait : l'étrange conversation qui s'était tenue à son chevet, les allusions aux schémas de la zone mortelle, aux Candidats, aux variables. Il n'y avait pas compris grand-chose sur le moment, et cela devenait encore plus nébuleux maintenant qu'il essayait de se le rappeler mot à mot. Les blocards – ainsi qu'Aris, Jorge et Brenda – avaient l'air aussi frustrés que lui.

— Bon, c'est plus clair comme ça, conclut Minho. Ça a sûrement un rapport avec tous ces panneaux dans la ville.

Thomas haussa les épaules.

— Au moins, tu as l'air content de me revoir.

— Eh, si tu veux être le chef, pas de problème. Je suis content de te revoir.

— Non, merci. Je te laisse la place.

Minho n'ajouta rien. Thomas devait reconnaître que les panneaux compliquaient la donne : fallait-il comprendre que le WICKED tenait à ce qu'il soit le chef ? Comment était-il supposé réagir ?

Newt se leva, le visage concentré.

— Donc, on est tous candidats à quelque chose. Et peut-être que le but de toutes ces saloperies qui nous tombent dessus consiste à écrémer ceux qui n'ont pas les qualités requises. Sauf que, allez savoir pourquoi, cette histoire de flingue et de balle rouillée ne rentrait pas dans les paramètres. Ou les variables, ou je ne sais quoi. Thomas est peut-être destiné à crever ici, mais pas des suites d'une infection.

Thomas fit la moue et hocha la tête. La situation lui paraissait magnifiquement résumée.

— Ça veut dire qu'ils nous observent, fit remarquer Minho. Comme dans le Labyrinthe. Personne n'aurait aperçu un scaralame dans le coin ?

Plusieurs blocards secouèrent la tête.

— C'est quoi, un scaralame ? demanda Jorge.

Thomas lui répondit :

— Une espèce de lézard mécanique équipé de caméras qui nous espionnait dans le Labyrinthe.

Jorge leva les yeux au ciel.

— Bien sûr. Suis-je bête !

— Le Labyrinthe était un complexe entièrement clos, intervint Aris. Mais nous ne sommes plus enfermés, ici. Cela dit, ils pourraient utiliser des satellites ou des téléobjectifs, je suppose.

Jorge se racla la gorge.

— Qu'est-ce qui fait de Thomas quelqu'un de tellement spécial ? Tous ces panneaux, en ville, qui le désignent comme le vrai chef, ce berg qui descend le chercher dès qu'il a un petit problème... (Il se tourna vers Thomas.) Je ne veux pas être méchant, mec, je suis seulement curieux. En quoi es-tu meilleur que tes copains ?

— Je n'ai rien de spécial, répondit Thomas, tout en sachant qu'il leur cachait des éléments. Je vous ai répété tout ce que j'ai entendu. Il existe de nombreuses façons de mourir par ici, mais le flingue n'aurait pas dû en faire partie. Je crois qu'ils auraient sauvé n'importe lequel d'entre nous. Ce n'est pas moi, c'est la balle qui les a forcés à intervenir.

— Quand même, fit Jorge avec un petit sourire, je crois que je ne vais plus te lâcher.

Des discussions s'engagèrent, que Minho interrompit rapidement. Il rappela à tout le monde qu'ils avaient besoin de repos avant leur marche de la nuit. Thomas ne s'en plaignit pas, car rester assis dans cette chaleur écrasante, sur ce sol brûlant, le fatiguait de plus en plus. Peut-être était-ce la convalescence, ou bien la chaleur, mais en tout cas il avait très envie de dormir.

Comme ils n'avaient pas d'oreillers ni de couvertures, Thomas se roula en boule dans la poussière, la tête appuyée sur les bras. Brenda s'allongea juste à côté de lui, sans le toucher. Thomas doutait d'arriver un jour à la comprendre.

Il respira profondément, ferma les yeux et se détendit en accueillant avec bonheur une sensation de lassitude qui l'entraînait dans les profondeurs. Les bruits s'estompèrent autour de lui, l'air parut s'épaissir ; un grand calme l'envahit, puis le sommeil vint.

*

Le soleil flamboyait toujours dans le ciel quand une voix résonna dans son esprit, le réveillant.

Une voix féminine.

Teresa.

Après des jours et des jours de silence, Teresa recommençait enfin à communiquer avec lui par télépathie, dans un déluge verbal.

— *Tom, n'essaie pas de me répondre, contente-toi de m'écouter. Il va t'arriver quelque chose de terrible demain.*

Un truc affreux, épouvantable. Tu auras mal, et tu auras peur. Mais il faudra me faire confiance. Quoi qu'il arrive, quoi que tu voies, quoi que tu entendes, quoi que tu puisses penser. Fais-moi confiance. Je ne pourrai pas te parler.

Elle marqua une pause, mais Thomas était tellement sous le choc, en train d'essayer de comprendre ce qu'elle lui disait – et de le mémoriser – qu'il n'eut pas le temps de placer un mot.

— *Il faut que je te laisse. Je ne pourrai plus te contacter avant un moment.*

Un autre silence.

— *Jusqu'à ce qu'on se retrouve.*

Il chercha quoi lui répondre, mais sa voix et sa présence s'effaçaient déjà, et il resta seul une fois de plus.

CHAPITRE 43

Thomas mit longtemps à retrouver le sommeil.

Il ne doutait pas que c'était Teresa. Pas une seconde. Il avait ressenti sa présence, ses émotions, comme chaque fois qu'ils s'étaient parlé de cette façon. Elle avait été là, avec lui, brièvement. Et quand elle était partie, le vide immense s'était rouvert en lui.

Qu'était-elle venue faire ? Le prévenir qu'un truc terrible allait lui arriver, mais qu'il devrait lui faire confiance ? Il avait beau retourner la chose dans tous les sens, ça ne voulait rien dire. Et aussi inquiétant que son avertissement puisse paraître, il en revenait constamment à sa dernière phrase, à propos de leurs retrouvailles. Était-ce un faux espoir qu'elle lui faisait miroiter ? Une manière de lui faire comprendre qu'il surmonterait l'épreuve et en ressortirait indemne pour être de nouveau avec elle ? Les nombreuses hypothèses aboutissaient toutes à une impasse déprimante.

La journée devenait de plus en plus chaude tandis qu'il se retournait, trop agité pour dormir. Il s'était presque habitué à l'absence de Teresa, ce qui le rendait malade. Pour ne rien arranger, il avait l'impression de l'avoir trahie en laissant Brenda devenir son amie, en se rapprochant d'elle.

Il fut tenté de réveiller Brenda pour lui parler de sa situation. Était-ce mal ? Il se sentait tellement frustré, tellement stupide qu'il avait envie de hurler.

Pas l'idéal pour quelqu'un qui essayait de s'endormir par une chaleur accablante.

Le soleil était déjà à mi-chemin de l'horizon losqu'il y réussit enfin.

*

Il se sentait un peu mieux quand Newt le secoua doucement pour le réveiller. À présent, la visite de Teresa n'était guère plus qu'un rêve. Il aurait presque pu croire qu'elle n'avait jamais eu lieu.

— Bien dormi, Tommy ? Comment va ton épaule ?

Thomas s'assit en se frottant les yeux. Il n'avait sans doute pas dormi plus de trois ou quatre heures, mais son sommeil avait été réparateur. Il se massa l'épaule et fut de nouveau surpris par ses sensations.

— Plutôt bien, en fait. Ça tire encore un peu, mais rien de grave. Quand je pense à quel point ça me faisait mal…

Newt jeta un coup d'œil aux autres qui se préparaient à lever le camp, puis ramena son attention sur Thomas.

— On n'a pas beaucoup discuté depuis qu'on a quitté ce foutu dortoir, hein ? Pas vraiment eu le temps de prendre le thé.

— Eh non.

Sans savoir pourquoi, cette réflexion ranima chez Thomas le souvenir douloureux de la perte de Chuck. Ce qui le fit détester d'autant plus les personnes qui en étaient responsables. La phrase de Teresa lui revint en mémoire.

— Je ne vois pas comment on peut considérer le WICKED comme gentil.

— Pardon ?

— Tu te rappelles ce qu'il y avait d'écrit sur les bras de Teresa quand elle est arrivée au Bloc ? Ça disait *WICKED is good* – le méchant est bon. Je trouve ça plutôt difficile à croire, conclut-il d'un ton sarcastique.

Newt le dévisagea avec un étrange sourire.

— Oh, ils viennent quand même de te sauver la vie.

— Oui, ça, c'était gentil.

Thomas devait admettre qu'il était perplexe. Ceux du WICKED lui avaient bel et bien sauvé la vie. De plus, il avait travaillé pour eux. Mais il ne savait plus quoi en penser.

Brenda, qui commençait à s'agiter dans son sommeil, finit par s'asseoir avec un gros bâillement.

— Bonjour. Enfin, bonsoir. Enfin, bref.

— Une journée de plus en vie, dit Thomas.

Puis il se rendit compte que Newt n'avait peut-être pas encore parlé à Brenda. Il ignorait complètement ce qui avait pu se passer dans le groupe depuis qu'il avait pris cette balle.

— Je suppose que vous avez déjà fait connaissance, tous les deux ? Sinon, Brenda, je te présente Newt. Newt, Brenda.

— Oui, on se connaît, répondit Newt, qui se pencha néanmoins pour serrer la main de la jeune fille avec un air moqueur. Mais encore merci pour avoir évité à cette mauviette de se faire botter les fesses pendant votre petite escapade.

Un mince sourire éclaira le visage de Brenda.

— Notre escapade. C'est ça. J'ai surtout apprécié le moment où tous ces fondus voulaient nous couper le nez. (Elle afficha un bref instant une expression étrange, entre la gêne et le désespoir.) J'imagine que j'irai grossir leurs rangs dans pas longtemps.

Thomas ne savait pas comment réagir à ça.

— Tu ne dois pas en être à un stade beaucoup plus avancé que nous. N'oublie pas...

Brenda ne le laissa pas terminer.

— Oui, oui. Vous allez me conduire au remède miracle. Je sais.

Elle se leva, mettant fin à la conversation.

Thomas jeta un regard à Newt. Ce dernier haussa les épaules. Puis, au moment de se lever, il se pencha vers Thomas et lui glissa à l'oreille :

— C'est ta nouvelle copine ? Je le dirai à Teresa.

Après quoi, il s'éloigna en ricanant.

Thomas resta assis là une minute, avec le sentiment d'être complètement dépassé. Teresa, Brenda, ses amis. L'avertissement qu'il avait reçu. La Braise. Le fait qu'ils n'avaient plus que quelques jours pour franchir les montagnes. Le WICKED. Le refuge et l'avenir qui les attendaient.

C'était trop pour lui. Beaucoup trop.

Il fallait qu'il arrête de réfléchir. Il avait faim, et ça au moins, c'était un problème à sa portée. Il se leva donc pour chercher quelque chose à manger. Et Poêle-à-frire lui apporta la solution.

*

Ils se mirent en marche à l'instant où le soleil s'enfonçait derrière la ligne d'horizon, en donnant à la terre poussiéreuse une coloration presque violette. Thomas, en proie à des crampes et à de vagues douleurs, avait hâte de transpirer un bon coup et de se dérouiller les jambes.

Les montagnes se changèrent progressivement en pics noirs et déchiquetés, de plus en plus hauts. Il n'y avait pas de contreforts à proprement parler : la plaine se poursuivait jusqu'au pied des montagnes qui se dressaient à pic vers le ciel, tout en falaises et en pentes abruptes. Brunes et laides, sans vie. Thomas espérait qu'ils trouveraient un sentier en arrivant là-bas.

Tout le monde marchait en silence. Brenda, qui n'était pas loin, demeurait muette. Même à Jorge, elle n'adressait pas la parole. Thomas détestait cette gêne qui s'était installée entre elle et lui. Parce qu'il l'aimait bien, probablement plus que n'importe qui d'autre en dehors de Newt et de Minho. Et de Teresa, bien sûr.

Newt s'approcha de lui après la tombée de la nuit, alors qu'ils n'avaient plus que la lune et les étoiles pour guides. Leur clarté suffisait : pas besoin de plus d'éclairage pour avancer sur un sol plat en direction d'un mur de roche droit devant. On n'entendait que les crissements de leurs pas dans la poussière.

— J'ai pensé à un truc, commença Newt.

— Ah oui ? À quoi ?

Thomas ne s'y intéressait pas vraiment ; il se réjouissait simplement d'avoir un compagnon à qui parler pour se changer les idées.

— Au WICKED. Tu sais, ces gars-là ont enfreint leurs propres règles à cause de toi.

— Comment ça ?

— Ils ont d'abord dit qu'il n'y en avait pas. Qu'on devait atteindre le refuge dans le temps imparti, et basta. Aucune règle. Des gens meurent, à droite à gauche, et voilà qu'ils descendent du ciel dans une saleté de monstre volant pour venir te sauver ? Ça n'a pas de sens. (Il fit une pause.) Je ne me plains pas, remarque, je suis très content que tu t'en sois sorti.

— Tant mieux.

Thomas savait que Newt mettait le doigt sur un point important, mais il ne voulait pas y penser.

— Et puis, il y a aussi tous ces panneaux placardés dans la ville avec ton nom dessus. Très bizarre.

Thomas jeta un regard à son ami, dont il distinguait à peine les traits dans l'obscurité.

— Ne me dis pas que tu es jaloux ? protesta-t-il sur le ton de la plaisanterie, comme si ces panneaux n'avaient aucune importance.

Newt s'esclaffa.

— Mais non, tocard ! J'ai juste envie de comprendre ce qui se passe. De connaître le fin mot de l'histoire.

— Oui, acquiesça Thomas, qui partageait la même curiosité. La femme a dit que seuls quelques-uns d'entre nous feraient de bons Candidats. Et que j'étais le meilleur, et qu'ils ne tenaient pas à me voir mourir pour une raison imprévue. Mais je n'ai aucune idée de ce dont elle parlait. Je sais seulement que ça avait un rapport avec cette saloperie de zone mortelle et de schémas.

Ils marchèrent une minute en silence, après quoi Newt conclut :

— Pas la peine de nous retourner le cerveau dans tous les sens. On verra bien comment tout ça finira.

Thomas faillit lui parler de l'avertissement de Teresa, mais son instinct lui conseilla de s'abstenir.

Il se tut donc, et au bout d'un moment, Newt s'éloigna et Thomas continua seul dans le noir.

*

Il s'écoula deux heures avant qu'il ait une autre discussion, avec Minho cette fois. Ils échangèrent longuement, mais sans se dire grand-chose. C'était surtout une façon de passer le temps, en ressassant les mêmes interrogations qui les avaient tenaillés un million de fois.

Thomas commençait à avoir mal aux jambes, mais ça restait supportable. Les montagnes se rapprochaient. L'air s'était considérablement rafraîchi, ce qu'il trouvait merveilleux.

Brenda demeurait silencieuse et distante.

*

Quand les premières lueurs de l'aube teintèrent le ciel d'un bleu profond et que les étoiles commencèrent à s'éteindre, Thomas trouva enfin le courage d'aborder Brenda. Les falaises étaient proches désormais, et on commençait à distinguer des arbres morts et des blocs rocheux. Ils atteindraient le pied des montagnes avant que le soleil ne pointe à l'horizon, ça ne faisait aucun doute.

— Hé, fit Thomas, tu tiens le coup ?

— Ça va, répondit-elle d'un ton cinglant, avant de poursuivre aussitôt, peut-être pour se faire pardonner : Et toi ? Ton épaule ?

— Ça va beaucoup mieux, c'est incroyable. Je n'ai pratiquement plus mal.

— Tant mieux.

— Oui.

Il se creusa la cervelle pour trouver quelque chose à dire.

— Écoute, heu… je suis désolé pour tout ce qui s'est passé. Et… heu… pour ce que je t'ai dit. Tout est un peu chamboulé dans ma tête en ce moment.

Elle leva les yeux vers lui, et il lut de la douceur dans son regard.

— Arrête, Thomas. Tu n'as pas à t'excuser. On est différents, c'est tout. Et puis, tu as une petite amie. Je n'aurais pas dû essayer de t'embrasser.

— Ce n'est pas vraiment ma petite amie.

Il regretta aussitôt d'avoir dit ça, ignorant ce qui lui avait pris.

Brenda se vexa.

— Ne me prends pas pour une idiote. Et ne m'insulte pas. Si tu veux résister à tout ça, dit-elle en se passant les mains depuis la tête jusqu'aux hanches, tu as intérêt à avoir une bonne raison.

Elle lui fit un sourire moqueur. Thomas rit. La tension et la gêne accumulées entre eux venaient de se dissiper d'un coup.

— Je m'en souviendrai. Tu embrasses probablement comme un pied, de toute façon.

Elle lui donna un coup de poing dans l'épaule... celle valide, heureusement.

— Tu ne t'imagines pas à quel point tu te trompes. Tu peux me croire sur parole.

Thomas s'apprêtait à lui lancer une repartie stupide quand il s'arrêta net. La personne qui le suivait lui fonça dedans avant de le contourner, mais il ne vit pas qui c'était : son regard était fixé sur l'horizon, son cœur avait cessé de battre.

Le ciel s'était considérablement éclairci et les montagnes se dressaient à présent à moins de cent mètres. À mi-chemin, une fille semblait avoir surgi de nulle part. Et elle s'avançait vers eux d'un bon pas.

Elle tenait entre ses mains une sorte d'épieu à long manche terminé par une lame à l'aspect inquiétant.

C'était Teresa.

CHAPITRE 44

Thomas ne savait pas comment interpréter ce qu'il voyait. Il n'éprouvait ni surprise ni joie à constater que Teresa était vivante – il le savait déjà. Elle lui avait parlé la veille. Mais la voir en chair et en os lui remonta quand même le moral. Jusqu'à ce qu'il se rappelle son avertissement. Et le fait qu'elle tenait un épieu.

Les autres blocards l'aperçurent juste après lui. Bientôt tout le monde s'était arrêté pour fixer avec de grands yeux Teresa qui marchait droit sur eux, les mains crispées sur le manche de son arme, le visage dur comme de la pierre. Elle semblait prête à éventrer le premier qui bougerait.

Thomas avança d'un pas, sans idée précise en tête, avant de se figer.

De part et d'autre de Teresa, des filles venaient d'apparaître, elles aussi comme tombées du ciel. Il jeta un coup d'œil derrière lui. Ils étaient encerclés par une bonne vingtaine de filles.

Et toutes brandissaient des armes : des couteaux, des épées rouillées ou des machettes ébréchées. Plusieurs avaient des arcs et des flèches, qu'elles pointaient sur les blocards d'un air menaçant. Thomas se mit à avoir peur. Malgré ce qu'elle lui avait dit, Teresa laisserait-elle ces filles leur faire du mal ?

« Le groupe B », songea-t-il. Son tatouage ne faisait-il pas de lui leur victime désignée ?

Il en était là de ses réflexions quand Teresa s'arrêta à une dizaine de mètres de leur groupe. Ses compagnes firent de même, en formant un cercle parfait autour des blocards. Thomas tourna lentement sur lui-même pour les examiner une par une. Elles se tenaient bien droites, les yeux plissés, les armes prêtes. Il se méfiait surtout des arcs : lui et les autres n'auraient pas le temps de faire quoi que ce soit qu'ils seraient déjà criblés de flèches.

Il s'immobilisa face à Teresa. Elle ne l'avait pas quitté des yeux.

Minho fut le premier à prendre la parole.

— Qu'est-ce que c'est que ce cirque, Teresa ? Drôle de façon d'accueillir tes vieux copains.

Brenda se tourna vers Thomas et le regarda avec intérêt. Il acquiesça brièvement de la tête. Son expression de surprise le rendit triste, sans qu'il sache trop pourquoi.

Teresa ne répondit rien, et un silence inquiétant s'abattit sur les deux groupes. Le soleil continuait à se lever ; il atteindrait bientôt le point où sa chaleur deviendrait insupportable.

Teresa s'approcha à trois mètres de Minho et de Newt, debout côte à côte.

— Teresa ? fit Newt. Bon sang, qu'est-ce que… ?

— Ta gueule ! le coupa Teresa.

Elle avait dit ça calmement, sans crier, mais avec une telle conviction que Thomas la trouva d'autant plus inquiétante.

— Au premier qui bouge, les flèches se mettent à voler, prévint Teresa.

Serrant fort son épieu, elle passa entre Newt et Minho et traversa le groupe des blocards comme si elle cherchait quelque chose. Elle s'arrêta un bref instant devant Brenda. Les deux filles n'échangèrent pas un mot, mais la haine qui les opposait était palpable. Teresa se remit en marche, sans baisser son regard glacial.

Elle arriva devant Thomas. Il voulait croire qu'elle n'allait pas utiliser son arme contre lui. Mais ce n'était pas si facile de s'en convaincre quand on se trouvait du mauvais côté de la lame.

— Teresa, murmura-t-il sans réfléchir.

Malgré l'épieu, malgré son regard dur, malgré ses muscles bandés comme si elle était sur le point de l'éventrer, il n'avait qu'une envie : la prendre dans ses bras. Il ne pouvait s'empêcher de se rappeler le baiser qu'elle lui avait donné. Ce qu'il avait ressenti.

Elle n'eut pas d'autre réaction que de continuer à le toiser.

— Teresa, qu'est-ce qui te… ?

— Ferme-la.

Cette même voix calme. Empreinte d'une autorité absolue. Ça ne lui ressemblait pas.

— Mais pourquoi… ?

Teresa se recula et lui balança le manche de son épieu en plein dans la joue droite. Une explosion de douleur se répandit dans son crâne. Il tomba à genoux en se tenant la mâchoire.

— Je t'ai dit de la fermer !

Elle se pencha, l'empoigna par le devant de sa chemise et le releva brutalement. Elle reprit son épieu à deux mains et le pointa sur lui.

— Tu t'appelles bien Thomas ?

Il la dévisagea avec stupéfaction. Le monde s'écroulait autour de lui, même s'il se répétait qu'elle l'avait prévenu et surtout qu'elle lui avait demandé de lui faire confiance, quoi qu'il arrive.

— Tu sais parfaitement qui...

Elle lui asséna un deuxième coup de manche, encore plus violent cette fois, au niveau de l'oreille droite. La douleur fut deux fois plus forte. Il poussa un cri, la main sur l'oreille. Mais il parvint à rester debout.

— Tu sais parfaitement qui je suis ! hurla-t-il.

— Je le savais, oui, répliqua-t-elle d'une voix à la fois douce et remplie de dégoût. Maintenant, je vais te le redemander encore une fois. Tu t'appelles bien Thomas ?

— Oui ! s'écria-t-il. Je m'appelle Thomas !

Teresa hocha la tête, puis recula, sans baisser son épieu. Les blocards s'écartèrent tandis qu'elle traversait leur groupe et rejoignait le cercle des filles.

— Tu viens avec nous, Thomas, annonça-t-elle. Les autres, rappelez-vous qu'au premier qui tente quoi que ce soit, on tire.

— Pas question ! cria Minho. Vous ne l'emmènerez nulle part !

Teresa fit comme si elle n'avait pas entendu, les yeux rivés sur Thomas entre ses paupières mi-closes.

— On ne plaisante pas, là. Je vais commencer à compter. Chaque fois que j'arriverai à un multiple de cinq, on abattra l'un d'entre vous. Et on continuera jusqu'à ce qu'il ne reste plus que Thomas. C'est à vous de voir.

Thomas s'aperçut qu'Aris se comportait de manière étrange. Il se tenait à quelques pas de lui et n'arrêtait pas de tourner lentement sur lui-même, en dévisageant chaque fille, comme s'il les connaissait. Mais sans ouvrir la bouche.

« Bien sûr », songea Thomas. S'il s'agissait bien du groupe B, Aris en avait fait partie. Évidemment qu'il les connaissait.

— Un ! compta Teresa.

Thomas ne prit aucun risque. Il s'avança en écartant ses compagnons et marcha droit vers Teresa, sans écouter les protestations de Minho et des autres. Les yeux sur Teresa, en montrant le moins d'émotion possible, il s'avança jusqu'à se retrouver quasiment nez à nez avec elle.

C'était ce qu'il avait souhaité, de toute façon, non ? Être de nouveau avec elle. Même si on semblait l'avoir remontée contre lui. Même si elle était manipulée par le WICKED, comme Alby et Gally avant elle. On avait très bien pu lui faire perdre la mémoire. Mais ça n'avait pas d'importance. Elle n'avait pas l'air de plaisanter, et il ne tenait pas à voir l'un de ses amis se prendre une flèche.

— Très bien, dit-il. Je vous accompagne.

— Je n'ai compté que jusqu'à un.

— Que veux-tu, je n'ai jamais su te résister.

Elle le cogna avec son épieu, si fort qu'il s'écroula par terre. Sa mâchoire et sa tête lui donnaient l'impression d'être en feu. Il cracha et vit son sang dans la poussière.

— Apportez le sac, ordonna Teresa.

Du coin de l'œil il vit s'approcher deux filles, qui avaient rangé leurs armes. L'une d'elles, une Noire aux cheveux coupés en brosse, tenait un sac de grosse toile. Elles s'arrêtèrent devant lui. Il se redressa à quatre pattes, sans se relever complètement, de peur de se faire encore frapper.

— On l'emmène avec nous ! cria Teresa. Si vous essayez de nous suivre, je recommence à le cogner et on vous tire dessus. Sans se donner la peine de viser. On lâchera des flèches au hasard et on verra bien où elles tomberont.

— Teresa ! s'écria Minho. Tu es déjà malade à ce point ? Parce que tu as l'air d'avoir complètement pété les plombs.

Thomas se prit un coup de manche d'épieu à l'arrière du crâne. Il s'étala sur le ventre et vit des mouches noires danser dans la poussière devant ses yeux. Comment pouvait-elle lui faire ça ?

— Quelqu'un veut encore ajouter quelque chose ? reprit Teresa. (Un long silence suivit.) C'est bien ce que je pensais. Enfilez-lui le sac.

On empoigna Thomas par l'épaule et on le retourna sur le dos. Pour la première fois depuis que le WICKED l'avait soigné, sa blessure lui envoya une douleur violente dans tout le haut du corps.

Il gémit. Les deux filles se penchèrent sur lui en approchant le sac de sa tête.

— Laisse-toi faire, lui recommanda la Noire, dont le visage luisait de sueur. Ce sera moins pénible pour toi.

Thomas était perplexe. Son regard et sa voix semblaient lui témoigner une sympathie sincère. Mais ce qu'elle ajouta lui ôta ses doutes.

— Autant nous suivre et te laisser tuer sans faire d'histoire. Pas la peine de dérouiller pour rien.

Le sac s'abattit sur sa tête, et il se retrouva plongé dans une pénombre brunâtre.

CHAPITRE 45

Elles le manipulèrent sur le sol jusqu'à ce qu'il soit entièrement enveloppé dans le sac. Puis elles nouèrent l'extrémité à ses pieds au moyen d'une corde, en serrant bien, avant d'enrouler le lien tout autour de lui et de faire un deuxième nœud au-dessus de sa tête.

Thomas sentit le sac se tendre ; puis sa tête fut tirée vers le haut. Il imagina des filles au bout de la corde. Ce qui ne pouvait vouloir dire qu'une chose : elles avaient l'intention de le traîner. N'y tenant plus, il commença à se tortiller, bien qu'il sache très bien ce que ça lui rapporterait.

— Teresa ! Ne me fais pas ça !

Cette fois, il se prit un coup de poing dans le ventre, qui lui arracha un hurlement. Il voulut se plier en deux, se tenir le ventre, mais en fut empêché par cette saleté de sac.

— Puisque tu te fiches de ce qui t'arrive, menaça Teresa, la prochaine fois que tu l'ouvres on tire sur tes copains. Ça te va, comme ça ?

Thomas ne réagit pas ; il ravala un sanglot de souffrance. Comment avait-il pu croire la veille encore que les choses paraissaient bien engagées ? Son infection était guérie, on avait soigné sa blessure, ils avaient quitté la ville des fondus et il ne restait plus qu'une petite randonnée dans la montagne jusqu'au refuge. Après tout ce qu'ils avaient enduré, il aurait dû savoir que c'était trop beau pour être vrai.

— J'étais sérieuse, tout à l'heure ! cria Teresa aux blocards. Je ne vous préviendrai pas deux fois. Essayez un peu de nous suivre, et vous vous prendrez une volée de flèches !

Thomas vit sa silhouette s'agenouiller près de lui, entendit ses genoux crisser dans la poussière. Elle empoigna le sac et l'approcha de sa tête ; sa bouche était à un centimètre de l'oreille de Thomas. Elle lui chuchota quelque chose si faiblement qu'il l'entendit à peine et dut se concentrer pour distinguer chaque mot.

— Ils m'empêchent de te parler par télépathie. Rappelle-toi de me faire confiance.

Thomas, surpris, dut se retenir de répliquer.

— Qu'est-ce que tu lui racontes ? demanda l'une des filles qui tenaient la corde.

— Je lui fais savoir à quel point j'apprécie ce moment. Je savoure ma vengeance. Tu permets ?

Thomas n'avait jamais entendu une arrogance pareille dans sa voix. Soit elle était très bonne comédienne, soit elle commençait vraiment à devenir folle.

— Bon, répondit l'autre fille. Contente de voir que tu t'amuses. Mais il faut qu'on se dépêche.

— Je sais, convint Teresa.

Elle empoigna la tête de Thomas et la secoua. Puis elle mit sa bouche contre la toile rugueuse au niveau de son oreille. Quand elle lui parla, toujours en chuchotant, il sentit son souffle chaud à travers l'épaisseur de l'étoffe.

— Accroche-toi. Ce sera bientôt fini.

Ces mots déconcertèrent Thomas ; il ne savait plus quoi penser.

Elle le lâcha enfin et se releva.

— Très bien, fichons le camp d'ici ! Et pas la peine de faire un détour quand vous rencontrez des rochers.

Ses ravisseuses se mirent en marche en le tirant derrière elles. Il sentit le sol rocailleux lui racler tout le corps à travers la toile. C'était très douloureux. Il fit le dos rond, en mettant tout son poids sur ses jambes pour laisser ses chaussures absorber les impacts. Mais il savait qu'il ne tiendrait pas éternellement dans cette position.

Teresa marchait juste à côté de lui. Il distinguait sa silhouette à travers le sac.

Minho se mit à crier d'une voix qui s'estompait déjà dans le lointain. Ce que Thomas réussit à entendre ne suffit pas à lui redonner espoir. Entre un chapelet d'insultes, il saisit les mots « on te retrouvera », « tôt ou tard » et « armes ».

Teresa asséna un autre coup de poing dans le ventre de Thomas, ce qui fit taire Minho.

Elles continuèrent, traînant Thomas ballotté sur la terre comme une poupée de chiffons.

*

Thomas s'imagina des choses horribles pendant cette épreuve. Ses jambes s'affaiblissaient un peu plus à chaque seconde, et il savait qu'il allait bientôt devoir reposer le buste par terre. Il se représenta ses plaies à vif.

Mais peut-être que ça n'avait pas d'importance... puisqu'elles avaient l'intention de le tuer.

Teresa lui avait demandé de lui faire confiance. Et même si c'était difficile, il s'efforçait de la croire. Se pouvait-il vraiment qu'elle joue la comédie depuis sa réapparition en armes avec le groupe B ? Et sinon, pourquoi lui murmurer des petits mots rassurants à l'oreille ?

Il retourna la situation en tout sens jusqu'à ce qu'il n'arrive plus à se concentrer. Il avait mal partout et devait trouver une solution avant de ne plus avoir un seul centimètre de peau intact sur le corps.

Les montagnes le sauvèrent.

Quand les filles s'engagèrent dans la pente, il devint vite évident qu'elles ne pourraient pas continuer à le traîner comme dans la plaine. Elles essayèrent d'abord de le hisser par à-coups, en le laissant redescendre un peu chaque fois. Puis Teresa suggéra de le porter par les épaules et par les chevilles, en se relayant.

Une idée frappa Thomas, si évidente qu'il fut certain d'avoir raté quelque chose.

— Pourquoi ne pas me laisser marcher ? lança-t-il à travers le sac, d'une voix étouffée et enrouée par la soif. C'est vous qui avez les armes. Que voulez-vous que je fasse ?

Teresa lui allongea un coup de pied dans les côtes.

— La ferme, Thomas ! On n'est pas idiotes. On attend que tes copains blocards ne puissent plus nous voir.

Il avait fait de son mieux pour retenir un grognement de douleur quand son pied lui avait chatouillé la cage thoracique.

— Hein ? Pourquoi ?

— Parce que ce sont les instructions. Et maintenant, ta gueule !

— Pourquoi tu lui as dit ça ? chuchota l'une des filles d'un ton hargneux.

— Quelle importance ? répliqua Teresa, sans même se donner la peine de baisser la voix. On va le tuer, de toute manière. Qu'est-ce que ça peut faire, qu'il sache qu'on a reçu des instructions ?

« Des instructions, songea Thomas. Du WICKED. » Une autre intervint :

— On ne les voit pratiquement plus. Si on atteint cette crevasse, on sera hors de vue, et ils ne nous retrouveront jamais. Même s'ils nous suivent.

— D'accord, dit Teresa. Portons-le jusque là-haut.

Plusieurs paires de mains empoignèrent Thomas de tous les côtés et le soulevèrent. Il put voir à travers le sac qu'il était porté par Teresa et trois de ses nouvelles amies. Elles se frayaient un chemin sinueux entre les rochers et les arbres morts, montant toujours. Il entendait leur souffle rauque, sentait leur sueur, et les détestait un peu plus à chaque secousse. Y compris Teresa. Il essaya de la contacter mentalement, de sauver ce qui lui restait de confiance en elle, mais en vain.

L'ascension se prolongea durant environ une heure – avec de brèves étapes ici et là, le temps que les filles se repassent leur fardeau –, et Thomas estimait à deux heures au moins le temps écoulé depuis qu'ils avaient quitté les blocards. Sous peu, le soleil deviendrait dangereux, la chaleur suffocante. C'est alors qu'ils contournèrent une falaise ; le sol devint plus plat, et ils furent à l'ombre. L'air plus frais fut un soulagement.

— Très bien, déclara Teresa. Lâchez-le.

Les filles s'exécutèrent sans cérémonie et il s'écrasa lourdement sur le sol. Souffle coupé, il resta allongé là, bouche grande ouverte, pendant qu'elles dénouaient la corde. Le temps qu'il reprenne sa respiration, on lui avait ôté le sac.

Il cligna des paupières en regardant Teresa et ses amies. Elles braquaient toutes leurs armes dans sa direction, ce qui paraissait ridicule.

Il rassembla son courage.

— Vous devez avoir drôlement peur de moi, à vingt, avec vos couteaux et vos machettes, alors que je suis tout seul. Je trouve ça plutôt flatteur.

Teresa leva le manche de son épieu.

— Arrête ! s'écria Thomas. (Elle se figea. Il montra ses mains vides en signe d'apaisement et se remit lentement sur ses pieds.) Écoutez, je n'ai pas l'intention de tenter quoi que ce soit. Emmenez-moi où vous voulez et je vous promets de me laisser tuer gentiment. De toute façon, je n'ai plus aucune raison de vivre.

Il regarda Teresa droit dans les yeux, en s'efforçant d'y mettre le plus d'amertume possible. Il entretenait encore un mince espoir que cette affaire se termine bien, mais après le traitement qu'il venait de subir, son moral était au plus bas.

— C'est bon, dit Teresa, j'en ai marre. Allons vers le col pour dormir pendant qu'il fait chaud. Cette nuit, on passera de l'autre côté.

La Noire qui avait aidé à envelopper Thomas dans le sac demanda :

— Et concernant ce jobard qu'on se coltine depuis des heures ?

— On le tuera, ne t'en fais pas, assura Teresa. On le tuera conformément aux instructions. Ce sera sa punition pour ce qu'il m'a fait.

CHAPITRE 46

Thomas ne comprenait pas à quoi Teresa avait fait allusion dans sa dernière phrase. Que lui avait-il fait ? Mais son esprit tournait au ralenti ; cela faisait des heures qu'ils marchaient. L'ascension lui sciait les jambes. Une paroi abrupte à leur gauche les maintenait dans l'ombre, mais tout restait rouge, brun et brûlant. Sec. Poussiéreux. Les filles lui firent boire quelques gorgées d'eau, mais il avait l'impression que chaque goutte s'évaporait avant même d'arriver à son estomac.

Ils parvinrent à un renfoncement dans la falaise à l'instant où le soleil de midi débouchait au-dessus d'eux, boule de feu incandescente bien décidée à les réduire en cendres. La grotte peu profonde s'enfonçait dans la montagne sur une douzaine de mètres ; il s'agissait à l'évidence de leur campement, qu'elles semblaient occuper depuis un jour ou deux. On voyait des couvertures en pagaille, les vestiges d'un feu, quelques détritus empilés dans un coin. Il n'y avait que trois filles à leur arrivée, ce qui voulait dire qu'elles avaient tenu à se déplacer presque au complet pour capturer Thomas.

Avec leurs arcs, leurs couteaux et leurs machettes ? Ça paraissait ridicule. Une demi-douzaine aurait suffi.

Thomas avait appris quelques petites choses en chemin. La Noire s'appelait Harriet, et celle qui l'accompagnait en permanence, avec les cheveux blond-roux et la peau très, très blanche, Sonya. Il n'en était pas certain, mais il avait l'impression que ces deux-là faisaient plus ou moins office de chefs avant l'arrivée de Teresa. Elles agissaient avec autorité, même si elles finissaient toujours par s'en remettre à elle.

— Attachons-le à cet arbre, déclara Teresa.

Elle indiquait le squelette blanchi d'un vieux chêne, dont les racines s'accrochaient encore au sol rocheux bien qu'il soit mort depuis de nombreuses années.

— Et tant qu'on y est, autant lui donner à manger, sinon il va geindre toute la journée et nous empêcher de dormir.

« Tu n'en fais pas un peu trop ? » songea Thomas avec amertume. Quelles que soient ses véritables intentions, son discours commençait à lui porter sur les nerfs. Et, autant se l'avouer, il en arrivait à la détester pour de bon, quoi qu'elle ait pu lui glisser à l'oreille.

On l'attacha au tronc par le torse, en lui laissant les mains libres. Il ne chercha pas à résister. Après, on lui donna quelques barres de céréales et une bouteille d'eau. Personne ne lui adressa la parole. Et, curieusement, il avait l'impression que les filles avaient un air un peu coupable. Il se mit à manger en examinant soigneusement les alentours. Ses pensées vagabondèrent tandis que les filles s'installaient pour dormir en attendant la nuit. Quelque chose clochait dans toute cette histoire.

Teresa ne lui donnait pas l'impression de jouer la comédie. Pas une seconde. Se pouvait-il qu'elle fasse exactement le contraire de ce qu'elle lui avait dit – en l'incitant à lui faire confiance, alors que son vrai plan depuis le début était de… ?

Il se souvint tout à coup de l'écriteau à côté de la porte de son dortoir. *La Traîtresse.* Il l'avait complètement oublié jusque-là. La situation s'éclaircissait singulièrement.

C'était le WICKED qui tirait les ficelles. Il représentait le seul espoir de survie des deux groupes. S'il avait donné l'ordre à Teresa de le tuer, obéirait-elle ? Pour sauver sa vie ? Et que voulait-elle dire en laissant entendre qu'il lui avait fait quelque chose ? Aurait-on modifié ses souvenirs pour l'amener à ne plus l'aimer ?

Et puis, il y avait le tatouage de Thomas, et les écriteaux. Le tatouage était un avertissement ; les écriteaux lui indiquaient qu'il était le vrai chef. L'écriteau à côté de la porte de Teresa avait constitué une autre mise en garde.

Quoi qu'il en soit, il n'avait pas d'arme et se retrouvait ligoté à un arbre. Les filles du groupe B étaient à vingt, armées, contre lui seul. Elles n'auraient aucun mal à le tuer.

Avec un soupir, il finit de manger et se sentit mieux. Même s'il ne comprenait pas encore comment tout s'emboîtait, il avait la certitude de ne plus en être loin. Il ne pouvait pas capituler maintenant.

Harriet et Sonya avaient leurs couchettes à proximité ; elles n'arrêtaient pas de lui jeter des regards furtifs. Une fois de plus, Thomas crut surprendre chez elles une expression étrange de culpabilité ou de honte. Il y vit l'opportunité de se défendre avec des mots.

— Vous n'avez pas vraiment l'intention de me tuer, pas vrai ? leur demanda-t-il, comme s'il venait de les surprendre en flagrant délit de mensonge. Vous avez déjà tué quelqu'un ?

Harriet, qui allait poser la tête sur une couverture roulée, lui lança un regard mauvais et se redressa sur un coude.

— D'après ce que Teresa nous a dit, on s'est enfuies du Labyrinthe trois jours avant votre groupe. Avec moins de pertes, et en tuant plus de Griffeurs. Alors je crois qu'on devrait arriver à éliminer un jobard dans ton genre.

— Pensez un peu à la culpabilité que vous éprouverez, insista-t-il, en espérant que l'idée ferait son chemin.

— On s'en remettra.

Elle lui tira la langue – elle lui tira vraiment la langue ! – puis s'allongea et ferma les yeux.

Sonya, assise en tailleur, lui rétorqua :

— On n'a pas le choix. Le WICKED a dit que c'était notre seule mission. Si on échoue, pas la peine de venir frapper à la porte du refuge. Ils nous laisseront crever sur la Terre Brûlée.

Thomas haussa les épaules.

— D'accord, j'ai compris. Vous allez me sacrifier pour sauver vos fesses. Drôlement courageux…

Elle le toisa un long moment ; il eut beaucoup de mal à ne pas baisser les yeux. Elle finit par s'allonger, le dos tourné.

Teresa s'approcha avec une mine renfrognée.

— De quoi est-ce que vous parlez ?

— De rien, marmonna Harriet. Dis-lui de la fermer.

— Ferme-la, ordonna Teresa à Thomas.

Ce dernier ricana.

— Sinon tu vas me tuer ?

Elle se contenta de le dévisager sans répondre, le visage fermé.

— Pourquoi est-ce que tu me détestes, tout à coup ? voulut-il savoir. Qu'est-ce que je t'ai fait ?

Sonya et Harriet se tournèrent toutes les deux pour écouter la réponse, en regardant tour à tour Thomas et Teresa.

— Tu le sais très bien, riposta Teresa. Et les filles aussi, je leur ai tout raconté. Même comme ça, je ne me serais pas abaissée à ton niveau en essayant de te tuer. Mais on ne nous a pas laissé le choix. Désolée. La vie est injuste.

« C'était quoi, cette lueur dans son regard ? » se demanda Thomas. Était-elle en train d'essayer de lui faire passer un message ?

— Comment ça, t'abaisser à mon niveau ? Je ne tuerais jamais un ami pour sauver ma peau. Jamais.

— Moi non plus. C'est pour ça que je suis bien contente qu'on ne soit pas amis.

Elle fit mine de s'éloigner.

— Alors, dis-moi ce que je t'ai fait ! lui cria Thomas. Désolé, j'ai un trou de mémoire – on est plusieurs dans ce cas-là, tu sais ?

Elle se retourna et le foudroya du regard.

— Ne m'insulte pas. N'essaie pas de faire comme s'il ne s'était rien passé. Et maintenant, ferme-la ou je te démolis ta jolie petite gueule.

Elle partit à grands pas, et Thomas n'ajouta rien. Il se tortilla un moment à la recherche de la position la moins inconfortable possible, la tête appuyée contre le tronc. Sa situation n'avait rien d'encourageant, mais il était résolu à se battre jusqu'au bout.

Il finit par s'assoupir.

CHAPITRE 47

Durant quelques heures, Thomas eut un sommeil agité. Enfin profondément endormi il rêva.

*

Il a quinze ans. Il ignore comment il le sait. Un truc en rapport avec la chronologie de son souvenir. Est-ce un souvenir ?

Teresa et lui sont assis devant un immense mur d'écrans, affichant différentes vues du Bloc et du Labyrinthe. Certaines images se déplacent, et il sait pourquoi. Elles sont filmées par des scaralames qui changent de position régulièrement. Quand ils le font, on a l'impression de voir depuis les yeux d'un rat.

— Je n'arrive pas à croire qu'ils sont tous morts, avoue Teresa.

Thomas est perplexe. Une fois de plus, il ne comprend pas ce qui lui arrive. Il est dans la peau de ce garçon censé être lui, et pourtant il ne sait pas de qui parle Teresa. Pas des blocards, de toute évidence. Il aperçoit Minho et Newt sur un écran, qui se dirigent vers le bois, et sur un autre, Gally, assis sur un banc. Puis Alby, en train de houspiller quelqu'un que Thomas ne reconnaît pas.

— On savait que ça finirait par arriver, dit-il, sans comprendre ce qu'il entend par là.

— C'est quand même difficile à encaisser. (Ils se parlent sans se regarder, le regard rivé sur les écrans.) Il ne reste plus que nous, maintenant, et ceux dans les baraquements.

— Ce n'est pas plus mal, observe Thomas.

— Je me sens presque aussi mal pour eux que pour les blocards.

Thomas s'interroge là-dessus pendant que son avatar, plus jeune, se racle la gorge.

— Tu crois qu'on en sait suffisamment ? Tu crois vraiment qu'on a une chance de réussir malgré la disparition des Créateurs ?

— Il le faut, Tom. (Teresa s'approche et lui prend les mains. Il baisse les yeux vers elle mais ne parvient pas à déchiffrer son expression.) Tout est en place. Il nous reste un an pour former nos remplaçants et nous préparer.

— Mais ce n'est pas juste ! Comment peut-on leur demander de… ?

Teresa lève les yeux au ciel et lui serre les mains au point de lui faire mal.

— Ils savent dans quoi ils s'engagent. Ça ne sert à rien de revenir là-dessus.

— Je sais.

Thomas est conscient que cette version de lui-même qu'il voit dans son rêve se sent morte à l'intérieur. Ses paroles n'ont aucun sens.

— Tout ce qui compte, ce sont les schémas. La zone mortelle. Rien d'autre.

Teresa acquiesce.

— Peu importe le nombre de morts ou de blessés. Si les variables échouent, ils sont condamnés. Comme tout le monde.

— Les schémas, répète Thomas.

Elle lui presse la main.

— Les schémas.

*

À son réveil, alors que le jour s'estompait et que le soleil s'enfonçait derrière un horizon qu'il ne pouvait pas voir, il découvrit Harriet et Sonya assises devant lui. Elles le dévisageaient d'un air étrange.

— Bonsoir, mesdames, leur lança-t-il avec un enthousiasme feint, encore troublé par son rêve. Puis-je faire quelque chose pour vous ?

— Tu pourrais nous raconter ce que tu sais, répondit Harriet à voix basse.

Les dernières brumes du sommeil qui lui obscurcissaient le cerveau se dissipèrent rapidement.

— Et pourquoi je vous aiderais ?

Il aurait voulu prendre le temps de réfléchir à son rêve, mais il sentait que la situation avait changé – il le lisait dans le regard d'Harriet –, et il ne pouvait pas laisser passer cette occasion.

— Oh, tu n'as pas tellement le choix, répliqua Harriet. Parce que si tu nous racontes ce que tu as découvert ou deviné, c'est peut-être nous qui pourrons t'aider.

Thomas chercha Teresa du regard.

— Où est passée… ?

Sonya l'interrompit.

— Partie en reconnaissance au cas où tes amis nous auraient suivies. Ça fait plus d'une heure, maintenant.

Thomas revit la Teresa de son rêve, observant les écrans, évoquant la mort des Créateurs et la zone mortelle. Et aussi les schémas. Que fallait-il penser de tout ça ?

— Tu as avalé ta langue ?

Son regard se posa sur Sonya.

— Non, mais… est-ce que ça veut dire que vous avez changé d'avis à mon sujet ? Vous ne voulez plus me tuer ?

Harriet lui fit un petit sourire.

— Ne commence pas à te faire des idées. Et ne va pas croire qu'on est tout à coup devenues gentilles. Disons simplement qu'on a un doute et qu'on est prêtes à discuter… mais tes chances restent minces.

Sonya prit le relais :

— La meilleure chose à faire dans l'immédiat serait sûrement que nous obéissions aux instructions que nous avons reçues. On est beaucoup plus nombreuses que vous. Franchement, à notre place, qu'est-ce que tu déciderais ?

— Oh, je suis à peu près sûr que je choisirais de m'épargner.

— Très drôle. Sérieusement, si tu devais choisir entre ta mort et celle de chacune d'entre nous, qu'est-ce que tu choisirais ? Parce qu'au fond, c'est à ça que ça se résume.

Elle affichait le plus grand sérieux, et la question cueillit Thomas comme un coup de poing dans le ventre. En un sens, elle n'avait pas tort. Si le dilemme se posait vraiment en ces termes, si elles se condamnaient à mort en refusant de l'éliminer, comment pouvait-il espérer qu'elles l'épargnent ?

— Alors ? insista Sonya.

— Je réfléchis.

Il marqua une pause, le temps de s'essuyer le front. De nouveau, son rêve s'imposa dans son esprit et il dut le refouler.

— D'accord, je vais vous répondre sincèrement. Promis ! Si j'étais à votre place, je refuserais de me tuer.

Harriet leva les yeux au ciel.

— Facile à dire pour toi, vu que c'est ta vie qui est en jeu.

— Pas uniquement pour ça. Je crois qu'il s'agit d'une sorte de test, et peut-être que la bonne réaction n'est pas de me tuer.

Thomas sentit son pouls s'emballer. Il pensait vraiment ce qu'il disait, mais il doutait de parvenir à les convaincre.

— Peut-être qu'on aurait effectivement intérêt à mettre nos informations en commun et à voir ce qui en ressort.

Harriet et Sonya échangèrent un long regard.

Sonya finit par hocher la tête, puis Harriet dit :

— Depuis le début cette histoire ne nous plaît pas. Il y a quelque chose de louche là-dessous. Je crois que tu as intérêt à tout nous déballer. Mais d'abord, allons chercher les autres.

Elles se levèrent pour réveiller leurs camarades.

— Dépêchez-vous, leur lança Thomas. (Il se demandait s'il avait réellement une chance d'arranger les choses.) Il vaudrait mieux avoir cette conversation avant le retour de Teresa.

CHAPITRE 48

Il ne fallut pas longtemps pour réunir tout le monde : la curiosité d'entendre ce que le condamné à mort avait à dire était trop forte, supposa Thomas. Les filles s'assirent devant lui ; lui resta ligoté à son arbre.

— Très bien, dit Harriet. Tu commences ; après, ce sera nous.

Thomas hocha la tête et se racla la gorge. Il se mit à parler, sans avoir vraiment réfléchi à ce qu'il allait dire.

— Tout ce que je sais de votre groupe, c'est Aris qui nous l'a raconté. Apparemment, on a connu à peu près les mêmes choses à l'intérieur du Labyrinthe. Après notre évasion, par contre, les différences sont plus nombreuses. Et j'ignore ce que vous savez exactement du WICKED.

— Pas grand-chose, reconnut Sonya.

Cette remarque encouragea Thomas ; elle lui donnait la sensation d'avoir un avantage sur elles. Sonya avait commis une grosse erreur en admettant son ignorance.

— Nous, on a découvert pas mal de choses. Pour commencer, chacun d'entre nous est spécial. Ils nous soumettent à une sorte d'expérience, parce qu'ils ont des projets nous concernant.

Il marqua une petite pause. Comme personne ne réagissait, il continua.

— Ce qu'ils nous font subir nous paraît souvent incompréhensible parce que ça fait partie des Épreuves – ce que le WICKED appelle des variables. Ils observent nos réactions dans certaines situations. Je ne sais pas tout, loin de là, mais je crois que cette prétendue mission qui consiste à me tuer n'est qu'un test. Ou un autre mensonge. Bref, une nouvelle variable, juste pour voir ce qu'on va faire.

— Autrement dit, résuma Harriet, tu voudrais qu'on risque notre peau en nous basant sur ta brillante déduction.

— Vous ne voyez donc pas ? Me tuer ne présente aucun intérêt. Peut-être qu'on vous met à l'épreuve, je ne sais pas. Je sais simplement que je pourrais vous être beaucoup plus utile vivant que mort.

— Ou alors, rétorqua Harriet, on nous met à l'épreuve pour voir si on aura le cran d'éliminer le chef de nos concurrents. Là, ça présenterait un intérêt. Voir quel groupe s'en sort le mieux. Éliminer les faibles, et garder les plus forts.

— Le chef, c'est Minho, dit Thomas en secouant la tête. Non, réfléchissez une minute. Vous croyez démontrer votre force en me tuant ? Vous êtes vingt fois plus nombreuses et je suis désarmé. Tu parles d'une épreuve de force !

— Très bien. Alors, d'après toi, quel est le but de cette mission ? demanda une fille au dernier rang.

Thomas prit tout son temps pour choisir soigneusement chaque mot.

— Je crois qu'il s'agit d'un test pour voir si vous êtes capables de réfléchir par vous-mêmes, d'aller à l'encontre d'un projet préétabli, de prendre des décisions rationnelles. Sachant que plus on sera nombreux, plus on aura de chances d'arriver jusqu'au refuge. Me tuer n'a aucun sens, ça ne servirait à rien. Vous avez déjà prouvé votre supériorité en me capturant. Montrez-leur que vous n'êtes pas prêtes à obéir aveuglément.

Il se tut et s'adossa contre l'arbre. Il ne voyait rien à ajouter. Il avait joué son va-tout.

— Intéressant, commenta Sonya. Ça ressemble beaucoup à ce que pourrait dire quelqu'un qui n'aurait aucune envie de mourir.

Thomas haussa les épaules.

— Je crois sincèrement que c'est la vérité. Je pense que si vous me tuez, vous aurez échoué au test du WICKED.

— Oui, je veux bien croire que tu penses ça, admit Harriet en se levant. Écoute, en toute franchise, on se disait à peu près la même chose. Mais on voulait entendre ce que tu avais à nous dire. Le soleil ne va plus tarder à se coucher, et je suis sûre que Teresa va rentrer d'une minute à l'autre. On en discutera avec elle à son retour.

Thomas réagit aussitôt, certain que Teresa ne se laisserait pas convaincre aussi facilement.

— Non ! C'est la plus enthousiaste à l'idée de me faire la peau !

Il avait dit cela tout en espérant qu'il ne le pensait pas vraiment. Malgré la façon dont elle l'avait traité, elle n'avait sûrement pas l'intention d'en arriver au meurtre.

— Je crois que vous feriez mieux de décider sans elle, conclut-il.

— Du calme, dit Harriet avec un petit sourire. Si on décide de t'épargner, elle ne pourra pas y faire grand-chose. Mais si on… (Elle s'interrompit. Craignait-elle d'en avoir trop dit ?) On verra bien.

Thomas essaya de ne pas manifester son soulagement. Il aurait pu les piquer au vif, mais il n'avait pas envie de nourrir trop d'espoir.

Il regarda les filles ramasser leurs affaires et les ranger dans des sacs à dos. « D'où est-ce qu'elles les sortent ? » se demanda-t-il. Il percevait des bruits de conversations à voix basse tandis qu'on lui jetait des regards en coin. Manifestement, les filles continuaient à discuter de ce qu'il leur avait dit.

Il faisait de plus en plus sombre quand Teresa réapparut par le chemin qu'ils avaient emprunté plus tôt dans la journée. Elle remarqua tout de suite qu'il y avait du changement, sans doute à la manière dont tout le monde les regardait, Thomas et elle.

— Quoi ? demanda-t-elle, en affichant l'expression hargneuse qu'elle n'avait pas quittée depuis la veille.

Harriet lui répondit :

— Il faut qu'on cause.

Perplexe, Teresa alla à l'autre bout de la grotte avec le reste du groupe. Des murmures de colère se mirent aussitôt à fuser, mais Thomas fut incapable de distinguer un mot. Les entrailles nouées, il attendit le verdict.

De là où il était, il vit la conversation prendre une tournure passionnée. Teresa n'était pas moins remontée que les autres. Il observa ses traits se durcir tandis qu'elle essayait de faire valoir son point de vue. Apparemment, elle était seule contre toutes, ce qui ne laissait pas d'inquiéter Thomas.

Enfin, alors que la nuit achevait de tomber, Teresa tourna les talons, quitta le groupe d'un pas rageur et s'éloigna du camp en direction du nord. Elle avait son épieu sur une épaule, son sac à dos sur l'autre. Thomas la suivit du regard jusqu'à ce qu'elle disparaisse entre les parois étroites d'un défilé.

Il jeta un coup d'œil aux filles, dont beaucoup paraissaient soulagées, et vit s'approcher Harriet. Sans dire un mot, elle s'agenouilla et détacha la corde qui le retenait.

— Alors ? demanda Thomas. Qu'est-ce que vous avez décidé ?

Harriet ne répondit rien avant de l'avoir complètement libéré ; puis elle s'accroupit et le dévisagea. Ses yeux sombres reflétaient la clarté de la lune et des étoiles.

— C'est ton jour de chance. On a décidé d'épargner ton petit cul maigrichon, finalement. Ça ne peut pas être une coïncidence qu'on ait toutes pensé la même chose en même temps.

Thomas ne ressentit pas la vague de soulagement tant attendue. Il comprit alors qu'il avait su depuis le début qu'elles prendraient cette décision.

— Mais je te préviens, ajouta Harriet, qui se leva en lui tendant la main. Teresa a une dent contre toi. Si j'étais toi, je surveillerais mes arrières quand elle est dans les parages.

Thomas se laissa hisser par Harriet. Il était partagé entre la confusion et le chagrin.

Teresa voulait vraiment sa mort.

CHAPITRE 49

Thomas resta silencieux en mangeant avec le groupe B avant de se préparer à partir. Ils s'engageraient bientôt dans un défilé sombre, en direction du refuge qui les attendait de l'autre côté des montagnes. Il lui semblait étrange d'être soudain en bons termes avec ces ravisseuses après ce qu'elles lui avaient fait subir. De leur côté, elles se comportaient comme si rien ne s'était passé. Elles le traitaient comme n'importe quelle autre fille.

Pourtant, il se tenait légèrement à l'écart, à l'arrière du groupe, en se demandant s'il pouvait vraiment se fier à leur revirement. Qu'était-il supposé faire ? Même si Harriet et les autres lui permettaient de partir, devait-il essayer de retrouver son groupe, Minho, Newt et tous les autres ? Il était impatient de revoir ses amis, ainsi que Brenda. Mais le temps pressait, et Thomas n'avait ni eau ni nourriture pour pouvoir partir de son côté. Il ne lui restait plus qu'à espérer qu'ils parviendraient au refuge par leurs propres moyens.

Il décida donc de suivre le groupe B, à distance.

Deux heures s'écoulèrent, sans rien d'autre que des falaises de pierre et le crissement de la terre et des cailloux sous ses pieds pour lui tenir compagnie. C'était agréable de marcher de nouveau, de pouvoir se dérouiller les jambes et les muscles. Le délai imparti expirerait bientôt, néanmoins. Et qui sait quels obstacles allaient encore se mettre en travers de leur chemin ? À moins que les filles n'aient prévu autre chose pour lui ? Il réfléchissait beaucoup à ses rêves, mais sans réussir pour autant à mieux les comprendre.

Harriet ralentit jusqu'à se retrouver à côté de lui.

— Désolée de t'avoir traîné par terre dans un sac, s'excusa-t-elle.

Il ne distinguait pas très bien son visage dans la pénombre mais l'imaginait volontiers avec un petit sourire.

— Oh, pas de problème, c'était agréable de me faire porter un peu pour changer.

Thomas savait qu'il avait intérêt à jouer le jeu, à faire preuve d'humour. Il ne pouvait pas se fier totalement aux filles, du moins pas encore, mais il n'avait pas le choix.

Le rire d'Harriet le détendit un peu.

— Oui, bah, le type du WICKED nous avait donné des instructions très précises à ton sujet. Mais c'était surtout Teresa qui en faisait une affaire personnelle. À croire que c'était son idée de te tuer.

Thomas accusa le coup, mais il voyait là l'occasion d'apprendre certaines choses, et il n'allait pas la laisser passer.

— Un type en costume blanc, avec l'air d'un rat transformé en humain ?

— Oui, répondit-elle sans hésitation. C'est lui qui vous a parlé à vous aussi ?

Thomas hocha la tête.

— Et, heu… c'était quoi, ses instructions ?

— Oh, on a emprunté des tunnels souterrains pendant presque tout le trajet. C'est pour ça que vous ne nous avez pas vues dans le désert. La première chose qu'on était censées faire, c'était arranger cette rencontre entre Teresa et toi dans un bâtiment au sud de la ville. Tu te souviens ?

Thomas sentit son cœur se serrer. Elle était donc avec son groupe à ce moment-là ?

— Heu, oui, je m'en souviens.

— Bon, je suppose que tu l'avais deviné, mais tout ça, c'était du flan. Une manière de te donner un faux sentiment de sécurité. Elle nous a même raconté que… qu'ils l'avaient contrôlée assez longtemps pour qu'elle t'embrasse. C'est vrai ?

Thomas s'arrêta, penché en avant et les mains posées sur ses genoux. Le choc venait de lui couper le souffle. Cette fois, c'était sûr. Il ne lui restait plus le moindre doute. Teresa était devenue son ennemie. Ou peut-être n'avait-elle jamais vraiment été de son côté.

— Je sais que ça craint, reconnut Harriet d'une voix douce. J'ai l'impression que vous étiez drôlement proches tous les deux.

Thomas se redressa en prenant une longue inspiration.

— Je… en fait, j'avais espéré que c'était l'inverse. Qu'ils la manipulaient pour nous entraîner dans un piège, et qu'elle avait réussi à se libérer assez longtemps pour… pour m'embrasser.

Harriet lui toucha le bras.

— Depuis qu'elle nous a rejointes, elle n'a pas arrêté de te décrire comme une ordure qui lui aurait fait quelque chose de vraiment dégueulasse. Sauf qu'elle n'a jamais précisé quoi. Mais je vais te dire un truc : tu n'es pas du tout comme elle nous l'avait dit. C'est probablement ça qui nous a fait changer d'avis.

Thomas ferma les yeux en s'efforçant de maîtriser les battements de son cœur. Puis il se secoua et se remit en marche.

— D'accord, raconte-moi la suite. J'ai besoin de savoir. De tout savoir.

Harriet lui emboîta le pas.

— Le reste des instructions consistait à te capturer dans le désert, comme on l'a fait, et à t'amener ici. On nous a même précisé de te garder dans le sac jusqu'à ce qu'on soit hors de vue du groupe A. Et après... Le grand jour devait avoir lieu après-demain. Dans un endroit situé dans la montagne, sur le versant nord. Un endroit prévu pour... te tuer.

Thomas faillit s'arrêter de nouveau mais s'obligea à continuer.

— Un endroit ? Quel genre d'endroit ?

— Je ne sais pas. On nous a seulement dit que nous saurions quoi faire une fois sur place. (Harriet fit claquer ses doigts, comme si elle venait d'avoir une idée.) Je parie que c'est là qu'elle est partie tout à l'heure !

— À quelle distance on est du versant nord ?

— Aucune idée.

Ils continuèrent à marcher en silence.

*

Ils mirent plus longtemps que Thomas ne l'aurait cru. Au milieu de la deuxième nuit de marche, des cris éclatèrent à l'avant : ils avaient atteint le bout du défilé. Thomas, qui traînait à l'arrière, se mit à courir ; il brûlait d'impatience de découvrir ce qui les attendait au nord des montagnes. C'était là que son sort allait se jouer.

Les filles s'étaient regroupées sur une corniche rocheuse qui s'élargissait au sortir du défilé avant de descendre en pente vertigineuse jusqu'au pied de la montagne. La lune brillait sur la plaine en contrebas et la baignait d'une lumière violette irréelle. On ne voyait qu'une étendue très plate, à perte de vue, sans rien d'autre que de la terre et des cailloux.

Absolument rien d'autre.

Pas le moindre signe du refuge qui aurait dû se trouver à quelques kilomètres tout au plus.

— Peut-être qu'on ne peut pas le voir.

Thomas ne vit pas quelle fille avait dit ça, mais tout le monde savait exactement pourquoi elle l'avait fait. Pour essayer de se raccrocher à un espoir.

— Oui, renchérit Harriet. L'entrée doit sûrement donner sur un autre souterrain. Je suis sûre qu'elle est là, quelque part.

— Combien de kilomètres il nous reste, à ton avis ? demanda Sonya.

— Pas plus de quinze, d'après ce que le type nous a dit et la distance qu'on a déjà parcourue, répondit Harriet. Probablement plutôt une dizaine. Je croyais qu'en arrivant ici, on verrait un grand bâtiment avec un smiley géant sur la façade.

Thomas continuait à scruter l'obscurité. Il ne voyait qu'un océan de noirceur jusqu'à l'horizon, sous un rideau d'étoiles. Et aucun signe de Teresa.

— Bon, annonça Sonya, puisqu'on est là, autant continuer vers le nord. On aurait dû savoir que ça n'allait pas nous tomber tout cuit dans le bec. On peut arriver au pied de la montagne avant l'aube. Et dormir sur le plat.

Les autres tombèrent d'accord. Elles étaient sur le point de s'engager sur un sentier à peine visible qui s'enfonçait sous la corniche quand Thomas demanda :

— Où est Teresa ?

Harriet se tourna vers lui. Le clair de lune nimbait son visage d'une luminescence pâle.

— Franchement, je m'en fiche. Si elle est assez grande pour partir de son côté quand elle n'obtient pas ce qu'elle veut, elle l'est aussi pour revenir toute seule quand elle aura fini de bouder. Allons-y.

Elles se mirent en route le long du sentier. Les cailloux crissaient et roulaient sous leurs pas. Thomas ne put s'empêcher de se retourner une dernière fois pour scruter le flanc de la montagne et l'entrée étroite du défilé à la recherche de Teresa. Malgré son désarroi, il éprouvait toujours une vive envie de la voir. Mais il ne vit que des ombres et des reflets de lune.

Il s'engagea sur le chemin, presque soulagé de ne pas l'avoir vue.

*

Le groupe descendait de la montagne en silence. Thomas fermait la marche, l'esprit vide. Engourdi. Il n'avait pas la moindre idée de ce que faisaient ses amis en ce moment, ni des dangers qui les guettaient peut-être.

Au bout d'une heure environ, alors que les muscles de ses cuisses commençaient à le faire souffrir, le groupe atteignit un bosquet d'arbres morts qui barrait la montagne. Peut-être qu'une cascade avait arrosé autrefois ce curieux coin de végétation. Mais si c'était le cas, la Terre Brûlée en avait absorbé la dernière goutte depuis longtemps.

Thomas venait de dépasser le dernier arbre quand une voix l'appela doucement par son nom. Il sursauta si fort qu'il faillit trébucher. Il se retourna et vit Teresa sortir de derrière un tronc blanc, l'épieu à la main, le visage dissimulé dans l'ombre. Les autres n'avaient pas dû l'entendre car elles continuaient à descendre.

— Teresa, souffla-t-il. Qu'est-ce que… ?

Il ne savait pas quoi dire.

— Tom, il faut qu'on parle, lui dit-elle d'un ton redevenu amical. Ne t'en fais pas pour elles, viens avec moi.

Elle indiqua d'un mouvement de tête le bosquet d'arbres.

Il jeta un coup d'œil vers les filles du groupe B, qui s'éloignaient le long de la pente, puis se tourna vers Teresa.

— Peut-être qu'on devrait…

— Viens ! La comédie est finie.

Elle tourna les talons sans attendre sa réaction et s'enfonça au milieu des arbres morts.

Thomas réfléchit pendant deux longues secondes. Son cerveau tournait à plein régime, son instinct lui criait de ne pas le faire. Pourtant, il la suivit.

CHAPITRE 50

Bien que les arbres soient morts, leurs branches agrippaient Thomas par la chemise ou lui griffaient la peau. Au clair de lune, les troncs prenaient une couleur blafarde, et les taches et les stries d'ombre sur le sol donnaient à l'ensemble du bosquet une atmosphère lugubre. Teresa marchait sans un bruit, flottant comme un spectre au flanc de la montagne.

Il trouva enfin le courage de lui parler.

— Où on va ? Et tu crois vraiment que je vais gober cette histoire de comédie ? Pourquoi tu n'as pas arrêté de jouer quand toutes les autres sont tombées d'accord pour m'épargner ?

La réponse de Teresa fut étrange :

— Tu as rencontré Aris, n'est-ce pas ?

Thomas s'arrêta un instant, décontenancé.

— Aris ? Comment tu le connais ? Qu'est-ce qu'il vient faire là-dedans ?

Il s'empressa de la rattraper, curieux mais redoutant sa réponse.

Elle ne répondit pas tout de suite, car elle se frayait un chemin à travers un entrelacs de branches ; l'une d'elles, après son passage, revint dans la figure de Thomas. Teresa s'arrêta enfin et se retourna pour l'attendre, pile sous un rayon de lune. Elle n'avait pas l'air contente.

— Ça ne va pas te plaire, mais je connais très bien Aris, déclara-t-elle sèchement. Non seulement il faisait partie de ma vie avant le Labyrinthe, mais on peut communiquer mentalement lui et moi, comme avec toi. Même quand j'étais dans le Labyrinthe, on continuait à se parler. Et on savait tous les deux qu'ils finiraient par nous réunir.

Thomas se creusa la cervelle à la recherche d'une réponse. Ce qu'elle lui disait était tellement inattendu. C'était forcément une mauvaise blague. Une nouvelle ruse du WICKED.

Elle l'observait, les bras croisés, comme si elle appréciait de le voir désemparé.

— C'est un mensonge, dit-il enfin. Tu ne sais faire que ça, mentir. Je ne comprends pas pourquoi, et je ne sais pas ce qui se passe, mais…

— Oh, je t'en prie, Tom ! s'exclama-t-elle. Comment peut-on être aussi bête ? Après tout ce qui s'est passé, tu arrives encore à t'étonner ? Notre relation à tous les deux a toujours fait partie du test. Mais c'est fini, maintenant. Aris et moi allons faire ce qu'on nous a dit, et la vie va continuer. Le WICKED, c'est la seule chose qui compte. C'est comme ça.

— Mais de quoi est-ce que tu parles ?

Il se sentait vide.

Teresa regarda derrière lui. Il entendit craquer une brindille, et parvint à conserver assez de dignité pour ne pas se retourner et regarder qui s'était glissé derrière son dos.

— Tom, reprit Teresa, Aris est juste derrière toi, et il tient un grand couteau. Tente quoi que ce soit, et il te tranche la gorge. Tu vas venir avec nous et faire exactement ce qu'on te dira. Compris ?

Thomas la foudroya du regard, en espérant que la rage qui bouillonnait en lui se lisait sur son visage. Il n'avait jamais été aussi furieux de toute sa vie.

— Dis bonjour, Aris, suggéra Teresa.

Et, le pire de tout, elle sourit.

— Salut, Tommy, fit le garçon dans son dos. (C'était bien Aris, quoique moins amical qu'auparavant.) Je suis content de te revoir.

Thomas sentit la pointe d'un couteau se poser sur son dos. Il ne dit pas un mot.

— Bien, approuva Teresa. Je vois que tu as décidé de réagir en adulte. Continue à me suivre, on y est presque.

— Où ça ? demanda Thomas d'une voix glaciale.

— Tu verras bien.

Elle tourna les talons et s'éloigna entre les arbres, en s'appuyant sur son épieu comme sur un bâton.

Thomas s'empressa de la suivre pour ne pas laisser à Aris la satisfaction de le pousser. Les arbres se firent plus denses, laissant passer moins de clarté. La nuit se referma sur lui, buvant la lumière et la vie.

*

Ils atteignirent une grotte dont le bosquet masquait l'entrée. Thomas ne vit rien venir : l'instant d'avant, ils progressaient à travers le fouillis des branches, et, le suivant, ils se trouvaient devant une ouverture étroite creusée dans la paroi. Une vague source lumineuse brillait à l'intérieur, un rectangle d'un vert malsain qui fit ressembler Teresa à un zombie quand elle s'écarta pour laisser entrer les garçons.

Aris contourna Thomas, sans cesser de pointer son couteau sur lui, pour aller s'adosser à la paroi en face de Teresa. Thomas ne put s'empêcher de les regarder tour à tour. Deux personnes dont son instinct lui avait toujours assuré qu'elles étaient des amis. Jusqu'à présent.

— Eh bien, nous y voilà, fit Teresa en s'adressant à Aris.

Ce dernier ne quitta pas Thomas des yeux.

— Nous y voilà, oui. Tu étais sérieuse quand tu disais qu'il avait convaincu les autres de lui laisser la vie sauve ? C'est un psychologue de génie, ou quoi ?

— Ça nous a plutôt aidés, en fait. J'ai eu moins de mal à l'attirer jusqu'ici.

Teresa toisa Thomas avec mépris, puis traversa la grotte pour rejoindre Aris. Elle se dressa sur la pointe des pieds, embrassa Aris sur la joue et lui sourit.

— Je suis tellement heureuse de te retrouver.

Aris lui rendit son sourire. Il lança à Thomas un regard d'avertissement, puis le lâcha des yeux assez longtemps pour se pencher sur Teresa et l'embrasser sur les lèvres.

Thomas se détourna et ferma les yeux. Ses appels implorants, ses murmures pour lui demander de s'accrocher, tout cela avait eu pour seul et unique but de l'amener jusqu'ici. De le conduire plus facilement dans cette grotte.

Pour qu'elle puisse remplir Dieu sait quelle mission ignoble imaginée par le WICKED.

— Finissons-en, déclara-t-il, sans oser ouvrir les yeux.

Il n'avait pas envie de les regarder, ni de savoir pourquoi il ne les entendait plus. Il voulait juste leur faire croire qu'il capitulait.

— Allez, finissons-en.

Sans réponse de leur part, il fut bien obligé de jeter un coup d'œil. Ils discutaient à voix basse en échangeant des baisers. Thomas eut l'impression d'avoir de l'huile bouillante dans l'estomac.

Il se détourna de nouveau et se concentra sur l'étrange source lumineuse au fond de la grotte : un grand rectangle vert pâle, encastré dans la pierre, d'où pulsait une lueur fantomatique. Il était de la taille d'un homme, pour un peu plus d'un mètre de large. Des taches marbraient sa surface : on aurait dit une fenêtre crasseuse ouvrant sur une boue radioactive, luisante et dangereuse.

Du coin de l'œil, il vit Teresa se détacher d'Aris. De toute évidence, ils avaient suffisamment rattrapé le temps perdu. Il la regarda, en se demandant si ses yeux trahissaient la profondeur de son désarroi.

— Tom, dit-elle, je suis désolée de t'avoir blessé. J'ai fait ce qu'il fallait dans le Labyrinthe ; me rapprocher de toi m'a paru le meilleur moyen de retrouver les souvenirs dont on avait besoin pour déchiffrer le code et nous enfuir. Et ici aussi, sur la Terre Brûlée, je n'ai pas eu le choix. On devait à tout prix t'amener ici pour passer les Épreuves. C'était toi ou nous.

Teresa hésita, une étrange lueur dans le regard.

— Aris est mon meilleur ami, Tom, conclut-elle d'un ton calme.

Thomas perdit enfin son sang-froid.

— Rien... à... foutre ! hurla-t-il, même si c'était complètement faux.

— Je te le dis, c'est tout. Si tu tiens à moi, tu peux comprendre pourquoi j'étais prête à tout pour accomplir la mission et le sauver. Tu n'aurais pas fait la même chose pour moi ?

Thomas n'en revenait pas du fossé qui s'était creusé entre lui et celle qu'il avait considérée jusque-là comme sa meilleure amie. Même dans ses souvenirs, ils étaient toujours ensemble.

— À quoi tu joues encore ? Tu cherches tous les moyens possibles et imaginables de me faire du mal ? Ferme-la un peu et fais ce pour quoi tu m'as amené ici !

Son cœur battait à tout rompre.

— Très bien, reprit-elle. Aris, ouvrons la porte. Il est temps de dire au revoir à notre ami.

CHAPITRE 51

Thomas n'avait plus envie de parler. Mais il n'allait certainement pas capituler sans combattre. Il décida de guetter la première occasion.

Aris garda son couteau pointé sur lui tandis que Teresa s'avançait vers le grand rectangle illuminé.

Bientôt la lumière verte nimba tout son corps. Les contours de sa silhouette étaient brouillés, comme si elle était en train de se dissoudre. Elle sortit de la lumière, s'arrêta devant la paroi et se mit à pianoter, sans doute sur une sorte de clavier.

Quand elle eut fini, elle recula vers lui.

— Voyons si ça marche, dit Aris.

— Oh, ça va marcher, promit Teresa.

Il y eut un déclic, suivi d'un sifflement. Thomas vit le pan droit du rectangle commencer à s'écarter vers l'extérieur comme une porte. Des serpentins de brume blanche se déroulèrent hors de l'ouverture pour s'évaporer aussitôt. On aurait dit qu'un frigo abandonné depuis longtemps expulsait de l'air froid dans la chaleur de la nuit. Il faisait noir à l'intérieur, malgré l'étrange lueur que le rectangle de verre continuait de diffuser.

Le rectangle n'était donc pas une fenêtre, comprit Thomas. Rien qu'une porte verte. Peut-être qu'on n'allait pas le jeter dans les déchets toxiques, en fin de compte. Du moins l'espérait-il.

La porte finit par s'arrêter, en butant contre la roche avec un crissement aigu. Ils se retrouvèrent face à un rectangle noir. La brume s'était complètement dissipée. Thomas sentit un gouffre d'anxiété s'ouvrir en lui.

— Tu as une lampe ? demanda Aris.

Teresa posa son épieu par terre, puis ôta son sac à dos et le fouilla. Elle en sortit une lampe torche, qu'elle alluma.

Aris indiqua l'ouverture d'un hochement de tête.

— Jette un coup d'œil pendant que je le surveille. Ne tente rien, Thomas. Je suis presque sûr que ce qu'ils ont prévu pour toi est moins pénible que se faire saigner à mort.

Thomas ne répondit rien, fidèle à sa décision de garder le silence. Il pensa au couteau et se demanda s'il arriverait à l'arracher à Aris.

Teresa, qui était venue se placer à droite du rectangle noir béant, agita le faisceau de sa torche à l'intérieur. Elle le promena en haut, en bas, de gauche à droite. Le rai lumineux traversa une brume légère mais suffisamment diffuse pour dévoiler l'intérieur.

Il s'agissait d'une pièce minuscule, d'une profondeur d'un mètre à peine. Ses parois en métal étaient ponctuées de petites saillies de quelques centimètres de haut, réparties tous les dix centimètres environ, qui les quadrillaient de haut en bas.

Teresa se tourna vers Aris en éteignant sa lampe torche.

— J'ai l'impression que c'est ça, annonça-t-elle.

Aris se retourna vivement vers Thomas, qui, fasciné par la pièce étrange, en avait raté l'occasion de tenter quelque chose.

— Exactement comme on nous l'avait dit.

— Bon… je crois qu'on y est ? fit Teresa.

Aris hocha la tête, puis fit passer son couteau dans l'autre main en le tenant plus fermement.

— On y est. Thomas, sois gentil et entre là-dedans sans faire d'histoire. Qui sait, peut-être qu'il s'agit encore d'un test et qu'une fois à l'intérieur ils te relâcheront, et qu'on n'aura plus qu'à fêter ça tous ensemble.

— Ta gueule, Aris, coupa Teresa.

C'était la première chose qu'elle disait depuis un moment qui ne donnait pas à Thomas l'envie de la frapper. Elle lui fit face, en évitant son regard.

— Finissons-en, lui dit-elle.

Aris agita sa lame, en indiquant à Thomas d'avancer.

— Allez. Ne m'oblige pas à te faire entrer de force.

Thomas le dévisagea. Il s'efforçait de conserver une expression impassible alors que son cerveau turbinait à plein régime. Un sentiment de panique le gagna. C'était maintenant ou jamais. Se battre ou mourir.

Il se tourna vers la porte béante et se dirigea lentement vers elle. En trois enjambées, il avait couvert la moitié de la distance. Teresa s'était redressée, prête à intervenir au cas où il voudrait leur créer des difficultés. Aris gardait son arme pointée sur le cou de Thomas.

Encore un pas. Puis un autre. Aris se tenait à présent sur sa gauche, à moins d'un mètre. Teresa était derrière lui, hors de vue, et devant lui s'ouvrait la minuscule pièce de couleur argentée aux murs hérissés de saillies.

Il s'arrêta et jeta un regard en coin à Aris.

— Quelle tête faisait Rachel quand elle a saigné à mort ?

C'était un pari, une tentative pour le déstabiliser.

Choqué, meurtri, Aris se figea, offrant à Thomas la fraction de seconde dont il avait besoin.

Il bondit et fit sauter le couteau de la main d'Aris avec un revers du bras gauche. L'arme glissa sur le sol. Thomas enfonça son poing droit dans le ventre de son adversaire ; ce dernier se plia en deux et roula par terre, le souffle coupé.

Un tintement de métal retint Thomas de frapper Aris à coups de pied. Il se retourna et vit que Teresa avait ramassé son épieu. Ils s'affrontèrent du regard un instant ; puis elle s'élança sur lui. Thomas leva les mains pour se protéger. Trop tard. Le manche de l'arme fendit l'air et le cueillit sur le côté de la tête. Il vit des étoiles et s'écroula en luttant pour demeurer conscient. À peine eut-il touché le sol qu'il se remit à quatre pattes pour tenter de se sauver.

Mais il entendit Teresa hurler, et une seconde plus tard le manche s'abattait une deuxième fois sur son crâne. Thomas s'effondra dans un bruit sourd ; un liquide poisseux lui coulait dans les cheveux et sur les tempes. Une douleur fulgurante explosa dans sa tête, comme s'il avait reçu un coup de hache dans le cerveau. Elle se répandit dans tout son corps. Il parvint néanmoins à se retourner sur le dos et vit Teresa au-dessus de lui, l'arme brandie.

— Entre là-dedans, Thomas, lui ordonna-t-elle. Entre là-dedans, ou je te jure que je continue à te cogner jusqu'à ce que tu te vides de ton sang.

Aris, qui avait récupéré, s'était relevé ; il se tenait juste à côté d'elle.

Thomas plia les deux jambes et rua, les atteignant tous les deux aux genoux. Ils s'écroulèrent l'un sur l'autre en criant. L'effort physique provoqua à Thomas une violente douleur. Des flashs blancs l'éblouirent ; tout se mit à tournoyer autour de lui. Il tenta de remuer, gémit, se remit sur le ventre et ramena péniblement ses mains sous lui. À peine s'était-il soulevé de quelques centimètres qu'Aris s'abattait sur son dos et le plaquait au sol. Le garçon lui passa un bras autour du cou et le serra.

— Tu vas entrer là-dedans, lui grogna Aris au creux de l'oreille. Viens m'aider, Teresa !

Thomas n'avait plus la force de résister. Les deux coups à la tête l'avaient complètement vidé, comme si ses muscles refusaient de lui obéir parce que son cerveau n'avait plus l'énergie de les commander. Teresa l'empoigna par les bras et le traîna vers la porte, tandis qu'Aris le poussait. Thomas se débattit faiblement. Des cailloux lui rentraient dans la peau.

— Ne faites pas ça, souffla-t-il, désespéré. S'il vous plaît...

Il ne voyait plus que des flashs blancs sur un fond noir. Une commotion, réalisa-t-il. Il avait une commotion cérébrale.

Il sentit à peine qu'on lui faisait passer le seuil. Teresa posa les bras de Thomas contre le métal froid du mur du fond, puis l'enjamba pour aider Aris à faire basculer ses jambes de manière à l'allonger face à l'entrée. Il n'avait même plus la force de les regarder.

— Non, murmura-t-il.

Le souvenir de Ben, ce malade qu'ils avaient banni du Bloc, lui revint en mémoire. Drôle de moment pour y penser, mais il savait maintenant ce que le pauvre avait dû ressentir au cours de ces dernières secondes avant que les murs se referment, le piégeant définitivement dans le Labyrinthe.

— Non, répéta-t-il, si doucement qu'ils ne durent même pas l'entendre.

Il souffrait de la tête aux pieds.

— Foutue tête de mule, grommela Teresa. Il fallait que tu nous compliques la tâche, hein ?

— Teresa, fit Thomas.

Il ignora la douleur pour tenter de l'atteindre par télépathie, même si ça ne fonctionnait plus depuis long-temps.

— *Teresa.*

— *Je suis désolée, Tom,* lui répondit-elle dans sa tête. *Mais merci pour ton sacrifice.*

Il ne s'était pas rendu compte que la porte se refermait peu à peu. Elle claqua à l'instant précis où ces dernières paroles terribles flottaient dans son esprit embrumé.

CHAPITRE 52

L'envers de la porte qui s'était refermée sur lui brillait d'une lueur verdâtre. La petite pièce avait l'apparence sinistre d'une cellule de prison. Il aurait sans doute crié, pleuré, sangloté et gémi comme un bébé s'il n'avait pas eu aussi mal à la tête. La douleur lui vrillait le crâne, et ses yeux lui donnaient l'impression de bouillir dans de la lave.

Malgré la douleur insoutenable, la souffrance d'avoir perdu Teresa pour de bon lui rongeait le cœur. Il n'était pas question de se mettre à pleurnicher.

Allongé là, il perdit la notion du temps. À croire qu'on souhaitait le laisser méditer sur ses mésaventures. Sur la manière dont le message de Teresa – lui faire confiance envers et contre tout – s'était révélé une ruse cruelle qui n'avait fait qu'amplifier sa double traîtrise.

Une heure s'écoula. Peut-être deux ou trois. Ou peut-être trente minutes seulement. Il n'en avait aucune idée.

Puis il entendit les premiers sifflements.

La lueur de la porte lui montra des jets de brume s'échappant des saillies réparties sur le mur devant lui. Il tourna la tête, au prix d'une nouvelle explosion de douleur dans le crâne, et vit que toutes les saillies crachaient des jets similaires.

Elles sifflaient comme un nid de vipères.

« Alors c'est ça ? » se dit-il. Après tout ce qu'il avait enduré, tous ces mystères, ces combats, ces fugaces moments d'espoir, ils allaient l'éliminer au moyen d'un gaz mortel. C'était ridicule, complètement ridicule. Il avait affronté des Griffeurs, des fondus, survécu à une blessure et à une infection. Le WICKED. C'étaient pourtant bien eux qui l'avaient sauvé ! Et ils allaient se contenter de le gazer ?

Il s'assit, gémissant. Il regarda autour de lui, à la recherche d'un moyen de sortir de là...

Fatigué. Il était si fatigué.

Quelque chose n'allait pas dans ses poumons. Il se sentit mal.

Le gaz.

Fatigué. Blessé. À bout de forces.

Il inspira le gaz.

Incapable de s'en empêcher.

Si... fatigué...

Ses poumons. Quelque chose clochait.

Teresa. Pourquoi fallait-il que ça se termine de cette façon ?

Fatigué...

Au moment de perdre connaissance, il eut vaguement conscience de sa tête en train de heurter le sol.

Traîtresse.

Si...

Fatigué...

CHAPITRE 53

Thomas ignorait s'il était mort ou vivant, mais il avait la sensation d'être endormi. Conscient et absent à la fois. Il s'enfonça dans un autre de ses rêves.

*

Il a seize ans. Il est debout devant Teresa et une autre fille qu'il ne reconnaît pas.

Et Aris.

Aris ?

Ils le dévisagent tous les trois d'un air lugubre. Teresa pleure.

— Il est temps d'y aller, déclare Thomas.

Aris hoche la tête.

— D'abord à l'Effacement, puis dans le Labyrinthe.

Teresa essuie ses larmes en silence.

Thomas et Aris se serrent la main. Ensuite, Thomas serre la main de la fille inconnue.

Teresa se précipite alors dans ses bras. Elle sanglote, et Thomas s'aperçoit qu'il pleure lui aussi. Ses larmes lui mouillent les cheveux tandis qu'il la serre fort contre lui.

— Il faut y aller, maintenant, lui rappelle Aris.

Thomas se tourne vers lui. Essaie de savourer cet instant avec Teresa. Cette dernière étreinte avant l'effacement de sa mémoire. Ils ne se reverront plus de cette façon avant longtemps.

Teresa lève les yeux vers lui.

— Ça va marcher. Tout va bien se passer.

— Je sais, dit Thomas.

Il éprouve un sentiment de tristesse qui lui fait mal jusqu'au bout des ongles.

Aris ouvre une porte et invite Thomas à le suivre. Thomas lui emboîte le pas, tout en jetant un dernier regard à Teresa. Il essaie d'avoir l'air optimiste.

— On se voit demain ! lui lance-t-il.

Ce qui est vrai, et d'autant plus douloureux.

*

Le rêve se dissipa, et Thomas replongea dans le sommeil le plus lourd de sa vie.

CHAPITRE 54

Des murmures dans le noir.

Voilà ce qu'entendit Thomas quand il reprit connaissance. Des chuchotements secs qui lui écorchaient les tympans comme du papier de verre. Il n'en comprenait pas un mot. Il faisait tellement noir qu'il mit du temps à se rendre compte qu'il avait les yeux ouverts.

Quelque chose de dur et de frais lui écrasait le visage. Le sol. Il n'avait pas bougé depuis que le gaz l'avait mis K.-O. Contre toute attente, sa tête ne lui faisait plus mal. En fait, il n'éprouvait plus aucune douleur. Il ressentait plutôt une vague d'euphorie qui lui donnait le vertige. Peut-être était-ce simplement le bonheur d'être en vie.

Il fit glisser ses mains sous lui et se redressa en position assise. Pas la moindre lueur, aussi infime soit-elle, ne venait atténuer le noir total. Il se demanda ce qu'était devenue la lumière verdâtre de la porte que Teresa avait refermée sur lui.

Teresa.

Son euphorie retomba, douchée par le souvenir de ce qu'elle lui avait fait. Toutefois…

*

Il n'était pas mort. Sauf si la vie après la mort se résumait à une minuscule pièce noire.

Il se reposa quelques minutes, le temps de reprendre ses esprits et de se calmer. Il se leva et commença à tâtonner autour de lui. Trois parois métalliques hérissées de saillies à intervalles réguliers. Une paroi lisse qui donnait la sensation d'être en plastique. Il se trouvait bien dans la même pièce.

Il tambourina à coups de poing contre la porte.

— Ohé ! Il y a quelqu'un ?

Les pensées se bousculaient dans sa tête. Ses rêves-souvenirs, maintenant nombreux… tant de questions, tant d'énigmes à résoudre. Les détails qui avaient commencé à lui revenir dans le Labyrinthe avec la Transformation s'emboîtaient peu à peu, s'étoffaient. Il avait participé aux plans du WICKED. Teresa et lui avaient été proches – les meilleurs amis du monde. Tout ça lui avait semblé juste. Il avait eu l'impression d'agir pour le bien commun.

Pourtant, il n'en était plus aussi sûr. Il éprouvait de la colère et de la honte. Comment justifier leurs agissements ? Qu'est-ce que le WICKED et lui avaient en tête ? Car même s'il ne se considérait pas comme tel, les autres et lui n'étaient que des gosses. Des gosses ! Il n'aimait pas beaucoup ce qu'il avait appris sur lui-même. À quel moment avait-il atteint ce stade ? Quelque chose avait basculé en lui.

Et puis, il y avait Teresa. Comment avait-elle pu compter autant pour lui ?

Il entendit un craquement puis un sifflement.

La porte s'ouvrit, en pivotant lentement vers l'extérieur. Teresa se tenait là, dans la clarté diffuse du petit matin, en larmes. Dès que l'entrebâillement fut suffisant, elle se jeta à son cou et enfouit son visage au creux de son épaule.

— Je suis désolée, Tom, dit-elle. (Il sentait ses larmes lui couler dans le cou.) Je suis vraiment, vraiment désolée. Ils disaient qu'ils te tueraient si on ne leur obéissait pas. Même si c'était affreux. Je suis désolée, Tom !

Thomas ne trouva rien à répondre et ne put se résoudre à lui rendre son étreinte. Traîtresse. L'écriteau à la porte de Teresa, les conversations entre les personnes de ses rêves. Les différentes pièces se mettaient en place. Était-elle encore en train de lui mentir ? Sa trahison signifiait qu'il ne pourrait plus jamais lui faire confiance, et son cœur lui soufflait qu'il n'arriverait pas à lui pardonner.

En un sens, il se rendait compte que Teresa avait tenu sa promesse initiale. Elle avait commis toutes ces choses horribles contre son gré. Elle ne lui avait pas menti dans la cabane. Mais il savait aussi que leur relation ne serait plus jamais la même.

Il finit par repousser Teresa. La sincérité qu'il lut dans ses yeux bleus ne parvint pas à apaiser ses doutes.

— Bon… et si tu m'expliquais ce qui s'est passé ?

— Je t'avais dit de me faire confiance, répondit-elle. Je t'avais prévenu qu'il allait t'arriver un truc horrible. Mais tout ça, c'était de la comédie.

Elle lui sourit, et Thomas se prit à chercher un moyen d'oublier ce qu'elle lui avait fait.

— Hum, tu ne donnais pourtant pas l'impression d'avoir tellement de scrupules à me cogner avec ton épieu ou à me jeter dans cette chambre à gaz.

Il ne parvenait pas à cacher la méfiance qui faisait rage dans son cœur. Il jeta un coup d'œil à Aris, qui paraissait gêné, comme s'il avait surpris une conversation intime.

— Je suis désolé, s'excusa le garçon.

— Pourquoi ne pas m'avoir dit qu'on se connaissait déjà ? riposta Thomas. Pourquoi… ?

Il ne trouvait pas les mots.

— Ça faisait partie de la comédie, Tom, expliqua Teresa. Il faut nous croire. On nous avait promis depuis le début que tu ne mourrais pas. Que cette épreuve de la chambre était nécessaire, mais qu'ensuite ce serait fini. Je suis tellement désolée !

Thomas jeta un coup d'œil à la porte restée ouverte derrière lui.

— Je crois que je vais avoir besoin d'un peu de temps pour encaisser tout ça.

Teresa aurait voulu être pardonnée aussitôt, que tout redevienne comme avant. Son instinct lui conseillait de ne pas montrer son amertume, mais c'était difficile.

— Qu'est-ce qui t'est arrivé là-dedans, au fait ? demanda Teresa.

Thomas la regarda dans les yeux.

— Et si tu commençais par tout me raconter, toi ? Je crois que je l'ai mérité.

Elle essaya de lui prendre la main mais il l'esquiva, en prétextant une démangeaison dans le cou. Le chagrin qu'il lut brièvement dans son expression lui procura une pointe de satisfaction.

— Écoute, commença-t-elle, c'est vrai, tu as droit à une explication. Je crois qu'on peut tout te dire, maintenant, même si on ne comprend pratiquement rien.

Aris se racla la gorge. Il avait manifestement une objection.

— D'accord, mais… heu… on ferait mieux de le faire en marchant. Ou en courant. Il ne nous reste plus que quelques heures. C'est le grand jour, aujourd'hui.

À ces mots Thomas sortit de sa stupeur. Il consulta sa montre. Si Aris disait vrai, ils n'avaient plus que cinq heures et demie devant eux. Les deux semaines imparties étaient-elles déjà passées ? Combien de temps était-il resté dans la chambre à gaz ? Toutes les explications du monde ne serviraient à rien s'ils n'arrivaient pas au refuge. Avec un peu de chance, Minho et les autres y étaient déjà.

— Très bien. Oublions ça pour le moment, dit-il avant de changer de sujet. Est-ce qu'il y a du nouveau dehors ? Je veux dire, j'ai vu la plaine dans le noir, mais…

— On sait, le coupa Teresa. Pas le moindre bâtiment en vue. Rien du tout. C'est encore pire en plein jour. Une plaine stérile qui s'étend à perte de vue. Pas un arbre, pas une colline, et pas l'ombre d'un refuge.

Thomas se tourna vers Aris, puis vers Teresa.

— Bon, alors qu'est-ce qu'on fait ? Où on va ? (Il songea à Minho, à Newt, aux blocards, à Brenda et à Jorge.) Vous avez vu les autres ?

Aris répondit :

— Les filles de mon groupe sont en bas, en route vers le nord, comme prévu. Elles ont déjà plusieurs kilomètres d'avance. On a repéré tes amis au pied de la montagne à quelques kilomètres à l'ouest. Je n'en suis pas sûr, mais j'ai l'impression qu'ils sont au complet. Ils vont dans la même direction que les filles.

Thomas se sentit soulagé. Ses amis étaient passés… et sans pertes supplémentaires, semblait-il.

— Ne traînons pas, suggéra Teresa. Le fait qu'on ne voie rien ne veut rien dire. Si ça se trouve, le WICKED nous prépare un truc. Il faut continuer comme on nous l'a dit. Venez.

Un instant, Thomas fut tenté d'abandonner, de s'asseoir par terre et d'attendre avec fatalisme la suite des événements.

— D'accord, allons-y. Mais tu as plutôt intérêt à me dire tout ce que tu sais.

— Je le ferai, promit-elle. Vous vous sentez suffisamment en forme pour courir une fois qu'on sera à découvert ?

Aris hocha la tête, tandis que Thomas levait les yeux au plafond.

— S'il te plaît. Je suis un coureur.

Elle haussa les sourcils.

— Ah oui ? Eh bien, on verra qui se fatigue le premier.

Pour toute réponse, Thomas sortit de la grotte et s'enfonça entre les arbres morts, refusant de ressasser plus longtemps ses souvenirs et ses émotions.

*

Le ciel était sombre. La couverture nuageuse était si dense que, sans sa montre, Thomas n'aurait eu aucune notion du temps.

Des nuages. La dernière fois qu'il en avait vu…

Mais peut-être que l'orage ne serait pas aussi violent que le précédent...

Une fois sortis du bosquet d'arbres morts, ils continuèrent sans s'arrêter. Un sentier descendait vers la vallée en contrebas, en zébrant le flanc de la montagne comme une vilaine cicatrice. Thomas estima qu'il leur faudrait environ deux heures pour arriver en bas. Dévaler au pas de course cette pente abrupte semblait le plus sûr moyen de se fouler la cheville ou de se casser une jambe. Et dans ce cas, ils n'arriveraient jamais à temps.

Ils convinrent de descendre rapidement mais en restant prudents, puis de courir quand ils seraient sur le plat. Ils s'engagèrent sur le sentier – Aris, puis Thomas, puis Teresa. Les nuages sombres bouillonnaient au-dessus d'eux, brassés par des rafales qui semblaient souffler dans toutes les directions. Comme Aris l'avait dit, Thomas repéra deux groupes distincts dans la plaine désertique : ses amis blocards, encore à proximité de la montagne, et le groupe B, quelques kilomètres plus loin.

Une fois de plus, Thomas se sentit soulagé. Il descendit d'un pas plus léger.

Après le troisième lacet, Teresa s'adressa à lui dans son dos.

— Bon, je suppose qu'il vaut mieux reprendre l'histoire depuis le début.

Thomas hocha la tête. Il se sentait dans une forme physique incroyable : l'estomac plein, toutes ses douleurs envolées, l'air frais et un petit vent agréable pour se sentir en vie. Il ne savait pas ce qu'il y avait dans le gaz qu'il avait respiré, mais apparemment ça lui avait fait le plus grand bien. Pourtant, sa méfiance à l'égard de Teresa continuait à le perturber, il ne voulait pas se montrer trop gentil.

— Tout a commencé la nuit où on communiquait par télépathie, la première nuit après notre évasion du Labyrinthe. Je dormais à moitié, et tout à coup des gens ont fait irruption dans ma chambre, avec des tenues bizarres qui faisaient froid dans le dos. Un genre de combinaison avec de grosses lunettes.

— Sérieusement ? demanda Thomas.

Ça ressemblait singulièrement à la description des gens qu'il avait vus après avoir reçu la balle.

— J'ai eu une trouille bleue, et j'ai essayé de t'appeler, mais la télépathie ne marchait plus. J'ignore pourquoi, mais je n'y arrivais plus. Depuis, ça revient de temps en temps, mais seulement pour de courtes périodes.

Elle continua en s'adressant à lui mentalement.

— *Tu m'entends parfaitement, là, non ?*

— *Oui. C'est vrai qu'Aris et toi communiquiez ensemble quand on était dans le Labyrinthe ?*

— *Eh bien...*

Elle n'acheva pas, et quand Thomas se retourna, elle semblait soucieuse.

— *Quoi ?* demanda-t-il, en regardant devant lui pour éviter de trébucher et de rouler au bas de la montagne.

— *Je préfère ne pas en parler pour l'instant.*

— Parler de... ?

Il s'interrompit et continua mentalement.

— *Parler de quoi ?*

Teresa ne répondit pas.

Thomas s'efforça de crier en lui-même le plus fort possible.

— *Parler de quoi ?*

Elle demeura silencieuse pendant quelques secondes, puis répondit enfin :

— *Oui, on a communiqué tous les deux après mon arrivée au Bloc. Surtout pendant que j'étais plongée dans ce foutu coma.*

CHAPITRE 55

Il fallut à Thomas beaucoup de volonté pour continuer à avancer sans se retourner.

— *Hein ? Pourquoi tu ne m'en as jamais parlé dans le Labyrinthe ?*

Comme s'il avait besoin d'une raison supplémentaire de se méfier d'eux.

— Pourquoi vous ne parlez plus ? demanda subitement Aris. Vous vous répandez sur moi dans mon dos, ou quoi ?

Curieusement, il n'avait plus l'air menaçant du tout. Comme si les événements dans le bosquet des arbres morts n'avaient jamais eu lieu.

Thomas lâcha une exclamation qu'il retenait depuis un moment.

— Je n'arrive pas à le croire. Tous les deux, vous…

Il s'interrompit, conscient qu'au fond ce n'était pas si surprenant. N'avait-il pas vu Aris dans son dernier rêve ? Le garçon était dans le coup. Et la manière dont ils se comportaient l'un envers l'autre dans son souvenir semblait indiquer qu'ils étaient dans le même camp. Ou qu'ils l'avaient été, en tout cas.

— J'en ai marre ! lâcha Thomas. Il n'y a qu'à continuer à voix haute.

— Bon, dit Teresa. J'ai beaucoup de choses à t'expliquer, alors essaie de m'écouter sans m'interrompre, d'accord ?

La descente commençait à tirer sur les cuisses de Thomas.

— D'accord, mais… comment sais-tu quand tu t'adresses à lui et quand tu t'adresses à moi ? Comment fais-tu la différence ?

— Aucune idée. C'est comme si je te demandais comment je fais la différence entre les ordres que je donne à ma jambe droite et ceux que je donne à ma jambe gauche quand je marche. Je le sais, c'est tout. C'est construit comme ça dans mon cerveau.

— On l'a fait, nous aussi, mec, intervint Aris. Tu ne te rappelles pas ?

— Bien sûr que je me rappelle, bougonna Thomas.

Si seulement il pouvait se souvenir de tout, les pièces s'emboîteraient et il pourrait passer à autre chose. Il ne parvenait pas à comprendre pourquoi le WICKED tenait tellement à les priver de leur mémoire. Et pourquoi ces fuites récentes ? Étaient-elles voulues ou accidentelles ? Une conséquence imprévue de la Transformation ?

Tant de questions sans réponse.

— Très bien, déclara-t-il enfin. Je vais la boucler et mon cerveau aussi. Continue.

— On reparlera d'Aris et moi un peu plus tard. Je ne me souviens même plus de ce qu'on se disait : à mon réveil j'avais pratiquement tout oublié. Le coma fait sûrement partie des variables, alors on a peut-être monté cette forme de communication pour éviter de devenir fous. Je veux dire, on a participé à la mise en place de tout ce cirque, pas vrai ?

— La mise en place ? répéta Thomas. Je ne sais…

Teresa lui donna une petite tape sur le crâne.

— Je croyais que tu devais la boucler ?

— Oui, oui, grommela Thomas.

— Bref, quand ces gens ont débarqué dans ma chambre dans leurs combinaisons sinistres, mon lien télépathique avec toi ne voulait plus fonctionner. J'étais à moitié endormie et complètement terrorisée. J'ai d'abord cru à un cauchemar. Et puis, on m'a plaqué sur la bouche un truc qui sentait très mauvais et je me suis évanouie. À mon réveil, j'étais couchée sur un lit dans une autre chambre, avec des gens assis en rang qui m'observaient derrière une grande baie vitrée que je ne voyais pas, mais que je pouvais toucher… comme une sorte de champ de force.

— Oui, confirma Thomas, on a eu droit à ça, nous aussi.

— Et là, ils ont commencé à me parler. Ils m'ont expliqué en détail tout ce qu'ils voulaient qu'on te fasse, Aris et moi, en me chargeant de le lui expliquer. Par télépathie, tu vois, même s'il appartenait désormais à ton groupe. Enfin, notre groupe. Le groupe A. Ils m'ont fait sortir de la chambre et rejoindre le groupe B ; ensuite, ils nous ont dit qu'on avait toutes la Braise et ils nous ont parlé du refuge. On avait peur, on ne comprenait pas tout, mais on n'avait pas le choix. On a pris des tunnels souterrains en direction des montagnes – on a complètement évité la ville. Notre rencontre à tous les deux dans le petit bâtiment, tout ce qui s'est passé après jusqu'au moment où on vous est tombées dessus en armes dans la vallée, tout était planifié depuis le départ.

Thomas repensa à ses rêves. Une petite voix lui souffla qu'il avait toujours su qu'un scénario de ce genre serait peut-être nécessaire, avant même de se rendre au Bloc, dans le Labyrinthe. Bien qu'il ait mille questions à poser à Teresa, il décida de patienter encore un peu.

Ils s'engagèrent dans un autre lacet, et Teresa continua :

— Je sais seulement deux choses de façon certaine. D'abord, que si j'avais essayé de m'écarter du plan si peu que ce soit, ils t'auraient tué. Ils m'avaient prévenue qu'ils avaient « d'autres options ». Ensuite, que le but de la manœuvre consistait à ce que tu te sentes trahi. Tout ce qu'on t'a fait subir, c'était pour ça.

Une fois encore Thomas repensa à ses souvenirs. Teresa et lui avaient employé le mot « schémas » juste avant de se séparer. Que fallait-il en déduire ?

— Alors ? demanda Teresa lorsqu'ils eurent continué un moment en silence.

— Alors quoi ? riposta Thomas.

— Qu'est-ce que tu en penses ?

— Parce que c'est tout ? C'est ça, ta grande explication ? Je suis supposé me sentir beaucoup mieux maintenant ?

— Tom, je ne pouvais pas prendre le moindre risque. J'étais convaincue qu'ils te tueraient si je ne jouais pas le jeu. Tu devais avoir la certitude que je t'avais trahi. C'est pour ça que j'ai mis le paquet. Par contre, pourquoi c'était si important pour eux, je n'en ai aucune idée.

Thomas s'aperçut tout à coup que ce brusque afflux d'informations lui avait donné une nouvelle migraine.

— Je dois reconnaître que tu étais drôlement crédible. Et dans le bâtiment ? Quand tu m'as embrassé ? Et qu'est-ce qu'Aris vient faire dans cette histoire ?

Teresa lui attrapa le bras et l'obligea à s'arrêter pour lui faire face.

— Ils avaient tout calculé. Pour leurs fameuses variables. Je ne sais pas comment ça marche.

Thomas secoua lentement la tête.

— Oui, eh bien je ne suis pas plus avancé avec tout ça. Et excuse-moi de faire un peu la gueule.

— Est-ce que ça a fonctionné ?

— Pardon ?

— Ils voulaient que tu te sentes trahi, et ça a marché. Hein ?

Thomas la regarda longuement droit dans les yeux.

— Oui.

— Je suis sincèrement désolée. Mais tu es encore en vie, et moi aussi. Et Aris aussi.

— Oui, répéta-t-il.

Il n'avait pas envie de poursuivre la conversation.

— Le WICKED a obtenu ce qu'il voulait, et moi aussi, conclut Teresa. Aris, tourne-toi vers la vallée, s'il te plaît.

— Hein ? répondit-il, confus. Pourquoi ?

— Fais-le, c'est tout.

La voix de Teresa avait perdu sa dureté depuis l'épisode de la chambre à gaz, mais cela ne fit que rendre Thomas encore plus soupçonneux. Que manigançait-elle encore ?

Aris soupira, leva les yeux au ciel et s'exécuta.

Teresa n'hésita pas. Elle sauta au cou de Thomas et l'attira vers elle. Il n'eut pas le courage de lui résister.

Ils s'embrassèrent, sans que Thomas éprouve rien.

CHAPITRE 56

Le vent se mit à souffler en rafales tourbillonnantes.

Le tonnerre commença à gronder sous un ciel de plus en plus sombre, donnant à Thomas un prétexte pour se détacher de Teresa. Il avait décidé de lui cacher son ressentiment. Le temps pressait, et ils avaient encore un long chemin devant eux.

Déployant tout son talent d'acteur, il sourit à Teresa et lui dit :

— Je crois que j'ai compris : tu as été obligée de faire un certain nombre de trucs bizarres qui m'ont sauvé. C'est ça ?

— À peu près.

— Alors, je vais essayer de ne plus y penser. Il faut qu'on rattrape les autres.

Le meilleur moyen d'atteindre le refuge consistait à collaborer avec Teresa et Aris, et il allait s'y tenir. Il aurait le temps de repenser plus tard à Teresa et au mal qu'elle lui avait fait.

— Si tu le dis, déclara-t-elle avec un sourire forcé, comme si elle sentait que tout n'était pas réglé.

Ou peut-être qu'elle envisageait sans enthousiasme de retrouver les blocards après tout ce qui s'était passé.

— Bon, vous avez fini, oui ? s'impatienta Aris, toujours tourné vers la plaine.

— Oui ! lui cria Teresa. Oh, et à propos, c'était la première et la dernière fois que je t'embrassais. J'ai les lèvres qui me picotent. Je suis sûre que tu m'as refilé un truc.

Thomas faillit s'étrangler. Il se remit en route avant que Teresa n'essaie de lui prendre la main.

*

Il leur fallut une heure pour atteindre le pied de la montagne. La pente s'adoucissait un peu vers le bas, ce qui leur permit d'accélérer. Dans le dernier kilomètre, comme le sentier devenait droit, ils purent descendre à petites foulées vers l'immense plaine désertique qui s'étendait jusqu'à l'horizon. Il faisait chaud, mais le ciel couvert et le vent rendaient l'effort supportable.

Thomas ne distinguait pas très bien les deux groupes A et B qui convergeaient lentement devant eux, surtout avec le vent qui soulevait des tourbillons de poussière. Les garçons et les filles continuaient vers le nord. Ils donnaient l'impression de marcher penchés contre le vent.

Thomas avait de la poussière plein les yeux. Il n'arrêtait pas de se les frotter, ce qui ne faisait qu'empirer les choses. Le jour continuait à s'assombrir tandis que les nuages se faisaient de plus en plus épais.

Après une courte pause pour boire et manger un morceau – le peu de provisions qu'il leur restait s'épuisait rapidement –, ils prirent un moment pour observer les autres groupes.

— Ils marchent, fit remarquer Teresa, en pointant l'un des groupes tout en se protégeant les yeux avec l'autre main. Pourquoi ils ne courent pas ?

Parce qu'ils ont encore trois heures devant eux, répondit Aris en consultant sa montre. À moins qu'on ne se soit complètement plantés, le refuge ne devrait pas se trouver à plus de quelques kilomètres après les montagnes. Sauf que je ne vois rien.

Thomas ne voulait pas l'admettre, mais l'espoir que, là-haut, ils aient pu rater un détail à cause de la distance s'était sérieusement estompé.

— Eux non plus, j'ai l'impression, vu l'allure à laquelle ils se traînent. Il n'y a peut-être rien à voir – et donc, aucune raison de courir dans le désert.

Aris jeta un coup d'œil au ciel gris anthracite.

— Il fait de plus en plus moche. Vous croyez qu'on va encore avoir droit à un orage électrique ?

— On serait mieux dans les montagnes, si ça éclate, observa Thomas.

Ce serait la manière idéale de conclure cette histoire, songea-t-il. Se faire réduire en cendres par la foudre en cherchant un refuge inexistant !

— Commençons par rattraper les autres, suggéra Teresa. Pour le reste, on décidera plus tard. (Elle se tourna vers les deux garçons, les mains sur les hanches.) Vous êtes prêts ?

— Oui, répondit Thomas.

Il s'efforça de ne pas céder à la panique qui menaçait de l'engloutir. Il y avait forcément une solution.

Aris se contenta de hausser les épaules.

— Alors allons-y, dit Teresa.

Avant que Thomas ne puisse ajouter un mot, elle partit au pas de course, Aris sur ses talons.

Thomas prit une grande inspiration. Cela lui rappelait la première fois qu'il était sorti courir dans le Labyrinthe avec Minho. Ce qui n'avait rien de rassurant. Il souffla et s'élança à la poursuite des deux autres.

*

Après environ vingt minutes de course, beaucoup plus pénible que dans le Labyrinthe à cause du vent, Thomas s'adressa mentalement à Teresa.

— *J'ai l'impression d'avoir récupéré quelques souvenirs ces derniers temps. Dans mes rêves.*

Il avait envie de lui en parler, mais pas devant Aris. C'était surtout une manière de la tester, de voir comment elle réagirait. Si elle laisserait échapper quelques indices concernant ses véritables intentions.

— *Vraiment ?* dit-elle.

Il la sentit étonnée.

— *Oui. Des trucs bizarres, sans aucune logique. Qui remontent à quand j'étais gamin. Tu étais là, toi aussi. J'ai pu voir comment le WICKED nous traitait. Un peu avant notre départ pour le Bloc.*

Elle se tut un moment avant de répondre, hésitant peut-être à lui poser les questions qui s'imposaient.

— *Est-ce qu'il y a certains détails qui peuvent nous être utiles ? Tu t'en souviens bien ?*

— *Je me rappelle tout. Mais ça ne nous avance pas à grand-chose.*

— *Qu'est-ce que tu as vu exactement ?*

Thomas lui raconta chaque petit fragment de souvenir – ou de rêve – qui lui était revenu au cours des deux dernières semaines. La brève apparition de sa mère, les échanges qu'il avait surpris à propos d'opérations chirurgicales, la fois où ils avaient espionné tous les deux des membres du WICKED et entendu des propos sans queue ni tête. Leur entraînement à la télépathie. Et enfin, leur séparation juste avant de partir pour le Bloc.

— *Alors Aris était là ?* demanda-t-elle, mais avant qu'il ne puisse répondre, elle poursuivit. *Bien sûr, je le savais déjà. Qu'on avait tous les trois fait partie du truc. Mais c'est bizarre ton histoire de disparition des Créateurs, de remplaçants, tout ça. Qu'est-ce que ça veut dire, à ton avis ?*

— *Je ne sais pas*, répondit-il. *Mais je suis convaincu que si on prenait le temps de s'asseoir et d'en discuter tous les trois, on arriverait à reconstituer tout le tableau.*

— *Moi aussi. Tom, je suis vraiment désolée. Je vois bien que tu as du mal à me pardonner.*

— *Qu'est-ce que tu ferais à ma place ?*

— *Tu as raison, mais j'ai considéré que te sauver la vie valait la peine de perdre ce qu'on aurait pu avoir.*

Thomas ne sut pas quoi répondre à ça.

Ils ne pouvaient plus poursuivre cette conversation. Avec le vent qui hurlait, la poussière et les débris qui volaient, les nuages noirs qui bouillonnaient au-dessus d'eux et les autres qui se rapprochaient de plus en plus…

Ils n'avaient plus le temps.

Alors, ils continuèrent à courir.

*

Les deux groupes devant eux finirent par se rejoindre dans le lointain. Le plus intéressant pour Thomas fut que cela n'avait rien d'accidentel. Les filles du groupe B s'arrêtèrent à un point donné ; puis Minho – Thomas le reconnut et fut soulagé de le voir sain et sauf – et les autres blocards se dirigèrent vers l'est pour les rejoindre.

À présent, à quelque six cents mètres de distance, ils faisaient cercle autour de quelque chose que Thomas ne pouvait pas voir.

— *Qu'est-ce qu'ils font ?* lui demanda Teresa.

— *Aucune idée*, répondit-il.

Ils accélérèrent l'allure.

*

Il leur suffit de quelques minutes de course à travers la plaine poussiéreuse pour rattraper les deux groupes.

Minho s'était détaché du cercle et les attendait tranquillement, les bras croisés. Ses habits étaient crasseux, il avait les cheveux gras et ses brûlures au visage étaient loin d'être guéries. Il souriait.

— Alors, tas de traînards ? On a failli attendre ! leur cria Minho.

Thomas s'arrêta devant lui, se pencha en avant, le temps de reprendre son souffle, puis se redressa.

— Je pensais vous trouver en train de vous battre avec ces filles. Après ce qu'elles nous ont fait… Enfin, surtout à moi.

Minho jeta un coup d'œil au groupe des garçons et des filles, puis ramena son regard sur Thomas.

— Eh bien, d'abord, elles ont de meilleures armes que nous, sans parler de leurs arcs. En plus, Harriet nous a tout expliqué. C'est plutôt nous qui devrions être surpris de te voir encore avec eux. (Il jeta un regard mauvais à Teresa et à Aris.) Je n'ai jamais fait confiance à ces deux mouchards.

Thomas s'efforça de cacher ses émotions contradictoires.

— Ils sont de notre côté. Tu peux me croire.

Et le pire, c'était qu'il commençait vraiment à s'en convaincre. Même si cela lui faisait mal au cœur.

Minho lâcha un rire amer.

— J'étais sûr que tu me sortirais un truc comme ça. Laisse-moi deviner… c'est une longue histoire ?

— Oui, trop longue pour te l'expliquer maintenant, confirma Thomas, avant de changer de sujet. Pourquoi vous vous êtes tous arrêtés ici ? Qu'est-ce que vous regardez ?

Minho fit un pas sur le côté et, d'un grand geste du bras, lui fit signe d'avancer.

— Va donc voir toi-même.

Puis il hurla, à l'intention des deux groupes :

— Dégagez un peu le passage !

Plusieurs blocards et plusieurs filles se retournèrent vers lui et s'écartèrent lentement. Thomas vit tout de suite que l'objet de l'attention générale était un simple piquet planté dans le sol aride. Un ruban orange y était accroché et claquait au vent. On distinguait des lettres imprimées sur le tissu.

Thomas et Teresa échangèrent un regard ; puis Thomas s'avança. Avant même d'être arrivé devant le piquet, il put lire les mots inscrits sur le ruban, en lettres noires sur le fond orange :

LE REFUGE

Un grand silence se fit autour de Thomas, comme s'il avait les oreilles bouchées. Il se laissa tomber à genoux en effleurant le ruban qui claquait au vent. C'était ça, leur refuge ? Pas même un bâtiment, un abri, quelque chose en dur ?

Et puis, aussi vite qu'il avait disparu, le bruit revint en force et le ramena à la réalité. Le sifflement du vent et le brouhaha des conversations.

Il se retourna vers Teresa et Minho, qui se tenaient côte à côte, tandis que derrière eux Aris pointait la tête au-dessus de leurs épaules.

Thomas jeta un coup d'œil à sa montre.

— Il nous reste un peu plus d'une heure. Notre refuge est un bâton planté dans le sol ?

Il était plongé dans la plus grande confusion : il ne savait plus quoi penser, ni quoi dire.

— On ne s'en est pas si mal sortis, tout bien réfléchi, observa Minho. On est plus de la moitié à être parvenus jusqu'ici. Encore plus chez les filles.

Thomas se releva, en essayant de dominer sa colère.

— La Braise te monte à la tête, ou quoi ? Oui, on est arrivés jusqu'ici. Sains et saufs. Devant un bâton !

Minho eut un sourire moqueur.

— Mec, on ne nous aurait pas envoyés ici sans raison. On est dans les temps. Il ne nous reste plus qu'à patienter jusqu'à expiration du délai. Il va sûrement se passer quelque chose.

— C'est bien ça qui m'inquiète, répliqua Thomas.

— Je suis d'accord avec Thomas, intervint Teresa. Après tout ce qu'on a subi, ce serait trop simple d'attendre tranquillement devant ce piquet qu'on vienne nous chercher en hélicoptère. J'ai peur de ce qui va nous tomber dessus.

— Garde ton avis pour toi, traîtresse, cracha Minho, sans rien cacher de la haine que Teresa lui inspirait. Je ne veux plus t'entendre.

Il s'éloigna d'un pas rageur. Thomas ne l'avait jamais vu aussi furieux.

Il se tourna vers Teresa qui semblait décontenancée.

— À quoi tu t'attendais ?

Elle haussa les épaules.

— J'en ai marre de m'excuser. J'ai fait ce que j'avais à faire.

Thomas n'en croyait pas ses oreilles.

— Si tu le dis. Il faut que j'aille parler à Newt. Je veux…

Avant qu'il ne puisse terminer, Brenda émergea de la foule et les dévisagea tour à tour, Teresa et lui. Le vent faisait voler ses cheveux, qu'elle devait constamment ramener derrière ses oreilles.

— Brenda, dit-il.

Il se sentait coupable tout à coup.

— Salut, lui lança Brenda en venant se planter devant Teresa et lui. C'est la fille dont tu m'as parlé quand on se pelotait dans le camion, tous les deux ?

— Oui, répondit Thomas sans réfléchir. Non ! Enfin, je veux dire… oui.

Teresa tendit la main à Brenda, qui la serra.

— Je m'appelle Teresa.

— Enchantée, fit Brenda. Je suis une fondue. Je suis en train de perdre la boule petit à petit. Parfois, j'ai envie de me grignoter les doigts et de tuer. Mais Thomas m'a promis de me sauver la vie.

Elle avait fait cette déclaration sans décoincer un sourire.

Thomas se retint de grimacer.

— Très drôle, Brenda.

— Contente de voir que tu prends ça avec humour, dit Teresa.

Mais son visage aurait suffi à changer de l'eau en glace.

Thomas consulta sa montre. Il leur restait encore cinquante-cinq minutes.

— Je… heu… j'ai besoin de parler à Newt.

Il tourna les talons et s'éclipsa avant que l'une ou l'autre des deux filles n'ait le temps d'ajouter quoi que ce soit. Il voulait mettre le plus de distance possible entre elles et lui.

Il trouva Newt assis par terre en compagnie de Poêle-à-frire et de Minho. À voir leur expression, on aurait cru qu'ils attendaient la fin du monde.

Le vent cinglant s'était chargé d'humidité, et les nuages sombres qui bouillonnaient au-dessus de leurs têtes étaient considérablement descendus, comme un brouillard épais prêt à engloutir la terre. Des lumières flamboyaient çà et là dans le ciel, teintant la grisaille de reflets orange et pourpres. Thomas n'avait pas encore vu d'éclair, mais il savait que ça ne tarderait pas. Le premier orage avait commencé exactement de la même manière.

— Salut, Tommy ! lui lança Newt en le voyant approcher.

Thomas s'assit à côté de ses amis, les genoux entre les bras. Deux mots tout simples, sans la moindre émotion. Comme si Thomas était simplement parti se balader.

— Content de voir que vous êtes arrivés à bon port, dit-il.

Poêle-à-frire lâcha son rire habituel aux allures de grognement animal.

— Content aussi pour toi. J'ai l'impression que tu n'as pas dû t'ennuyer avec ta déesse de l'amour. Vous vous êtes embrassés et réconciliés ?

— Pas exactement, répondit Thomas. Ça n'avait rien d'amusant.

— Eh ben, raconte ! fit Minho. Comment tu peux encore lui faire confiance ?

Thomas eut un moment d'hésitation, mais il savait qu'il devrait leur raconter toute l'histoire. Et qu'il ne servait à rien d'attendre. Il prit une profonde inspiration et commença son récit. Il évoqua le plan du WICKED le concernant, le camp, sa discussion avec le groupe B, la chambre à gaz. Ça n'était pas plus clair pour autant, mais le fait d'en parler à ses amis lui fit du bien.

— Et tu as pardonné à cette garce ? rétorqua Minho quand Thomas eut enfin terminé. Pas moi. Ces tocards du WICKED peuvent faire ce qu'ils veulent, je m'en fiche. Tu peux faire ce que tu veux, je m'en fiche. Mais je n'aurai plus confiance en elle ni en Aris. Je ne les aime pas.

Newt parut réfléchir plus sérieusement à la question.

— Ils auraient fait tout ça, ce traquenard, cette comédie, uniquement pour que tu te sentes trahi ? C'est un peu gros, non ?

— Ne m'en parle pas, marmonna Thomas. Et non, je ne lui ai pas pardonné. Mais pour l'instant je crois qu'on est dans le même bateau.

Autour de lui, la plupart des garçons et des filles étaient en train de s'asseoir, le regard perdu dans le lointain. Il n'y avait pas beaucoup d'échanges, et encore moins de mélange entre les deux groupes.

— Et vous, les gars ? demanda Thomas. Par où vous êtes passés ?

— Par une faille à travers la montagne, répondit Minho. On a dû se battre avec quelques fondus qui campaient dans une grotte, mais sinon, pas de problème. On n'a presque plus rien à boire ni à manger, par contre. Et j'ai mal aux pieds. Je suis sûr qu'une saloperie d'éclair va me frapper d'un instant à l'autre et me donner la même allure que le bacon de Poêle-à-frire.

— Oui, admit Thomas avec un coup d'œil en direction des montagnes. On devrait peut-être tirer un trait sur cette histoire de refuge et se mettre à l'abri.

Mais ce n'était pas envisageable. Pas avant l'expiration du délai, en tout cas.

— Pas question ! répliqua Newt. On n'est pas venus jusqu'ici pour faire demi-tour maintenant. Espérons juste que cette foutue tempête va se retenir encore un peu.

Il leva la tête en grimaçant vers les nuages presque noirs.

Les trois autres blocards restèrent silencieux. Le vent avait continué à se renforcer. Les rafales faisaient tellement de bruit qu'ils auraient eu du mal à s'entendre. Thomas consulta sa montre.

Encore trente-cinq minutes. Jamais l'orage ne...

— Hé ! Qu'est-ce que c'est que ça ? s'écria Minho en se dressant d'un bond ; il pointait quelque chose derrière Thomas.

Thomas se leva précipitamment, tous les sens en alerte. Il avait bien vu la peur sur le visage de Minho.

À une dizaine de mètres, le sol était en train de... s'ouvrir. Un carré parfait – d'environ cinq mètres de côté – pivotait sur lui-même. Un crissement de métal en torsion déchira l'air, plus fort que le rugissement du vent. Quand le carré eut bouclé sa rotation, la rocaille du désert avait cédé la place à une plaque noire avec un drôle d'objet fixé au milieu.

Un objet de forme oblongue, blanc, aux angles arrondis. Thomas en avait déjà vu un semblable. Plusieurs, en fait. Après leur évasion du Labyrinthe, quand ils avaient pénétré dans la grande salle d'où sortaient les Griffeurs, ils avaient trouvé un certain nombre de conteneurs de ce genre, qui ressemblaient à des cercueils. Il n'avait guère pris le temps d'y réfléchir jusqu'à maintenant, mais en voyant celui-là devant lui, il se dit que ce devait être là que restaient – dormaient ? – les Griffeurs quand ils n'étaient pas en train de chasser dans le Labyrinthe.

Avant qu'il ne puisse réagir, d'autres plaques apparurent, qui les encerclèrent.

Par dizaines.

CHAPITRE 58

Le crissement métallique devint assourdissant tandis que les plaques carrées pivotaient lentement sur leur axe. Thomas se boucha les oreilles. Les autres faisaient de même. Tout autour d'eux, à intervalles réguliers, des portions de désert se retournaient et se mettaient en place avec un claquement sonore. Chaque plaque était surmontée d'un grand cercueil blanc. Thomas en compta au moins une trentaine.

Puis le fracas s'arrêta. Personne ne prononça un mot. Le vent cinglait le sol, soufflant des traînées de sable et de poussière qui crépitaient sur les conteneurs. Cela faisait tellement de bruit que Thomas en avait froid dans le dos ; il devait plisser les paupières pour se protéger les yeux. Rien ne bougeait plus depuis l'apparition des étranges objets. Il n'y avait que le vacarme, le vent, le froid et ses yeux qui larmoyaient.

— *Tom ?* l'appela Teresa.

— *Oui.*

— *Ça rappelle des souvenirs, hein ?*

— *Oui.*

— *Tu crois qu'il y a des Griffeurs à l'intérieur ?*

Thomas se rendit compte que c'était exactement ce qu'il pensait. Il avait fini par accepter le fait qu'il devait s'attendre à tout. Il réfléchit une seconde avant de répondre.

— *Je ne sais pas. Les Griffeurs avaient un corps très humide. Ils ne seraient probablement pas très à l'aise ici.*

Cette remarque paraissait stupide, mais il était prêt à se raccrocher à n'importe quoi.

— *Peut-être que… qu'on est supposés s'allonger à l'intérieur*, dit-elle au bout d'un moment. *Peut-être que c'est ça, le refuge, ou que ces conteneurs vont nous y transporter.*

Thomas détestait cette idée, mais elle n'avait peut-être pas tort. Il s'arracha à la contemplation des conteneurs pour se tourner vers elle. Elle s'avançait déjà à sa rencontre. Toute seule, heureusement. Pour l'instant, il ne se sentait pas en état de l'affronter en même temps que Brenda.

Il lui tendit machinalement la main et la retira aussitôt : il avait oublié une seconde à quel point leur situation avait changé. Elle ne parut pas s'en apercevoir. Elle s'approcha de Minho et de Newt et les poussa du coude en guise de salut. Ils se tournèrent vers elle et Thomas les rejoignit pour tenir un conciliabule.

— Bon, qu'est-ce qu'on fait ? s'enquit Minho.

Il jeta un regard agacé à Teresa, comme s'il rechignait à la voir participer aux décisions.

Newt répondit :

— S'il y a des saletés de Griffeurs là-dedans, on a plutôt intérêt à se préparer à la bagarre.

— De quoi vous parlez ?

Thomas se retourna vers Harriet et Sonya. C'était Harriet qui venait de parler. Et Brenda se tenait juste à côté d'elle, flanquée de Jorge.

— Oh, super, bougonna Minho. Les deux reines du glorieux groupe B.

Harriet fit comme si elle n'avait rien entendu.

Je suppose que vous avez vu les mêmes nacelles dans la salle du WICKED, vous aussi. C'était sûrement là-dedans que les Griffeurs venaient se recharger ou je ne sais quoi.

— Oui, admit Newt. C'est ce qu'on a pensé.

Dans le ciel, le tonnerre se mit à gronder, tandis que les flashs se rapprochaient. Le vent s'engouffrait sous leurs vêtements, dans leurs cheveux, en brassant une odeur d'humidité et de poussière. Thomas regarda sa montre.

— Il nous reste vingt-cinq minutes. Soit on va devoir combattre des Griffeurs, soit il faudra grimper dans ces cercueils le moment venu. Peut-être que…

Un sifflement strident fendit l'air dans toutes les directions. Le bruit perça les tympans de Thomas, qui se boucha les oreilles. Des mouvements alentour attirèrent son attention, et il observa avec stupeur les grands conteneurs blancs.

Une ligne de lumière bleue apparut sur le couvercle de chacun des étranges cercueils. Le processus ne faisait aucun bruit, pas suffisamment du moins pour qu'on l'entende par-dessus le grondement du tonnerre. Thomas sentit les blocards et les filles se rapprocher les uns des autres. Tout le monde s'efforçait de reculer le plus loin possible. Bientôt, ils formèrent une masse compacte au centre du cercle de conteneurs blancs.

Les couvercles continuèrent à se soulever puis tombèrent lourdement sur le sol. On apercevait une forme sombre à l'intérieur de chaque cercueil. Thomas n'en distinguait pas grand-chose, mais de là où il se tenait il ne voyait rien qui ressemble aux appendices des Griffeurs.

— *Teresa ?* appela-t-il. Il n'osait pas s'exprimer à voix haute, mais il devait absolument parler à quelqu'un, sans quoi il allait devenir cinglé.

— *Oui ?*

— *Il faudrait aller jeter un coup d'œil, non ? Voir ce qu'il y a à l'intérieur.*

— *Allons-y ensemble*, proposa-t-elle aussitôt.

Son courage le surprit.

— *Tu as toujours des idées géniales,* répliqua-t-il.

Il avait essayé de mettre de la légèreté dans son ton, pourtant il était terrifié.

— Thomas ! cria Minho.

Le vent, toujours en furie, fut noyé par le fracas du tonnerre ; des éclairs zébraient le ciel jusqu'à l'horizon. L'orage était presque sur eux.

— Quoi ? hurla Thomas.

— Newt et toi, avec moi ! On y va !

Thomas allait s'avancer quand quelque chose émergea de l'un des conteneurs. Ses voisins s'exclamèrent en chœur et il se retourna pour suivre la direction de leurs regards. Des formes impossibles à identifier bougeaient dans chaque conteneur. Quelle que soit leur nature, elles étaient en train de sortir de leurs étuis. Thomas concentra son attention sur le conteneur le plus proche, les yeux plissés pour distinguer précisément ce qu'ils étaient sur le point d'affronter.

Un bras difforme passa par-dessus le bord, la main pendant à quelques centimètres du sol. Cette main ne comportait que quatre doigts mutilés – moignons de chair – de longueurs différentes. Ils tâtonnaient dans le vide, comme si la créature à l'intérieur cherchait une prise pour sortir. Le bras était fripé, bosselé, et le coude comportait une étrange protubérance parfaitement ronde, d'environ dix centimètres de diamètre, qui brillait d'une lueur orange vif.

On aurait dit que la créature avait une ampoule collée sur le bras.

Le monstre continua à émerger. Il sortit une jambe, terminée par un pied qui n'était qu'une masse de chair et dont les quatre orteils en partie amputés s'agitaient autant que ses doigts. Et sur le genou, on voyait une autre de ces sphères de lumière orange, qui paraissait pousser directement sur la peau.

— Qu'est-ce que c'est que ce truc ? cria Minho par-dessus le vacarme de la tempête.

Personne ne lui répondit. Thomas restait abasourdi face à la créature, fasciné et terrorisé à la fois. Il finit par détourner les yeux, le temps de constater que d'autres monstres similaires s'extirpaient de tous les conteneurs – tous avec la même lenteur –, avant de ramener son attention sur le plus proche.

La créature avait désormais un appui suffisant avec son bras et sa jambe pour commencer à sortir le reste de son corps. Thomas la regarda avec horreur se dresser, flasque et tremblotante, au-dessus du conteneur ouvert puis s'effondrer sur le sol. De forme vaguement humaine, quoique plus grande de cinquante bons centimètres que Thomas et ses compagnons, elle était nue, avec un corps épais, fripé et vérolé. Le plus hideux restait ses excroissances bulbeuses, une bonne vingtaine au total, réparties sur tout son corps et qui brillaient d'une lumière orange vif. Elle en avait plusieurs sur le torse et dans le dos, une à chaque articulation – celle du genou droit avait explosé dans une gerbe d'étincelles quand la créature s'était étalée par terre –, et plusieurs sur... ce qui devait être sa tête, même si elle ne comportait ni yeux, ni nez, ni bouche, ni oreilles, ni cheveux.

Le monstre se releva avec difficulté, en titubant sur ses jambes, et fit face au groupe des humains. Chaque conteneur avait livré sa créature. Elles se dressaient désormais en cercle autour des blocards et du groupe B.

À l'unisson, les créatures levèrent les bras vers le ciel. Des lames fines jaillirent alors de leurs moignons de doigts, de leurs orteils, de leurs épaules. La lueur des éclairs se mirait sur l'acier tranchant et scintillant. Bien qu'elles paraissent dépourvues de bouche, un gémissement sépulcral sortit de leur corps – un son que Thomas perçut jusque dans ses os, et suffisamment fort pour qu'il l'entende malgré le tonnerre.

— *J'aurais encore préféré des Griffeurs*, avoua Teresa à Thomas.

— *Oh, ils leur ressemblent assez pour qu'on sache qui nous les envoie*, répondit-il, en s'efforçant de rester calme.

Minho, bouche bée, se retourna vers le groupe de garçons et de filles qui entourait Thomas.

— Chacun le sien ! Sortez vos armes !

Comme si elles répondaient à ce défi, les créatures hérissées de bulbes lumineux se mirent en marche. Leurs premiers pas furent maladroits et hésitants, puis elles continuèrent avec de plus en plus d'assurance, de force et d'agilité. Plus proches à chaque foulée.

CHAPITRE 59

Teresa tendit à Thomas un très grand couteau, presque une épée. Il ignorait d'où elle tenait cet arsenal, mais elle avait à présent un poignard en plus de son épieu.

Tandis que les géants lumineux se rapprochaient, Minho et Harriet s'adressèrent à leurs groupes respectifs pour organiser la défense ; leurs ordres et leurs cris se perdaient dans le vent sans que Thomas réussisse à les entendre. Il se détourna des monstres, le temps de jeter un coup d'œil au ciel. Des stries de foudre tombaient sous les nuages noirs, de plus en plus bas. L'odeur âcre de l'électricité imprégnait l'atmosphère.

Thomas se concentra sur la créature la plus proche de lui. Minho et Harriet avaient disposé les deux groupes en cercle. Teresa se tenait à côté de Thomas, qui restait sans voix.

Les monstres du WICKED n'étaient plus qu'à une dizaine de mètres.

Teresa attira son attention d'un coup de coude dans les côtes. Elle désigna l'une des créatures, en lui criant qu'elle avait choisi son adversaire. Il hocha la tête, avant de lui indiquer la sienne.

Huit mètres.

Thomas songea tout à coup que c'était une erreur de les attendre et qu'ils devraient plutôt se déployer. Minho devait avoir eu la même idée.

— En avant, ordonna leur chef, d'une voix assourdie par la tempête. Chargez !

Un flot de pensées confuses traversa l'esprit de Thomas : de l'inquiétude pour Teresa, malgré les changements intervenus entre eux, pour Brenda, qui se tenait, stoïque, un peu plus loin sur la ligne de front, et du regret qu'ils ne se soient pratiquement plus parlé depuis leurs retrouvailles. Il espérait qu'elle n'avait pas fait tout ce chemin pour mourir sous les coups de ces créatures artificielles. Il pensa aux Griffeurs, à Chuck et à Teresa lors de leur charge dans le Labyrinthe pour atteindre la Falaise, aux blocards qui s'étaient battus et étaient morts pour leur donner le temps de faire le code et de tout arrêter.

Il se souvint de ce qu'ils avaient enduré pour arriver aussi loin et affronter une fois de plus des monstres bio-technologiques envoyés par le WICKED. Il se demanda s'il y avait un sens à tout ça, si cela valait vraiment la peine de continuer à se battre. L'image de Chuck poignardé à sa place lui revint en mémoire. Et ce fut l'étincelle qui mit le feu aux poudres et l'arracha à ces nanosecondes de doute et de terreur. Hurlant à pleins poumons, il brandit son grand couteau à deux mains et fonça droit sur la créature.

Les autres s'élancèrent eux aussi, à sa droite et à sa gauche, mais il les ignora. S'il ne parvenait pas à éliminer son adversaire, s'inquiéter pour les autres ne rimerait à rien.

Il se rapprochait. Cinq mètres. Trois mètres. Deux. La créature, immobile, s'était campée sur ses jambes et l'attendait, les mains tendues, ses lames pointées sur Thomas. Ses lumières orange clignotaient, comme si l'entité avait bien un cœur qui battait dans sa poitrine. L'absence de visage avait quelque chose de troublant, mais cela aidait Thomas à la considérer comme une vulgaire machine, qui voulait sa mort.

Juste avant de l'atteindre, Thomas prit une décision. Il se laissa glisser sur les genoux et balança son couteau en arc derrière lui, fauchant la jambe gauche du monstre de toute la force de ses deux bras. La lame s'enfonça dans la chair sur plus de deux centimètres avant de rencontrer un obstacle. Le choc fit remonter un frisson dans les bras de Thomas.

La créature ne broncha pas, ne recula pas. Elle abattit ses deux mains hérissées de lames sur Thomas qui se tenait agenouillé devant elle, son arme plantée dans la jambe du monstre. Thomas parvint à dégager son couteau et fit un bond en arrière à l'instant précis où les lames cliquetaient là où sa tête s'était trouvée. Il retomba sur le dos et recula précipitamment. La créature fit deux pas en avant et le rata d'un cheveu avec les lames qui sortaient de ses pieds.

Le monstre poussa un cri, cette fois – quasiment identique au gémissement lugubre des Griffeurs –, et se laissa tomber sur le sol, cinglant le vide avec ses bras, pour tenter d'empaler Thomas. Ce dernier fit trois roulés-boulés ; les pointes en métal tintaient derrière lui sur les cailloux. Il bondit sur ses pieds et piqua un sprint sur plusieurs mètres avant de se retourner en tenant son couteau des deux mains. La créature se relevait péniblement, fendant l'air avec ses petites lames.

Thomas, essoufflé, observa du coin de l'œil ses compagnons qui se battaient autour de lui. Minho, un couteau dans chaque main, faisait pleuvoir une grêle de coups sur son adversaire, qui battait en retraite. Newt fuyait à quatre pattes dans la poussière, poursuivi par une créature visiblement blessée. La plus proche était Teresa. Elle bondissait, esquivait et frappait son adversaire avec le manche de son épieu. Dans quel but ? En tout cas, le monstre semblait sérieusement touché lui aussi.

Thomas se concentra sur son duel. Un reflet argenté lui fit baisser la tête, juste à temps pour sentir le bras de la créature lui frôler la tête. Il pivota, accroupi au ras du sol, en frappant comme il pouvait le monstre qui le manqua de peu à plusieurs reprises. Il parvint à toucher l'un des bulbes orange, qui vola en éclats dans une gerbe d'étincelles. La lumière s'éteignit aussitôt. Ne voulant pas tenter le sort, Thomas plongea, effectua une roulade et se releva deux mètres plus loin.

La créature avait marqué le pas, mais elle se remit bientôt à le poursuivre. Une idée se forma dans l'esprit de Thomas, et se clarifia quand il jeta un coup d'œil au combat de Teresa. Sa créature frappait maintenant de manière désordonnée, avec des gestes au ralenti. Elle continuait de viser les bulbes, qui explosaient les uns après les autres. Elle en avait déjà détruit les trois quarts.

Les bulbes ! Il suffisait de casser les bulbes. Ils étaient liés à l'énergie qui alimentait les créatures, à leur vie, à leur force. Se pouvait-il vraiment que ce soit aussi facile ?

Après un rapide regard au champ de bataille, il constata que quelques-uns avaient eu la même idée, tandis que la plupart s'échinaient désespérément à taillader les membres, les muscles, la peau, sans prêter attention aux bulbes. Deux d'entre eux gisaient déjà sur le sol, sanguinolents, inertes. Un garçon. Une fille.

Thomas changea complètement de tactique. Au lieu de charger comme une brute, il tenta de crever l'un des bulbes sur le torse de son adversaire. Il le manqua et ne réussit qu'à entailler la peau jaunâtre et fripée. La créature riposta, mais ne fit que lacérer sa chemise. Puis il frappa encore, en visant le même bulbe. Il atteint son but cette fois et creva la cible en libérant un flot d'étincelles. Le monstre s'immobilisa un instant avant de se remettre en position d'attaque.

Thomas se mit à tourner autour de la créature, à sauter, à reculer, en dardant sa lame chaque fois.

Crac, crac, crac.

L'une des lames du monstre lui entailla l'avant-bras, lui laissant une longue estafilade rouge vif. Thomas continua. Encore. Et encore.

Crac, crac, crac. Les étincelles volaient, et la créature tressaillait et sursautait à chaque coup.

Elle s'arrêtait un peu plus longtemps chaque fois. Thomas reçut encore plusieurs coupures, mais rien de grave. Il continua à cibler les sphères orange.

Crac, crac, crac.

Chaque petite victoire amenuisait les forces de la créature, qui commençait à ralentir de façon assez nette, même si elle persistait à tenter d'écharper Thomas. Bulbe par bulbe, chacun plus facile à atteindre que le précédent, Thomas poursuivit ses attaques. Si seulement il pouvait en finir rapidement, éliminer son adversaire ! Il aiderait alors les autres. Se débarrasser une bonne fois pour toutes de ces…

Une lumière aveuglante explosa derrière lui, suivie d'un fracas apocalyptique qui fit voler en éclats ce bref instant d'espoir et d'enthousiasme. Une force invisible le souleva et le projeta à plat ventre. Il lâcha son couteau. Le monstre aussi s'effondra, dans une puanteur de brûlé. Thomas roula sur le côté et vit un grand trou fumant dans le sol, aux contours noircis. Il aperçut une main et un pied hérissés de lames, mais aucun signe du reste du corps.

La foudre était tombée. L'orage éclatait enfin.

À l'instant où cette pensée lui vint, il leva les yeux et vit de gros filaments de feu blanc descendre des nuages noirs.

CHAPITRE 60

La foudre explosa autour de lui dans un grondement assourdissant ; des gerbes de terre volèrent dans toutes les directions. Plusieurs personnes se mirent à hurler. L'odeur de brûlé était omniprésente. Les éclairs se succédaient à un rythme soutenu, tandis que la lumière continuait à flamboyer dans les nuages. La pluie se mit à tomber à verse.

Thomas était demeuré immobile pendant la première salve d'éclairs. Rien n'indiquait qu'il serait plus en sécurité ailleurs. Puis il bondit sur ses pieds et regarda autour de lui pour chercher un abri avant que la foudre ne se déchaîne à nouveau.

La créature qu'il avait affrontée était morte, la moitié de son corps noircie, l'autre disparue. Dressée au-dessus de son adversaire, Teresa lui éclata son dernier bulbe d'un coup d'épieu ; les étincelles moururent en sifflant. Minho se relevait péniblement. Newt était debout, pantelant. Poêle-à-frire, plié en deux, vomissait. Certains gisaient sur le sol, d'autres – comme Brenda ou Jorge – continuaient à se battre. Le tonnerre grondait et la foudre scintillait sous la pluie.

Thomas devait absolument faire quelque chose. Teresa s'était éloignée du cadavre de son adversaire et se tenait penchée, les mains sur les genoux.

— *Il faut qu'on trouve un abri !* lui dit-il mentalement.

— *Combien de temps il nous reste ?*

Thomas regarda sa montre en plissant les yeux.

— *Dix minutes.*

— *On pourrait se glisser dans ce conteneur.*

Elle indiqua le plus proche, ouvert comme une coquille d'œuf coupée en son milieu, sûrement rempli d'eau de pluie.

L'idée lui plut.

— *Et si on n'arrive pas à le refermer ?*

— *Tu as une meilleure idée ?*

— *Non.*

Il la prit par la main et se mit à courir.

— *Il faut qu'on le dise aux autres !* dit-elle en approchant du conteneur.

— *Ils y penseront tout seuls.*

Ils ne pouvaient pas attendre : un autre éclair risquait de les frapper d'une seconde à l'autre. Le temps que Teresa et lui préviennent les autres, ils seraient tous morts. Il devait faire confiance à ses amis pour qu'ils se sauvent eux-mêmes.

Ils atteignirent le conteneur à l'instant précis où de nouveaux éclairs descendaient en zigzags et frappaient alentour dans un chapelet d'explosions. Des paquets de terre et de pluie volèrent ; Thomas avait les tympans qui vibraient. Il jeta un coup d'œil à l'intérieur du conteneur et ne vit qu'une flaque d'eau sale. Une odeur nauséabonde s'en échappait.

— Grouille-toi ! cria-t-il en grimpant dedans.

Teresa l'imita. Ils n'eurent pas besoin de parler pour savoir quoi faire ensuite. Ils s'agenouillèrent tous les deux, puis se penchèrent pour attraper le couvercle par le joint en caoutchouc. Thomas le saisit et tira de toutes ses forces. Le couvercle se souleva et ils le retinrent avant qu'il retombe sur eux.

À l'instant où Thomas s'asseyait dans le conteneur, Brenda et Jorge arrivèrent en courant. Il fut soulagé de les voir indemnes.

— Il vous reste un peu de place ? hurla Jorge.

— Venez ! répondit Teresa.

Tous deux se glissèrent à l'intérieur et s'assirent dans la flaque ; ils étaient serrés, mais cela restait supportable. Thomas se recula tout au fond pour leur faire un peu de place, tenant le couvercle entrouvert. La pluie tambourinait sur la surface extérieure. Quand tout le monde fut installé, Teresa et lui baissèrent la tête et laissèrent retomber le couvercle. Malgré la pluie, les explosions assourdies de la foudre et leurs respirations haletantes, un certain calme se fit dans le conteneur.

Thomas espérait que les autres avaient pu se mettre à l'abri, eux aussi.

— Merci de nous avoir laissés entrer, mec, fit Jorge quand ils eurent tous repris leur souffle.

— Y a pas de quoi, répondit Thomas.

À l'intérieur, il faisait complètement noir. Brenda se trouvait juste à côté de lui, puis Jorge, puis Teresa à l'autre extrémité.

Brenda dit :

— C'était pourtant l'occasion rêvée de se débarrasser de nous.

— Arrête, grommela Thomas.

Il était trop fatigué pour prendre des gants. Ils avaient failli mourir et n'étaient pas encore tirés d'affaire.

— Alors c'est ça, le fameux refuge ? demanda Teresa.

Thomas pressa le bouton droit de sa montre, qui s'éclaira : encore sept minutes avant l'expiration du délai.

— Pour l'instant, je ne vois que ça. Peut-être que dans quelques minutes ces foutues plaques vont se retourner et nous lâcher dans une jolie grotte confortable où on pourra tous vivre heureux jusqu'à la fin de nos jours…

Crac !

Thomas lâcha un cri. Quelque chose s'était abattu sur le conteneur dans un craquement dévastateur. Un petit trou – par lequel filtrait une lueur grisâtre – s'était formé sur le couvercle de leur abri. Des gouttelettes d'eau se formaient au bord et tombaient rapidement.

— Sûrement un éclair, supposa Teresa.

Thomas se frotta les oreilles. Ses tympans résonnaient plus que jamais.

— Encore deux comme ça et on se retrouvera au même point que tout à l'heure, dit-il d'une voix creuse.

Nouveau coup d'œil à sa montre. Cinq minutes. L'eau gouttait dans la flaque, *plic-ploc, plic-ploc* ; l'horrible odeur persistait ; la sonnerie de cloches dans la tête de Thomas s'atténuait un peu.

— Ce n'est pas vraiment ce que j'avais imaginé, dit Jorge. Je pensais qu'on arriverait, que tu persuaderais les grands patrons de nous laisser rentrer, et qu'on nous refilerait le remède. Je ne nous voyais pas coincés dans une baignoire puante, à attendre de nous faire électrocuter.

— Encore combien de temps ? demanda Teresa.

Thomas vérifia.

— Trois minutes.

Au-dehors, la tempête faisait rage. La foudre martelait le sol. La pluie tambourinait contre l'abri.

Un autre choc terrible suivi d'un coup de tonnerre ébranla le conteneur, élargissant la fissure du couvercle ; l'eau se mit à couler en filet continu, éclaboussant Brenda et Jorge. On entendit un sifflement, puis un jet de vapeur s'infiltra ; la foudre avait dû chauffer l'enveloppe extérieure.

— On ne va pas tenir longtemps à ce train-là ! s'écria Brenda. C'est encore pire d'attendre assis là sans rien faire !

— Il ne reste plus que deux minutes ! hurla Thomas. Accroche-toi !

Un son se fit entendre à l'extérieur. D'abord léger, à peine audible. Un bourdonnement grave et sourd. Puis il s'intensifia ; Thomas le sentait vibrer jusque dans ses os.

— Qu'est-ce que c'est encore ? demanda Teresa.

— Aucune idée, avoua Thomas. Mais après la journée qu'on vient de passer, je ne suis pas optimiste. Il faut tenir encore une minute !

Le son devint de plus en plus fort. Il couvrait désormais le fracas du tonnerre et de la pluie. Les parois du conteneur tremblaient. Thomas entendit un grand vent se lever à l'extérieur, différent de celui qui avait soufflé durant toute la journée. Un vent presque… artificiel.

— Plus que trente secondes ! annonça Thomas, saisi d'un doute, tout à coup. On est peut-être en train de passer à côté d'un truc important. Je… je crois qu'on devrait jeter un coup d'œil.

— Quoi ? s'exclama Jorge.

— Il faut qu'on sache d'où vient ce bruit. Allez, aidez-moi à soulever le couvercle.

— Pour que la foudre frappe juste à ce moment-là et me grille les fesses ?

Thomas posa les paumes à plat contre le couvercle.

— C'est un risque à courir. Poussez !

— Il a raison, concéda Teresa en levant les bras pour l'aider.

Brenda se joignit à eux, bientôt imitée par Jorge.

— Le délai expire dans quinze secondes, annonça Thomas. Vous êtes prêts ?

Après quelques grognements d'approbation, il compta :

— Un… deux… trois !

Ils poussèrent tous ensemble vers le haut. Le couvercle bascula et s'écrasa par terre, laissant le conteneur à ciel ouvert. Une pluie horizontale, brassée par un vent furieux, les cingla.

Thomas contempla, bouche bée, l'appareil en suspension à une dizaine de mètres au-dessus d'eux qui entamait une descente rapide. Il était gigantesque, rond, avec des lumières clignotantes et des tuyaux d'où s'échappaient des flammes bleues. Le même engin qui était venu le sauver quand on lui avait tiré dessus. Un berg.

Thomas consulta sa montre juste à temps pour voir arriver la dernière seconde. Il releva la tête.

Le berg se posa sur un train d'atterrissage en forme de serres, et une immense trappe de soute s'ouvrit dans son ventre de métal.

CHAPITRE 61

Thomas savait qu'ils n'avaient plus un instant à perdre. L'heure n'était plus aux doutes, à la peur ou à la discussion. Mais à l'action.

— Venez ! cria-t-il, et il sortit du conteneur en tirant Brenda par le bras.

Il dérapa, perdit l'équilibre et s'étala par terre. Il poussa sur ses mains en recrachant un peu de boue, s'essuya les yeux et se releva précipitamment. La pluie tombait à verse, le tonnerre grondait dans toutes les directions, des éclairs menaçants flamboyaient.

Jorge et Teresa étaient sortis, avec l'aide de Brenda. Thomas jeta un coup d'œil au berg — à une quinzaine de mètres — dont la trappe était désormais grande ouverte, gueule béante derrière laquelle brillait une lumière chaude. Des silhouettes s'y découpaient, armées de fusils, attendant patiemment. De toute évidence, elles n'avaient pas l'intention de descendre les aider à gagner le refuge. Le vrai refuge.

— Courez ! cria-t-il en s'élançant.

Il tenait son couteau devant lui, au cas où l'une des créatures serait encore en vie et leur chercherait des ennuis.

Teresa et les autres lui emboîtèrent le pas.

Le sol détrempé se dérobait sous ses semelles. Thomas glissa à deux reprises et tomba une fois. Teresa l'empoigna par la chemise et le hissa debout. Autour d'eux, d'autres couraient aussi vers l'engin. Dans la pénombre de l'orage, à travers le rideau de pluie et au milieu des éclairs, il était difficile de voir qui était qui. De toute façon, il n'avait pas le temps de s'en inquiéter.

Une douzaine de créatures bulbeuses sortirent de derrière l'engin, du côté droit ; elles s'avancèrent pour couper la route à Thomas et à ses amis. Leurs lames étaient luisantes de pluie, certaines tachées de sang. La moitié de leurs bulbes étaient crevés : on le voyait dans leurs mouvements saccadés. Mais ils paraissaient plus dangereux que jamais. Et les occupants du berg ne montraient toujours aucune volonté de s'en mêler.

— Il faut couper à travers ! cria Thomas.

Minho apparut, ainsi que Newt et quelques blocards, pour se joindre à la charge. Harriet et plusieurs filles du groupe B également. Tout le monde parut saisir la tactique, aussi mince fût-elle : éliminer ces derniers monstres et ficher le camp de là.

Pour la première fois depuis son réveil au Bloc, quelques semaines plus tôt, Thomas n'avait pas peur. Il n'était pas certain d'être de nouveau effrayé un jour. Quelque chose en lui avait changé. Quelqu'un se mit à hurler, la pluie s'intensifia. Le vent cinglait l'air, les bombardait de petits cailloux et de gouttes d'eau tout aussi violentes. Les créatures balançaient leurs lames dans le vide en poussant des gémissements sinistres, prêtes au combat. Thomas s'élança, le couteau brandi bien haut.

À un mètre de la première créature, il bondit et détendit les jambes devant lui, pieds joints. Ses pieds écrasèrent l'un des bulbes orange qui dépassaient du torse monstrueux. La sphère éclata en grésillant ; la créature poussa une lamentation hideuse et s'écroula lourdement sur le dos.

Thomas atterrit dans la boue et roula sur le côté. Il se releva aussitôt et se mit à louvoyer autour de son adversaire, en lardant ses excroissances lumineuses de coups de couteau.

Crac, crac, crac.

Esquiver, reculer d'un bond hors d'atteinte des attaques de la créature. Riposter, frapper. *Crac, crac, crac.* Il ne restait plus que trois bulbes ; l'autre ne pouvait presque plus bouger. Thomas l'enfourcha avec audace et lui expédia rapidement quelques coups bien placés.

Le dernier bulbe éclata et grésilla. La chose était morte.

Thomas se releva et jeta un regard autour de lui pour voir si quelqu'un avait besoin d'aide. Teresa avait achevé sa créature. Minho et Jorge aussi. Newt se battait encore, en épargnant sa mauvaise jambe ; Brenda l'aidait à crever les derniers bulbes de son adversaire.

Ce fut terminé en quelques secondes. Aucune créature ne bougeait. Plus aucun bulbe ne brillait. C'était fini.

Thomas, pantelant, regarda l'entrée de la soute à moins d'une dizaine de mètres. Au même instant, l'engin ralluma ses tuyères et commença à décoller.

— Il s'en va ! hurla Thomas de toutes ses forces, en indiquant leur unique moyen d'évasion. Grouillez-vous !

À peine eut-il dit ça que Teresa l'empoignait par le bras et l'entraînait en courant vers l'engin. Thomas trébucha, puis se redressa en pataugeant dans la boue. Il vit un flash de lumière embraser le ciel et entendit un coup de tonnerre retentir derrière lui. Nouveau hurlement. D'autres autour de lui, derrière lui, devant lui maintenant, qui couraient. Newt qui boitillait et Minho, juste à côté, qui le surveillait du coin de l'œil pour s'assurer qu'il ne tombe pas.

À présent, le berg flottait à un mètre du sol et pivotait lentement, prêt à mettre les gaz. Deux blocards et trois filles l'atteignirent les premiers et plongèrent sur la plate-forme que constituait la trappe ouverte. L'engin continuait à s'élever. D'autres arrivèrent, grimpèrent, rampèrent à l'intérieur.

Thomas l'atteignit à son tour avec Teresa. La trappe ouverte lui arrivait au torse. Il bondit, posa les deux mains à plat sur le métal, les bras raidis, le ventre plaqué contre le bord. Il balança sa jambe droite, trouva une prise, puis roula sur la trappe. L'engin continuait à prendre de la hauteur. D'autres grimpaient, aidaient leurs compagnons à monter. Teresa avait la moitié du corps sur la plaque mais peinait à trouver une prise.

Thomas se pencha pour lui saisir la main et la hisser à bord. Elle s'écroula sur lui ; ils échangèrent un bref regard victorieux. Elle s'écarta de lui et ils s'approchèrent tous les deux du bord de la trappe pour vérifier si quelqu'un d'autre avait besoin d'aide.

Le berg, qui était maintenant à deux mètres au-dessus du sol, commençait à s'incliner. Trois personnes s'accrochaient encore à la trappe. Harriet et Newt hissaient une fille. Minho aidait Aris. Brenda se retenait par le bout des doigts, suspendue dans le vide.

Thomas rampa jusqu'au bord et lui saisit l'avant-bras droit. Teresa saisit l'autre. La pluie avait rendu la trappe glissante. Quand Thomas hissa Brenda, il se mit à glisser mais s'arrêta brusquement. Un bref coup d'œil dans son dos lui indiqua que Jorge les retenait solidement, Teresa et lui.

Thomas recommença à tirer Brenda. Avec l'aide de Teresa, il parvint à la hisser à moitié sur la trappe ; le reste suivit. Alors qu'elle rampait vers la soute, Thomas jeta un ultime coup d'œil au sol qui s'éloignait lentement en contrebas. Il ne vit que des créatures mortes, inertes et ruisselantes de pluie. Ainsi que quelques victimes humaines, mais aucune dont Thomas se soit senti proche.

Il se recula loin du bord en éprouvant un immense soulagement. Ils avaient réussi, pour la plupart. Ils avaient survécu aux fondus, à la foudre et à ces monstres abominables. Ils avaient gagné. Il heurta Teresa, se tourna vers elle, la prit dans ses bras et la serra fort, oubliant momentanément tout le reste. Ils avaient réussi.

— Qui sont ces deux-là ?

Thomas se détacha de Teresa pour voir qui avait crié : c'était un homme aux cheveux roux, tenant un pistolet noir braqué sur Brenda et Jorge. Ces derniers se tenaient assis l'un à côté de l'autre, trempés, meurtris et grelottants de froid.

— Quelqu'un va me répondre ? cria l'homme.

Thomas répondit sans réfléchir :

— Ils nous ont aidés à traverser la ville. Sans eux, on ne serait jamais arrivés jusqu'ici.

L'homme fit face à Thomas.

— Vous… les avez ramassés en chemin ?

Thomas hocha la tête. Il n'aimait pas beaucoup la tournure que prenait la conversation.

— On a passé un accord. On leur a promis qu'ils pourraient recevoir le remède eux aussi. Même avec eux, on est moins nombreux qu'au départ.

— Je m'en fiche, grommela l'homme. On ne vous a jamais autorisés à ramener des citoyens !

Le berg continuait à prendre de l'altitude, mais la porte de la soute était toujours ouverte. Le vent s'y engouffrait ; ils risquaient d'être happés à l'extérieur à la moindre turbulence.

Thomas se leva, déterminé à défendre l'accord qu'ils avaient conclu.

— Eh bien, vous nous avez dit de venir jusqu'ici, et c'est ce qu'on a fait !

L'homme au pistolet prit le temps de soupeser l'argument.

— Parfois, j'oublie à quel point vous ne comprenez rien à rien. Très bien, vous pouvez garder l'un des deux. L'autre va devoir nous quitter.

Thomas accusa le coup.

— Comment ça, « l'autre va devoir nous quitter » ? Qu'est-ce que ça veut dire ?

L'homme actionna le mécanisme de son arme, puis la pointa sur la tête de Brenda.

— On n'a pas le temps de finasser ! Je te donne cinq secondes pour choisir lequel tu veux sauver. Sinon, ils meurent tous les deux. Un !

— Attendez !

Thomas dévisagea tour à tour Brenda, puis Jorge. Tous deux fixaient le sol en silence, livides.

— Deux !

Thomas refoula le sentiment de panique qui le gagnait et ferma les yeux. La situation n'avait rien d'inédit. Non, il voyait clair à présent. Il savait ce qu'il avait à faire.

— Trois !

Plus de peur. Plus de choc. Plus de doute. Jouer le jeu. Passer le test. Remporter les Épreuves.

— Quatre ! (L'homme s'empourpra.) Choisis tout de suite, ou je descends les deux !

Thomas ouvrit les yeux et s'avança. Puis il désigna Brenda et lâcha les mots les plus ignobles qu'il avait jamais prononcés.

— Tuez la fille.

L'obligation de ne garder qu'un seul des deux intrus paraissait si étrange que Thomas avait cru deviner ce qui se passerait. Il ne s'agissait que d'une variable supplémentaire : ils prendraient celui qu'il n'aurait pas choisi. Mais il se trompait.

L'homme glissa son pistolet dans sa ceinture, se pencha et empoigna Brenda par la chemise pour la relever brutalement. Sans un mot, il s'approcha de l'ouverture en l'entraînant.

CHAPITRE 62

Brenda regarda Thomas avec des yeux effrayés, le visage crispé de douleur tandis que l'homme la traînait sur le sol métallique du berg. En direction de la trappe et d'une mort assurée.

Quand il furent à mi-chemin, Thomas passa à l'action.

Il bondit et plaqua l'homme aux genoux ; le pistolet glissa devant lui. Brenda tomba sur le côté. Teresa la rattrapa et la tira en arrière loin de la porte. Thomas coinça son avant-bras gauche en travers de la gorge de l'homme et tâtonna avec l'autre main à la recherche du pistolet. Ses doigts le trouvèrent et le ramassèrent. Alors il s'écarta d'un bond, prit le pistolet des deux mains et le braqua sur l'inconnu allongé sur le dos.

— Plus personne ne va mourir, dit Thomas, le souffle court, encore sous le choc. Si vous estimez qu'on n'en a pas fait assez pour réussir vos foutus tests, tant pis. L'expérience est terminée.

Tout en disant ça, il se demanda s'il n'était pas supposé réagir ainsi. Peu importe, il pensait chaque mot qu'il avait prononcé. Ces meurtres et ces morts stupides devaient s'arrêter.

Un fin sourire adoucit le visage de l'inconnu ; il s'assit et recula sur les fesses jusqu'à la cloison. La grande trappe de la soute commença à se refermer dans un horrible grincement de charnières. Personne ne dit plus un mot jusqu'à ce qu'elle claque enfin, étouffant une dernière rafale de vent.

— Je m'appelle David, déclara l'homme d'une voix forte, dans le silence à peine troublé par le bruit des moteurs et des tuyères de l'engin. Tu as raison, c'est fini. Tout est fini.

Thomas acquiesça d'un air railleur.

— Oui, on a déjà entendu ça. Mais cette fois c'est la bonne. Pas question de rester les bras croisés et de continuer à jouer les rats de laboratoire. On en a marre.

David prit le temps de dévisager toutes les personnes présentes dans la soute, peut-être pour s'assurer que Thomas parlait au nom du groupe. Celui-ci n'osa pas le quitter du regard. Il avait besoin de croire que tous ses compagnons étaient derrière lui.

Finalement, David se retourna vers Thomas et se releva lentement, avec un geste conciliant. Une fois debout, il mit ses mains dans ses poches.

— Ce que vous ne comprenez pas, c'est que tout s'est déroulé exactement comme prévu, et que ça va continuer. Mais l'essentiel, c'est que les Épreuves sont terminées. On vous emmène dans un endroit sécurisé – un vrai refuge. Plus de tests, plus de mensonges, plus de coups fourrés. Plus de faux semblants.

Il fit une pause.

— Je ne peux vous promettre qu'une seule chose. Quand vous saurez pourquoi on vous a fait endurer tout ça, et pourquoi il est si important que vous soyez aussi nombreux à vous en être sortis, vous comprendrez. Je vous promets que vous comprendrez.

Minho ricana.

— C'est la plus grosse connerie que j'ai jamais entendue.

Thomas ne put s'empêcher d'éprouver un certain soulagement à constater que son ami n'avait rien perdu de son mordant.

— Et le remède ? Vous nous l'avez promis. Comment voulez-vous qu'on puisse encore vous faire confiance ?

— Croyez ce que vous voulez, répliqua David. Les choses vont changer, et vous aurez le remède, comme promis. Dès qu'on sera arrivés au quartier général. Tu peux garder le pistolet ; on vous en donnera d'autres, si vous voulez. Vous n'avez plus rien à craindre. Vous constaterez bientôt que vous êtes en sécurité et guéris, et vous serez libres de faire ce que vous voulez. La seule chose qu'on vous demandera, c'est d'écouter. Seulement d'écouter. Je suis sûr que vous mourez d'envie de savoir ce qui se cache derrière tout ça ?

Thomas aurait voulu s'emporter contre cet homme, mais hurler n'aurait servi à rien. Il répondit donc le plus calmement possible :

— Plus de petits jeux.

— À la première entourloupe, prévint Minho, on casse tout. Et tant pis si on doit tous y rester.

Cette fois, David sourit franchement.

— Vous savez, c'est exactement ce qu'on avait prévu à ce stade. (Il indiqua une petite porte au fond de la soute.) On y va ?

Newt prit la parole :

— Quelle est la suite du programme ?

— Oh, on s'est dit que vous aimeriez sans doute manger un morceau, et peut-être prendre une douche. Dormir un peu. (Il traversa le groupe des blocards et des filles.) Le vol va être long.

Thomas et les autres échangèrent un regard. Mais pour finir, tout le monde lui emboîta le pas. Ils n'avaient pas vraiment le choix.

CHAPITRE 63

Au cours des heures qui suivirent, Thomas s'efforça de ne pas trop réfléchir.

Après le discours de David, la tension, le courage et le sentiment de victoire s'étaient peu à peu estompés à mesure que le groupe retrouvait les gestes familiers d'une activité ordinaire. Repas chaud. Boissons froides. Soins médicaux. Longue douche brûlante. Vêtements propres.

À travers tout ça, Thomas percevait le risque que tout recommence. Qu'on les rassure en vue d'un nouveau choc, comme à leur réveil dans le dortoir après l'évasion du Labyrinthe. Mais que pouvaient-ils y faire ? David et les siens n'avaient rien fait qui soit de nature à éveiller les soupçons.

Rafraîchi et l'estomac plein, Thomas s'assit sur un canapé dans la partie centrale du berg, une salle tout en longueur remplie d'un mobilier disparate aux couleurs fanées. Bien qu'il évitât Teresa, elle vint s'asseoir à côté de lui. Il avait encore des difficultés à se trouver près d'elle, ou même à lui parler – comme à n'importe qui d'ailleurs. Il avait l'impression de brûler de l'intérieur.

Mais il refoula tout ça parce qu'il n'y avait rien d'autre à faire. Il ne savait pas piloter un berg, et même s'il y parvenait, il ne saurait pas où aller. Ils allaient se laisser emmener dans le refuge par le WICKED, écouter ce qu'on avait à leur dire, puis ils prendraient leur décision.

— À quoi tu penses ? finit par demander Teresa.

Thomas fut content qu'elle se soit adressée à lui à voix haute : il n'était pas certain d'avoir encore envie de lui parler par télépathie.

— Oh, en fait, j'essaie plutôt de ne pas penser.

— Oui. On devrait peut-être profiter du calme et du silence.

Thomas contempla Teresa. Elle se tenait assise à côté de lui comme si de rien n'était. Comme s'ils étaient toujours les meilleurs amis du monde. Et il ne le supportait plus.

— Je déteste ta manière de faire comme s'il ne s'était rien passé.

Teresa baissa les yeux.

— J'essaie d'oublier… comme toi, j'imagine. Je ne suis pas idiote, tu sais ? J'ai bien compris que rien ne serait plus jamais comme avant. Mais si c'était à refaire, je referais exactement la même chose. C'était le plan et il a fonctionné. Tu es vivant ; pour moi, c'est tout ce qui compte. Tu finiras peut-être par me pardonner un jour.

Thomas lui en voulut de paraître aussi raisonnable.

— Oui, eh bien, ce qui compte pour moi, c'est d'arrêter ces tocards. Je n'aime pas du tout ce qu'ils nous ont fait. Je me fiche de savoir qu'on y a participé. C'est mal.

Teresa se pencha pour poser la tête sur l'accoudoir du canapé.

— Allez, Tom ! Ils nous ont peut-être effacé la mémoire, mais ils nous ont laissé notre cerveau. On était partie prenante dans cette affaire, toi et moi, et quand ils nous diront tout – quand on se souviendra pourquoi on a voulu s'infliger tout ça –, on fera exactement ce qu'ils nous diront.

Thomas y réfléchit un instant et se rendit compte qu'il n'était pas du tout d'accord avec elle. Il aurait peut-être pensé autrement avant, mais plus maintenant. Et il n'avait aucune envie d'en discuter avec Teresa.

— Tu as peut-être raison, murmura-t-il.

— À quand remonte la dernière fois où on a dormi ? demanda-t-elle. Je n'arrive même plus à me le rappeler.

Encore cette attitude de faire comme si tout allait bien.

— Moi si. En ce qui me concerne, en tout cas. C'était dans une chambre à gaz, tu m'avais cogné sur la tête à grands coups d'épieu.

Teresa s'étira.

— Encore une fois, je suis désolée. Au moins, tu as dormi un peu. Je n'ai pas fermé l'œil une seconde pendant que tu étais dans les vapes. Ça doit faire deux jours que je n'ai pas dormi.

— Pauvre chérie.

Thomas bâilla. Il ne put pas s'en empêcher ; lui aussi ressentait une grande lassitude.

Il leva la tête vers elle et vit qu'elle avait les yeux fermés, le souffle régulier. Elle s'était endormie comme une masse. Il jeta un coup d'œil au reste des blocards et au groupe B. La plupart s'étaient écroulés eux aussi. Sauf Minho. Il essayait de faire la conversation à une fille, mignonne, mais qui dormait à moitié. Jorge et Brenda avaient disparu – chose plutôt étrange, pour ne pas dire inquiétante.

C'est alors que Thomas se rendit compte que Brenda lui manquait terriblement, mais il avait les paupières lourdes, et la fatigue s'emparait de lui. Il se lova au fond du canapé en se promettant de la retrouver un peu plus tard. Après quoi il glissa avec délice dans le sommeil.

CHAPITRE 64

À son réveil, il se frotta les yeux et ne vit que du blanc. Aucune forme, pas d'ombres, pas la moindre variation, rien.

Il s'inquiéta, puis il comprit qu'il devait s'agir d'un rêve. Étrange, mais un rêve tout de même. Il avait conscience de son corps, de ses doigts contre sa peau. De sa respiration. Il s'entendait respirer. Pourtant, il était plongé dans une sensation de néant aveuglant.

— *Tom.*

Une voix. Sa voix. S'adressait-elle à lui alors qu'il était en train de rêver ? L'avait-elle déjà fait auparavant ? Oui.

— *Salut*, dit-il.

— *Est-ce que… ça va ?*

Elle paraissait troublée.

— *Hein ? Oui, ça va. Pourquoi ?*

— *Je me disais juste que tu devais être un peu surpris en ce moment.*

Il éprouva une certaine confusion.

— *De quoi est-ce que tu parles ?*

— *Oh, tu vas bientôt comprendre. Très bientôt.*

Pour la première fois, Thomas se rendit compte que la voix n'était pas tout à fait normale. Elle sonnait curieusement.

— *Tom ?*

Il ne répondit pas. La peur lui tordait les entrailles. Une peur atroce, toxique.

— *Tom ?*

— *Que... qui es-tu ?* finit-il par demander, en redoutant la réponse.

Elle marqua une hésitation.

— *C'est moi, Tom. C'est Brenda. Il faut que tu saches que ça va mal tourner pour toi.*

Thomas se mit à crier. Il poussa un long hurlement et finit par se réveiller.

CHAPITRE 65

Il s'assit, couvert de sueur. Avant même d'avoir pleinement pris conscience de son environnement, il sut que quelque chose n'allait pas. Qu'on lui avait tout repris.

Il se trouvait par terre, seul dans une pièce. Les murs, le plafond, le sol, tout était blanc. Le sol était ferme et lisse mais suffisamment souple pour rester confortable. Il inspecta les murs. Ils étaient capitonnés, rivetés par de gros boutons disposés à un mètre les uns des autres. Une lumière aveuglante tombait d'un rectangle au plafond, hors d'atteinte. L'endroit sentait le propre, avec des relents d'ammoniaque et de savon. Baissant la tête, Thomas put constater que même ses vêtements étaient blancs : un tee-shirt, un pantalon de coton et des chaussettes.

Il avisa un bureau marron à quelques mètres devant lui. C'était le seul élément de la pièce qui ne soit pas blanc. Vieux, rayé, branlant, il s'accompagnait d'une chaise en bois ordinaire. Derrière se trouvait une porte, capitonnée elle aussi.

Thomas ressentit un calme étrange. Son instinct lui soufflait de se lever, d'appeler au secours. De tambouriner à la porte. Mais il savait que celle-ci refuserait de s'ouvrir. Que personne ne lui répondrait.

Il était de retour dans la Boîte. Il n'aurait pas dû se laisser embobiner par le discours de David.

« Pas question de paniquer », se dit-il. C'était sûrement une nouvelle étape des Épreuves, et, cette fois, il se battrait pour faire changer les choses, pour y mettre un terme définitif. C'était étrange, mais le fait d'avoir un plan, de savoir qu'il ferait tout ce qui était en son pouvoir pour recouvrer sa liberté, engendrait en lui un calme surprenant.

— *Teresa ?* lança-t-il.

Aris et elle représentaient son seul espoir de communication avec l'extérieur.

— *Tu m'entends ? Aris ? Tu es là ?*

Personne ne lui répondit. Ni Teresa. Ni Aris. Ni… Brenda.

Mais non, ça n'avait été qu'un rêve. Forcément. Brenda ne pouvait pas être de mèche avec le WICKED, elle ne pouvait pas s'adresser à lui par télépathie.

— *Teresa ?* répéta-t-il, en y mettant toute son énergie. *Aris ?*

Rien.

Il se leva et voulut s'approcher du bureau. À moins d'un mètre, il heurta un mur invisible. Un champ de force, comme dans le dortoir.

Thomas refusa de se laisser impressionné. Il respira profondément, regagna son coin, se rassit et s'adossa contre le mur. Ferma les yeux et se détendit.

Attendit. Et s'endormit.

*

— *Tom ? Tom !*

Il ne savait pas depuis combien de temps elle l'appelait quand il finit par réagir.

— *Teresa ?*

Il se réveilla en sursaut, regarda autour de lui et se souvint de la pièce blanche.

— *Où es-tu ?*

— *Ils nous ont installés dans un dortoir quand le berg s'est posé. On y est depuis quelques jours ; on attend. Tom, qu'est-ce qui t'est arrivé ?*

Elle paraissait inquiète, voire effrayée. Il était au moins sûr de ça. Quant à lui, il éprouvait surtout de la confusion.

— *Quelques jours ? Mais...*

— *Ils t'ont emmené tout de suite après l'atterrissage. Ils n'arrêtent pas de nous dire que c'était trop tard pour toi, que la Braise avait trop progressé. Ils disent que tu es devenu cinglé, violent.*

Thomas s'efforça de rassembler les pièces du puzzle, en ignorant volontairement que le WICKED avait le pouvoir d'effacer sa mémoire.

— *Teresa... ce sont simplement les Épreuves qui continuent. Ils m'ont enfermé dans une pièce toute blanche. Mais... j'y suis depuis plusieurs jours ? Combien exactement ?*

— *Tom, ça fait presque une semaine.*

Thomas en resta abasourdi. Il faillit faire comme s'il n'avait pas entendu. La peur qu'il tentait de réprimer s'insinua lentement dans sa poitrine. Pouvait-il faire confiance à Teresa ? Elle lui avait menti si souvent par

le passé. Et comment savoir s'il s'agissait bien d'elle ?
Il était grand temps de couper les ponts avec Teresa.

— *Tom ?* l'appela Teresa. *Qu'est-ce qui se passe, là ?
Je ne comprends plus rien.*

Thomas ressentit une violente émotion, comme une
brûlure intérieure, qui lui mit les larmes aux yeux. Par
le passé, il avait considéré Teresa comme sa meilleure
amie. Mais ce ne serait plus jamais le cas. À présent,
elle ne lui inspirait plus que de la colère.

— *Tom ! Pourquoi tu ne me… ?*

— *Teresa, écoute-moi.*

— *Oui ! C'est justement ce que j'essaie de…*

— *Non, je veux dire… écoute. Ne dis rien, d'accord ?
Contente-toi de m'écouter.*

Elle marqua une pause.

— *D'accord.*

D'une toute petite voix apeurée.

Thomas ne se contrôlait plus. La rage grondait en lui.
Heureusement, il lui suffisait de penser les mots car il
n'aurait jamais pu les formuler à voix haute.

— *Teresa. Fous le camp.*

— *Tom…*

— *Non. La ferme. Simplement… laisse-moi tranquille.
Et tu peux dire au WICKED de ne plus compter sur moi
pour participer à leurs petits jeux. Dis-leur de m'oublier !*

Elle attendit quelques secondes avant de répondre.

— *D'accord.*

Une autre pause.

— *D'accord. Dans ce cas, il me reste juste une dernière
chose à te dire.*

Thomas soupira.

— *Je suis impatient de l'entendre.*

Elle garda le silence un instant. Il aurait pu croire qu'elle était partie s'il n'avait pas continué à percevoir sa présence. Elle reprit :

— *Tom ?*

— *Quoi ?*

— *Le WICKED est bon.*

Là-dessus, elle disparut.

ÉPILOGUE

Note de service du WICKED, 13/02/32, 21 h 13
À : Mes associés
De : Ava Paige, chancelière
Sujet : Considérations sur les Épreuves de la Terre Brûlée, groupes A et B

Ce n'est pas le moment de laisser nos émotions interférer avec les travaux en cours. Oui, certains événements ont évolué d'une manière que nous n'avions pas prévue. Le résultat n'est pas parfait – plusieurs phases ont mal tourné –, mais nous avons fait d'énormes progrès et recueilli une grande partie des schémas que nous voulions. Tout cela me paraît source d'un grand espoir.

J'attends de chacun d'entre nous un comportement toujours aussi professionnel dans la poursuite de notre objectif. Un si grand nombre de vies repose entre les mains de si peu. Voilà pourquoi il est particulièrement important de maintenir notre vigilance et notre concentration.

Les jours à venir vont être fondamentaux pour cette étude, et je ne doute pas qu'une fois que nous leur aurons rendu la mémoire, chacun de nos sujets sera prêt à remplir le rôle que nous lui avons assigné. Nous avons toujours les Candidats qu'il nous faut. Il ne nous reste plus qu'à trouver et à assembler les dernières pièces.

L'avenir de l'espèce humaine passe avant tout. Chaque mort, chaque sacrifice en vaut la peine. La fin de cet effort monumental est proche, et je crois que la réussite sera au rendez-vous. Que nous obtiendrons nos schémas. Notre modèle. Que nous parviendrons au remède.

Les psys sont en train de délibérer en ce moment même. Quand ils considéreront que les conditions sont réunies, nous supprimerons l'Effacement et indiquerons à nos sujets lesquels sont – ou non – immunisés contre la Braise.

C'est tout pour l'instant.

FIN DU LIVRE DEUX

REMERCIEMENTS

Je ne sais pas comment le formuler mieux que dans le premier volume. À tous les mêmes, donc, et surtout Lynette, Krista, Michael et Lauren, merci. Vous avez changé ma vie à jamais. Merci également à toutes les personnes de chez Random House qui ont travaillé si dur au succès de cette série, notamment mes publicitaires, Noreen Herits et Emily Pourciau, et tous les représentants du service commercial. Sérieusement, je n'arrive pas à croire à ma chance. Merci. Et enfin, à tous mes lecteurs : vous êtes formidables, je vous adore.

Ouvrage composé par
PCA – 44400 Rezé

Cet ouvrage a été imprimé
en Espagne par

Liberdúplex
Sant Llorenç d'Hortons (Barcelone)

Dépôt légal : juin 2016

Pocket Jeunesse, une marque d'Univers Poche,
est un éditeur qui s'engage pour
la préservation de son environnement
et qui utilise du papier fabriqué à partir
de bois provenant de forêts gérées
de manière responsable.

www.pocketjeunesse.fr
POCKET JEUNESSE

12, avenue d'Italie – 75627 PARIS Cedex 13